D0998171

SE VOCÊ GOSTOU DA ESCOLA,
VAI ADORAR TRABALHAR

Irvine Welsh

SE VOCÊ GOSTOU DA ESCOLA, VAI ADORAR TRABALHAR

Tradução
Paulo Reis e Sergio Moraes Rego

Título original
IF YOU LIKED SCHOOL,
YOU'LL LOVE WORK...

Primeira publicação na Grã-Bretanha em 2007
por Jonathan Cape – 20 Vauxhall Bridge Road, Londres SW1V 2SA

Copyright © Irvine Welsh, 2007

Direitos para a língua portuguesa reservados
com exclusividade para o Brasil à
EDITORA ROCCO LTDA.
Av. Presidente Wilson, 231 – 8º andar
20030-021– Rio de Janeiro, RJ
Tel.: (21) 3525-2000 – Fax: (21) 3525-2001
rocco@rocco.com.br / www.rocco.com.br

Printed in Brazil/Impresso no Brasil

preparação de originais: MAIRA PARULA

CIP-Brasil. Catalogação na fonte.
Sindicato Nacional dos Editores de Livros, RJ.

W483s   Welsh, Irvine, 1961-
        Se você gostou da escola, vai adorar trabalhar
     / Irvine Welsh; tradução de Paulo Reis
     e Sergio Moraes Rego. – Rio de Janeiro: Rocco, 2010.

     Tradução de: If you liked school, you'll love work

     ISBN 978-85-325-2497-3

     1. Ficção inglesa. I. Reis, Paulo. II. Rego, Sergio Moraes.
     III. Título.

09-6137   CDD-823
                                  CDU-821.111-3

para
Max Davis

SUMÁRIO

Cascavéis

O ar-condicionado do Dodge Durango prateado já fora pras picas: defeito no filtro e no refrigerador. Em vez de um ar suave e frio, o aparelho inexplicavelmente começara a soprar a poeira quente do deserto para dentro do veículo, listrando os rostos e as mãos deles junto com as camadas anteriores que haviam se acumulado durante o fim de semana de bebedeira e dança alucinadas. As gargantas, desidratadas pelas drogas e pelo deserto, ficaram ainda mais secas, enquanto os ressecados glóbulos oculares ardiam. Eles haviam sido forçados a desligar o aparelho.

Do Festival Burning Man até ali fora uma viagem longa e perigosa por estradinhas do deserto. E agora eles estavam perdidos naquela tempestade de poeira. A coluna vertebral de Eugene já começara a doer; seu corpanzil de zagueiro de futebol americano estava desconfortável no assento. A poeira em suas mãos úmidas e pegajosas estava se transformando em lama no volante, e o calor não parava de aumentar. O peito grande subia e descia, enquanto os pulmões lutavam contra o ar quente e mortiço.

Essa merda de Dodge do Scott! 65 mil quilômetros no odômetro e a porra do ar nem funciona!

A tempestade continuou a aumentar, com o céu cada vez mais ameaçador, e Eugene percebeu sua própria estupidez, que parecia morder feito um cão raivoso. O tal atalho não se materializara. E ele não estava conseguindo enxergar qualquer outro viajante por ali. Examinou seu reflexo pastoso e abatido no espelho: o cabelo imundo amarrado num rabo de cavalo e na testa grande o suor já formando riachos de lama. Apanhando ao lado uma velha toalha branca, ele enxugou o rosto, contente por não poder ver os olhos sob os óculos escuros. Fatigado além da conta, seguiu adiante, enquanto demônios dançavam vagarosamente em sua visão periférica. Um raio estalou no céu fosfóreo ali à frente. Ele estava sem condições de dirigir, sem condições de fazer *qualquer coisa*, pensou com tristeza. Fora levado pelas drogas e pela falta de sono a um leve estado psicótico, que já começara a ficar até entediante. Rezava por claridade imediata, tanto no ambiente selvagem lá fora como em sua mente perturbada.

Um pensamento ardia: Scott e Madeline deveriam estar acordados para revezar ao volante. Mas Eugene sabia que os dois seguiam uma trajetória diferente da dele, de modo que era obrigado a dirigir. Sentiu uma bile rancorosa brotar de suas entranhas enquanto seguia adiante. O trovão ribombava e rolava, como se fosse um baixo contínuo. Ele temia que aquilo jamais fosse sumir dos seus ouvidos.

Que cagada.

Madeline. Adormecida no banco do carona ao lado, os olhos de Eugene se desviaram para as longas pernas desnudas dela. O bronzeado era acentuado pelas listras de sujeira surpreendentemente excitantes, tornando a aparência dela realmente imunda, sugerindo uma vadia que houvesse lutado na lama e depois secado. Eugene podia ver aquelas pernas até o short de brim cortado... correndo para ele num campo arado... a cabeleira alourada cascateando sobre os ombros, cheia de poeira do deserto... suja... imunda... correndo para ele...

Estava quente.

Estava quente pra cacete.

Eugene deu uma olhadela para a virilha e viu que o inchaço já estava visível demais dentro do short de camuflagem. A tempestade reduzira a visibilidade e era melhor evitar qualquer distração. Entretanto, a metade racional do seu cérebro estava se fechando, enquanto os olhos continuavam buscando o movimento tranquilo dos seios de Madeline sob o top de algodão marrom.

Essa putinha gostosa vem há dias me dando mole, e talvez pro Scott também. Aqueles olhares lânguidos e sedutores. Então, quando a gente se aproxima demais, ela simplesmente congela.

Depois do festival eles haviam decidido cruzar o deserto de carro para ter uma experiência *yagé*, procurando testar o contrabando que um xamã peruano lhes vendera. Fora Madeline que descobrira a tenda do Templo da Luz Mística e insistira para que eles assistissem à cerimônia de cura xamanística realizada por um tal de Luis Caesar Dominquez, que se dizia um místico peruano. Madeline e Scott ficaram mais impressionados com os slides e a palestra do que Eugene, que tinha boas doses de X fazendo buracos no seu bolso. Ele detestara perder o número de techno alemã que queria assistir.

Quando a coisa terminou, Madeline meteu um folheto na mão dele.

– Aí diz que o seu Dominquez passou anos aprendendo com os xamãs Kallahuayas do nordeste do lago Titicaca, com os Amautas das ilhas dos Andes e com os Anciãos Q'erro da região de Cusco, que são considerados os últimos descendentes dos incas!

Enquanto eles esperavam diante da tenda, observando as pessoas saírem, Eugene balançou a cabeça.

– Não entendo nada dessas merdas. Kallahuayas? Anciãos Q'erro? Caguei – ele disse, dando de ombros.

Madeline não se abalou. Uma vez Eugene sentira que ela achava até um pouco cativante aquela imbecilidade orgulhosa, franca e direta por parte dele. E resolvera que no futuro seria mais circunspecto com sua ignorância. Lembrou de um antigo provérbio: é melhor ficar em silêncio e deixar as pessoas pensarem que você é um idiota do que abrir a boca e confirmar essa impressão.

Scott concordara alegremente. Eugene quase esquecera de que ele vivia lendo e pregando toda essa babaquice de Nova Era. Já conhecia Scott há tanto tempo que simplesmente não dava atenção quando ele começava com o troço.

– Isso significa que ele é o Bill Gates de merdas – disse Scott, animado. – Significa que ele é um dos maiores mestres que transmitem antigos conhecimentos ocultos para despertar a capacidade de cura latente em quem estiver pronto.

Seus olhos se arregalaram assustadoramente. Desta vez Eugene ouviu com atenção, pois viu como aquela bosta impressionava Madeline.

– Tudo se baseia numa antiga profecia andina que faz parte da lenda inca de Pachacuti... uma época em que o mundo é virado de cabeça para baixo e surge uma nova consciência.

– Aposto que o cara consegue arrumar alguma coisa da boa – admitiu Eugene.

E foi aí que eles procuraram Luis Caesar Dominquez. O xamã voltara para a tenda com eles e discretamente lhes vendera o *yagé*. Madeline e Scott ficaram imediatamente enfeitiçados. Para Eugene, debaixo dos trajes étnicos Dominquez parecia tão místico quanto um político caçando votos, ou um corretor de imóveis.

Mas eles tinham o *yagé*.

O cenário era perfeito, com uma noite clara e fria. Eles acenderam uma fogueira no solo vermelho e ergueram a barraca facilmente armável, tamanho-família, que haviam compartilhado durante o festival. Scott e Madeline ficaram muito excitados e enquanto olhavam ansiosamente para as xícaras já pareciam chapados. Mesmo a contragosto, Eugene não pôde deixar de jogar água na fervura.

– O tal do Dominquez não passa de um traficante metido a besta que tem acesso a essa merda. Ele sabe colher o troço e fazer o elixir. Então sai por aí com a porcaria daqueles slides, falando que se trata de revelação. Porra, cara! Eu devia ter feito isso quando fui pego vendendo pó naquela espelunca em Haight. Bastava fazer para o juiz uma apresentação em powerpoint, falando sobre energia e empreendedorismo – disse ele, rindo e expondo os grandes dentes, cobertos por jaquetas caras depois de um acidente sofrido num treino de futebol alguns anos antes. Forçou outro sorriso quando viu Madeline lhe dar um olhar desgostoso e acrescentou:
– Se é que essa merda é *yagé*.

Dentro de cada xícara havia uma poção marrom-avermelhada. Scott foi o primeiro a beber um pouco, seguido pelos outros. A coisa era amarga e salgada. Todos tomaram uma segunda xícara, conforme recomendado pelo xamã Dominquez, que falara que a bebida produziria uma experiência que duraria de três a quatro horas. Depois, caso desejassem, eles poderiam beber um pouco mais.

A náusea pareceu atingir Scott primeiro. Ele foi cambaleando até uma fileira de rochedos, onde começou a vomitar. Eugene já estava prestes a gritar "bicha" para ele quando foi tomado por uma sensação enjoativa e repulsiva, que parecia começar na sola dos pés. Logo em seguida ele e Madeline saíram cambaleando na direção dos rochedos, enquanto vomitavam pequenas quantidades de um líquido fortemente cáustico, entre espasmos curtos e dolorosos.

O xamã lhes avisara desse efeito de vômito, mas a coisa decididamente não era agradável. O líquido que saía tinha um gosto muito pior do que o do líquido que entrara e era tão ruim que os três ficaram estremecendo febrilmente por alguns segundos.

Então os efeitos foram se apossando deles. Scott e Madeline começaram a viajar, dando risadinhas eufóricas. Mas Eugene ficou desapontado. Ele esperava uma viagem realmente forte e o que sentia era algo bastante suave. Bebeu outra xícara. Depois outra. Não se sentia mal, mas obviamente Scott e Madeline estavam achando aquilo o barato mais incrível que já haviam sentido na vida. Ele olhou para o deserto árido em torno, tentando ver o que os outros dois estavam vendo. Sentia-se um moleque maltrapilho, com o rosto encostado na vidraça de uma mansão opulenta, onde havia uma festa esfuziante e decadente. Aumentou o consumo para seis xícaras de elixir e sentiu seu batimento cardíaco acelerar, mas as grandes portas da mansão continuavam fechadas. Por que ele fora excluído? Já fizera grandes viagens alucinógenas de ácido com Scott, e recentemente até com Madeline. Sabia que os dois eram viciados veteranos. Mas eles tinham seus molhos de chaves. Onde estava o dele?

Sentado ali enquanto imaginava o que fazer, Eugene ouviu Scott recitar algo para uma Madeline boquiaberta. Os dois estavam sentados lado a lado, olhando para o céu.

– "Quando a Águia voltar a voar com o Condor, uma paz duradoura reinará nas Américas e se espalhará pelo mundo para unir a humanidade." Essas palavras são dos xamãs andinos, que acreditam já estarmos vivendo no Pachacuti, época em que devemos nos voltar para dentro e nos conhecer mais profundamente, curando nossas feridas emocionais do passado e usando o poder dessa cura para ajudar outros a se curar.

– Isso é tãããoo incrível – arquejou Madeline, apontando para cima. – Saaaca só esse céu...

Enquanto os dois decolavam para outro plano astral, Eugene só conseguia cagar: quilos e quilos de merda, depositados com o vômito atrás dos rochedos mais próximos, naquele terreno extremamente pedregoso. Ele ficara escutando parte da preleção de Scott sobre as ações purgatórias da droga; depois simplesmente se deitara na barraca e dormira o melhor sono de sua vida. Enquanto isso, Scott e Madeline, em plena alucinação, ficaram se divertindo e conversando até o alvorecer. Alguma coisa em Eugene resistira à viagem, e isso era preocupante. Mas ele lembrou que durante a palestra Dominquez falara que a droga frequentemente levava a pessoa para onde ela precisava ir. Eugene reconheceu que seu corpo, com todo o pó e toda a birita que ele ingerira nos últimos tempos, implorava por uma limpeza. Desde que rompera com Lana, ele passara a residir em diversos bares da vizinhança de North Beach. Enquanto sua psicose aumentava o cerco, as paredes daqueles templos de libertação encolhiam até se tranformarem em celas de prisão. Seus carcereiros eram os outros bebuns e suas obsessões. Eles entupiam a cabeça dele com conselhos imbecis. Eugene precisava sair da cidade um pouco, e o Festival Burning Man parecia perfeito para isso.

A ideia fora de Scott, e Madeline se juntara a eles com aquele costumeiro jeito abusado, pensou Eugene, embora ele houvesse lhe dado boas-vindas. Provisoriamente, elegera Madeline como uma possível substituta de Lana.

Eugene e Scott, ex-colegas de faculdade, haviam conhecido Madeline no último Halloween. Estavam bebendo no Vesuvio's Bar quando ela chegou com três amigas, todas vestidas como Storm dos *X-Men*; macacões inteiriços, pretos e justos, botas de cano alto e perucas louras platinadas. A princípio as três pareciam idênticas; demorou um pouco até Eugene reconhecer uma como Candy, uma estudante e ex-colega de trabalho numa taverna de North Beach onde ele já fora barman.

Todos haviam conversado amigavelmente, bebendo um pouco mais antes de irem se juntar aos bandos de foliões no Castro.

Eugene conversara muito com Madeline, mas na multidão todos haviam se separado uns dos outros. Conforme a noite avançava, o clima de carnaval nas ruas azedara. Um homem fora morto a facadas enquanto uma pequena gangue de jovens mexicanos abria caminho na multidão. Eles achavam que a comunidade gay sequestrara a antiga cerimônia do Dia dos Mortos e reprovavam isso. Havia um pesado clima de paranoia no ar, com muita pancadaria e gritaria. Eugene, que de qualquer forma já estava sentindo o efeito do pó baixar, ficou satisfeito em dar a noite por encerrada e ir dormir. Durante a noite, pensou naquela garota gostosa; todas pareciam gostosas fantasiadas de Storm, mas aquela com quem ele conversara... Ele ficou pensando se veria a garota de novo, na esperança de que ela tivesse chegado bem em casa, com toda aquela encrenca da noite.

Eugene não precisava se preocupar. Depois daquilo, os dois pareciam viver se esbarrando. No dia seguinte ele sentou para ler jornal no Washington Square Park e viu Madeline praticando tai-chi sozinha. Ela acenou e Eugene demorou um pouco até perceber que era uma das garotas vestidas de Storm no bar da noite anterior. Depois de um instante ela se aproximou e os dois foram tomar um café, discutindo os acontecimentos da véspera com preocupação. Uns dois dias depois eles se reencontraram na livraria City Lights e foram tomar um drinque que logo se transformou em vários. Percorreram diversos bares que ambos conheciam e terminaram em um lugar na rua Grant. Embora Madeline estivesse na cidade havia pouco tempo (ela contou que chegara de Cleveland no final do verão), os dois já tinham alguns locais preferidos em comum e ficaram se perguntando por que não haviam se conhecido antes. Combinaram ir comer um sushi, mas acabaram numa espelunca na Broadway, espremida entre boates de strip-tease e sex-shops brilhando de néon. Eugene ficou impressionado por Madeline se sentir totalmente à vontade ali, embora fosse a única mulher presente que não estava obviamente aliciando fregueses. Os dois conversaram sobre sexo, mas de uma maneira abstrata, pois na ocasião ele andava deprimido demais por causa de Lana para cantar alguém.

Os três começaram a passar bastante tempo juntos: Madeline, Eugene e Scott. Já naquela época Eugene achava esquisito ela tratar os dois como se fossem bichas, comprando presentinhos, cartões de aniversário e coisas assim. E quando Scott mencionou a ele a viagem ao Festival Burning Man, Madeline interrompeu logo, dizendo "Me incluam nessa!".

Era tanta empolgação que seria uma verdadeira ofensa não concordar.

E enquanto Eugene aguardava animado a viagem, Scott parecia deprimido. Ele gostava de arquitetar o que chamava de "tempo de camaradagem". Coisa de universitário de fraternidade, supunha Eugene.

Mas ele estava confuso acerca da relação desenvolvida com Madeline. Aos vinte e seis anos, Eugene nunca fora amigo de alguma garota que não tivesse comido. Ficou imaginando se ela seria sapatão, mas um dia Madeline mencionou casualmente um cara com quem já fodera. Sobre ela, ele sabia tudo e nada ao mesmo tempo. Em alguns daqueles bares de North Beach, Madeline olhava para ele com muita ternura; para Eugene, isso era um sinal inequívoco de que ela sentia uma paixão ardente por ele. Madeline ainda não chegara aos vinte anos e Eugene não sabia quanta experiência ela já acumulara com homens. Certa vez os dois haviam se beijado de forma bêbada e sem muito ardor, pois Eugene se contivera, ainda pensando em Lana. Mas quando o fantasma de sua ex-namorada esmaeceu, seus sentimentos por Madeline cresceram exponencialmente. Às vezes, Eugene tinha a sensação de que Madeline tinha desejo por ele, um desejo tão desesperado que, caso se deixasse levar, ela se apaixonaria perdidamente, sem reservas, e se entregaria totalmente a ele. Pertenceria a ele. Ficaria sob seu poder. Para ser negligenciada. Ferida. E Eugene queria dizer a ela: Eu não sou esse tipo de cara. Não sei que porra você ouviu sobre mim e Lana, mas eu não sou esse tipo de cara!

Mas só de vez em quando ela olhava para ele assim. Outras vezes o olhar de desprezo que ela lhe lançava fazia o sangue dele congelar.

E assim Madeline confundia Eugene. Ele nunca conhecera uma garota como ela. Isso porque, a despeito da vagabundagem e ocasional boemia, seu corpanzil atlético e patente talento esportivo não encorajavam a vacilação das garotas, que eram obviamente atraídas ou repelidas desde o início. Mas Madeline era diferente; um enigma constante para ele.

Depois disso, Eugene só tentou avançar o sinal uma vez. Foi cantada de bêbado. Tentara beijar Madeline de novo, dessa vez com mais ardor, numa festa. Numa cozinha imunda que a cerveja e cocaína foram fazendo encolher até os dois ficarem cara a cara, isolados do resto da festa por um campo de intensidade. Parecia ser a hora certa. Mas Madeline colocou a palma da mão implacável no peito dele, empurrou e disse: Só uma coisinha, Eugene... eu e você nunca vamos foder.

Na manhã seguinte ele acordara infeliz, com uma ressaca esmagadora. O telefone tocara. Era Madeline. Antes que ele pudesse pedir desculpas, ela atirou.

– Desculpe o que aconteceu ontem à noite, Gene. Eu estava meio doidona. Acho que falei muita besteira.

– Tudo bem, mas eu...

– Olhe, eu preciso ir dormir agora. Ligo pra você mais tarde, gato.

E desligou.

Esse recado curto bastou para dissipar o desespero de Eugene e renovar suas esperanças.

Na maior parte das vezes, contudo, eles conversavam sobre Lana quando ficavam sozinhos, sem Scott. Invariavelmente, Madeline mencionava o assunto. Era como se ela soubesse que aquilo esmagava a libido de Eugene. Ela ouvia com atenção, arregalando os olhos ansiosos e estudando cada reação dele. E Eugene tinha de reconhecer que Madeline era uma boa ouvinte. E, até mesmo quando começou a desconfiar que ela só fazia aquilo para se educar, ele achou que era uma qualidade bem-vinda. Porque os outros, até mesmo Scott, só pareciam falar sobre *si mesmos*. Esperavam que ele esquecesse que abandonara uma promissora carreira no futebol para cair na farra com Lana e depois fora chutado por ela. Quanto à porcaria dos conselhos deles, podiam meter tudo no cu.

Era bom ter alguém que escutasse.

Mas agora ele queria mais. Percorrendo aquela poeirenta estrada no deserto, no meio da tempestade, com a carroceria prateada do Dodge Durango batendo insistentemente com o vento lá fora, ele estava sufocando lentamente no ar mortiço e quente ali dentro. Não havia qualquer pista de saída que fosse um sinal de civilização, nem mesmo um posto de gasolina isolado e batido pelas intempéries. Eugene só conseguia pensar que queria mais de Madeline.

E, enquanto ele lutava contra sua própria letargia soporífica, ela dormia profundamente, como que ignorando a tempestade que rugia do lado de fora. E ele tinha certeza, pelos roncos fortes que vinham do banco traseiro, que Scott também sucumbira ao sono.

No olho febril da mente de Eugene, Madeline corria na direção dele, coberta de lama. Tentava desviar-se dele feito um jogador de futebol, mas ele aumentaria a própria velocidade, e, como Willie McGinest, derrubaria Madeline feito um leão faria com uma fraca gazela. Ambos rolariam pela terra imunda...

Parecia que sua mão tomara a decisão por ele, esfregando a cabeça do pau e mandando impulsos elétricos para o ventre e a virilha. Eugene sentiu seu corpo enrijecer e seus olhos se esbugalharem debaixo dos óculos Ray-Ban, enquanto a respiração ficava mais irregular. Um braço grudado no volante, enquanto o outro fazia o trabalho; imagens fabulosamente obscenas de Madeline pipocavam no seu cérebro febril, ampliando a realidade pacífica e inocente do sono dela ali ao lado.

À frente, o horizonte, aproximado pelo calor nevoento, tremeluzia intermitentemente através de redemoinhos de poeira vermelha e preta. Mal se via a estrada. Madeline estava virada para ele, com os joelhos encostados no peito. Se ao menos ela estivesse virada para o outro lado, pensou Eugene, ele poderia bater punheta olhando para a bunda dela sem a possibilidade de que ela abrisse os olhos e instantaneamente visse tudo. Mas havia pouca chance de um flagrante, calculou ele com sangue de barata, pois ela acordaria desorientada demais, ainda sob a letargia do *yagé*, para perceber que ele estava a ponto de gozar. E, de qualquer maneira, ele fazia tudo dentro do short...

mas o inchaço...

foda-se essa vagabunda...

gostosa até dormindo... mas agora vamos nessa lama, gata, ah, é, muita sacanagem na lama...

Subitamente Eugene ouviu um estalo, seguido de um rangido longo. Sua mão livre voou da virilha para o volante, que parecia ter sido arrancado de sua mão, enquanto o veículo era jogado violentamente para a esquerda e, depois, quando ele tentou compensar, para a direita. Madeline voltou a si ao ser atirada sobre o colo de Eugene. Ela poderia ter sentido o membro ali se a ereção não houvesse desaparecido instantaneamente. Eugene teve a sensação de cair sobre a própria espingarda, ejaculando um estilhaçante relâmpago de medo dentro de seu peito.

O tempo se esticou em câmera lenta. Primeiro Eugene sentiu irritação, depois frustração. Parecia que tudo girava a seu redor, fora de controle. Depois eles capotaram duas vezes, rolando como se estivessem num parque de diversões, antes de um baque de fazer tremer os ossos. Em seguida ficaram imóveis, na paz mais linda que Eugene já vira.

Isso não durou muito. Ele ouviu guinchos desesperados vindos de Madeline, mas os ruídos em sua própria cabeça não lhe permitiam focalizar o desespero dela. Seus olhos permaneceram fechados, enquanto Madeline se calava, soltando apenas pesados arquejos ritmados. Então lá atrás soou a voz de Scott, com uma preocupação cansada e quase entediada.

– Puta que pariu, cara... você destruiu a porra do meu carro. – Ele hesitou. – Vem cá... vocês estão bem?

– Eu estou sangrando... estou sangrando! – berrou Madeline.

Eugene abriu os olhos. Madeline continuava encolhida no banco da frente, perto dele. Ele examinou o estado dela, depois abaixou os olhos para o próprio corpo. Havia um corte no seu braço, logo abaixo do bíceps, de onde escorria um filete de sangue vermelho escuro.

– Tudo bem, cara – disse ele, virando para Madeline. – Isso aí em você é sangue meu. Eu cortei a porra do meu braço. Olhe.

Ele levantou o braço para Madeline, que pareceu ficar aliviada, mas depois fez uma careta de culpa e preocupação ao ver o ferimento dele. – Meu Deus! Que aconteceu?

– A porra dessa tempestade de poeira. – Eugene abanou a cabeça. – Eu não conseguia enxergar porra nenhuma. Você está bem, Scott?

– É... acho que sim – gemeu Scott lá atrás. – Mas a porra do meu carro, cara...

Eugene examinou Scott. Ele parecia bem, só um pouco atordoado. Aparentemente o Dodge parara numa posição inclinada. Não parecia muito danificado. O para-brisa e as vidraças não haviam quebrado. Mas, subitamente, um baque de medo soou no peito de Eugene, e ele tremeu diante da possibilidade dramática, mas real, de uma explosão causada por um vazamento no tanque de gasolina: eles podiam ser queimados vivos. Tentou abrir a porta do seu lado, que cedeu alguns centímetros e depois emperrou na terra. Em pânico, ele virou para Madeline.

– É melhor darmos o fora daqui. Tente a sua porta!

Percebendo a tensão urgente dele, ela não hesitou, pegando a maçaneta e abrindo a porta. Eugene viu Madeline sair atabalhoadamente do carro: parecia um passarinho esquisito emergindo do ovo, depois de quebrar a casca, desajeitado e desorientado. Era como se ela houvesse perdido todo o *sex appeal*. Ou talvez simplesmente toda a sua própria libido houvesse se esvaído, pensou Eugene, enquanto saía apressadamente depois dela. Scott veio em seguida, caindo da traseira do carro na argila arenosa e olhando nervosamente para trás enquanto levantava.

O vento quente soprava forte, lançando poeira e cascalho nos olhos deles. Eugene enrolou a toalha no braço. Eles examinaram o carro o melhor que puderam. No fim, satisfeito ao ver que não havia vazamento no tanque de gasolina e que o veículo, embora inclinado, estava estabilizado, Scott se enfiou debaixo do carro.

– O eixo já era. Partiu em dois – informou ele em tom ressentido.

Eles entraram novamente no Dodge, fechando a porta com força e isolando a ventania poeirenta.

Um silêncio reinou durante algum tempo e eles ficaram sentados naquela inclinação desconfortável, trocando olhadelas desanimadas. De repente os olhos de Madeline brilharam inspirados e ela sugeriu que eles checassem os celulares. Scott admitiu, constrangido, que perdera o seu. O de Eugene estava sem bateria e ele não tinha como carregar o aparelho. Madeline tentou o dela, mas não havia sinal.

– Que rede você usa? – acusou Scott.

– T-Mobile. – Ela olhou defensivamente para ele. – E o que você perdeu? De que rede era?

Houve outro silêncio. Depois Scott passou o pequeno estojo de primeiros socorros por cima dos bancos. Madeline ajudou Eugene a limpar e cobrir o ferimento. Felizmente o corte era menos profundo do que parecia.

Eugene tentou descobrir a localização deles. Mais cedo, desistira de utilizar o mapa, pois o efeito final das drogas e o cansaço haviam transformado as linhas, os símbolos e as cores em um enorme emaranhado no seu cérebro. Ele tinha um irmão mais moço, Danny, que era autista e fazia desenhos incompreensíveis. Mas a arte do irmão fazia mais sentido do que o livro de mapas que ele se via obrigado a consultar de novo. Em vez de cruzar Sierra Nevada pela rodovia interestadual 80, eles haviam seguido o rumo norte a partir de Black Rock City pela rodovia 395, e depois haviam pegado algumas estradas vicinais para chegar ao deserto de Nevada a fim de tomar o *yagé*. Eugene estimava que provavelmente eles estavam cerca de trezentos quilômetros a nordeste de Las Vegas.

– Se o eixo já era, acho que vamos precisar ficar aqui até alguém aparecer ou a tempestade passar. Depois poderemos telefonar ou procurar alguém – arriscou ele.

– Eu queria ir pra Las Vegas, porra – disse Scott, balançando a cabeça negativamente.

Eugene olhou para Madeline, que permaneceu impassível, e depois virou outra vez para Scott. – Acho que não vai dar, cara...

– Eu combinei com um cara pra pintar meu apartamento – disse ela, afastando do rosto as mechas cheias de poeira da estrada. – Precisava arrumar algumas coisas.

Os grandes olhos escuros de Scott procuraram interrogativamente os de Eugene. Abanando a cabeça, ele perguntou petulantemente: – Como você conseguiu capotar, caralho?

Inspirando profundamente, Eugene forçou as palavras a saírem de seu maxilar cerrado, em tom debochado.

– É o tipo de coisa que chamamos de fadiga, cara. Se você se recorda, a ideia era que a gente ia *dividir* a porra das horas no volante, lembra? – Seu tom sarcástico se elevou. – Mas acho que o coitado do velho Eugene aqui teve de ralar sozinho, porque vocês dois continuavam no barato. Nem acredito que você tenha a porra da audácia de reclamar! Babaca!

Eugene saiu do carro, batendo a porta, e Scott olhou para Madeline. Ela deu um sorriso tenso, que desapareceu quando eles ouviram um som lá atrás. Era Eugene, abrindo a mala do Dodge e tirando a barraca.

Lutando com as hastes de aço e fibra de vidro sob a ventania, Eugene mantinha a esperança de que a barraca ficasse em pé. Ficou secretamente aliviado quando Scott e Madeline apareceram a seu lado, mesmo que a ajuda deles significasse que seria mais difícil manter seu martírio silencioso. Eles trabalharam em silêncio, montando a estrutura e estendendo o piso. Depois esticaram e prenderam a cobertura. Pegaram os sacos de dormir e algumas roupas no Dodge. Quando acabaram de armar o acampamento, a tempestade começou a amainar.

– Quanto tempo será que vamos ficar aqui? – perguntou Scott. Embora percebesse que o comportamento de Eugene mostrara que isso não era aconselhável, acrescentou apressadamente: – Desculpe, mas eu preciso falar, parceiro. Estou muito puto da vida com que aconteceu com a porra do carro. Eu o comprei pra banda. Falei pro meu velho que seria a porra do meu ganha-pão, e ele me adiantou vinte mil. Isso está me corroendo, preciso dizer. Preciso falar disso.

Eugene examinou de alto a baixo seu velho colega de faculdade. Viu um cara magro e musculoso, com cabelo bem curto e mãos de menina. Scott nunca fizera qualquer tipo de trabalho na vida. O pior, pensou Eugene com certa amargura, era que provavelmente ele nunca faria. Vivia com a bunda plantada nas banquetas dos vários bares de North Beach, falando, ao cada vez menor número de babacas que ainda se davam ao trabalho de escutar, sobre as diversas bandas que ele pretendia formar, enquanto esperava que o dinheiro da herança entrasse. Engolindo a raiva, Eugene percebeu que de nada adiantaria esculhambar Scott naquele momento. Além do mais, ele estava cansado.

— Desculpe, cara. Vou dar um jeito nisso. O Tommy da oficina em Potrero Hill pode consertar o carro.

— Então agora nós... simplesmente ficamos esperando aqui?

Eugene sentou de pernas cruzadas, examinado os parâmetros da barraca alaranjada.

— Olhe aqui, cara, eu achei que isso era melhor. Estou morto. Preciso dormir um pouco – disse ele, bocejando e sentindo o corpo relaxar de novo, como ficara depois do *yagé*. Sorriu e acrescentou: – Alguém vai aparecer. Nós estamos na América. Aqui você nunca está a mais de um quilômetro de alguém tentando lhe vender alguma coisa.

Scott e Madeline trocaram um olhar rápido, um consenso instantâneo de que aquele era o melhor curso de ação, e todos começaram a se preparar para dormir nos sacos respectivos. É, pensou Eugene, alguém vai aparecer. Descanse. Repouse. Relaxe. Se recupere. Se fortaleça. Aquilo parecia tão bom.

A velha picape azul Chevy, modelo 1982, foi a primeira coisa que Alejandro comprou ao chegar aos Estados Unidos. Custara duzentos dólares, a maior parte emprestada pela irmã Carmelita. Era um traste enferrujado, mas ele tinha habilidade como mecânico e com o maior carinho ressuscitara o veículo. Sabia que sempre se podia ganhar um dinheirinho extra com uma picape.

A picape resistira bem e o motor roncava macio por uma estrada vicinal no deserto com Alejandro e seu irmão mais moço, Noe, que ia sentado no assento do carona, completando silenciosamente um livrinho de palavras cruzadas.

Quando imaginava fugir de casa, Alejandro nunca pensara em Phoenix, embora eles já estivessem morando lá havia três anos. Aquela cidade era apenas o lar de Carmelita; o lugar para onde ela atraíra os dois.

Não que ele tivesse em mais alta conta a sua cidade natal, que era um antigo vilarejo de pescadores, ao sul de Guaymas, à beira do Pacífico. O local sobrevivera e, comparado com a parte pobre do estado de Sonora, na verdade até prosperara como um terminal de transporte. Ficava perto da rodovia 15 e era também uma parada na linha férrea litorânea. O centro principal da localidade, um feio conjunto de prédios baixos e malconservados, construídos nos anos 1970, ficava desconfortavelmente próximo de uma antiga aldeia que crescera em torno de um pequeno porto que a cada ano abrigava menos barcos enferrujados.

Era uma gente simples, pensou Alejandro com uma raiva fria; idiotas que pescavam há anos, quando já nada mais havia para pescar. Algumas daquelas pessoas no vilarejo mal pareciam notar que haviam escorregado da pobreza para a miséria. Acreditavam que os peixes voltariam. Quando começaram a passar fome, porém, seguiram para o norte e cruzaram para os Estados Unidos.

Para o lugar onde Carmelita levara os dois.

O vilarejo nada tinha de importante. Na rodovia você via carros de luxo, com ar-condicionado, cheios de *norteamericanos* ricos, seguindo para as abas ocidentais de Sierra Madre e para a histórica Alamos, com sua linda arquitetura colonial espanhola. Aqueles turistas nunca chegavam perto da cidade natal dele.

Ao sair da escola, Alejandro fora suar fazendo pequenos serviços numa oficina mecânica e na loja anexa. O dono era um *chilango* rico, agressivo e loquaz chamado Ordaz, que prometera treinar o rapaz como mecânico. Dezoito meses depois, Alejandro continuava arrumando as prateleiras na loja, limpando a oficina e lavando os carros. Ainda não segurara uma chave inglesa na mão.

Ele cobrara de Ordaz a promessa. Sempre falastrão, o patrão grã-fino simplesmente rira na cara dele. Quando Alejandro mostrara aborrecimento, Ordaz adotara uma expressão sinistra, mandando o jovem pegar suas coisas e dar o fora.

Assim, nada restara para manter os dois ali, a não ser a sepultura da mãe no velho cemitério no sopé das colinas que dominavam a cidade, e a prisão regional, a cerca de 150 quilômetros de distância, que abrigava seu desgraçado pai.

Fora Carmelita que mandara os dois virem, depois de conseguir um emprego por meio de um amigo que estava trabalhando em Phoenix. Uma família abastada lhe oferecera emprego quando ela enviara um currículo profissionalmente preparado, junto com uma foto sorridente, pensava Alejandro com desgosto.

Ela providenciara um lugar para eles morarem, além de arranjar serviços de jardinagem e paisagismo para Alejandro. Também matriculara Noe numa escola local. Agora todos eles limpavam a sujeira dos branquelos. Cuidavam de seus jardins. Regavam os gramados. Tomavam conta dos filhos mimados. Serviam à mesa.

E ela fazia mais do que isso, aquela puta sem-vergonha...

Alejandro parecia invisível para os patrões. Isto é, a não ser quando algo saía errado: então ele sentia instantaneamente os olhares acusadores. Uma mulher chegara a ponto de acusar Alejandro de ter roubado um objeto que mais tarde percebeu ter colocado em outro lugar. Não houve pedido de desculpas, embora a polícia houvesse sido chamada e feito um interrogatório agressivo. Contudo, na maior parte do tempo, eles ignoravam a presença de Alejandro, que regava os jardins para evitar que voltassem a virar deserto debaixo daquele sol quente e impiedoso.

O que aquela gente respeitava? Aqueles gringos? Na televisão, eles sempre diziam que trabalhavam duro, mas deixavam as esposas ficarem à toa em volta da piscina o dia inteiro. Mandavam os filhos para a escola o tempo todo, além de viagens e férias. Eles mesmos viviam em aviões, hotéis e carros. Onde estava o trabalho?

Alejandro concluíra que eles só respeitavam o dinheiro. Dinheiro e armas. Depois da picape Chevy, sua principal compra fora um revólver 38 Smith & Wesson. Quando levava a arma no bolso, ele se sentia mais forte. Mais merecedor de respeito. O revólver mudava tudo: seu rosto e seu andar. Mas de uma maneira sutil.

Porque agora Alejandro parecia ser visto por eles. Mesmo que fosse mais temido do que respeitado, parecia não ser mais invisível para eles.

Alejandro foi dirigindo a velha picape Chevy em meio à tempestade, irritado com o irmão adolescente que tentava fazer aquelas charadas idiotas a seu lado.

Noe era fraco, pensou ele. Estava se transformando em um *norteamericano*. Será que acabaria virando um assassino covarde, como o pai deles? Talvez não. Havia algo de bom no garoto. Mas Alejandro se lembrou de que a mãe dissera o mesmo sobre o pai quando ele um dia perguntou o que ela vira naquele homem. Ele era um homem tão doce, dissera a mãe. Contudo, Alejandro vira como o álcool conseguira destruir e corromper aquela decência, aquele charme. Ele próprio sentira isso quando bêbado: ao ser insultado num bar por alguém, socara o *hombre*, dera-lhe um golpe com o taco de bilhar e depois ainda tentara estrangular o sujeito.

Ele olhou de novo para Noe, pensando no antigo provérbio que o pai lhe ensinara: *La puerca más flaca es la primera que rompe el chiquero.*

Os mais fracos são os primeiros a se rebelar.

Ele visualizou o idiota do pai, com o rosto triste e contorcido de dor, os olhos evasivos, o brilho da careca atrás da divisória de vidro na prisão. Apesar da insistência de Carmelita, Alejandro só fora ver o velho uma vez; para insultar e amaldiçoar aquela criatura patética e infeliz, encolhida no uniforme cinzento de prisioneiro, com os brilhantes olhos de rato cheios de lágrimas.

E também havia Carmelita. Ela que tivesse seus próprios filhos para dominar e paparicar. Ele, Alejandro Rodriquez, já estava farto.

Alejandro deu outra olhadela no irmãozinho franzino, que olhava para ele de modo tão estranho desde que os dois haviam roubado o dinheiro da puta, dinheiro que ela conseguira se vendendo ao gringo rico.

A idiotice dela. A ilusão de que ela e aquele *norteamericano*, rico e casado, estavam apaixonados. Quando, então, ele tiraria a esposa e os filhos da casa em que ela ficava? Quando os dois passeariam de mãos dadas pela rua? Quando aqueles encontros furtivos, tristes e animalescos seriam substituídos por algo menos enganador? Quando ela dividiria a cama com ele à noite?

Ela conseguira para Alejandro o emprego de cuidar do jardim do ricaço. Ele deveria sentir gratidão por ter os miolos cozinhados no calor todo dia. Na semana anterior, porém, numa hora em que o *norteamericano* deveria estar trabalhando, Alejandro surpreendera os dois no quarto da irmã. Nem o sangue de menstruação que ele vira na calcinha dela, jogada no chão perto da cama, conseguira deter a luxúria depravada deles.

Nós fizemos um favor para aquela vagabunda fedorenta, pegando o dinheiro dela. Agora veremos quanto amor aquele norteamericano *cínico tem por ela!*

Eugene estava pensando em Madeline. Uma sequência de imagens entre o pensamento e o sonho começou a passar por sua cabeça, parecendo ganhar uma clareza tridimensional que ele nunca teria achado possível. Então ouviu-se um som farfalhante e ele percebeu o que era através dos olhos cerrados. Sem aparentar constrangimento, Madeline estava nua na barraca, pronta para entrar no saco de dormir depois de fazer xixi lá fora. Sim, ele podia *ver* o corpo dela, mesmo através das membranas das pálpebras. Mas precisava se aproximar mais da figura opaca dela, cuja nudez mostraria surpresas e segredos, como acontece com toda garota. Você sempre achava que conseguia visualizar todas elas perfeitamente sem roupa, isto é, as curvas, os tons da carne, as proporções, mas elas sempre têm um mistério. Os mamilos, a cor, os sinais, a textura e a extensão dos pelos púbicos: tudo isso é sempre diferente do que você imaginava. Como Lana, por quem ele se masturbara tantas vezes na escola politécnica de Long Beach antes de conseguir que ela ficasse nua no último ano do curso; a mente de Eugene virara um banco de dados com narrativas pornográficas intrincadamente construídas em que ela estrelava, ou coestrelava, com ele. Na primeira vez que viu Lana nua no seu quarto na casa dos pais, ele quase perguntou, chocado: O que você fez com seus peitos?

Já Madeline ele sempre vira de um certo modo. Talvez se ele simplesmente abrisse os olhos agora... seu olhar encontraria o dela e então... não. Ela certamente não estaria ali; não daquele jeito.

Ela estava metida no saco de dormir. Seria muito melhor manter a deliciosa realidade virtual daquilo no seu espaço mental estimulado por drogas.

Mas.

Mas agora ela estava se agachando sobre ele, quase tocando o corpo de Eugene. Ele sentiu o ar preso nos pulmões e o coração acelerado. Então aconteceu. A mão dela se enfiou dentro do saco de dormir e tocou a perna de Eugene. Depois ela começou a acariciar a coxa dele com lentos movimentos curvilíneos. Os dedos de Madeline pareciam tão frios, e o pau de Eugene tão duro. Ele não deveria abrir os olhos. *Era* ela. E estava realmente fazendo aquilo com ele. Abra os olhos.

Não.

Mantenha isso assim um pouco mais, porque o pau estava tão duro e...

... e o dedo frio dela estava beliscando a cabeça do pau...

... e...

AAAAGGGGHHHHH!

Uma pontada terrível.

Ela dera uma facada nele.

Eugene levantou e começou a berrar – QUE PORRA É ESSA, CARA!

Não era Madeline. Era uma cascavel: uma cascavel comprida e verde, serpenteando. Deslizando sobre o estômago de Eugene e saindo do saco de dormir para o piso plástico da barraca.

Scott e Madeline acordaram imediatamente com o grito.

– Merda! O que foi! – sibilou Madeline, enquanto Scott piscava meio inconsciente.

Eugene apontou para a criatura deslizante que percorria o chão da barraca. – Uma cascavel... uma cascavel mordeu o meu pau!

Scott tateou em volta, colocando a mão na lanterna às suas costas. Quando acendeu a luz e apontou o facho, eles viram a cobra se afastando.

– Parece uma cascavel Mojave – arriscou Scott. – Aquelas listras escuras na cabeça...

Pegando o sapato marrom de salto pesado, com as feições exprimindo uma tenacidade vingativa, Eugene começou a sair do saco de dormir. – Filha da puta...

– Não mate a cobra! – gritou Scott.

– O quê!

– Nunca ouviu falar em preservação ambiental, cara?

– Preservação ambiental? Pro caralho com isso! Você espera que eu *preserve* uma filha da puta que acabou de morder a porra do meu pau?

– Escute, cara, é melhor você se sentar... esses bichos são muito venenosos.

Ao ouvir essas palavras, Eugene pela primeira vez se sentiu abalado. Caiu de volta ao chão e puxou o saco de dormir em torno do corpo. A cascavel deslizou por debaixo da aba da barraca, rumo à liberdade do deserto. Eugene tocou sua virilha. Embora sua genitália estivesse flácida como sempre, ele podia sentir a pulsação nos testículos, martelando as pontas dos dedos.

– Ah, meu Deus... o bicho me mordeu... mordeu a porra do meu pau...

– Não deite – gritou Scott. – Mantenha o coração *acima* do ferimento!

Eugene aprumou o corpo rapidamente, apoiando-se nos cotovelos. Sua respiração era pesada e irregular.

– Onde foi a mordida? – perguntou Scott de novo, enquanto Madeline olhava para Eugene.

– Nos países baixos – disse Eugene com mais pudor. – Uma cascavel... cacete!

– Pelo amor de Deus, Eugene – arquejou Scott. – Esses bichos são perigosos pra caralho!

– Porra, eu *sei disso*, Scott... ela mordeu o meu pau, cacete. – Eugene ficou de joelhos, deixando o saco de dormir cair, e abaixou o short. Havia duas marcas vermelhas de mordida dois centímetros abaixo da ponta do pênis. Subitamente tomado pelo pânico, ele guinchou: – O que eu vou fazer?

– Se pelo menos aquele xamã estivesse aqui – murmurou Scott, olhando em torno da barraca à procura de inspiração.

– Que se foda o xamã! – praguejou Eugene.

Madeline abanou a cabeça. – Ele só está falando isso porque esse pessoal sabe curar, Gene.

Eugene fez uma careta com ar soturno. – Bom, ele não está aqui.

– Não posso dizer ao certo que tipo de cobra era – disse Scott comprimindo os lábios, enquanto saía do saco de dormir com seu short verde e caminhava na direção de Eugene. – Mas tenho certeza de que era uma Mojave verde; essas filhas da puta são das cobras mais venenosas que existem. As toxinas atacam o sistema nervoso, e não apenas os tecidos... esse veneno precisa sair!

– Que porra nós podemos fazer? – arquejou Eugene, horrorizado.

Scott se aproximou, com o olhar fixo no pau de Eugene.

– Precisamos abrir a área em torno do ferimento. Com uma faca, você faz duas incisões em cruz sobre cada ferida para extrair o sangue ruim – explicou ele, pegando na bolsa um grande canivete suíço, de mil utilidades.

Madeline estava tentando obter sinal no celular. Naquela tempestade, o aparelho parecia um artefato mudo e inútil. A tecnologia fora tornada impotente e vazia pelos caprichos da natureza, enquanto os homens se curvavam aos deuses indiferentes.

– Isso aqui não é a porra da América? – sibilou ela, frustrada.

Eugene ficou olhando boquiaberto para a lâmina que brilhava na mão de Scott.

– Isso é babaquice de escoteiro! – disse ele, com uma voz aguda e nervosa. – Esse tipo de bosta provavelmente já foi desacreditado há anos! Ninguém vai cortar a porra do *meu* pau!

– São só quatro cortezinhos, Gene! Cacete! Num temos tempo pra frescuras aqui! – uivou Scott.

Pela primeira vez Eugene percebeu que podia realmente morrer; que sua vida podia terminar ali naquele deserto pedregoso e implacável, sob aquelas circunstâncias tristes e malfadadas. Pensou na carreira de jogador de futebol que largara para cair na farra com Lana, indo a boates atrás dela, enquanto ela "tecia uma rede social" para promover a própria carreira. Aquela puta ouviria falar da morte dele ao aceitar um Oscar com uma lágrima fingida e um soluço sufocado na garganta. Tremendo de terror e exasperação, ele arquejou: – Tá legal... tá legal... eu deixo.

Eugene enrijeceu o corpo quando Scott lhe passou o canivete. Então olhou para o pau na mão, com os dois buraquinhos vermelho vivos, e a lâmina do canivete. Algo ruim subiu pelo seu estômago e ele achou que ia desmaiar.

– Faz você... você faz isso – sussurrou ele, devolvendo o canivete para Scott. Depois deitou, apoiando o corpo nos cotovelos para manter as costas levantadas e olhando para o teto alaranjado da barraca.

Ele trincou os dentes quando Scott segurou seu pau na mão. Fez uma careta quando o amigo fez o primeiro corte. Embora Scott tivesse que segurar com firmeza para ter um ponto de apoio, a pele sensível do pênis de Eugene cedia facilmente sob a lâmina. Umas gotículas de sangue brotaram em fila ao longo da incisão. O sangue só começou a fluir quando Scott fez a segunda incisão, perpendicular à primeira. – Maddy, jogue aquela toalha pra cá!

Madeline obedeceu rapidamente. Eugene gritou ao olhar para baixo e ver o sangue vermelho escuro sendo rapidamente absorvido pela toalha branca. – O QUE... PORRA, VOCÊ ESTÁ ME CASTRANDO, CARA!

– Se você não ficar parado, vou mesmo, caralho!

Scott fez rapidamente a incisão no segundo ferimento, mandando Eugene manter a toalha encostada no corpo enquanto o sangue fluía.

– Já está feito – disse ele, olhando para o amigo. – Mas ainda não terminamos. Alguém precisa chupar o veneno pra fora.

Instintivamente, Eugene olhou para Madeline, com uma expressão de esperança e pedido.

Ela ficou boquiaberta diante do pau que sangrava na toalha. Era grande e volumoso. Por alguma razão, ela sempre pensara em Eugene como tendo um pau menor, mesmo sendo um homem grande. Talvez estivesse inchado com a mordida da cobra.

– Nem pense nisso – atalhou ela. – Essa carne ensanguentada... é tão nojenta!

Eugene se sentiu totalmente desgraçado. Já imaginava sentir o fatal veneno da cobra deslizando dentro de suas veias e artérias, serpenteando com ameaça lenta na direção de seu coração. Lançou um olhar apoplético para Madeline e, meio implorando, meio ameaçando, disse: – Que puta egoísta, merda...

Madeline cambaleou um pouco para frente, ainda dentro do saco de dormir que mantinha enrolado no corpo, embora ainda estivesse usando seu top marrom. Com a mão livre, afastou o cabelo desarrumado que caía sobre seu rosto.

– Não vou chupar o seu pau. Está pingando sangue! Você pode ter aids, herpes ou qualquer merda assim. De jeito nenhum – disse ela, com uma finalidade gélida que fez Eugene relembrar aquela festa.

– Porra, eu provavelmente estou morrendo, cara... é uma porra medicinal, primeiros-socorros, caralho – implorou Eugene.

– Eu faço. Que se foda – disse Scott.

Eugene olhou para o amigo com súbita trepidação. Havia algo em Scott, agachado ali naquela bermuda verde. *Sempre* houvera algo a respeito dele: desde os tempos da faculdade. Aqueles olhos de garota. As mãos de mulher. Scott tivera poucos amigos íntimos na UCLA e depois da formatura ele seguira Eugene até San Francisco, dizendo "Lá é um lugar legal". Depois se mudara para perto dele em North Beach e nunca parecera realmente interessado em xotas. O garoto era claramente esquisito.

– Fique longe de mim, cara – disse Eugene, levantando as mãos. – Eu quero que ela faça isso.

Ele apontou para Madeline, que novamente abanou a cabeça.

– Pelo amor de Deus, Eugene, você pode ficar muito doente – disse Scott, dando outro passo à frente.

Eugene virou as palmas das mãos para cima. – Pra trás! Fique longe de mim, sua bicha!

– O quêêê! Você deixou que esburacasse o seu pau com um canivete, mas não quer deixar que eu tire a porra do veneno! – protestou Scott, sem acreditar. Depois apontou para Madeline e berrou: – Ela não vai chupar o seu pau, Eugene!

– Você está certo, não vou mesmo – disse Madeline, olhando horrorizada para o pênis sangrento de Eugene. Fle esperava que ela chupasse *aquilo?* Depois todos os universitários ficariam caçoando dela na vizinhança, quando ela entrasse num bar. Nem pensar.

– Sua egoísta maluca... eu estou morrendo, porra! – gritou Eugene. – Você está me matando.

Madeline olhou para Scott e depois para Eugene. – Escute aqui, seu babaca, o Scotty já se ofereceu para chupar o veneno. Você está se matando com essa babaquice homofóbica. Acha que na volta para San Francisco ele vai sair pelos bares de Castro se gabando de que chupou um pouco de veneno desse seu pau molenga?

Eugene deixou aquilo penetrar em sua mente e olhou para Scott, que deu de ombros. Então fez um meneio de cabeça triste e cansado para o amigo que se ajoelhou e mais uma vez pegou hesitantemente o pau na mão. Olhou para o velho colega de faculdade. Nunca vira olhos tão afeminados quanto os da cabeça que olhava com tristeza para ele. Meu Deus, pensou. Agora tudo faz sentido. Ele meneou a cabeça e ergueu o olhar para o teto da barraca. Madeline ficou olhando fascinada, enquanto a boca de Scott chupava a ponta sangrenta e inchada do pau de Eugene.

A tempestade pegara os dois de surpresa. Parecia apropriado que a fúria dos deuses desdenhasse deles durante aquela fuga terrível da vingança de Carmelita. Eles só queriam dar o fora, embora não soubessem direito para onde estavam indo. Noe, o irmão mais moço e mais circunspecto dos dois, olhava sério para Alejandro, cinco anos mais velho, enquanto iam em frente pela poeira.

Roubar a própria família era uma coisa tão ruim, pensou Noe, enervado. Eles jamais seriam perdoados por Carmelita, nem por Deus. Haviam destruído tudo, todos aqueles anos de amor e proteção que a irmã mais velha lhes dera. A culpa era da América. A eles fora prometida uma vida melhor ali, mas o país transformara Alejandro. Endurecera seu coração. Noe lembrou que Carmelita ia com eles à igreja em Ciudad Obregón todo domingo, sempre fazendo questão que estivessem limpos e bem-arrumados. Insistia para que frequentassem a escola e até mesmo visitassem o pai na prisão, enquanto rezavam pela alma dele e punham flores no túmulo da mãe.

Ele olhou para o maxilar quadrado, as feições marcadas e os olhos fundos de Alejandro. Olhos de assassino, dissera Carmelita depois que Alejandro quase matara um jovem de pancada num bar, por causa de uma discussão boba. Os olhos do pai deles.

Contudo, era Carmelita que sempre arranjava desculpas para Alejandro. Fora ele que achara a mãe, lá ainda na cidade natal deles, no sul do estado de Sonora, curvada na cozinha, respirando pesadamente, com a dor estampada no rosto, enquanto fumava um cigarro. Uma panela de arroz e outra com feijão de corda haviam ficado cozinhando no fogão, e a casa cheirava a comida queimada. Então ele vira o sangue no colo dela e no enorme facão em cima da mesa. Começara a chorar e perguntara o que acontecera, embora soubesse, e, num acesso de raiva alucinada, revirara a casa à procura do pai. Tinha certeza de que a faca fora manejada pela mão bêbada do velho, cujo hálito fedia a tequila e a perfume barato de prostitutas.

Mas o velho fugira.

A mãe implorara que Alejandro não chamasse um médico, nem a polícia, dizendo que a coisa parecia pior do que realmente era, só para proteger o marido traiçoeiro, mesmo com o colo coberto pelo próprio sangue. Então emborcou sobre os joelhos e caiu pesadamente no piso ladrilhado. Alejandro gritou e correu, procurando ajuda. Era tarde demais; a mãe morreu antes de chegar ao hospital.

A polícia encontrou o pai deles poucas horas mais tarde, e ele confessou imediatamente. Os dois haviam discutido e ela enfurecera o marido, que cegamente dera-lhe um golpe com o facão, devido à mente toldada pela bebida. Quando viu o sangue, ele se persignara e ficara perambulando durante algum tempo, terminando por voltar aos braços de sua prostituta favorita na sórdida *Casa de Huéspedes* que frequentava no sujo Boulevard Morelia. Era uma mulher grandalhona e carnuda chamada Gina. Os policiais encontraram o homem soluçando e cantando um *alabados*, um comovente hino de louvor ao sofrimento da Virgem Maria, enquanto era ninado pela prostituta feito um bebê.

36

Então a irmã mais velha deles, Carmelita, tentara se transformar na mãe dos dois. Levou os meninos para os Estados Unidos e trabalhou duro para lhes dar uma vida melhor. Noe se lembrava do momento em que cruzou o velho porto pela última vez: o céu mosqueado cheio de nuvens, o grito das aves, e depois a viagem de carro pelas estradas do deserto cheio de amarilhos e rochas amareladas até a via expressa. Durante todo o tempo Carmelita cantava e dizia a seus excitados irmãos mais novos como seria boa a nova vida deles na América.

E fora essa a recompensa que eles deram a ela!

Na alma arrependida de Noe, a irmã, que até bem recentemente parecera uma megera amedrontadora, estava lentamente assumindo a figura de uma madona. Ele lançou novamente um olhar para a boca cerrada de Alejandro, que tinha os dedos grandes, cheios de anéis dourados, apoiados no volante do Chevrolet.

É ele, o idiota valentão! Ele é que fez isso comigo. Me tirou da escola e dos meus amigos. Envenenou minha alma. Ele é exatamente como o merda do nosso pai!

Alejandro virou-se nesse momento, percebendo o olhar raivoso do irmão magricela, e atalhou: – Qual é o problema?

– Nada – disse Noe, meigo feito um gatinho ante o olhar duro do irmão mais velho.

– Não olhe pra mim assim – cuspiu Alejandro, contemplando novamente Noe com seus olhos negros e frios de assassino.

Um raio de medo atingiu Noe bem no peito e ele virou o rosto para a janela ao lado. Sentiu o ar mais frio no rosto, lembrando das vezes em que o pai pegava emprestado o velho carro do seu irmão e levava a família para a praia em Miramar, perto de Guaymas, na costa mexicana do Pacífico. Lembrou do nítido formato das imponentes montanhas nuas que circundavam a baía. A vez em que ele cortara os pés na água baixa, pisando nas conchas das deliciosas ostras nativas do lugar. Ele e Alejandro pediam moedinhas quando os pescadores de todo o mundo convergiam para Guaymas, a fim de participar de torneios e perseguir os peixes no Mar de Cortes.

Olhando sombriamente através da poeira que se assentava no horizonte, lentamente visível e quebrado apenas por grandes rochedos, ele pensou de novo na agora santa irmã. O que eles haviam feito com ela? O dinheiro. A sua poupança. Todo o seu trabalho árduo. A sua chance de ter uma vida melhor; eles haviam arruinado tudo.

Havia algo ali à frente. A poeira estava clareando e um objeto peculiar, com um luminoso brilho alaranjado, ficou visível no lado da estrada. Alejandro parou o carro e os irmãos desceram do veículo, mas ficaram desapontados porque, inspecionado de perto, o que lhes chamara a atenção era só uma barraca banal. Ao lado havia um veículo 4x4, quase emborcado de lado depois de bater num íngreme monturo de terra, areia e piçarra acumulado por rochedos junto à estrada. Alejandro puxou o 38 do bolso de dentro e transferiu o revólver para o bolso externo do blusão de couro. Noe começou a protestar, mas desistiu. Pelo que sabia, Alejandro nunca atirara em alguém antes, mas impelido pela raiva alucinada e a exasperação naquela terra estranha ambos sentiam que ele estava destinado a fazer isso, e provavelmente logo. Noe só rezava para não ser o alvo.

O céu cambiante revelou um sol rubro, reluzindo defronte deles. Na claridade que aumentava, eles perceberam vagamente vultos imprecisos silhuetados dentro da barraca. Noe tocou o braço de Alejandro, mais com espírito de afirmação do que de tentativa para que ele tivesse calma. Ao fazer isso, porém, viu sua mão ser afastada rudemente. Confiante, Alejandro abriu a porta da barraca.

Instantaneamente recebido por um cheiro que conhecia muito bem, o odor acre de sangue derramado no calor, ele mal conseguiu acreditar em seus olhos ao perscrutar a cena ali dentro. Ajoelhado, um gringo fazia felação num outro, enquanto uma garota bonita assistia. Eram pessoas realmente nojentas, pensou Alejandro com raiva. O pênis do homem estava coberto de sangue. A garota tinha uma toalha ensanguentada no colo. Estava claro que o animal fodera a boceta fedorenta dela durante o período sujo do mês e o outro porco gringo estava chupando para limpar o sangue! Com fúria amarga, Alejandro ficou imaginando se sua irmã estaria participando de tais brincadeiras sórdidas naquele momento, com o namorado viado de seu amante rico lambendo o nojento sangue menstrual dela do pau do homem, enquanto ela a tudo assistia excitada, como boa puta que virara. Agora o porco *norte-americano* chupador de pau virou e cuspiu um bocado de saliva sangrenta no chão.

Dentro da própria barraca deles!

Os americanos viraram-se chocados ao ver os irmãos mexicanos.

– Duas bichonas e uma guria sacana – disse Alejandro em tom calmo, com as feições mostrando malícia.

– Isso é... uma cascavel me mordeu – balbuciou Eugene. Depois gritou em tom ofendido: – Vão pra puta que pariu!

O rosto de Alejandro se fechou ainda mais e ele deu um passo para dentro da barraca.

– Ei, viadinho, tu não fala assim conosco, entende? – Alejandro sacou o revólver, apontando a arma para o pênis de Eugene e a boca de Scott. Depois rosnou: – Eu estouro teu pau mole e os dentes da boca do teu amigo viado também.

Scott e Eugene ficaram paralisados, boquiabertos, encarando com olhar vago o cano do revólver.

Madeline engoliu em seco, depois se inclinou para trás, apalpando a parede da barraca. – O que... o que vocês querem?

Alejandro olhou para ela de alto a baixo. Um ligeiro sorriso mordaz, de desprezo, passou por sua boca. Depois ele se virou para os outros dois e cuspiu. – Termina o troço.

Scott levantou o olhar, com o pau de Eugene ainda pingando sangue na sua mão. – O que... nós não estávamos...

– Escuta só – ordenou Alejandro, com um sorriso frio e a arma apontada para eles. – Tu termina de chupar o pau dele e chupa direito. Chupa feito uma garotinha chuparia o teu.

Scott protestou: – Mas...

– TERMINA! – rugiu Alejandro, enquanto Noe balançava a cabeça freneticamente, implorando que eles fizessem o que o irmão mandava.

– Faça o que ele está dizendo, pelo amor de Deus! – implorou Madeline.

Quando o aterrorizado Scott começou a obedecer, Alejandro olhou para Eugene. – E tu vai gostar disso. Quero ver tu gozar na cara dele como se fosse tua piranha.

De repente Scott começou a engasgar no pau de Eugene. A coisa parecia horrível e tinha um gosto azedo; o sangue metálico era tão forte que ele começou a imaginar se o veneno da cobra não estaria na sua boca, descendo pela goela e entrando no estômago. Achava que cuspira a maior parte do veneno, mas não podia ter certeza.

E também havia o sangue sujo de Eugene. Scott pensou no comportamento do seu velho colega na faculdade e depois em San Francisco. Ao absorver aquela merda no seu organismo ele estava dormindo com toda vadia do campus, toda garçonete ou atendente de bar bêbada, toda piranha purulenta de Sunset ou Tenderloin em que o pau sujo do amigo já penetrara. E isso significava, por extensão, que também absorvera todos os paus doentes que haviam penetrado naquelas bocetas incubadoras de germes. Suas chances de contrair algo pareciam incomensuravelmente grandes. Ele lembrou de Eugene se vangloriando das putas que comera na viagem a Vegas no mês anterior; ficou imaginando os rostos duros e pintados delas, bem como os sorrisos complacentes e arrogantes de todos os frequentadores de bordel do mundo, de Tijuana a Tailândia, com despesas pagas pelas empresas. Nos ouvidos de Scott zuniam os cliques fantasmagóricos dos caça-níqueis de Las Vegas e os cânticos estoicos dos crupiês de rosto severo, indicando chances impossíveis contra a prevenção da infecção fatal. Enquanto isso, sua boca passeava em torno daquele pau suado e sangrento.

Mas ele precisava continuar. Porque uma bala no seu rosto àquela distância representava chances ainda piores. Piores do que quase tudo mais.

Aquela arma; havia uma *arma* apontada para eles! Aqueles homens eram psicopatas. Os olhos alucinados do filho da puta com o revólver... aquilo era como olhar para dentro do inferno. Sentindo um medo amargo, Scott decidiu que estava destinado a morrer inevitavelmente, com o crânio estourado pela bala de um assassino fuleiro, antes que pudesse tomar posse de sua herança. Seu dinheiro. O legado que lhe fora deixado. Tudo que seu pai juntara trabalhando. O velho; tudo que ele esperava que Scott fizesse na vida era sobreviver até receber. E nem mesmo essa única coisa ele conseguiria, cacete. Não haveria banda, nem sucesso, nada para impressionar seu pai. Ele pereceria ali no deserto, e a última lembrança da sua breve vida seria o maldito pau sangrento de Eugene dentro de sua boca. A terrível injustiça de tudo aquilo penetrou fundo na sua mente e Scott começou a soluçar. Então ouviu Eugene protestar, dizendo: – Não consigo. Não consigo gozar. Não consigo nem mesmo ficar de pau duro! Não gosto dele. Não gosto de homem...

Alejandro riu alto e bateu no peito, sem acreditar.

– Ele num gosta de home! Ouviu isso, meu irmãozinho? – Ele virou-se para Noe e abanou a cabeça de nojo. – Ele tem um viado chupano o pau dele, mas num gosta de home! Tu meteu na garota quando ela tava de chico. Vocês são animais!

Eugene protestou: – Olhe, cara, eu falei pra você que levei uma mordida de cascavel e...

– Cala a porra dessa boca! – rugiu Alejandro, com olhar fuzilante. – *Estás como los frijoles, al primer hervor se arrugan!*

Eles obedeceram imediatamente, enquanto Alejandro se virava para Madeline, agarrando com brutalidade o braço dela.

– Alejandro, por favor – implorou Noe.

– Calado, irmãozinho – ordenou ele num sussurro sibilante. Empurrou Madeline para cima de Scott e Eugene, murmurando em tom de ameaça suave para ela: – Tira o top e o sutiã.

Em tom desafiador, Madeline começou a dizer: – Você acha mesmo que eu...

Mas se calou, ao olhar para Alejandro por um segundo, e depois de novo para o 38 na mão dele. Num movimento rápido, tirou o top. Com metade do corpo dentro da barraca, Noe viu a medalha de são Cristovão em torno do pescoço dela, caindo sobre o externo, por cima dos seios. Foi levado a se persignar e a dizer uma prece silenciosa. Depois respirou fundo, quando Madeline tirou o sutiã.

Alejandro pensou em todas elas, as esposas e filhas preguiçosas dos ricaços. Estiradas de biquíni na beira da piscina e bebericando seus drinques, elas nunca percebiam a presença dele, que suava nos jardins. E ele queria ser visto por elas. Queria que elas tirassem a parte de cima dos biquínis. Libertassem aqueles seios inflados de silicone. *Agora* ele podia fazer com que elas fizessem isso.

– Tá vendo os peitos dela, viadinho?

Alejandro voltou-se para Eugene, que virara a cabeça de lado. Primeiro ele curvara a cabeça, mas assim era forçado a olhar para Scott.

– Olha pra ela, viadinho – insistiu Alejandro, agitando a arma.
– Olha pra esses peitos bonitos, tão firmes. Ela quer tu, viadinho, ela quer tu tanto... tanto...

Alejandro arquejou. Horrorizado, Noe percebeu que o irmão arriara a calça e estava se masturbando com a mão livre.

Noe recuou um passo para fora da barraca, tremendo ao segurar a porta de lona. Madeline fechou os olhos e Scott continuou chupando apavorado, engolindo o sangue escuro. Alejandro continuou se masturbando, enchendo a barraca com seus comentários.

– Ela quer tu assim como essa bichona quer tu, viadinho... e então, qual deles tu escolhe? Qual deles, viadinho? – Ele cuspiu para Madeline. – Ei, piranha... pega nesses peitos! Endurece esses bicos aí!

Madeline começou a se acariciar, primeiro transida de medo, depois tentando desviar seus pensamentos para Scott, num esforço para apagar tudo mais. Ficou tentando resolver se estava ou não apaixonada por ele. Aqueles olhos suaves e escuros, tão cheios de tristeza, mas também de esperança. Ele era um rapaz bonito e eles haviam tido uma grande experiência juntos com o *yagé*. Ela vira algo, uma alma, dentro dele e sabia que havia mais coisa ali além daquele herdeiro temeroso tentando evitar e tranquilizar um pai distante e uma mãe alcoólatra.

Depois pensou que deveria ter telefonado para sua família. Eles gostavam de falar com ela ao menos uma vez por semana. Madeline sabia que eles se preocupavam com ela. O que pensariam se soubessem que ela estava ali agora? Madeline pensou nos caminhos, aparentemente tão prosaicos, que haviam levado àquele local terrível. Apenas seis meses antes, ela estava trabalhando na Walgreen's e morando na casa dos pais num subúrbio de Cleveland, onde fora criada. Ela odiava o lugar e principalmente a escola do segundo grau. Acima de tudo, porém, desprezava seu sobrenome: Frostdyke.

Ou Lésbica Frígida, como falavam na escola os garotos mais sacanas.

Em San Francisco ela podia ser Madeline Frost. Às vezes, quando seu espírito feminino estava em ascendência, ela assumia o nome de solteira da mãe, Kennaway.

Quando os insultos começaram, Madeline reagiu tentando não chamar atenção para si mesma, mas foi exatamente o que acabou fazendo. Ao deixar que a mãe conservadora escolhesse suas roupas e a vestisse com vestidos dos anos 1950 e óculos grandes, Madeline Frostdyke tornou-se uma das mais notórias bizarrices da escola. E continuou assim, fazendo força demais para continuar anônima, mas foi pega em cheio pela puberdade, ganhando curvas que as deselegantes roupas sem estilo não conseguiam esconder e impulsos que uma família americana, profundamente religiosa, residente num subúrbio elegante, não poderia conter. Mas, tirando alguns encontros arranjados apressadamente para ganhar experiência carnal rudimentar, ela já decidira que Cleveland, tão cruel com Madeline Frostdyke, não conseguiria derrotar Madeline Frost.

Jackie Kennaway, uma esforçada estudante de direito da Universidade Jesuítica de San Francisco, ficou surpreendida quando uma jovem alegre, extremamente bonita, apareceu no umbral da porta. E ficou ainda mais espantada quando percebeu que a moça era sua jovem prima, antes muito acanhada, Madeline.

E assim a garota de Cleveland se mudou para o quarto de hóspedes que a tia de Madeline distraidamente mencionara estar disponível no apartamento de Jackie, em San Francisco. Inicialmente Madeline expressou o desejo de seguir os passos da prima na universidade: no seu caso, isso seria estudar administração de empresas, mas logo ficou patente que ela não acompanharia Jackie no campus. Madeline lançou-se à vida social da cidade como um urso se atira sobre toucinho, fazendo amizade com algumas das mais sociáveis amigas de sua estudiosa parente.

Por meio de uma delas, Candy, ela conhecera Eugene. Sem saber, ele instantaneamente fizera com que Madeline se lembrasse de Kevin Dailey, o namorado de Sara Nichols, sua terrível nêmesis, que alegremente orquestrara muitas das campanhas de perseguição a ela. Sara rapidamente fizera Kevin rejeitar Madeline, que então percebeu que a outra vira logo de início o que todas as outras divas escolares acabariam reconhecendo: Madeline Frostdyke era uma beldade e uma possível rival, cuja confiança deveria ser mantida baixa.

Sara tomara providências para que o calmo, esportivo e convencionalmente bonito Kevin nunca se interessasse por Madeline. Mas *esta* versão de Kevin Dailey tinha muito desejo por ela. Esse era o barato do troço. Mas aquilo era só uma brincadeira, porque era realmente com Scott, o melancólico Scott de olhos amendoados, que ela queria estar.

E fora por isso que ela se metera no deserto e naquele pesadelo. Onde agora havia somente aquela barraca e a voz rascante do mexicano atarracado.

– Chupa com força, bichinha. Olha pra garota, viadinho, olha pro show que ela tá dando pra gente com esse lindos peitões... talvez tu devia chupar neles, hein, viadinho? Hein? Como tu fode aquela boceta suja, hein?

Boceta suja? De que porra estava falando aquele *cucaracha* babaca, gordo e desengonçado?, pensou Eugene, enquanto olhava para os seios de Madeline. Eram belos peitos, não havia dúvida. Cheios, firmes, mas reais, sem que um fosse notoriamente maior que o outro. Ela ficava muito bem de olhos fechados, tentando se concentrar, sem parecer impotente e humilhada. E Eugene compreendia isso. Ele pensou na sua experiência triste e solitária na indústria pornográfica. Vinha tentando ganhar algum dinheiro adicional como aluno na universidade, e ele e Lana estavam decididamente em uma fase distante da sua relação intermitente. Seu amigo Jerry fazia aquilo; por que ele não podia fazer também? Estava sarado, porque malhava, e era bem-dotado. Parecia ser uma boa maneira de ganhar dinheiro: foder umas garotas gostosas. Ele se lembrou de, quando moleque, ter feito uma ponta em algumas cenas de *A outra irmã*, rodada, como tantos filmes de Hollywood, na sua escola do ensino médio. Chegara a acalentar a ideia idiota de que poderia ser notado por alguém e chegar ao estrelato em Hollywood antes de Lana.

Quando Eugene chegou à casa no Valley para o teste, havia três outros caras na fita, ou tentando entrar na fita. Ele não conhecia nenhum deles. Um gordo metido num terno azul-marinho, sem gravata, recebera todos. A única coisa que Eugene recordava sobre os outros caras era que um deles usava uma camiseta White Stripes. Todos ficaram esperando numa sala onde havia refrigerantes e revistas. Disseram que Eugene seria o último. Durante a espera ele foi ficando cada vez mais nervoso. Os dois primeiros caras entraram pela porta com andar arrogante e saíram em silêncio, com os ombros caídos de humilhação. Depois que o segundo foi embora, Eugene e o cara de camiseta White Stripes ficaram se observando, um pouco inquietos. O White Stripes entrou primeiro, deixando Eugene sozinho, e ele ficou ali um tempo interminável. Quando saiu, o White Stripes ostentava um sorriso contrafeito, recebendo do gordo tapinhas nas costas. Ao se despedir, o pornógrafo disse "Lembre-se de fazer mais abdominais!". Então chamou Eugene, para quem o White Stripes deu uma piscadela eufórica ao sair.

No sofá da outra sala reclinava-se uma garota nua, com uma negra cabeleira lisa, maquiagem pesada, grandes seios falsos e um bronzeado alaranjado. Atrás da câmera havia um sujeito churriado, com sotaque texano e forte bafo de álcool. O cara apertou a mão de Eugene, apresentando-se como Ray. A garota ficou calada, mas deu um feio sorriso predatório para Eugene quando o gordo disse "E essa moça linda é a Monique".

Eugene foi até a garota e deu-lhe um beijo casto. Fez isso de maneira confiante, como vira artistas pornô fazerem ao conhecerem parceiras novas.

– Muito bem, filho, vamos ver o que você tem – disse o gordo apressadamente.

Cheio de luxúria, Eugene se despiu avidamente. A tal da Monique era gostosa. O problema era que, por algum motivo, o pau dele não estava recebendo a mensagem que o cérebro enviava. Ele sabia que precisava esquecer a câmera e as outras pessoas em volta, focando somente em Monique. Naquela bunda firme dela. Na boceta depilada. Nos grandes lábios vermelhos. Nos pesados peitos siliconados.

Mas nada acontecia. Absolutamente nada. Os gestos e trejeitos de puta por parte de Monique nada adiantaram. Lentamente, suas feições foram se congelando numa máscara de tédio. Logo Eugene foi forçado a desistir, saindo tão humilhado quanto os dois primeiros candidatos. O gordo dissera "Não se preocupe, filho, muito poucos caras conseguem se divertir diante da câmera na hora certa. Vejo verdadeiros garanhões entrarem aqui desfilando feito reis do pedaço, mas noventa por cento saem com o rabo entre as pernas, feito vira-latas surrados".

E ali, naquele momento decisivo, o pau voltava a não endurecer. Só que desta vez aquilo poderia lhe custar a vida. A câmera, a maldita câmera. Agora a câmera era o cano de uma arma e os olhos negros feito breu do assassino que segurava a coronha. Eugene olhou de novo para Madeline. Era era tão linda. Ele morreria sem conhecer aquela garota. De olhos fechados, ela mantinha uma nobreza trágica, mas heroica. Os peitos dela eram tão maravilhosos. Se pelo menos *ela* estivesse chupando o pau dele... aqueles seus lábios, trabalhando habilidosamente no pênis dele, agora engolindo tudo até o fundo da garganta, mas ao mesmo tempo ela só estava parada ali, virtuosa e serena...

Madeline... Madeline...

Sim. Era ela. ERA ela. O pau dele endureceu.

Ah, puta merda, Madeline...

De repente, Eugene sentiu uma explosão brotando em seu corpo, que estremecia. Ele estava gozando como nunca antes. Então, em meio à euforia, ele subitamente se lembrou da regra de ouro da pornografia: o público precisa ver a ejaculação "facial", e aquele público mortífero provavelmente mais do que qualquer outro. Rapidamente ele puxou o pênis, inundando de esperma o rosto e os lábios ensanguentados de Scott. Horrorizado e ao mesmo tempo em êxtase, ele gemeu: – Ah, meu Deus...

Depois sussurrou para Scott: – Desculpe, parceiro... eu...

Alejandro ejaculou quase simultaneamente e seu esperma alcançou a perna de Madeline. Depois cobriu o pau com a cueca.

Ergueu a calça e fechou o zíper com movimentos relaxados. Estendeu a arma para Noe, que recuou. Eugene e Scott se entreolharam.

– Pega isso – ordenou Alejandro. O menino avançou vagarosamente e segurou a arma com as mãos trêmulas. Alejandro insistiu. – Aponta pra eles.

Noe obedeceu, com o revólver tremendo quase incontrolavelmente na mão. Scott afastou o olhar. Seu lábio inferior parecia imitar o ritmo de movimentos da arma.

– Continua mirano neles – disse Alejandro alegremente, dando um tapa amistoso nas costas do irmão aterrorizado. – Sente o poder disso... seja home. Se um deles abrir o bico, atira.

Então seus olhos caíram sobre o telefone celular de Madeline, que estava caído perto do saco de dormir dela, no forro da barraca.

– Acho que vou pegar isso – disse ele, sorrindo e pegando o aparelho.

Madeline já abrira os olhos e cruzara os braços sobre os seios.

– Por favor, deixe o telefone. Precisamos pedir ajuda – implorou ela. – Estamos presos aqui. Nem vamos contar o que aconteceu!

Com a arma ainda tremendo na mão, Noe lançou um esperançoso olhar de apoio para Alejandro, que continuou impassível, encarando Madeline. Ela se calou.

Alejandro olhou para Eugene e Scott.

– Cês deviam mandar essa piranha calar a porra da boca, ou ela vai fazer que eu mate todo mundo aqui. Agora preciso dos outros telefones de vocês. – Sorriu, e apontou para Scott. – Tu aí... onde é que tão?

– Eu... eu não trouxe o meu. O do Gene está ali. – Scott apontou para trás.

Viado babaca, pensou Eugene.

Alejandro olhou para ele com uma expressão quase caridosa. – Tu num trouxe o telefone?

– Não... eu... eu... perdi o aparelho – gaguejou Scott de novo. – Pode verificar a mochila, se quiser.

– Acredito em tu. Acho que tu tá apavorado demais pra tentar nos enganar. Joga o outro telefone pra mim.

Scott jogou o telefone de Eugene para Alejandro. Ele se agachou, pegou o aparelho e ficou mexendo nos dois telefones durante algum tempo. Depois disse pensativamente: – Sabem, se eu fosse vocês, ligava pra polícia assim que a gente se mandasse.

– Por favor – implorou Noe ao irmão, com o revólver ainda tremendo na mão. – É melhor a gente ir embora agora!

Alejandro levantou a mão para silenciar o irmão.

Fungando e hiperventilando, Scott limpou algum esperma do rosto e começou a vomitar sangue. Eugene se recostou na parede da barraca, com o coração acelerado. Erguendo o olhar, só viu os olhos frios como gelo de Alejandro focalizados neles.

– Mas agora num vai dar pra ligar pra polícia – cantarolou o mexicano alegremente. – Porque agora a gente vai matar vocês.

Madeline virou-se para Eugene, com uma abjeta expressão de pavor no rosto esticado e branco. E então percebeu que era realmente amada por ele. Eugene faria quase tudo por ela. Menos ser baleado. Ele queria que Madeline fosse a primeira, e depois Scott. Pois estava vendo como aquele doido olhava para ela e não queria deixar Madeline sozinha ali com ele. Enfiou a mão no bolso e apalpou o cabo do canivete. Provavelmente só teria uma chance mínima, e isso se tivesse muita sorte. Caso contrário, eles virariam cadáveres na margem daquela estrada do deserto, devorados por abutres.

– Por favor – implorou Madeline a Alejandro, ajoelhando subitamente. – Não fiz nada errado.

Alejandro olhou para aquela mulher e viu a cruz pendente do pescoço dela. Era como a que sua mãe usava. Ele pensou novamente no pai, aquele animal que não mostrara misericórdia.

– Ei... relaxa. – Levantou o celular dela e começou a tirar fotos deles com a câmera. Quase sussurrando, disse: – Se forem bonzinhos, eu só vou pipocar com a câmera desse telefone.

Alejandro estendeu a mão e tocou suavemente o lado do rosto de Madeline. Eugene olhou para Noe, que parecia petrificado. Estava a ponto de dar o bote quando Alejandro de repente se voltou para ele. – Voltem praquelas posições outra vez, suas bichonas, pra num levar chumbo!

Madeline lhes deu um olhar perigoso e ávido. Com amargo abatimento, Eugene balançou a cabeça para Scott e eles tiveram que passar outra vez pela indignidade daquele ritual. Cada foto tirada por Alejandro parecia durar minutos e seus comentários debochados parodiavam distorcidamente um fotógrafo de moda. Eugene fechou os olhos e continuou ouvindo o mexicano. – Agora, se cês contarem essa história pra alguém, todos os seus amigos e parentes vão receber essas fotos lindas! Elas vão ficar bonitas nos álbuns de família... dois viadinhos e a garota dos peitinhos!

Eugene só percebeu que tudo terminara quando sentiu o ar frio e parado substituir o calor úmido da boca de Scott no seu pau. Só então ouviu os passos dos irmãos se afastando e abriu os olhos. No lusco-fusco cinzento, tomou consciência de um ruído de vômito ecoando, como nunca ouvira antes. Parecia que um espírito maligno estava rindo para comemorar uma degradação particularmente vil. Eugene pensou que Scott ou Madeline estivesse vomitando, mas então viu os olhares vagos dos dois. Ao sentir uma ardência insidiosa, de repente percebeu que a fonte daquilo estava dentro de si mesmo. Virou-se para a lona, apoiando o corpo nos braços grandes enquanto a bile saía de suas entranhas, com um riso nervoso pontuando cada arquejo debilitante. Lá fora, ouviu o motor do Chevy dando a partida e se afastando na luz esmaecente do deserto.

Se você gostou da escola,
vai adorar trabalhar...

1

TREES

A ex-mulher apareceu na casa da minha mãe com a menina. Para tentar deixar tudo bem claro. Usando a menina feito a porra de uma arma contra mim. É engraçado como as pessoas mudam com os anos. Examinando Trees do outro lado da mesa, com aquele olhar desesperado, aqueles gestos meio espasmódicos, aquelas mãos unidas como se fossem troféus em exibição; fiquei impressionado com o pouco que eu sentia. Ela era a mulher com quem eu tinha dormido toda maldita noite, excetuando acidentes (geralmente felizes, por falar nisso), durante dezesseis anos. Loucura, mas acho que eu queria sentir *alguma coisa*, qualquer coisa, só para pensar que tudo não tinha sido uma merda total de perda de tempo.

Preocupante também foi ver minha absoluta indiferença espelhada no olhar vago dela. Trees estava de cabelo curto, tingido no antigo tom castanho, mas a cor era um pouco forte e profunda demais; na minha opinião, aquilo só chamava a atenção para o fato de que ela estava envelhecendo. Era o tipo de penteado com que a Fêmea-em-Questão anuncia para o mundo: "Eu desisti do fantasma de ser jovem e oficialmente virei minha mãe."

Não sei se é por perceber o desdém nos meus olhos, mas ela fica olhando para mim como se eu também fosse um traste velho. Logo eu! Ainda com uma cintura de oitenta centímetros, mesmo reconhecendo que já ganhei um bocado de banha. Fiquei pensando que só podia ter havido um ponto qualquer em que nós deixamos de ser humanos, de ser reais, um para o outro. Agora só ficávamos repetindo essa pantomima, a qual, para ser justo, acho que também não caía muito bem nela. Ninguém se diverte muito apresentando a versão menos lisonjeira de si mesmo. Quando nos encontrávamos, coisa que, graças a Deus, não acontecia com frequência, apenas nos lembrávamos da dupla de merdas que havíamos virado um para o outro. Trocando olhares, só conseguíamos ver fracasso e humilhação, e nunca veríamos algo além disso. Separados, conseguíamos colocar um ao outro numa espécie de pedestal; relembrar os bons tempos, até mesmo o amor, mas juntos? Pode esquecer.

Não vejo a hora de chegar em casa e isso com certeza não é mais aqui. Não, para mim são as Canárias: sol o ano todo, alegrando mulheres de férias. Você pode enfiar a Inglaterra na porra do cu.

Examinando a casa da minha velha mãe agora, é triste ver o pouco que ela arrumou na vida. Alguns móveis, a tevê e uns badulaques em cima da porra da lareira: só sobrou isso. Ela é uma das últimas daquela geração que mantinha os narizes limpos, sempre fazia fila para lutar na porcaria de alguma guerra idiota e todo Natal escutava feito uma cachorrada obediente as baboseiras de merda da rainha. É claro, exatamente como seus antepassados, foram majestosamente enrabados. Desde a Primeira Guerra Mundial, vêm aguardando que surjam os tais lares adequados a heróis. Então, onde estão eles? Não vejo nenhum nesta terra de bosta.

É, talvez eu redecore a casa da velha quando fizer outra visita prolongada. Dê uma mão de tinta. Coloque um pouco de papel de parede. Alegre um pouco as coisas.

Olho de novo para Trees. Certas coisas exigem mais do que uma renovação superficial para ficarem palatáveis.

Mamãe, que Deus a abençoe, levou Emily para a cozinha. Tal como a velha, a pobre bezerrinha não é boba; sabe que vamos ter uma conversa sobre ela, mas sai. Então a Madreputa Teresa baixa a voz e diz: – Eu estou enlouquecendo, Michael. Ela não faz porcaria nenhuma... nem dever de casa, nem tarefas domésticas pra me ajudar... os professores estão reclamando...

– É, acho que eles sempre fazem isso – concordo meio distraído.

Ela olha para mim e abana a cabeça com desdém. – É o que tem pra me dizer? Lugares-comuns, cacete... os mesmos lugares-comuns de sempre.

É uma expressão nova que ela aprendeu: lugares-comuns. Uma expressão sofisticada para a família Hardwick. É melhor não dar porcaria de educação alguma a gente desse tipo, só gera insatisfação. Todos ficam mais contentes asfaltando pistas.

– Olhe aqui, se você quer que eu vá a uma reunião na escola, pelo menos me avise um pouco antes. Não é fácil fazer isso administrando um bar a centenas de quilômetros...

Eu vejo um brilho malévolo nos olhos dela e percebo que cometi meu primeiro grande erro. Como de costume, ela abana a cabeça e dá o bote. – Ah, coitado do Mickey, deve ser uma vida tão dura... administrar um bar numa ilha ensolarada! Que lugar-comum...

E a porra da vaca tira sangue primeiro. Nosso garoto precisa se refugiar nas cordas, manter a calma e continuar se esquivando.

As molas salientes da poltrona antiga estão penetrando nas minhas costas. Eu deveria trocar os móveis da velha. Não que ela use essa poltrona. Era a cadeira do velho. Um chiqueiro desses, e o que o velho punha para tocar nas festas? Aquela canção do Tony Bennet: "The Good Life". Adorava ouvir aquilo. Só que ele não levou uma vida muito boa aqui, nem eu por falar nisso, quando me amarrei à porra daquela égua. Com as molas nas costas, ainda preciso ouvir essa vaca.

– Vamos, Trees, isso num vai resolver nada...

– Enquanto eu trabalho cinco dias por semana naquele laboratório e tento criar *nossa* filha!

Percebo que ela está muito tensa. Provavelmente louca para fumar um beise. É a fraqueza dela, e eu não tenho simpatia por quem não consegue controlar seus vícios. Só que ela sabe que não pode fazer isso na casa da minha mãe.

Teresa Hardwick está partindo para o ataque, tentando acertar um soco decisivo, mas Michael Baker ainda tem agilidade nos pés.

Eu solto ar pela boca como se fosse um peido. Paro quando me lembro que isso deixava Trees possessa. Nós todos temos essas coisas. Quais eram as delas que me piravam? Numerosas demais para citar, merda. Mas uma certamente seria a expressão que ela faz com a boca, feito um cu de gato, como está fazendo agora.

– Eu sei que a sua vida não é fácil – digo a ela em tom diplomático. – Mas aquele bar é o meu ganha-pão. Eu não vou voltar pra ficar sentado aqui sem fazer nada. Pelo menos assim posso ganhar algum dinheiro e mandar pra você...

Talvez a última frase tenha saído em tom um pouco presunçoso demais.

Um belo jab de Baker! Hardwick sentiu o golpe.

É claro que ela fica alucinada, feito torcida de time pequeno quando está ganhando. – É, você vive se sacrificando, num é, Mickey?

Hardwick contra-ataca. Ela ainda tenta acertar outro soco de direita, mas Baker já se afastou.

– Olhe aqui, eu num vou ficar sentado trocando insultos com você aqui nessa sala. Você sabe o que acontecerá... nós dois vamos começar a gritar – digo em tom de apelo. – Exatamente como antes... isso não me faz bem, não faz bem a você e certamente não faz nenhum bem a Em. E eu preciso respeitar a casa da minha mãe.

– Você é bom nisso, num é? – sibila ela feito a porcaria de uma bruxa. – Respeitar casas.

Ah! Isso foi um golpe baixo de Hardwick!

Há um longo silêncio, enquanto ela simplesmente olha para mim e me avalia. De que adianta isso, caralho... fazer o relógio voltar atrás como se fosse ontem? Tem gente que simplesmente não consegue avançar. Falha de caráter, se pode dizer. Eu levanto e me espreguiço, conseguindo abafar um bocejo. Trees odiava que eu bocejasse quando ela estava arengando. Atualmente precisa se acostumar a isso. Eu dou uma olhadela para a antiga foto de meu pai em cima da lareira. Engraçado, mas hoje em dia aquele bigode faria com que ele parecesse bem suspeito.

– Vou voltar amanhã – digo eu. – Mande notícias.

Bom trabalho de Baker, que obviamente estava sem fôlego, mas continuou dançando para fugir do ataque.

Trees entende a dica e se levanta. Eu noto mais uma dobra de gordura debaixo do seu queixo. Ela sempre gostou demais de frituras; desde a nossa época de namoro. Mas toda a família Hardwick era uma gentalha, nutrida com junk food. A mãe dela achava que culinária fina era pôr um monte de gurjões de peixe debaixo da grelha, e não na frigideira. "Eu sempre grelho a minha comida", costumava comentar a velha cheia de pompa. Assim, acho até que Trees não estava tão mal, vindo de uma casa como aquela. Meu velho sabia tudo a respeito deles. Uma gentinha, falou ele a primeira vez que eu trouxe Trees para casa. E eu nem gosto da ideia de Em ficar zanzando por lá. Não é exatamente um lugar, para falar diplomaticamente, onde alguém aprende algo que valha a pena. Só se você pretende que a ladroagem e a cartomancia sejam suas especialidades.

O gene dos Hardwick, que em Trees nunca se afasta muito da superfície, irrompe com força quando ela diz num sussurro sibilante: – Pois é, você está fazendo o que sempre faz quando as coisas ficam pretas; foge e faz com que o resto das pessoas limpe a porcariada que deixou pra trás.

Ela se empertiga toda, feito alguém com uma vara de aço enfiada no rabo, e sai para buscar Em.

Outro golpe baixo e o árbitro desclassifica Hardwick! O vencedor e ainda incontestável campeão é... Mikeeee Bay-kah!

Eu sinto vontade de gritar de volta para ela: a porcariada foi você quem criou, gata, porque depois que ela ficou só com você é que todos esses problemas começaram. Mas mordo a língua e penso no avião que vai me levar para casa. Trees é assim: para ela, não basta arquitetar a própria ruína; está decidida a arrastar todo mundo para o fundo. Mas eu estou fora desse joguinho. Alguns de nós têm uma droga de vida para viver, muito obrigado! Como o velho Winston disse uma vez: "Embora preparado, prefiro que meu martírio seja adiado."

Acabou!

2

CYNTH

Porcaria de tempo: paraíso ensolarado o ano todo, dizem eles. Conta outra! Essa tempestade maluca apagou todo o aviso que eu levei séculos escrevendo no quadro fora do bar: Taça Worthington, Chelsea x Manchester United. Só desenhando o brasão do Chelsea eu gastei um tempão.

Meu humor não é melhorado por Margarita, nossa faxineira, que chega com atraso de uma hora. Eu aponto para o meu relógio e digo: – Você está de brincadeira?

Ela começa a tagarelar sobre o marido, o filho e a porra de um acidente de carro nessa tempestade doida. Eu me solidarizo, saio com ela e aponto para o quadro de avisos molhado. – Já viu a minha situação?

Este pequeno e antigo pub inglês, o Herefordshire Bull, na velha e ensolarada Corralejo, é a minha base de operações... bem, minha e do meu sócio Rodj, para ser fiel à verdade. É um estabelecimento sem frescuras e de má reputação, do tipo que se encontra lá na Inglaterra. São dois balcões pequenos, um diante de banquetas e o outro num salão, cada um com um telão. No salão fica uma jukebox e junto às banquetas há um lugar para se jogar dardos. Do outro lado do bar, os caubóis expatriados que nós herdamos quando compramos o local de um fazendeiro aposentado, há cinco anos. Sem dúvida, um antro de iniquidade. Mas não é uma vida ruim, para dizer a verdade. Eu gosto de pensar que nós, os ingleses, ou ao menos alguns de nós, trouxemos um pouco de calma e serenidade a esta ilha.

Na noite de hoje dois japas são meus primeiros fregueses. Não se vê muitos deles em Corralejo, embora haja um pequeno bordel, bem simpático e cheio de beldades sul-americanas, logo ali na esquina. Ao que tudo indica, o lugar faz algum sucesso. Só que é caro, e eu nunca entendi a vantagem de se pagar por algo que você facilmente obtém de graça, caso não seja muito exigente. Um dos japas põe uma música de John Lennon na vitrola e eu balanço a cabeça para eles. Depois vou até Cynth, que está lavando uns copos, e bato sutilmente na bunda dela, sussurrando um trecho da canção.

Adoro a gordura de Cynth.

Ela me devolve um leve beliscão na bunda e pisca para mim. Eu acabo de iniciar...

Ah, destino: planeta baixaria.

Achei que haveria mais movimento hoje à noite, pois tanto o Chelsea quanto o Manchester United são muito populares entre os expatriados, mas surpreendentemente não há muitos torcedores no pub. Dois rapazes do norte da Inglaterra entram e começam a criticar os sulistas molengas, mas eu não vou morder a isca. Esses putos exibicionistas do norte. O principal é que Cynth está aqui. Fico olhando para aquelas grandes nádegas pesadas, aqueles peitos enormes, e então penso: "Eis uma mulher cuja estrutura básica não consegue conter sua sexualidade." Os peitos e a bunda se expandem por toda a porra do bar. Com a linha do maxilar ainda bem definida e a pele do rosto ainda esticada. Cada porcaria de copo de cerveja, ou cada fatia de pizza, vai direto para a barriga, os peitos e a bunda. É por isso que eu gosto de ver Cynth comer demais; na realidade, até encorajo isso!

– Tome outra cerveja, gata – digo para ela.

– Não no trabalho, Michael. Você está tentando me embebedar?

Ela dá uma risada. Cynth é divertida, e essa é uma qualidade que todo mundo aprecia numa mulher. É claro, algumas só agem assim até conseguirem o que chamam de "compromisso", e então viram umas éguas escrotas. Nessa fase começam a encarar o parceiro como um saco de pancada psicológico, que leva os socos porque elas não podem socar a própria vida que as decepcionou. Você se torna um especialista em tudologia no jogo dos bares. Walton, Guildford, Romford, Streatham, eu passei por todos.

– Pegue outra fatia daquela pizza, então, garota – sugiro eu, apontando para a massa gordurosa na estufa.

– Nada disso, não posso, não é? Estou engordando demais – protesta ela.

– Você não tá gorda, não fale bobagem – digo a ela. – Você é anoréxica... esse é que é o seu problema. Já li tudo sobre essa mania de beber e se purgar.

– Isso é bulimia – diz ela, tocando a barriga.

– Pode até ser, mas é a mesma coisa, num é? Mulheres preocupadas demais com comida.

Eu sorrio, porque gosto de garotas carnudas. Gosto de ver o corpo de Cynth bambolear e remexer quando ela se movimenta; realmente adoro ver Cynth servir, especialmene quando ela estica o corpo um pouco para alcançar o medidor e encher um copo. Já me peguei do outro lado do balcão, pedindo um uísque que eu nem mesmo queria, só para ver isso. Acima de tudo, acho que gosto de poder mudar Cynth, adoro ver seu corpo se espalhar depois de uma semana de gula, tudo instigado pelo seu criado obrigado.

As supermodelos até podem parecer bonitas quando vestidas, mas fala sério: quem gostaria de foder uma delas? Você se sentiria um daqueles indianos, deitado numa maldita cama de pregos.

Rodger não anda passando por um período muito glorioso. Foi pego por Bertie com a mão na cumbuca, falando metaforicamente. Na verdade, ele meteu os dedos na xota de Marcia, bem atrás do balcão. Que puto escroto. É claro que Bertie começou a fazer um discurso sobre parceiros, esposas de parceiros e territórios proibidos. "Ninguém cruza a porcaria dessa fronteira, Mickey", disse ele. Eu não vejo porra de fronteira nenhuma, mas não vou dizer isso a ele.

É claro: se eu tivesse esposa, poderia pensar de forma diferente. Só que isso nunca vai acontecer: gato escaldado tem medo de água fria, é o que eu sempre digo. Na verdade, porém, o único jeito de arrumar mulher boa é pegar as compromissadas mal-amadas. E elas geralmente só abandonam o barco depois de conferir se há mercadoria melhor em outro lugar. É a famosa mulher do estepe, que não consegue largar seu homem sem um babaca feito você para trocar o pneu. Claro: assim que ele some, você começa a receber ordens, ou então ela fica tão doida que é preciso sair fora. E você fica a seco feito um puto babaca, com uma reputação de cafajeste ou fantoche. A natureza humana é basicamente assim e, se você não conseguiu sacar isso depois de cinco anos administrando um bar, nunca vai conseguir.

Afinal de contas, eu próprio cantei a vadia da Marcia numa noite dessas. Um pouco magra para meu gosto, mas há algo nas magricelas chegando aos quarenta. Se elas não despencaram até então, devem ter algum vício grande. A experiência me ensinou que esse vício é, inevitavelmente, trepar. Uma magricela que chega aos quarenta geralmente é uma vadia sem-vergonha, a fim de qualquer coisa desde que você ultrapasse a primeira barreira. Muitas vezes essa primeira cerca é o único problema. Marcia estava de novo bancando a gostosa, só para me deixar de pau duro. Fui direto ao ponto e dei-lhe um agarrão diante dos toaletes. Ela me estapeou a porcaria da cara, recorrendo ao velho truque de inocência, antes de se mandar. Eu falei para ela que tudo bem, e que provavelmente me enganara. O Jack Daniel's faz isso com a gente.

Toda porra de vez.

Já o escroto do Rodger parece estar se dando bem. Esse meu sócio é um canalha do mais alto grau, com aquele cabelo gomalinado e um sorriso permanente no rosto, mesmo quando está puto da vida. Decididamente, comer a velha Marcia deve ser muito bom, de modo que nem posso culpar Rody por tentar afogar o ganso. Por ser casada com o coitado do Bertie, que Deus o tenha, ela deve estar subindo pelas paredes. Eu ficaria surpreso se não fosse esse o caso. Mas preciso admitir que o velho Rody está atualmente na *pole position*, mesmo não sendo grande coisa na hora dos finalmentes.

Essa ilha está cheia de viciados, caralho! Dois putos sentados no canto do balcão olhando para a porcaria das paredes. Desculpe, mas eu saí de Londres por algum motivo? Erro meu, cacete. Se bem que a qualidade do futebol na chamada Primeira Divisão afasta qualquer puto. O jogo é uma merda, com táticas para caralho e todos os craques perseguidos por cinco no meio de campo. Jogando por porcentagens e cobrando dos otários quarenta libras pelo privilégio; já os babacas feito eu pagam pelos pacotes de transmissão por satélite. Depois ainda há os locutores e comentaristas: a emissora de televisão manda que eles floreiem qualquer porcaria de partida, de modo que os putos têm orgasmos enquanto em casa nós adormecemos no sofá, ou no boteco pedimos que a garçonete ligue a porra da jukebox. Então outro uísque desce goela abaixo, meu rosto fica incendiado e eu percebo que tomei no rabo outra vez!

De qualquer forma, eu e Cynth estamos nos divertindo. Incomível até o segundo uísque, mas depois ela põe você bem assanhado. As mulheres nos fazem de babaca o tempo todo. Não que eu seja do tipo cínico; na verdade, sou alegre por natureza, e isso é só uma observação.

Eu e Cynth ficamos pelo meio do caminho na noite da véspera da viagem à casa da minha mãe em Walton: foi uma noitada regada a vinho tinto. Acho que cheguei a meter nela, acredito que foi isso que aconteceu, mas estava chapado demais para me lembrar direito. Assim eu acordo cheio de tesão e meus dedos vão para os países baixos dela. Deus do céu, parecia que eu estava manuseando uma lixa. Mas é engraçado o que a gente aprende com um pouco de experiência. Se eu fosse jovem, teria interpretado aquilo como um sinal de que ela não estava a fim de mim e dito algo defensivo como: "Qual é a sua, tu é frígida ou sapata, caralho?"

Nada como a experiência. Dava para ver que ela tinha bebido vinho demais e estava só um pouco desidratada. De modo que eu trouxe um grande copo de água, e disse: – Beba isso, garota.

– Você é tão gentil, Michael – disse ela.

A fase 2 consistiu em fazer com que ela se levantasse e se movimentasse, deixando o metabolismo trabalhar. Se fosse uma turista, eu teria sugerido uma rápida caminhada pela orla ou a praia, antes de voltar e meter nela, mas essa não era uma alternativa possível com Cynth, pois discrição era algo fundamental. Ela ainda é uma mulher casada, afinal de contas, mesmo que o seu relacionamento com o punheteiro do golfista seja muito tênue, para dizer o mínimo. E assim eu me ofereci para preparar um rango: ovos mexidos com torrada.

E a coisa funcionou. Um pouco de conversa mole à mesa, suco de laranja fresco e outro grande copo de água: quando minha mão voltou a descer, tive a impressão de ter encontrado uma torneira aberta.

Fiz Cynth gozar assim e depois enfiei o pau-mandado para um pouco de esporte dominical. Há muita carne para deitar, quando se está por cima, e eu adoro meter o dedo no umbigo dela, dizendo: "Como está o meu docinho de coco, hein?"

Quando eu meto nela, agarro aquela bunda enorme, gorda e balouçante, além dos pneus flácidos, e, é claro, os peitões caídos. É uma maravilha de bom, mas de jeito nenhum deixo Cynth ficar por cima de mim. Depois de um tempo, ela sugeriu isso e eu meio que desviei o assunto. Quer dizer, quem ia querer ficar embaixo daquele montão de carne? Se eu quisesse ser enterrado vivo, percorreria os botecos do East End falando mal dos gêmeos Kray, muito obrigado.

Foda excelente, a Cynth, mas depois ela ficou meio esquisita, repetindo várias vezes: "Me abraça, Michael."

As garotas são como uma refeição: você come uma grande e fica saciado. Não quer chegar perto de outra tão cedo, não é? Isso é psicologia básica, mas a mulherada nunca aprende. Cynth ficou meio fria, e eu estava tentando dormir um pouco antes da porcaria do voo para Gatwick na manhã seguinte, de modo que acabamos brigando. Ela foi embora durante a noite, mas, bom, para mim é missão cumprida, num é? Achei que com uma despedida daquelas ela certamente voltaria. Tal como a noite segue o dia.

E eu não estava enganado. É verdade o que dizem sobre a ausência tornar o coração mais terno e a ravina mais larga. Não há menção da briga anterior e hoje ela se encosta em mim, perguntando sobre a porcaria de Walton-on-Thames.

– Grande lugar – respondo. – Sempre que saio de lá, trago um pouco de Walton dentro de mim. E você?

– Eu sou de Faversham – responde ela. – Você sabe disso...

– Então que tal sentir um pouco de Walton dentro de você?

Ela me dá um soco no peito, mas olha em volta para conferir se a barra está limpa e então sussurra: – No seu apartamento à meia-noite?

– Vou estar esperando – digo eu, no tom mais MC que consigo.

Justiça seja feita: Cynth não me deixa esperando muito tempo, depois que eu mando embora todos os fregueses e fecho o bar. Ela dá a volta e eu ouço uma batida familiar na porta, lá na escada dos fundos. Deixo Cynth entrar e depois nos jogamos no sofá arrancando a roupa um do outro como adolescentes. Toda aquela banha se espalha, eu subo ali em cima suando e ela goza como se fosse um despertador.

Que foda do caralho!

No dia seguinte, pelo menos a porcaria da chuva diminuiu um pouco, mas a ressaca do fim de semana está pesando. Cynth não pôde passar a noite, porque tinha falado para o velhote que ia jogar baralho com as amigas, e foi embora logo. Eu não fico na cama por muito tempo. Levanto e saio andando pela cidade para comprar peixe fresco, recém-chegado das traineiras. Depois telefono para a ex-patroa Trees, lá em Walton-on-Thames. Antes que eu consiga falar "como vai", a vaca safada me diz que acha uma boa ideia mandar Em passar parte das férias escolares comigo, o que se traduz como "eu ando traçando um sujeito e quero nossa filha fora da minha vida, porra".

Obrigado pela porcaria do presente, sua velha fedida.

Aquilo me deixa bem puto da vida. Mas preciso manter os pensamentos calmos e serenos. De modo que entro no carro e vou até o lado alemão da ilha, usando a rodovia costeira FVI e passando ao largo da porcaria de aldeia que é Puerto del Rosario. Quando pego a FV20 na direção sul, para Gran Tarajal, já vejo um mundo diferente. Aquilo é, de longe, a mais bonita parte da ilha, que os velhos Chucrutes, muito acertadamente, reservaram para si mesmos. Faz a gente pensar: quem venceu a porra da guerra? Eu estaciono diante de um boteco que frequento ocasionalmente e meto a cabeça pela porta, mas o local está deserto. Por aqui há uma garçonete que trabalha num restaurante do qual eu gosto, mas parece que ela não foi trabalhar hoje. Não há motivo para preocupação; eles têm um ótimo linguado grelhado ao molho de limão.

O rango me anima e eu volto para pegar o turno da noite. Rodj já está lá dentro e Cynth não vai demorar. Discretamente, eu pergunto a ele: – Como está rolando com a Marce?

– Nada está rolando.

Ele abana a cabeça zangado, o que significa que certamente algo está rolando. Mas o panaca não precisa ficar puto, cacete; afinal, os dois não vêm sendo muito discretos nessa história toda!

Eu vejo dois caras suspeitos encostados no balcão. Um deles é um escroto grandalhão, de cabelo cortado rente, com óculos que refletem a luz. O outro é um puto com cara de fuinha, de olhos furtivos e cabelo engomado. Ele está carregado de enfeites: dois brincos, pelo menos duas correntes douradas em torno do pescoço, braceletes no pulso e anéis cintilantes em quase todos os dedos. Viadinho. Mas não foi tanto a aparência, e sim o que eles estavam dizendo, que me interessou. É sempre bom tomar cuidado antes de meter o bedelho nas coisas, mas eu fiquei intrigado. Descobri que, escondido atrás da cortina listrada na lateral do balcão do bar e fingindo examinar as contas, consigo ouvir cada palavra que eles dizem. Enquanto isso, os babacas pensam que eu estou lá nos fundos! De modo que fico ali mexendo nas coisas, mas escutando tudo.

– ... mas tem alguns aqui que ela vai precisar despachar se quiser chegar lá em cima. É mala demais pra carregar. Não vou citar nomes, mas aquela garota tem potencial de estrela e eu detestaria ver isso prejudicado por companhias suspeitas...

Aparentemente, é o puto com cara de fuinha e enfeites dourados quem está falando.

– Você está pensando em Graham, não é? – diz o escroto grandalhão de cabelo à escovinha. Sua voz é áspera, como a de um bandido em *The Bill*.

O outro puto tem um tom de voz agudo, anasalado e irônico. – Como já falei, não vou citar nomes, mas se a carapuça serve...

– Você precisa salvar aquela garota dela mesma, Trev.

– Bom, nós vamos precisar sentar juntos, só nós dois e uma boa refeição, regada a vinho, para termos um papo sério...

– Um papo sério...

– Um papo sério sobre o futuro dela, porque eu detestaria ver aquela garota estragar tudo. Mas *ela* precisa de um pouco de disciplina, uma mão firme. Se não, vai jogar tudo fora.

– Ser cruel para ser bondoso, Trev.

– Exatamente, Chris. Acho que hoje em dia isso se chama amor linha-dura. E se esse tal de Graham simplesmente desaparecesse, de alguma forma, meu trabalho seria muito facilitado.

Há um silêncio. Depois o merda do grandalhão diz: – Desaparecesse... vamos falar claro sobre isso, Trev. Desaparecesse da vida dela ou desaparecesse de vez?

A voz do outro puto soa mais baixa. Acho que ele diz: – Qualquer coisa que for preciso.

– Se ele saísse de cena, ela ficaria muito perturbada.

– A curto prazo, Chris, a curto prazo. Mas ela superaria isso. É claro, precisaria de um ombro para chorar.

Então Cynth aparece e grita algo, afastando a cortina. Porcaria de vaca idiota. É mortificante ser visto pelos caras parado atrás do balcão. Eles lançam olhares mortíferos para mim, como quem diz "o que você ouviu?". Mas eu continuo olhando para o livro-caixa na minha mão, com medo de que meu rosto esteja ficando vermelho.

– Que foi, meu amor? – digo eu, com o ar mais distraído que consigo.

– Precisamos de umas San Miguel e Coronas aqui agora.

– Onde está o Rodj? – pergunto eu, como se não soubesse.

– Ele deu uma saída.

Uma paquera, sem dúvida, o puto.

– Que inferno, garota, isso não pode esperar? Estou atarefado com essas contas. Totalmente ocupado – digo, virando para os caras no balcão. – Preciso fazer tudo aqui.

Abano a cabeça e sorrio. O puto do grandalhão me devolve um sorriso contido, mas os olhos do cara de fuinha são duas poças negras.

Eu largo os livros e desço a escada, xingando aquela vaca gorda, estúpida e inconveniente.

Bandidos de merda. Nunca gostei desses putos, nem mesmo lá na minha terra. Não me entendam mal, eu já dei alguns golpes de vez em quando, mas não curto toda essa babaquice de gângster. A maioria desses putos não passa de uns valentões de merda, e você é o otário obrigado a ouvir a besteirada deles, rindo nas horas certas. Não seria tão ruim se não fosse uma porcaria de chatice na maior parte do tempo. É, alguns desses caras até que *são* espirituosos, mas a maior parte vive repetindo a mesma merda que a gente já ouviu um milhão de vezes.

Por fim, os putos terminam as bebidas e vão embora. O escrotinho gomalinado cheio de ouro me dá um meneio de cabeça longo, lento e duro. Eu passo o dia todo paranoico na porcaria do meu próprio estabelecimento.

À noite o clima no bar melhora. Eu chamo Vince e Bert para jogar cartas. É engraçado pensar que, ao manter Bert aqui agora, provavelmente estou ajudando Rodj na tentativa de traçar a mulher dele. Sentimentos contraditórios a respeito disso. Vince é um cara legal, de Manchester ou uma cidade próxima. Aluga propriedades aqui na ilha. Esquivo, ele nunca parece fazer coisa alguma além de pequenas viagens, mas geralmente tem uma montanha de dinheiro no bolso. Bertie tem uma loja de artigos esportivos, mas na minha opinião o estabelecimento foi comprado com dinheiro ilegal. Ele é um cara de jeito furtivo e sempre fica um pouco nervoso quando aparece um cliente novo no bar.

Eu e Vince estamos sacaneando Bertie. Eu pergunto: – Você está querendo dizer que nunca teve uma experiência homossexual na vida?

– Claro que não tive – diz ele, todo ofendido.

Eu abano a cabeça, olhando para a porcaria das cartas que tenho na mão. – Que idade você tem? Já chegou aos trinta e sete anos e nunca teve uma experiência gay?

Ele olha para Vince, que sorri e dá de ombros. Isso pira Bertie.

– Claro que não... vocês estão de porre, caralho – diz ele. Depois se vira para Vince de novo. – Você já teve?

Vince encara Bertie com os grandes olhos semicerrados e diz com aquela voz de Manchester: – É claro que já tive. Quer dizer, a gente precisa experimentar tudo uma vez, não é?

O pobre Bertie quase engasga com a cerveja e põe o copo na mesa, olhando para Vince de maneira esquisita.

– Mas... eu não acredito que estou ouvindo isso – diz ele, virando para mim. – E você?

– Eu tenho trinta e nove anos, caralho – digo a ele. – Quer dizer, nem *todos* nós levamos uma vida protegida.

– Eu não levei uma vida protegida – protesta Bertie, com um tom de voz mais agudo.

– É, claro – diz Vince, abanando a cabeça.

– Bom, não – começa ele, todo hesitante. – Porque teve uma vez...

Eu e Vince escutamos atentamente, enquanto ele descreve seu encontro com uma bicha na porcaria de um bar gay em Clapham. E mal esperamos que ele termine para gritar juntos – É SÓ BRINCADEIRINHA, VIADÃO DE MERDA!

Desmascarado! Eu sempre soube que ele era suspeito, caralho. Aponto para ele e grito: – Cadastrado como bichona!

Bertie implora que eu e Vince não digamos nada, insistindo que ele só ficara um pouco pirado com as nossas supostas revelações e inventara tudo aquilo para se encaixar. Conhecendo Bertie, talvez isso seja verdade. Só que nós não aceitamos desculpa de bichona. Mas o cara parece muito angustiado, de modo que o único jeito é dizer que vamos manter o bico calado sobre o assunto.

Claro que a história se espalha pelo bar na noite seguinte. Obviamente alguém deu com a língua nos dentes, mas ninguém sabe quem foi.

O problema é que Bertie, louco da vida, aponta para mim e Vince como principais suspeitos. Assim que soube de tudo, Marcia começou a falar de AIDS, colocando o pobre Bert indefinidamente na geladeira. Não que antes ela desse muito para ele, pelo que dizem as aparências, ou pelo que diz Rodj. Agora Bertie está reunindo provas para entrar com um recurso. No que depender de mim, porém, este caso não vai até Stewards.

Quando o bar fecha, ele aparece na minha casa cheio de atitude. – Um de vocês dois deu com a língua nos dentes sobre o papo daquela noite! Todo mundo no bar já sabe, e a Marcia ouviu a história toda!

– Papo-furado. Eu não disse nada pra Marcia. Quem contou pra ela, então?

– Um dos caras no bar – diz Bertie, cuspindo fogo.

– Quem?

– Num sei, num é? – geme ele. – Ela não quer falar.

– Bom, isso inclui uma multidão, num é? – Eu abano a cabeça e pergunto: – Por que ela não quer falar?

O negócio é que, com sujeitos feito Bertie, na realidade não importa o quanto eles estejam putos da vida. Basta continuar fazendo perguntas e logo você extrai o veneno deles.

– Eu num sei, num é? – repete ele feito a porcaria de um papagaio, todo confuso.

Eu abano a cabeça. – Isso me parece suspeito, parceiro.

– O quê? O que parece suspeito?

Sinto vontade de dizer: "Você, sua bichinha de merda, você parece suspeito pra cacete", mas em vez disso explico tudo para ele. Bertie, que Deus o abençoe, não é a agulha mais afiada na cesta de bordar da mamãe.

– Se minha mulher me contasse que ouvira falar que eu era viado, eu ia querer saber quem falou. Não ficaria contente de ouvir que era só papo de botequim. Eu ia me perguntar: quem lucraria se ela pensasse que você é viado?

Literalmente, dava para ver a ficha cair.

– A Marce estava com o Rodj outro dia? – arqueja ele.

– Acho que a resposta é afirmativa.

Então ele se mandou, com os olhos esbugalhados feito os testículos de um pitbull. Aparentemente, planejava estraçalhar alguém. Não que ele faça esse tipo, na realidade, mas ninguém sabe o que uns caras podem fazer por causa de mulher. Crimes passionais e tudo mais. É só pensar na Roma antiga: César, Marco Antônio e Cleópatra. E não só grandes impérios foram postos de joelhos por causa de bocetas; alguns pequenos bares prósperos também já desceram pelo ralo quando o dono ou a dona foram pegos do lado errado do edredom. Por isso, um pouco antes eu mencionara o pequeno segredo de Bert a Rodj, sabendo perfeitamente bem que ele, por sua vez, seria impelido a contar tudo a Marcia. De modo que agora minha esperança é que Rodj tire o time de campo e Bert fique na geladeira, deixando o campo livre para este seu criado obrigado papar Marcia.

Lá estou eu recostado, contente comigo mesmo, quando o celular toca, sinalizando a chegada de uma mensagem de texto. É Trees, minha ex. Sua mensagem é a seguinte:

Ligue pro meu telefone
fixo entre 4 e 6. Urgente.

Vaca de bunda seca. Eu tomo uma chuveirada antes de preparar um sanduíche de queijo, tomate, alface e maionese. Depois pego o aparelho e disco, mas só consigo a porcaria de um som engraçado. Esqueci de eliminar o zero no número dela, depois de 0044. Tento de novo e ouço o recado dela: "Nem Teresa nem Emily estão no momento. Por favor deixe o seu número e retornaremos sua ligação."

Eu deixo uma mensagem: "Trees, aqui é o Mickey. Você queria que eu ligasse entre 4 e 6, segundo aquela mensagem. Falou que era urgente, por isso liguei imediatamente. Favor retornar essa..."

– Michael – diz ela, e eu percebo que a vaca estava sentada lá todo o tempo, deixando que eu tagarelasse. – Como vai você?

– Ocupado – respondo eu. – O que há? A Em está bem?

– Ah, bem, eu não tenho compromisso com o sucesso mesmo, não é? Lá vai: a Emily anda aprontando, por isso vai passar um tempo aí com você.

Pode estar quente aqui, mas ninguém avisou isso para o meu sangue agora. Filha da puta. – Como assim? Você falou *parte* das férias. Eu tenho um bar pra cuidar, cacete, não posso...

– Não pode abrir espaço pra sua própria filha. Ótimo. Vou contar isso a ela.

A porcaria da vaca está adorando tudo isso. Eu respiro fundo. – Você falou que ela vai passar algum tempo aqui. Quanto tempo?

– Não sei. Ela pega o avião em Gatwick amanhã às 8:15 e chega aí às 12:30.

– Você não pode fazer isso sem combinar comigo antes, cacete. Isso está errado pra caramba. Eu tenho coisas pra fazer!

– E eu não tenho?

A vaca está no seu elemento. Ela sabe que não posso devolver Em. – Você sabe o que eu quero dizer... preciso ser avisado, você não pode jogar um *fait accompli* em cima de mim desse jeito. Vamos lá, Trees, dá um tempo...

– Nada disso, você *me* dá um tempo, Mickey – geme ela do outro lado da linha, naquele tom adenoidal de uma verdadeira Hardwick. Eu já tinha esquecido como isso me irritava. Minha paciência só pode ser a de um santo, para ter aguentado tantos anos. – Ela quer ver você. A putinha anda pintando e bordando aqui. Eu e o Richie não vamos mais ficar sentados enquanto ela fala cobras e lagartos...

Surpresa, surpresa. – Então é disso que se trata, você e a porra de um homem...

– Já falei o que eu tinha pra falar – diz ela com frieza, mas sem conseguir esconder a satisfação. – Esteja lá no aeroporto pra apanhar a sua filha.

– Trees – eu imploro. – Terry...

Ela simplesmente bate a merda do telefone na minha cara!

Disco o número novamente, mas só ouço a porra da caixa postal "Nem Teresa nem Emily..."

– Vaca – brado eu, descendo a escada até o bar.

Hardwick desfere um golpe mortífero e Baker fica nocauteado na lona.

Nem é bom pensar no assunto. Eu me sirvo de uma dose dupla de uísque. Cynth está ali e fica me observando. – Um pouco cedo pra isso, não?

– Está sendo uma manhã desgraçada – digo, descendo para o porão. Ela fica lá plantada, com as mãos na cintura feito um grande vaso bem torneado. No porão está sempre agradável e fresco. É um ótimo lugar para ir quando a gente precisa recarregar as velhas baterias da calma e da serenidade. De repente, eu ouço um som farfalhante e vejo um grande rato peludo, um puto de pelos compridos, caminhando pelo chão. O bicho desaparece atrás de uma pilha de engradados de cervejas. Eu pego a vassoura. Então ouço o som do celular; outra mensagem de texto chegando, cacete. Que inferno. Mas é apenas de Seph, uma gregazinha cabeluda que andei comendo no verão passado. Falando que vai chegar sexta-feira para passar duas semanas. Como a droga da vida pode ser tão complicada?

O velho Roland, o rato, parece ter se escafedido. Então, aqui no porão eu faço um balanço da minha vida. Está tudo aqui nos barris e nos engradados de garrafas empilhados: mijo. Todos os meus ativos convertidos em um suprimento de álcool para vender com lucro. Desinibição, bons tempos e esperança; é isso que eu vendo. Quantas mulheres eu tracei fazendo com que se encharcassem da mais gloriosa das drogas? Já perdi a conta.

Afasto esses pensamentos e subo. Cynth vem e se posta a meu lado. Eu percebo pelo olhar o que ela tem em mente, e sua boca se abre para confirmar que não estou enganado. – E então, quando vamos nos encontrar?

– Hoje à noite no meu apartamento. Quinze pra meia-noite – digo eu, mas a coisa sai toda errada, pois não estou fazendo muito contato visual. Estou verificando cautelosamente se há fregueses desconhecidos no bar.

Nada afasta uma mulher mais depressa do que falta de atenção. Você precisa pelo menos dar a ilusão de que está concentrado nela.

– Alguma coisa errada? – pergunta ela.

– Não... bom, sim – confesso.

Ainda estou ardendo por dentro com aquele telefonema de Trees, mesmo que a mensagem de texto de Seph tenha acabado de provar que é preciso aguentar o ruim até o bom aparecer ali na esquina, coisa que sempre acontece. Não deve demorar muito neste caso. Eu deveria estar contente, mas há medidas práticas a serem tomadas.

– Minha ex-mulher está mandando a porra da nossa filha amanhã. Quer dizer, o que eu vou fazer com uma adolescente aqui? – Dou uma olhada em torno do bar, depois meneio a cabeça para o andar de cima. – Você conhece o apartamento, é pequeno.

Cynth curva para baixo o lábio inferior. – Você tem um quarto sobrando.

– Tenho, mas ali não tem cama e está cheio de coisas minhas.

– Eu tenho uma cama de armar que você pode usar. Quando eu for pra lá mais tarde, podemos fazer uma arrumação – diz Cynth com alegria. – Que idade ela tem?

Gente boa essa Cynth. Fico olhando para seus firmes lábios vermelhos, já todo ouvidos. – Treze. Está passando pela fase de putinha, ao que tudo indica.

– E ela vai passar aqui a maior parte das férias?

– Minha ex não falou, mas acho que vai.

Cynth parece pensar no assunto. Ela nunca teve filhos, mas acho que sempre quis ter. Só não teve sorte com os homens. Certa vez me contou que seu primeiro cara era um verdadeiro mão de vaca que não queria ninguém para dividir o pão. O número 2 vem atirando balas de festim há anos e agora, de qualquer forma, está estabelecido numa vida de golfista. Mas ela parece curtir pra cacete a ideia de Em ficar aqui. Só que isso me faz pensar: se as duas se derem bem, vou ter um pouco de tempo para atividades extracurriculares com certa jovem da Grécia.

Garota interessante a jovem Seph. Nós nos conhecemos no inverno passado quando ela veio para cá. Para ser honesto, uma mulher com bigode não faz muito meu gênero, mas depois de alguns Jack Daniel's ela poderia ser até a merda de um talibã que eu não me importaria. Transei com ela algumas vezes no verão passado e depois de novo em novembro lá na Grécia, quando o Chelsea jogou contra o Olympiakos pela Liga dos Campeões. Deixei alguns caras mortos de inveja naquele dia, zanzando por Atenas de braço dado com uma teteia feito ela, de bigode ou não. Uma linda cabeleira negra, até a bunda. Nem mesmo aqueles enormes óculos Nan Mouskouri dela conseguiam diminuir o meu tesão. Na verdade, a gente chega a uma certa idade em que a coisa começa a ser atraente. Acontece com quem já viu muitos vídeos pornôs com cenas de sexo facial.

Eu poderia sugerir uma depilação a cera.

– Um tostão pelos seus pensamentos? – pergunta Cynth, e eu fico olhando para a banha na sua barriga, entre o final do top e a cintura do short. Há um monte de celulite na mistura, mas é engraçado que a coisa não parece tão ruim com a pele bronzeada.

Eu belisco levemente um pedaço daquela barriga com o indicador e o polegar. Depois digo: – Acho que você está emagrecendo, garota.

Ela põe as mãos nas cadeiras e se vira um pouco, dando uma olhadela para o espelho do bar. – Você acha mesmo?

– Acho que sim.

– Não é o que diz a balança – continua ela, girando o corpo e olhando para a bunda gorda.

Lá do balcão que dá para o bar, Rodj vê isso, ergue as sobrancelhas e volta a servir cerveja para dois antigos fregueses que chegaram com as esposas. Ele está com uma expressão muito culpada. Fico imaginando se ele e Bert discutiram.

– Balança de banheiro... sempre fajutas, não são? Não se pode confiar nelas – debocho eu, pegando na vitrine uma fatia de pizza que enfio no micro-ondas. – Você precisa engordar.

– Você é tão gentil, Mikey. Sabe, quando eu estava com o Ben, nunca servia pra ele, que vivia se queixando do meu peso. E o Thomas nem me vê como uma mulher...

Eu avanço e encosto Cynth no balcão. – Certos caras não percebem quando têm uma coisa boa.

Arreio o zíper do short dela, deslizo minhas mãos para dentro e começo a tocar com suavidade seus pentelhos.

– Michael...

– Você é uma garota travessa. Sem calcinha – digo eu, pensando: que inferno, claro que era disso que ela estava a fim todo o tempo!

– Pare, Michael, alguém pode entrar – arqueja ela, enquanto eu ergo o top e revelo aqueles peitões, que balançam sem qualquer sutiã à vista.

– Acho que vou fazer isso mesmo – murmuro eu, enquanto ela abaixa o top antes que Rodj apareça.

3
EM

Esperando no aeroporto no dia seguinte, eu me sinto de saco cheio. São exércitos de gente em férias, caralho: senhores a fim de pegar um sol de inverno, bom para ossos velhos; maridos de olhar furtivo prontos a se juntar com mentes semelhantes para driblar a gordura das tristes patroas e os berros dos filhos; mulheres jovens, além de algumas não tão jovens, à caça de um bom drinque e uma oportunidade chacoalhante.

Depois de dar um geral no meu cafofo na noite anterior, eu e Cynth entornamos duas garrafas de vinho tinto e depois fizemos uns coquetéis de tequila. Porcaria de missão suicida. De qualquer modo, eu dei umas trepadas com ela. Depois fiz uns bifes com cebolas, cogumelos e batatas McCain de forno, aquelas com baixo teor de gordura.

Acordei na manhã seguinte ainda bêbado e deixei um Rodj decididamente abobalhado lá no bar, dizendo: – Vai ser um tema recorrente, parceiro. Vou precisar me apoiar em você um pouco. Todos os homens ao tombadilho.

– É, bom, eu sei que você quer passar um tempo com a Emily. Não se preocupe – diz ele.

– O senhor é um cavalheiro e um intelectual.

Pobre Rodj. Acho que ele nem chegou a ter o prazer de traçar a Marce direito, mas certamente deixou alguém enfurecido! Aparentemente, Bert foi visto em diversos bares fazendo ameaças sobre certa pessoa! Rodj pode ser ousado, mas é o tipo do cara que esquece o provérbio que diz que a construção de omeletes exige a quebra de alguns ovos. E quando as coisas começam a rachar esse pessoal fica nervoso.

A caminho do aeroporto, eu ligo para Seph. Ela é atirada, mas um pouco amalucada, e é preciso tomar cuidado. Seu pai é o chefe de polícia de uma ilhota a curta distância do Pireu, o antigo porto de Atenas. Ela vive se gabando disso, dizendo "Meu pai é o chefe de polícia da ilha inteira!"

Eu não me meteria com ela lá, porque o velho parece ser um autêntico filho da puta, do tipo que provavelmente já abotoou mais gente do que a C&A.

Só que agora ela está na minha praia, ou logo estará. E eu espero estar na sua praia logo, logo. Normalmente eu aprecio um pouco de *cunnilingus* (um esporte de cavalheiros muito antes das velhas sapatonas entrarem à força no cenário), mas ela tem uma selva nos países baixos. A certa altura achei que ia dar de cara com o dr. Livingstone antes de ser obrigado a emergir à procura de ar.

Fico esperando no portão de desembarque, e então Em me vê. Seu rosto se ilumina por um segundo antes que ela se lembre de que é uma adolescente e eu sou seu velho pai. Então ela me dá um tapinha no ombro, meio sem jeito, em vez de um abraço. E isso dói, porque eu queria enlaçar meus braços em torno dela e dizer "Como vai a minha garotinha?".

Mas eu não digo isso e não faço isso há um porrilhão de anos. Sei que perdi muita coisa, coisas que nunca vou recuperar.

Quero ser mico de circo se não há lágrimas surgindo nos meus olhos, de modo que puxo a aba do chapéu sobre o rosto e aponto para a saída.

– O voo foi bom? – pergunto, tentando manter a voz inalterada.

– Avião é avião – responde ela dando de ombros, sem notar que o velho pai parece engasgado.

– É, tem razão.

Então a gente entra no carro e eu começo a tagarelar, só falando merda para matar o tempo. Como anda a escola e essas baboseiras.

– Odeio a escola – diz ela, sentada com os joelhos levantados, beliscando a pele em torno dos dedos.

– Não fale assim – digo a ela. – Meu velho, o seu avô, costumava dizer pra mim: "Se você gosta da escola, vai adorar trabalhar, e depois viverá feliz para sempre."

Ela não responde, só revira os olhos.

Eu ainda tento explicar: – Quero dizer que a escola é a sua partida na vida, por isso você precisa ir pra lá com a atitude certa. A gente recebe o que dá, não acha?

Ela simplesmente dá de ombros e fica calada. Acho que ela tem razão de ser cética. Essa história do velho, ele não falou nada disso, eu só inventei. Na verdade, o velho não dava a mínima para o que eu aprendia na escola. É, ela está certa, a escola era só babaquice. Meus professores eram uns escrotos, esquivos e pretensiosos, todos eles. Bom, exceto a professora Johns, que ensinava inglês; o jeito como ela se curvava sobre você para corrigir o seu trabalho, aqueles peitos no corpete justo, o cabelo cascateando pelo rosto e aquele perfume, cacete... aquela merda não deveria ser permitida. Não admira que eu tenha virado um rabo de saia, prejudicado que fui, verdadeiramente muito prejudicado pelo sistema educacional! Eu deveria reivindicar a porra de uma indenização! Um bom advogado, é disso que eu preciso, com uma petição judicial decente, como a do cara que nos livrou e arrumou a indenização quando os policiais, que Deus os abençoem, fizeram aquela cagada.

Só que pessoas como aquela professora de inglês eram diferentes. Elas encorajavam você, não é? Não achavam que tinham todas as perguntas e respostas.

– A mamãe contou que uma vez você foi parar na cadeia por brigar numa partida de futebol, quando eu era bebê – diz ela.

Que porra de coisas aquela vaca idiota anda dizendo para a garota?

Evidentemente, esta novata aprendeu seus golpes baixos na escola Hardwick.

– Eu fui preso porque estava perto do local onde tudo aconteceu e os policiais pegaram todo mundo, mas não fui pra cadeia. Bom, fiquei detido, é, mas não fui condenado. O caso foi arquivado e eu ainda recebi uma indenização porque foi provado que eles estavam errados. Foi assim que eu comprei esse bar, e foi assim que você e sua mãe ganharam uma casa – digo para ela. Isso é o máximo que quero falar sobre o assunto e sigo adiante depressa. – Então, como vão as coisas com você? Tem um namorado na escola?

Eu estou só brincando, caçoando dela, mas Em se volta para mim toda séria e diz: – Eu não gosto dos garotos da escola. Pode ser porque eu ainda sou jovem demais, ou talvez porque eles sejam tão imaturos, mas acho que ainda tenho um pouco de virgindade sobrando em mim.

Merda... essa doeu...

Que inferno; parece que eu tenho uns dez anos de idade e fui repreendido pela minha irmã mais velha. Subitamente ela me lança um olhar esquisito. – Você costumava sair com outras mulheres. Antes de largar a mim e a minha mãe.

Sinto meu rosto esfriar e pinicar. Do jeito que se fica quando há pouca gente num boteco e entra uma grande turma da pesada. Você encara a coisa, mas seus nervos balançam. Ninguém diz nada, mas você fica esperando que a coisa comece e que algum puto enfie um copo no seu rosto. Que diabo de coisa está acontecendo aqui?

– Quem falou isso pra você? – pergunto, como se não soubesse muito bem.

– Mas é verdade, não é? – diz ela, com um tom que parece de outra pessoa. É o gene Hardwick, cacete.

Fique nas cordas agora. Pense com calma e serenidade. Use a sua experiência e continue se esquivando.

– Olhe, uma coisa que você vai perceber na vida é que as pessoas fazem coisas por mais de um motivo. Às vezes há muitos motivos. É preciso mais de uma pessoa pra mudar as coisas, como num relacionamento.

Ela parece pensar um pouco sobre isso. Depois, com um tom já mais áspero, diz: – Quando você estava deitado na cama com essas mulheres... trepando com elas... alguma vez pensava em mim e na mamãe lá em casa?

Eu não vou ouvir isso. Diminuo a marcha e paro o carro no acostamento. Respiro fundo. – Olhe aqui, eu sou seu pai e nós vamos morar juntos durante algum tempo. Você precisa ter algum respeito por mim; eu respeito você e você me respeita.

Não acredito! Mickey Baker está jogando a toalha! As cordas estão dizendo que o garoto já apanhou bastante!

– Como quiser – diz ela, já completamente desinteressada, como que pensando em outra coisa, e abrindo uma revista. É uma dessas merdas de fofocas sobre celebridades que só a garotada e gente burra leem. O nível da maioria das chamadas celebridades é de reserva de time da Segunda Divisão; há uma gordona que já teve um disco de sucesso e que atualmente anda enfiando a colheita inteira da Colômbia pelo nariz, desde que seu namorado fugiu com uma gata mais enxuta. Eu fico preocupado com as leituras de Em; esse é o tipo de coisa que uma Hardwick poderia ler. Mais interessante para ela, evidentemente, do que seu velho pai, com quem ela não convive há meses.

Estou furioso porque simplesmente não conheço essa garota. Ela foi envenenada contra mim, por pessoas que prefiro não citar, e isso vai me dar muito trabalho. Essa não é a minha garotinha. É uma menina esquisita que eu não reconheço: alta, magricela, com roupas engraçadas e cheia de frases idiotas.

– Ali está o que eles chamam de Red Mountain... Montana Colorada – digo, apontando pela janela e explicando com entusiasmo. – Além da montanha estão as Dunas de Corralejo, que têm uma riqueza de vegetação costeira só existente nesta parte do mundo.

Fico pensando que eles devem ensinar merdas assim na escola: o meio ambiente e tudo mais, caralho.

Ela não dá a mínima.

– É tudo terreno vulcânico. – Eu ouço minha voz se espichando num tom de desculpa enquanto olho para a ilha dos Lobos. Parece que há algumas nuvens por lá; espero que não venham na nossa direção. – Podemos passear lá num barco com fundo de vidro. Você gostaria?

– É – diz ela, levantando ligeiramente o olhar da revista, enquanto entramos na avenida General Franco.

Ela não está muito interessada, mas o que eu posso fazer? Seguimos de carro para casa e eu vou com ela ao bar, apresentando Cynth, Rodj e os outros. Ela sobe com suas coisas para o apartamento e quando desce, um pouco mais tarde, traz um livro na mão. Isso me faz ficar um pouco mais alegre. Melhor do que ficar lendo aqueles lixos de revistas.

Agora é Cynth quem fica esquisita e diz para Em: – Quando eu era garota, adorava alisar papel prateado. Aquele papel metálico de cores diferentes, sabe como é? Provavelmente as crianças não fazem mais isso.

Ela fala isso olhando para Em, que agora está lendo seu livro, um livro de Philip K. Dick. Engraçado, eu sempre gostei de ficção científica quando tinha a idade dela. Arthur C. Clarke. Brian Aldiss: "The Failed Men". Esses eram uns caras magricelas que passavam anos enterrados nos campos. Tipos inteligentes, semelhantes a lagartos com cabeças grandes, mas que simplesmente haviam desistido. Não queriam mais ser sacaneados. Então se enterravam na terra aos milhões e hibernavam, até que aparecia um puto e passava o arado ali. Mas eles continuavam enterrados no solo, sem dar a mínima. Aquilo me assustou pra caralho quando criança. Porque é preciso ter disposição.

Sim, havia um bando deles, feito Harry Harrison, que escrevia sobre Marte, e Isaac Asimov, o sujeito dos robôs. E aquele cara que escreveu sobre as plantas que dominavam o mundo. É, ficção científica: eu era louco pelo troço. Depois parei. Nem sei por quê. Bom, acho que foram as mulheres; numa competição entre a imaginação e os hormônios, só podia haver um vencedor.

– Você fazia isso quando garoto, Michael... alisava papel prateado? – continua tagarelando Cynth.

– Fazia – respondo. Alisar papel prateado. De que porra ela está falando?

Cynth se esforça, preciso reconhecer, mas Em não reage a nenhuma das minhas piadas. Só fica sentada com uma cara de chateada o dia inteiro. A noite toda mergulha no tal livro enquanto eu jogo dardos com Vince e Rodj.

– Que tal foi a noite passada? – pergunta Vince.

– O quê? – digo eu, olhando para Rodj, já esperando ouvir algo sobre ele e Bert!

– O cara foi morto a tiros.

Ele joga o jornal diante de mim.

Meu espanhol não é lá essas coisas, mas eu consigo entender que um turista britânico foi morto a tiros na porta de um bar chamado Duke of York, em Lanzarote. Um pequeno calafrio me assalta e por alguma razão lembro dos dois caras que estavam aqui no bar na noite passada. Uma dupla engraçada, para dizer a verdade. Fiquei assustado pra caralho: aquele cara estava falando de gente que some. Mas eles não pareciam ser muito bons em fazer alguém desaparecer, pelo que se via. A polícia encontrou o sujeito bem ali na casa. Estou tentando me lembrar de como eles chamaram o cara de quem falavam.

Olho para Em, que continua lendo o velho Philip K. Dick. Que cabeça a desse homem. *O caçador de androides, Minority Report, Guerra nas estrelas,* ele era o cérebro por trás de toda essa merda. Bons trabalhos, se você consegue ler. Pena que ele já tenha morrido sem ter ganho muita grana pelo esforço. A vida pode ser injusta, mas é bom lembrar que ninguém sabe quanto o puto tinha enquanto era vivo.

Rodj está no triplo dezoito há séculos, depois de parecer que ia me ganhar de lavada. Mas a garrafa sempre esvazia. E se Marce quer algo desse departamento, vai esperar muito tempo, principalmente enquanto o velho Bert continuar fazendo seu número. Um silêncio agourento sobre o assunto.

Eu cravo o quatorze e termino todo bacana no duplo vinte.

– Seu escroto – xinga Rodj. Depois olha para Em e Cynth, acrescentando: – Desculpem o linguajar, senhoritas.

As duas parecem pouco impressionadas, com razão.

– Esse cara que foi baleado... o que falam dele? – pergunto.

– Empresário de férias – diz Vince.

Empresário. Todo filho da puta é uma porcaria de empresário hoje em dia. Esse rótulo cobre uma multidão, caralho.

– Que tipo de empresa ele tinha?

Rodj dá de ombros e se serve de uma dose grande no balcão. Dá uma olhadela para mim, e eu me vejo meneando a cabeça de volta em concordância, sem pensar no que estou fazendo. Na verdade, eu tomei um copo de uísque onde poderia boiar o HMS *Belfast*.

– Não falaram – diz Vance, dando de ombros.

Não, eles não falariam, cacete. Então, na realidade, nós nada sabemos.

Mais tarde, Seph liga e conta que já chegou a Lanzarote. Eu informo a Cynth que tenho uns negócios a tratar lá e peço que ela cuide de Em no dia seguinte. As duas não ficam muito contentes, nem Rodj, mas... que merda... eu não estou a fim de explicar nada.

4

SEPH

Decidi que precisava visitar meu velho camarada Pete Worth no Cumbria Arms, em Lanzarote. Era uma linda manhã de sábado; eu entrei no carro pronto para ir até a balsa, mudar de ilha e subir até o bonito barzinho no antigo vilarejo portuário em Puerto del Carmen, onde já combinara encontrar Seph. Esperava uma trepadinha gostosa, sem problemas.

Mas as coisas não saíram assim.

Quando passo pelo posto, dou uma olhadela e vejo uma coisa que faz meu cu se fechar feito a mão de um agiota. São os dois caras que eu vi no bar ontem, conversando com Em e Cynth...

Paro o carro e salto depressa. Cruzo o pátio, mas os dois caras entram no seu carro e partem sem me ver. Já Em e Cynth logo me avistam.

– Pensei que você já tinha partido – diz Cynth.

– Nada... mas estou atrasado, não é? – Olhei por sobre o ombro. – O que queriam aqueles caras com quem vocês estavam conversando?

– Passar uma cantada nela – ri Em.

Cynth fica com um jeito idiota de adolescente, como acontece com certas velhas quando há carne nova no pedaço, mas o velho truque já não engana ninguém.

– Não, não estavam – diz ela, até ajeitando a porra do cabelo. – Só estavam perguntando pelo bar, mais nada.

Eu não estou gostando do cheiro da coisa e não estou me referindo à calcinha de Cynth, embora a postura dela denuncie um vazamento bastante grande ali embaixo.

– O que significa "perguntando pelo bar"?

– Bom, eles foram tomar um drinque lá naquela noite – diz Cynth, arregalando os olhos.

– É, é, eu me lembro...

– E falaram como era bacana o nosso bar, que fez com que eles se sentissem em casa. Perguntaram há quanto tempo o lugar existia e funcionava, só isso – diz ela com ar de culpa, como se houvesse sido apanhada matando aula.

Eu agarro um naco do seu braço carnudo, recuo para longe de Em, encosto o outro polegar no peito e baixo a voz. – Perguntaram pelo dono, não foi?

– Não – diz ela. Depois admite: – Bom, só perguntaram se o dono era um inglês e de onde você era... Só estavam batendo papo, mais nada.

Ela se solta e começa a esfregar o braço, olhando para mim como se eu fosse uma espécie de fera.

Perguntas e respostas. Calma, Mickey, meu velho. Pense no que Roger Moore, Kenneth More ou Bobby Moore fariam nessa situação. Mantenha a compostura, mesmo sob pressão. Calma e serenidade.

– Desculpe, meu amor. Ando um pouco tenso – digo em tom de desculpa, avançando e dando um beijinho no rosto de Cynth, deixando meu rosto perto do seu.

Ela fica me encarando como se não houvesse entendido. Cynth não é burra; como a maioria das mulheres, porém, pensar não é seu forte.

Percebo que Em está distraída, olhando para uns troços na vitrine da loja do posto. – Olhe aqui, Cynth... se aqueles caras vierem perguntar alguma coisa a você e Em, ou fuçar o bar, quero ser avisado pelo celular imediatamente, entendeu bem?

Cynth dá um passo atrás. – Eles não eram da polícia, eram?

– Pior que isso, amor... Departamento da Alfândega de Sua Majestade, acho eu – digo, abaixando a voz. Depois toco no nariz e dou uma piscadela. – Bico calado sobre a garota, tá bem?

– É claro – diz ela, parecendo preocupada. – Não há nada de errado, há?

– Nada que a gente não possa resolver – digo eu, olhando para Em perto da loja. Pulo para o quiosque e compro três grandes casquinhas de sorvete de chocolate.

– Tomem – digo, distribuindo os sorvetes. Isso me faz lembrar dos passeios que eu, Em e Trees fazíamos em Hastings no verão. Bons tempos. Mas Em não parece muito animada.

Cynth incha as bochechas e diz: – Nós acabamos de tomar um...

Meu raciocínio é que Cynth precisa manter elevada a contagem de calorias. Ganhar gordura extra é uma coisa; o problema é *manter* isso. Se ela comer menos de mil e quinhentas calorias por dia, a banha vai toda embora. Uma montanha de lanches com alto teor de açúcar é a chave da dieta, juntamente com comida de loja de conveniência cheia de aditivos; isso e muita birita.

– Comer bem nunca é demais. Se não tivéssemos isso durante a Segunda Guerra Mundial, os ianques talvez não houvessem entrado e todos nós poderíamos agora estar marchando como os nazi. Pense nisso...

Eu pisco para Cynth e dou uma olhadela para o carro.

– Preciso me mandar. Meu velho amigo Worthy detesta falta de pontualidade. Acha que é falta de respeito. – Eu abano o dedo feito um conferencista. – Vou lhe dizer uma coisa... ele não está errado.

Cynth olha para mim como quem implora e diz: – Quando você volta?

– Dentro de algumas horas, na pior das hipóteses. Não vou dar mole a bandido. – E grito para Em: – Tchau, princesa!

Então já estou no carro e o tal sorvete sai voando pela janela logo que fico fora da vista delas. Para as mulheres, engordar é uma coisa legal; eu sei que há muitos caras que secretamente gostam de trepar com gente gorda. Já para mim não serve; nenhuma boceta decente quer um cara gordo. Eu desço até o porto e levo o carro para dentro da balsa. Nunca gostei muito de Lanzarote; é comercializada demais. Fuerty também está indo pelo mesmo caminho, e Worthy, para fazer justiça a ele, está faturando uma grana no bar. Mas ele pode enfiar tudo no rabo, porque é uma questão de qualidade de vida, não é?

Quando chego ao bar, Seph está sentada a uma mesa do lado de fora, escrevendo cartões-postais, com uma bolsa branca aos pés. Parece solitária como uma virgem no Dia dos Namorados. Está usando óculos escuros debaixo de um grande chapéu de palha amarrado com um lenço. Usa um vestido azul-claro bem bonito, deixando muita pele à mostra, e tem o cabelo preso num rabo de cavalo com uma fita azul, um desses penteados que pende de um lado. Isso precisará ser desmanchado quando eu trepar com ela; vou querer ver o troço todo voando sobre os travesseiros.

É claro, quando me vê ela começa a bancar a metida, dando beijos nas minhas bochechas, em estilo europeu. Eu estava esperando um grande abraço e um chupão de língua desde o início. Mas essa aproximação casta não me impressiona nem um pouco. Que babaquice; ninguém faz uma viagem desse tamanho se não quer um bom amasso no final.

A boa notícia é que o bigode sumiu! Ela fez uma boa depilação com cera, ou a laser, pela aparência da coisa.

Eu me sento e ela começa a falar da pressão que está sofrendo por parte do pai, o tal policial. Parece que ele quer que ela vá fazer faculdade em algum lugar e ela está pensando na Inglaterra. Pergunta que parte do país é melhor.

Talvez por causa de recentes experiências pessoais com gente que prefiro não citar, acho que não pinto um quadro muito sedutor. Digo que o norte é triste, que o meio é chato e que o interior é cheio de filhinhos de papai debiloides, enquanto Londres vive entupida de gentalha ou posudos.

– Eu estava pensando em Brighton... a Universidade de Sussex – diz Seph, e eu fico na esperança de que a grande dose de vodca que pedi para ela provoque um degelo. Isso já funcionou antes e você tem que se ater a métodos tentados e testados. Como um grande homem já disse: "Dizem que a democracia é a pior forma de governo, com exceção de todas as outras que já foram tentadas."

Mas precisamos discutir o assunto, porque até mesmo o meu liberalismo tem limites.

– Não, é melhor você não ir pra porra de Brighton, não. Lá é cheio de viados – explico para ela, e isso me faz pensar que ela talvez curta amor grego, já que afinal de contas é grega. Não é minha praia esse tipo de safadeza; não estou dizendo que nunca meti em buracos sujos no passado, mas todos foram dianteiros. E arrisco afirmar: – O melhor lugar da Inglaterra para se ir atualmente é o País de Gales, que ainda não está totalmente estragado. Aber... ou qualquer porcaria assim... junto ao mar. Uma boa cidade universitária, pelo que contam. Prestigiosa, pode-se dizer.

Ela ergue os óculos escuros até o alto da cabeça e seus grandes olhos escuros piscam à luz do sol. – Gales é bom?

Bom? O que que é bom? Eu me vejo atravessando um pântano de relativismo moral todo dia, como disse o sujeito do Discovery Channel certa noite. Até gritei para a tela: "Nem me fale, parceiro. O nome disso é comércio licenciado."

– É, mas o problema de Gales é ter galeses demais. Eles não se consideram ingleses, e nós também não, por falar nisso, embora ainda façam parte da Inglaterra.

Ela abana a cabeça e mete a mão na bolsa de couro branco à procura de cigarros. – Eu quero ficar perto de Londres.

Eu até entendo por quê. Ela já viu carneiros demais na Grécia, acho. Um povo muito civilizado, os gregos. Homero. Aristóteles. Sócrates. Platão. São alguns nomes que seriam titulares da Seleção de Massa Cinzenta de qualquer país. Mas não são bem esses clássicos que eu tenho em mente agora. – E então, o que cê quer fazer? – pergunto, sabendo muito bem a resposta. É muito chão da Grécia até aqui, e eles têm várias praias lá.

De repente os olhos de Seph se iluminam e ela abre um sorriso.

– Eu vim aqui contar a você que estou apaixonada.

Eu olho para ela. Apesar de tudo, da porcaria do pesar que aquilo vai me causar, não consigo deixar de sentir um pequeno calor nas minhas entranhas.

– Bom, você é jovem, mas eu entendo – digo, agarrando a sua mão.

Seph solta a mão de maneira engraçada e diz: – É bom que você compreenda essas coisas, depois do que houve entre nós.

Eu penso que quanto mais velho o violino melhor a melodia, mas prefiro ficar calado, já que se trata de um momento de emoção para Seph. Ela ainda é jovem. Idealista e tal. Embora eu ache que também sou. Idade numérica: isso não importa porra nenhuma. Se você é assim, nunca vai deixar de ser.

O rostinho de Seph se ilumina.

– Ele se chama Costas, e é de Atenas. É ator e...

De repente, eu não consigo ouvir mais nada.

Seph fica tagarelando sobre a porra do cara, agitando o maço de Marlboro Lites no meu rosto enquanto fala, mas eu não consigo ouvir o resto. Fico pensando: que porra ela está fazendo aqui, então?

Só consigo olhar para os patos-perus, esses pássaros que vivem deitados no chão em torno do porto. Quem sabe o que são, porra? Eu nunca vi esses bichos em outro lugar. Simplesmente ficam parados ali no asfalto, como se fossem pôr ovos. Todos juntos, formando uma verdadeira multidão. Têm cara, pescoço e corpo gordo de peru, mas bicos e pés de pato.

São uns bichos esquisitos, mas não importunam ninguém, feito aqueles velhos que ficam sentados conversando nos bancos, ou os turistas debaixo dos guarda-sóis diante dos bares à beira-mar. É, a parte antiga da cidade é bem pitoresca. O restante? Merda demais para ser discutido.

Os patos-perus. No momento, porém, eu é que pareço um pato. Ou um peru empatado. Mas talvez não.

– Então, o que você veio fazer aqui? Não venha me dizer que você fez uma viagem tão longa só pra compartilhar essa novidade, por mais excelente que seja, com seu velho amigo Mickey? – digo, raciocinando que provavelmente ela quer ter uma boa despedida, à moda antiga, antes de se amarrar a um canastrão. Últimos dias de liberdade e tudo mais: perfeitamente compreensível.

– Eu vim com o Costas. Ele está filmando aqui e lá onde você mora, em Fuerteventura. Faz o papel de um policial italiano da Interpol no filme que estão rodando.

Puta que pariu! Uma tarde perdida, pelo andar da carruagem. Porcaria de filmes. Vivem rodando umas merdas de filmes aqui. Em teoria, pelo menos, podem aproveitar o tempo bom o ano todo. Worthy costuma se gabar de que *007 contra o foguete da morte* foi filmado no seu quintal. Bom, pelo menos as partes na lua foram.

No momento, porém, eu estou me sentindo como um dos *Failed Men*, só que ninguém precisa me arrancar do solo com o arado, porra. Porque não vai acontecer trepada nenhuma hoje à tarde, pelo menos com esse ritmo de bebedeira.

– Outra dose, *señorita*! – grito para a garçonete.

E enquanto eu afundo num pântano de depressão, Seph recomeça a contar a história. – Eu conheci o Costas lá na ilha, onde o meu pai, que é chefe de polícia, conseguiu ensinar a ele a representar o papel de detetive.

Só consigo sorrir através do meu desapontamento e balançar a cabeça feito a porra de uma marionete, enquanto vou engolindo as bebidas.

Depois de contar a história, Seph me lança um daqueles olhares e diz: – Você é um homem bom, Michael, leal e fiel. O que foi que seu amigo falou lá em Atenas? "Ele brilha feito uma fonte de diamantes."

– Uma fonte diamantina – corrijo eu. Quem falou isso foi Billy Guthrie, que Deus o abençoe. Estou começando a sentir a bebida, de modo que faço tim-tim com os copos. – Uma fonte diamantina de amor, garota, é o que eu sou.

Isso me faz lembrar que preciso telefonar para Bill e saber como ele está. Não andou passando muito bem. Parou de beber e depois perdeu um colhão num acidente maluco jogando paintball. Esporte inofensivo, né? Não sei que porra ele andou aprontando, mas certamente abusou do equipamento velho. É o que a falta de birita faz com você.

Não que a gente possa fazer algo sobre isso aqui. Seph está parecendo bem chapada e não consegue decidir se quer ou não um cigarro. Tira um do maço, mas depois devolve.

– Você teria sido um bom homem para casar, mas na sua idade o esperma provavelmente já está gasto, segundo o meu pai – informa ela amavelmente. – O presente que eu preciso dar a ele é um neto. Todas as minhas três irmãs têm filhas.

– Ei! – protesto. – Acho que não gostei desse papo de esperma gasto.

– Você também tem uma filha.

– Isso não quer dizer nada.

Ele me dá um olhar compreensivo, coisa que diante da nossa história é muito irritante.

– Mas isso quer dizer que você é um homem... isso é certo. Meu pai também. Certa vez ele falou que toda a masculinidade da família se concentrou nele, sem sobrar nada para a prole. Mas eu sei que um neto aqueceria o seu coração, e um dia eu vou lhe dar um.

Fico pensando: eu também gostaria que você desse para mim. Talvez seja o calor, talvez a bebida, mas trepar é uma prioridade *absoluta*.

– Eu e Costas vamos morar na Inglaterra, perto de Londres – diz ela, finalmente acendendo o cigarro e enfiando o maço e o isqueiro de volta na bolsa. – Ele vai melhorar o inglês dele e encontrar trabalho como ator, enquanto eu estudo. Aí nós teremos filhos, muitos filhos gregos.

Ela sorri e levanta o copo para me forçar a brindar.

Fico pensando que não temos muito tempo se Seph quiser ser traçada, mas ela explica que está esperando Costas, fazendo com que eu me sinta um perfeito babaca. Então peço mais bebida.

Hoje o padeiro não vai enfiar o pão no forno.

Finalmente Costas aparece. É um louro magricela, mais parecido com a porcaria de um sueco do que um grego, e tem um jeito todo nervoso. As primeiras impressões nem sempre são corretas, mas ele não parece o tipo de cara que vai casar e criar um monte de cortadores de espetinho grego em Finsbury Park.

Seph nos apresenta. Costas olha rapidamente para mim, depois para ela. Há alguma coisa no ar.

– Tudo bem, Cost? Como vão as filmagens?

Seph decide que vai até a loja comprar alguma coisa.

– Vou deixar vocês dois se conhecerem um pouco – sorri ela, feliz feito uma mosca na merda.

Para dizer a verdade, Costas não demora a se abrir comigo.

– Essa mulher é maluca. Ela pensa que nós vamos casar. Hum! O pai dela me pegou vendendo cocaína pra turistas naquela ilha. Ameaçou me prender se eu não concordasse com os planos malucos dela. Disse que tinha contatos policiais em toda a Grécia e que tornaria a minha vida insuportável. Londres seria interessante para minha carreira, mas...

– Uma garota adorável, não me interprete mal, mas tem um parafuso a menos na cachola, se você me entende.

Costas dá um sorriso contrafeito, engolindo um copo de rum com coca-cola. Tem o rosto tenso e suado. Deixa o copo bater na mesa com força, coisa que atrai a garçonete, e pede mais dois drinques. – Na Grécia nós dizemos que algumas ovelhas podem estar faltando no rebanho.

Eu concordo com total sinceridade. Costas não é um vigarista feliz. Eu diria que ele foi transformado numa verdadeira vítima. E já estou até simpatizando com o cara.

– O pai dela perguntou sobre minha família. Se eu tinha irmãos. Com certeza, respondi, tenho seis, e não tenho irmãs. O rosto dele se iluminou com um sorriso reptiliano. Mais tarde...

Costas abana a cabeça e estremece no calor, enquanto a garçonete traz mais bebidas.

– O quê?

– Ele tentou me sarrar – cospe ele, ultrajado. – Como se eu fosse uma puta.

– O que aconteceu?

Costas começa a desabafar, dizendo: – Eu dei um empurrão nele. "Isso é bom. Você é um homem." São malucos; toda a família. Preciso fugir deles todos. Meus dias de filmagem terminam hoje, mas eu não contei isso a ela. Amanhã vou para Londres, ficar com meu tio. Longe dessa puta maluca e do seu pai fascista homossexual. Sabia que ele chegou mesmo a me entregar uma aliança pra eu dar a ela? Ele mesmo escolheu. Brilhantes e safiras. Para os olhos da minha filha, ele disse. Ele é que deveria estar fodendo com ela. Quando você ouve a conversa dos dois, parece que é isso mesmo que eles querem!

Fiquei escutando mais atentamente do que qualquer homem deveria a uma fuzilaria naquela velocidade.

– A coisa não parece nada boa. – Meus dedos tamborilam na mesa. – Parceiro, eu me mandaria, e logo. É como dizem por aí: melhor pular fora!

Costas se inclina para mim, com um bafo de cigarro velho, álcool e alho. – Estou planejando fazer isso. A única coisa que me preocupa é o que ela fará! Ela é doida, estou falando!

Fico pensando um pouco.

– Deixe isso comigo, parceiro. É preciso o toque de um inglês... lábio superior duro e manter a calma enquanto todo mundo a sua volta está perdendo o fio. – Dou uma piscadela. – Pense em John Mills, Kenneth More e a turma toda cantando o refrão de *Dam Busters*.

Quando Seph volta, Costas fala que recebeu um telefonema para voltar ao local da filmagem. Ela faz beicinho, mas é silenciada por um beijo. Eu gosto disso. Vejo um profissional em ação. Ao sair, ele me entrega um bilhete para dar a ela mais tarde. Minha esperança é de que isso não seja tudo que darei a ela. Meto o bilhete no bolso da minha calça cáqui.

Já estou bem mamado ao ir com Seph para o bar de Worthy. Ela está a mil por hora, pois os drinques estão fazendo efeito.

– Os atores são tão dedicados. É o ofício deles – diz ela, enrolando as palavras.

– Pois é. É um trabalho duro – digo, segurando a porta aberta do Cumbria feito um cavalheiro para que ela entre. – Eles seriam muito difíceis de substituir se um dia entrassem em greve. A economia global ficaria muito prejudicada. O que faríamos sem gente como Tom Cruise?

Ela me dá um soco brincalhão no braço quando entramos no bar, e eu imediatamente vejo Pete Worth, todo forte e bronzeado. Ele me vê ao mesmo tempo e vai saindo de detrás do balcão.

– E aí, rapaz! Parece um pouco pançudo – diz ele, apalpando minha barriga.

– Não tenho tempo pra academia vinte quatro horas por dia, sete dias por semana, como alguns. Isso é esteroide ou coisa assim? – pergunto, agarrando seu bíceps inchado. – Seus colhões já devem estar do tamanho de ervilhas secas.

– Pelo menos eu consigo ver minhas bolas sem usar espelho, você não – ri ele.

Sem pensar no que estou fazendo, já encolho a barriga. É esse negócio de conviver com Cynth. Acontece a mesma coisa com fumante passivo: absorção passiva de calorias.

Mas Worthy não percebe, pois seus olhos estão voltados para outra direção. – E quem é essa belezoca? Tudo bem, querida?

Seph olha para ele de alto a baixo. – Meu nome é Persephone.

– O pai de Seph é um figurão na polícia da Grécia, não é, querida?

– Na ilha onde fui criada meu pai é o chefe de polícia geral – diz ela.

– Isso compreende a ilha toda, não é, garota?

Eu dou uma piscadela para Worthy, que providencia umas cervejas e uma rodada de biritas. Ele fica brincando com Seph sobre o pai dela, e eu aproveito a oportunidade para enfiar discretamente o bilhete de Costas na bolsa branca que ela leva no ombro. É como acender um pavio longo, e certamente haverá fogos de artifício. Vou precisar de uns drinques para esse pequeno espetáculo.

Então Worthy, um anfitrião que mais parece um avô, traz outra rodada. E depois outra mais. Tudo fica meio pastoso durante algum tempo, e Worthy põe para tocar uma música grega ribombante. Eu e Seph continuamos entornando. Um gorducho com sotaque londrino fala algo e, por alguma razão, eu fico empombado. Algum tempo depois ouço o ruído de um copo se estilhaçando no piso de pedra do bar e alguém me empurra, enquanto as vozes se elevam. Só que parece que eu estou usando seis balaclavas, porque a próxima coisa que percebo é que estou desabando num lance de escada e depois tudo se apaga.

Acordo deitado numa cama, ainda completamente vestido. Alguém está ao meu lado e ouço um ronco forte. É Seph, ainda de vestido, que está um pouco levantado. Vejo que ela ainda está com a calcinha branca. Coxas lisas e bronzeadas até o paraíso. Mas, se a memória não me falha, essa calcinha é pequena demais para abrigar aquela grande floresta negra, da qual não há sinal algum. Ela me traiu, adotando o estilo brasileiro!

Obviamente, não houve trepada alguma na noite anterior. Eu desvio o olhar; só estou me torturando assim. Além disso, a porcaria da cabeça parece que vai explodir em pequenos fragmentos. Eu reconheço o cafofo: é o apartamento de Worthy. Um quarto e sala pequeno, com cozinha e varanda. Não há sinal dele; provavelmente saiu para trepar em outro lugar.

Confiro o relógio. Já amanheceu, porra, e eu deixei Em toda a noite com Cynth!

Enfio a mão no bolso e ligo o celular. Sete chamadas não atendidas e um montão de recados. Todos de Cynth, e em tom de pânico crescente. Mas é a última que me deixa encagaçado: Emily desapareceu!

Fico olhando para a imagem dela na tela do meu celular: uma garota mais jovem, com um sorriso dentuço, mas ainda reconhecível, olha de volta para mim. Eu quase não consigo respirar. Tento ligar para Cynth, mas a chamada dela se antecipa à minha.

– Mickey...você tá legal? Por onde anda?

– Eu estou bem, que negócio é esse da Em?

– Ela não voltou pra casa ontem à noite. Conheceu um rapaz, um alemão bacana... o Jürgen. Eles iam a uma discoteca. Ela dormiu fora. Eu tentei ligar pro celular dela, mas aqui o aparelho não pega... O que aconteceu com você?

– Fiquei enrolado aqui... encontrei uns amigos antigos – digo, olhando para Seph, ainda adormecida e roncando como uma grega. Abro as portas deslizantes e vou para a varanda em busca de um sinal melhor. O mar parece bastante calmo. O reflexo da luz do sol me faz relaxar um pouco. – Meu parceiro Worthy me serviu umas biritas. O puto sabe que eu não posso beber essas merdas. Acabei desmaiando.

– A Teresa ligou procurando a Em faz pouco...

Outra rajada de pânico me atinge e minhas pernas bambeiam. Eu sento na cadeira de plástico moldado. – Você não falou que ela sumiu, falou?

– Claro que não. Falei que a Em tinha ido dar uma caminhada e tomar café da manhã com você. Que ela ligaria de volta mais tarde.

Se aquela bruxa velha e desenxabida souber disso lá na Inglaterra...

– Boa. Vou voltar na próxima barca. Dê notícias.

– Ela pode simplesmente ter ido a uma festa, e talvez bebido muito. Talvez esteja dormindo em algum lugar. Você sabe como são as adolescentes. Ela é uma garota sensata.

Eu noto uma Mercedes grande passando pela estrada da orla e fico pensando na porra daqueles gângsteres.

– Cacete, ela não passa de uma criança, Cynth – digo, engolindo em seco. – Em todo caso, dê notícias. Logo estarei aí.

O pânico está tentando aumentar, mas eu reajo e não permito isso. Penso em Churchill, quando a Luftwaffe estava com as cartas na mão. Então levanto da cadeira e entro. Meu coração dispara outra vez quando vejo um bilhete na mesa. Relaxo um pouco quando noto que a letra é de Worthy:

Mickey,

Seu puto! Tentando me superar nas doses, seu peso leve de merda. Achei melhor deixar você curar a ressaca. Por falar nisso, você me causou um problema sem tamanho ontem à noite, quando brigou com o meu barman. Consegui acertar tudo, mas você me deve um pedido de desculpas. A ele também, claro.

Pete

Puta que pariu. Que estúpido de merda! Provavelmente o barman é uma porcaria de um débil mental. Vou acertar tudo com Worthy; com sorte, eles porão a culpa nas biritas. Agora eu estou preocupado com o tempo, pois não consigo me lembrar de quando sai a próxima barca. Mas vai demorar um pouco. Já no banheiro percebo um fedor ruim nas axilas, de modo que tiro a roupa e tomo uma chuveirada. A água quente é relaxante, mas subitamente ouço um gemido de gelar o sangue, seguido de gritos e coisas se estilhaçando. Corro para fora do chuveiro, ainda pingando água, envolto numa toalha, e vejo Seph caída no assoalho de madeira, com os olhos esbugalhados. Há um bilhete todo amarrotado na mão e um cinzeiro de vidro estilhaçado no chão.

– Ele foi embora... o Costas...

É claro. O bilhete que eu ajudei a colocar na bolsa dela no meu último momento semissóbrio. Eu me lembro disso. Só preciso impedir que ela arrebente o cafofo, pois isso será outra coisa que Worthy cobrará.

– O que aconteceu? Calma, garota...

Ela me lança um olhar ansioso.

– Ele é um safado – grita. Depois abre os braços. – Michael, por favor me abrace!

Deito no chão com ela em meus braços. Fico alisando o seu cabelo, com palavras de consolo.

– Estou tão contente de você estar aqui – geme ela.

Eu estou me cagando de medo por causa de Em... mas então recordo que faltam duas horas para a próxima barca... o vestido de Seph está repuxado para cima... desesperado por um pouco de luz, o velho guerreiro vai empurrando a toalha para o lado como se fosse uma cortina...

5

MARCE

Trepar com Seph foi um erro. Agora nunca mais vou me livrar dela. Claro, qualquer um pode bancar o sabichão vendo as coisas em retrospectiva, assim como todo mundo pode brincar de Babaca no Reino do Pau Duro. Mas não é esse o problema. A questão mais pertinente é: o que eu faço com uma grega maluca de cabelo esvoaçante e olhos borrados de rímel no deque da barca?

– Seph, eu estou com a minha filha e a minha namorada lá em Fuerty – digo. Depois tento atenuar. – Bom, meio que namorada...

Ouso dizer que Cynth não é descrita dessa forma há muito tempo.

– Eu não posso ficar com você lá! – arremato.

– Por favor, Michael, por favor... eu preciso de você. – Ela faz um biquinho como se fosse criança. – Vou encontrar um hotel lá e ficar longe delas, se você for me ver. Não posso voltar pra casa e encarar meu pai depois de todas as coisas que o Costas escreveu sobre ele no bilhete... é tudo mentira! – Ela recomeça com a porcaria dos uivos. É o tipo de som que você faria qualquer coisa para interromper. Um casal de velhos abelhudos fica olhando para nós no deque. Eu devolvo o olhar e eles encontram outra ocupação.

Só posso bancar o corretor honesto.

– Não faça nada precipitado, garota. Encare isso como uma oportunidade pra reavaliar as coisas. Tente suprimir toda a emoção antes de tomar decisões – explico para ela, tentando sufocar meu crescente pânico a respeito de Em. – A gente precisa acreditar que as coisas acontecem por alguma razão. Alguma ordenação divina, cósmica. Essa é a palavra... ordenação.

– Mas as coisas que ele disse naquele bilhete... dizendo que se apaixonou pelo meu pai e só queria ficar perto de mim por isso! Tinha medo que meu pai só quisesse sexo com ele, feito um caso!

– A vida tem coisas engraçadas, garota.

– Mas meu pai é chefe de polícia – geme ela. – Da ilha toda! É um homem de verdade! Como pode ser homossexual?

Foi uma boa jogada. Conselho meu. O velho Costas ouviu e aprendeu; não é burro.

– Coisas mais estranhas têm acontecido no mar, garota – digo eu, enquanto a balsa corta as ondas.

– Não é possível... simplesmente não é possível...

– Talvez tudo tenha sido só um mal-entendido – digo, dando de ombros, contente por já avistar o litoral de Fuerty e o porto de Corralejo.

Cynth está lá no ancoradouro. Ela olha para mim e depois para Seph, intrigada. Tem no rosto aquela expressão azeda de namorada traída, como se houvesse sido desbancada por uma mulher mais jovem com quem não pode competir, coisa que realmente acho ser o caso. Eu curo a sua dor, apresentando as duas e dando a versão oficial.

– Cynth, Seph... Seph, Cynth. Cynth, a Seph é uma velha amiga que acaba... como se pode dizer isso delicadamente... de ter uma decepção amorosa. O namorado dela trabalha num filme que estão fazendo aqui e acabou de se mandar. Deixou um bilhete pra ela, o safado.

– Ah... está bem – diz Cynth, já aliviada e bastante solidária.

Seph faz biquinho, começa a choramingar e explode em lágrimas de novo. Aproveitando a deixa e encantada por achar que não tem concorrente, Cynth mal pode esperar para lhe abrir o peito amplo. Seph fica feliz ao sucumbir ao tratamento.

– Ainda não tenho notícias da Em. Esse garoto alemão que ela conheceu me pareceu tão bacana – implora ela, elevando a voz em tom de pânico. – Nunca pensei que eles dormiriam fora de casa, Mickey... ela prometeu que estaria de volta antes da meia-noite!

– É – digo eu, lutando para me acalmar, principalmente porque já estou de novo pensando nos caras com pinta de gângster.

Os principais maníacos desse tipo, hoje em dia, não são como os da velha guarda, que seguiam um certo código. Eles sempre atacam os parentes de quem querem atingir. São uns filhos da puta de baixo nível, pseudovalentões. – Ouça aqui, Cynth... você leva Seph de volta pra casa e fica esperando lá, caso a Em apareça. Eu vou sair por aí à procura dela.

E assim deixo as duas e pulo no carro, saindo em busca de minha filha.

Vou dirigindo para o lado alemão da ilha, observando a vegetação ficar mais viçosa e os vilarejos mais pitorescos. Paro em alguns bares, fazendo perguntas e mostrando a foto de Em, que Cynth muito acertadamente me entregou. É uma versão atualizada da imagem no meu celular, mas ninguém dá nenhuma informação.

Quando já estou voltando a Corralejo, diante de um condomínio de merda para turistas, vejo os dois caras. Os que estavam no meu bar naquela noite.

Entro no estacionamento ao lado do prédio e fico observando os dois. O grandalhão entra no edifício, mas o baixinho de aparência furtiva gira sobre os calcanhares e se afasta, entrando num carro. Eu sigo atrás e ele estaciona nos fundos do supermercado, que está vazio. Ele sai do carro, e eu também. Meus nervos estão irritados pela ressaca, enquanto todo o álcool da noite se esvai do meu organismo. Estou inundado de suor. Sinto os membros pesados. Preciso fazer alguma coisa, mas não sou muito afeito a esforço físico. Eu adorava correr com a torcida organizada, mas nunca fui dos melhores, nunca fui tropeiro de vanguarda. Até me virava numa pancadaria generalizada de trinta segundos, mas essa coisa de sangue-frio nunca foi meu estilo. Preciso fazer alguma coisa, mas me sinto um merda. Um merda mesmo, feito merda suja e despejada. Uma merda marrom e velha, suando numa latrina sem dar descarga.

Esses caras podem ser...

Não. Eu preciso fazer alguma coisa...

Ele me vê chegando.

– Tudo bem, John? – grito para ele, reunindo forças. Acho que chamam isso de pegar gás. Os rostos de todos os tropeiros de vanguarda que já conheci me vêm à mente, torcendo por mim.

– Senhor Proprietário – diz ele, com um sorriso malvado, como se fosse a porcaria de um vilão de filme de James Bond me aguardando. Bom, eu me aproximo e dou uma cabeçada no rosto dele, que se abaixa feito Cynth num fim de semana de sacanagem. Evidentemente o puto não estava esperando *isso*. Eu fico por cima dele, batendo sua cabeça no asfalto e gritando: – ESTOU ME LIXANDO PRESSA PORRA DE BABAQUICE DE GÂNGSTER. VOU ARRANCAR A PORRA DA SUA CABEÇA FORA E ESMAGAR A PORCARIA DO SEU CRÂNIO NUM TORNO SE VOCÊ TIVER TOCADO NUM FIO DE CABELO DA CABEÇA DA MINHA GAROTINHA, SEU PUUUTO!

Eu não consigo ouvir nada além de zumbido nos ouvidos, enquanto bato a cabeça do magricela duas, três, quatro vezes, mas então percebo que o celular está tocando *The Dam Busters* na minha jaqueta. O cara está caído debaixo de mim, gemendo e murmurando, de novo como Cynth depois de uma boa trepada. E, como ela, não vai a lugar algum logo. Eu arranco o celular do bolso e atendo. É Cynth.

– Michael, a Em chegou. Está tudo bem. O Jürgen voltou com ela. Estamos todos tomando chá na varanda. É, eles ficaram um pouco altos ontem à noite e decidiram que era melhor não voltarem dirigindo, de modo que ficaram acordados tomando café.

– Beleza. Estou de volta num minuto – digo, desligando o telefone. Meu coração afunda quando olho para o cara embaixo de mim.

– Por favor – implora ele, e agora sua voz parece toda elegante. Ele geme. – Eu não sou quem você acha que sou...

– Eu... eu...

Como não consigo falar, saio de cima dele e me levanto. Então digo: – Olhe aqui, parceiro, desculpe... acho que me enganei redondamente.

Ofereço a mão ao cara, mas ele recusa. Consegue sentar sem ajuda, respirando fundo e esfregando a cabeça.

– Eu achei que você tinha sequestrado minha filha pra me amedrontar, porque achou que eu ouvi algo que não deveria ter ouvido, coisa que não fiz – tento explicar. – Quer dizer... um cara como você...

– Eu sou *ator* – geme ele naquele tom elegante.

De repente só consigo pensar no velho Costas e na porcaria do seu filme idiota.

– Fiz merda – arquejo e começo a ajudar o cara a se levantar. – E o seu parceiro?

Ele esfrega de novo a cabeça, respirando fundo, e dobra o corpo como se fosse vomitar. Depois de alguns instantes, levanta a cabeça. – Nós estamos rodando um filme... estávamos ensaiando ali... estudando nossas falas.

– Puta que pariu... desculpe, parceiro. Eu devia ter percebido. Até sei qual é a porcaria do seu filme – digo para ele, ajudando o cara a voltar para o carro e sentar no banco do carona. – Sei que isso não vai servir de grande consolo, mas... vocês são muito bons no que fazem e me enganaram completamente!

Eu rio, mas ele ainda não percebe qual é a graça.

Mais tarde, quando eu volto para o bar, fico sabendo que o chefe de polícia local descobriu que o tal empresário foi baleado pela própria mulher. Ao que parece, ele andava comendo a babá e foi pego em flagrante pela esposa, que ficou irada. Isso me fez pensar: é bom pra caralho o porte de armas ser proibido na Inglaterra! Certa vez Trees me pegou em circunstâncias semelhantes e veio pra cima de mim com um facão de cozinha. Tive que me mandar. Num outro país, como os Estados Unidos, por exemplo, o velho Mickey teria virado presunto. Tudo por causa da porcaria de uma trepada, que, ao que me lembro, nem fora muito boa.

Sem dúvida pessoas como Trees diriam que era justiça poética.

De modo que eu convidei os atores, Will e Tom, a voltarem ao bar para uma noite por conta da casa. Queria mostrar que não havia ressentimentos entre nós. Acontece que os dois eram caras legais; um pouco afetados, mas legais. Chegaram mesmo a me arranjar uma ponta no filme, *Old Iron*, no papel de parceiro do bandido! Era uma ponta com falas, ainda por cima, embora meu personagem se chamasse Billy, o Silencioso. Eu precisava falar "Não estou gostando do som disto. Nem um pouco", pouco antes que nosso grupo fosse atingido por uma saraivada de balas. Uma estreia dramática. Eu pensei: lá na Inglaterra todo mundo vai morrer de inveja.

Cynth estava gostando bastante de bancar a mãezona para Em e Seph. Por algum tempo tudo pareceu correr bem, só que toda vez que eu dava uma olhadela, e eu não sou o que se poderia chamar de um tipo paranoico, elas todas se calavam de repente. Como dizia o velho safado: "Quando as águias se calam, os papagaios começam a falar."

– Vocês aí – exigi eu. – Vamos parar com isso. O que está havendo?

Estava escrito no rosto de todas elas. Mas quando elas falaram o que era tive a sensação de receber um pontapé na bunda.

– A mãe de Em precisa dela – diz Cynth. – Ela quer voltar.

Eu olho para a menina. Achava que ela ia me dar uma boa razão para levar um papo com o tal de Jürgen, mesmo sabendo que não houve nada. Para um alemão, ele até que era um rapaz legal, do tipo sincero. O problema é que eu já estava ficando acostumado a ter Em por ali. – Em?

Ela dá de ombros e diz: – Na verdade eu não quero ir, papai. Mas a mamãe está muito perturbada, porque foi chutada pelo tal Richie, que ela namorava. Eu vou voltar, e o Jürgen vai me visitar mês que vem. A Cynth vai me levar.

Eu fico instantaneamente animado quando olho para Cynth e tento impedir que um sorriso faça meu rosto assumir a forma do Seu Safado.

– Que bom você levar a garota. Eu mesmo faria isso, mas preciso cuidar do bar – digo eu, dando uma olhada geral para o Herefordshire Bull, mas o tempo todo já pensando nas trepadas que vou dar com Seph de agora em diante!

– É, eu pensei em ir visitar meus pais – diz Cynth. – E também ajudar a Persephone a encontrar o Costas.

– O quê?

Seph me lança um sorriso venenoso, que lhe dá mais uns trinta anos de idade. – Ele acha que pode fazer isso comigo sem pagar. Quero olhar nos olhos dele, pra dizer que ele é um cachorro covarde e mentiroso!

– Às vezes é mais saudável esquecer tudo, garota – digo, quase implorando.

Olho para Em, vejo a Hardwick nela, e detesto isso. Minha própria carne e sangue parece que vai fazer carreira na bruxaria. Na verdade, essas três parecem ter saído direto do elenco principal de *Macbeth*.

Principalmente, é preciso que se diga, Seph, que parece bem puta da vida. – Não, eu só vou esquecer tudo quando olhar no olho daquele covarde mentiroso!

Cynth balança a cabeça vagarosamente, concordando. Ela ainda tem a cara de pau de agir como Branca de Neve. Um certo golfista, a menos de um milhão de quilômetros daqui, não ficaria muito contente se soubesse o que ela andava aprontando enquanto ele estava no clube!

Essas duas estão mancomunadas, mas o que estão mesmo fazendo é estragar meus planos de trepar. – Seph, você não quer...

– Ele insultou meu pai, que é chefe de polícia. Vai pagar por isso. – Ela irrompe de novo em lágrimas, sendo acolhida de novo pelos peitões balouçantes de Cynth.

Eu deixo pra lá, porque no frigir dos ovos não adianta chorar sobre o leite derramado. Quando uma porta se fecha, outra se abre; sempre acreditei nisso em relação a trepadas. E realmente: poucos dias depois elas pegam o avião para Gatwick e eu lanço o olhar para Marce.

Bert estava sentado no canto do bar enchendo a cara, enquanto Rodj limpava copos no saguão. Evidentemente ultimatos haviam sido expedidos. A atmosfera, de tão pesada, poderia ser cortada com uma faca. Eu meneei a cabeça para Marce e baixei a voz. – Por que essa cara triste, garota?

– Bert e Rodger... os dois falam que querem ficar comigo. Não sei, Michael, simplesmente não sei – disse ela. – É demais pra mim.

Eu dei uma piscadela, porque sabia exatamente de onde ela estava vindo. – Não que eu queira complicar as coisas, garota, mas na eleição lá na Inglaterra aquele democrata liberal falou "Estamos vivendo a era da política de três partidos". Bom, eu acho que você está exatamente na mesma posição!

Marce captou o sentido imediatamente.

– Que posição você prefere? – perguntou ela, arqueando a sobrancelha.

E eu preciso admitir que ela certamente entregou a mercadoria. Pobre Marce; ela só queria uma boa trepada com um pouco de diversão, e não um duelo de pistolas entre Bert e Rodj ao alvorecer.

Assim, o verão acabou não sendo tão ruim: a grande decepção foi o filme, *Old Iron*, lançado direto em vídeo depois dos meus telefonemas de propaganda para amigos na Inglaterra, falando de acenos por parte de Hollywood, e coisa e tal.

Só que não se pode ter tudo e, enquanto eu sirvo umas cervejas borbulhantes da melhor marca para um casal de turistas, Marce está ajoelhada atrás do balcão, com a bela boca sacana trabalhando no velho guerreiro, de modo que preciso confessar que a vida poderia ser pior. E é preciso admitir que a persistência tem seu valor. Como dizia o velho puto naquela escola elegante: "Esta é a lição: nunca ceda, nunca ceda, nunca, nunca, nunca, nunca ceda em nada, grande ou pequeno, importante ou insignificante... nunca ceda, exceto para convicções de honra e bom-senso. Nunca ceda à força; nunca ceda ao poder aparentemente insuperável do inimigo."

O infeliz do Rodj, limpando os copos no balcão do salão ao lado, e o idiota do Bert, enchendo a cara em algum lugar, deveriam ter seguido esse conselho. Mas isso me faz lembrar que Cynth só voltará na próxima semana; ou pelo menos eu acho que é isso. Quem é mau nunca descansa. Ainda assim, com um pouco de calma e serenidade, não há barreira que não possa ser ultrapassada.

CÃES de Lincoln Park

A cidade ferve, com a temperatura acima dos quarenta graus. Com o ânimo sufocado pelo clima pantanoso, alguns cidadãos seguem em direção ao lago. Muitos que moram em apartamentos sem ar-condicionado fogem para os refrigerados abrigos de emergência da prefeitura. Na televisão, o prefeito passa um lenço atrás do pescoço vermelho e suado, estimulando as pessoas a usarem essas instalações.

Contudo, Kendra Cross está fazendo despreocupadamente o trajeto de sua imobiliária até o novo e pequeno restaurante asiático perto da esquina das ruas Clark e Fullerton. O Mystic East, a apenas um quarteirão de distância, era onde ela costumava almoçar toda sexta-feira com suas amigas Stephanie Harbison e Stacie Barnes. Kendra não se cansava de proclamar que fora ela quem descobrira aquela pérola da culinária. Já podia até sentir o clima de fim de semana: passara toda a manhã pensando naquele almoço. Sim, tudo dera errado com Trent na noite da véspera, mas havia a perspectiva do telefonema daquele ricaço bonitão da Capital Investments. Kendra achava que rolara uma atração mútua na reunião sobre o condomínio em Printer's Row, na semana anterior.

Além disso, ela executara as tarefas matinais flutuando num tapete mágico de Xanax, o mesmo com que avança pela calçada. Um rabo de cavalo apertado, alto e louro, puxando a pele elástica da sua testa, balança atrás dela; é um rabo tão cheio de vida quanto os dos cães mais afoitos que percorrem a rua Clark. Deslizando entre as enfeitadas manequins móveis, Kendra faz uma careta solidária ao ver os companheiros quadrúpedes delas, presos a coleiras. Alguns roçam a calçada com as línguas pesadas. E então pensa no seu *papillon* branco e preto, Totó, na companhia dos outros cachorrinhos aos cuidados da passeadora, assim como ela está prestes a fazer com suas próprias amigas.

Kendra achava que elas eram iguais a muitas profissionais urbanas, jovens, ricas e trabalhadoras (exceto Stacie!). Tirando as exigências do comércio, haviam sido incapazes de encontrar razões adequadas para seu tédio, abusando de drogas ilegais e álcool como um repositório conveniente para o seu comportamento alienado, indiferente e cansado. Descobriram, então, a beleza da reabilitação. Nos compromissos de almoço, pareciam petulantes, superiores e centradas, pondo a mão estrategicamente em cima da taça de vinho, com um sorriso satisfeito para o garçom. "Reabilitação", murmuravam felizes para seus companheiros de jantar, engolindo discretamente um Xanax com a água mineral oferecida.

Kendra saíra da imobiliária pontualmente às 12:30 e às 12:38 abre a porta do restaurante deixando que o revigorante jato de raio X do ar-condicionado a envolva. É escoltada até a mesa por uma garçonete de aspecto japonês, com um quimono escuro, e olha para o chef. Ele tem um rosto redondo e cheio de marcas nos lados. A iluminação faz seus olhos parecerem severos sob as sobrancelhas escuras, observando tudo de maneira benignamente professoral daquele posto privilegiado atrás do sushi bar.

Dentro de poucos minutos Stephanie chega e Kendra repara que ela está usando um terninho verde com corte similar ao seu e enormes óculos Dior empurrados para cima do reluzente cabelo louro, que tem um corte curto dramático.

– Nada da Stacie? – murmura Stephanie, com um olhar que Kendra sente ser de avaliação.

– Ela ligou dizendo que chegaria atrasada.

– Vamos pedir logo – diz Stephanie, impaciente. – Temos mais o que fazer.

– Também acho. A Stacie é uma porra de neurótica – diz Kendra com um muxoxo. Estrategicamente, ela deixa cair o guardanapo, que pega de volta, conferindo assim os sapatos de Stephanie, aliviada por logo pensar em objeções satisfatórias. Revigorada, ela se senta curvada para a frente e abaixa a voz. – Aquela língua solta estragou minha noite com o Trent ontem.

Stephanie inclina o corpo, arregalando os olhos, dividida entre excitação e ansiedade. Reza para que Stacie não apareça e interrompa a história.

– Como assim? – instiga, com falsa preocupação.

– Nós estávamos lá na LP Tavern. Com Trent, Stuart Noble e Alison Logan. Alison viu uma garota e gritou "Ela não é de Highland Park?" Eu falei que conhecia a garota de algum lugar. Então aquela linguaruda da Stacie interrompeu e contou que a garota fez psicologia na DePaul, mas era alguns anos *mais moça do que nós*. Dava para ver o Trent fazendo os cálculos ali mesmo. Ele passou o resto da noite olhando para os meus pés de galinha – explica Kendra com melancolia, obviamente esperando um apoio que Stephanie nega com assiduidade. *Ora, muito obrigada, sua puta.* Ela se lamenta tristemente. – Ele não retornou o meu telefonema. Pensei em ligar de novo, mas ia parecer carência demais.

A esta altura Stacie aparece no restaurante, acenando para elas enquanto se aproxima. Está de minissaia pregueada e top cor-de-rosa, com o cabelo louro trançado. Olha com suspeita para Kendra e Stephanie. – Vocês duas estavam *falando* de mim?

– Ah, você *adoraria* que sim. – Stephanie usa um tom gozador, parecendo bufar ou ronronar, enquanto Stacie se senta, e imediatamente volta a atenção para o rosto amuado de Kendra. – Mas você *está* carente. E precisa *dele*. Ou de alguém como ele.

Ignorando os olhos arregalados de Stacie, Kendra tem um pensamento que faísca em sua mente feito a roda de um trem nos trilhos. *Stephanie é uma franco-atiradora com intenções ocultas?*

– Você ainda está namorando o Todd? – pergunta ela de repente.

As sobrancelhas finas de Stephanie se inclinam feito um telhado.

– Acho que sim, mas ele é sem noção pra caralho e insensível às *minhas* necessidades. Poxa, está fazendo uns quarenta graus lá fora e nós não temos ar-condicionado central em casa – reclama ela fazendo beicinho. Depois, rapidamente ameniza: – Já que eu preferi alugar um apartamento mais barato, porque valorizo meu trabalho acima do dinheiro...

A esta altura Kendra tenta fazer uma expressão de empatia, mas seu meneio de cabeça parece mais de piedade. Ela não consegue evitar que o menosprezo e o triunfo modelem seu belo rosto, que perde a cautela característica.

– ... e esse é um conceito que claramente não se harmoniza com o limitado intelecto dele – solta Stephanie, numa retaliação à expressão desdenhosa de Kendra. – Por isso, preciso aturar aqueles ventiladores de bosta.

– Que são inúteis – Kendra sibila.

– Pois é – diz Stephanie, já mais cautelosa, tentando calcular se o bônus do martírio supera o ônus da sovinice. Ela observa Stacie, que é toda olhos, dentes, cabelos... um vazio a ser preenchido... e percebe que cometeu um erro de cálculo grosseiro. Então diz em tom grandioso: – Mas o problema é que o apartamento é *muuuito* nojento. Eu estava deitada na cama, exausta, na frente do ventilador, depois de um dia *particularmente* cansativo. Passei toda a manhã conversando com a Sybil, aquela periquita horrível e manipuladora sobre quem já falei para vocês, e o Benji, o gato agressivo que evacua em todo lugar, menos na bandeja apropriada. Então Todd chega com um sorrisão no rosto. Ele só queria *fazer aquilo!*

– Nesse *calor?* No seu *apart*amento? *Muuuito* nojento – zomba Kendra, deleitada com o meneio afirmativo de Stacie.

Reconhecendo publicamente seu desejo por ar-condicionado, Stephanie faz uma careta, parecendo estar bebericando vinagre em vez de água gelada, enquanto Kendra sorri. *Essa filha da puta vai correr*, é o pensamento solitário das duas, mas em canais emocionais totalmente opostos.

– Eu fui sincera e falei que não queria saber dele na minha cama antes que o calor baixasse – esclarece Stephanie rapidamente. Parecendo feito de náilon, seu cabelo balança para a frente e para trás quando ela mexe a cabeça. – Claro que essa simples declaração da *minha* necessidade *pessoal* foi mais que suficiente para despertar a criança nele... aquele panaca mimado! Um idiota!

– Mas você não acha que todo cara tem esse garotinho lá no fundo? – pergunta Kendra, subitamente interessada numa causa comum.

– Claro – concorda Stephanie, compreendendo o gesto de Kendra. – Mas o problema *não* é esse. O problema é: "A que distância da superfície isso está?" Nele eu acho que está perto demais. Por isso falei "ou sofá ou táxi para casa, companheiro... você decide".

Sob aquelas pestanas impossíveis, os grandes olhos castanho-esverdeados de Stacie vão de uma amiga para a outra, enquanto ela mexe a cabeça feito a espectadora de uma partida de tênis.

– Eu admiro você – ronrona Kendra. – Seria ótimo ter esta espécie de controle sobre *certas pessoas*.

– Só que ele é muito mais alfa do que Todd – diz Stephanie repentinamente.

Stacie pega o cardápio pensando em sashimi, que parece adequado para a temperatura, e pergunta: – De quem nós estamos falando?

Kendra abana a cabeça para Stephanie, ignorando Stacie. – Isso é só a imagem que ele projeta. Para mim, é um caso de "acho que a madame reclama demais". Provavelmente é viado.

– Kennie, pare! – guincha Stephanie, em tom de repreensão jovial. – Só porque ele malha?

– De *quem* estamos falando? – pergunta Stacie de novo.

Ignorando a amiga mais uma vez, Kendra diz: – Não, claro que não. Mas ele se veste de um jeito meio aviadado.

– Ele tem estilo, só isso – fala Stephanie, virando para Stacie. – E nós estamos falando do Trent.

Stacie balança a cabeça. – Ah, sim.

Continuando, Stephanie explica: – Além de um título do iate clube. E de um conversível. E de uma casa bacana em Roscoe.

– Ele é legal – opina Stacie.

– E rico. É sócio de um escritório de arquitetura – diz Kendra, aguçando o olhar para Stephanie.

– Um escritório? Desde quando arquiteto tem escritório? – pergunta Stacie, tomando um gole de água que dói nos dentes.

– Isso sempre foi chamado de escritório. – A cabeça de Kendra estremece de irritação. – Como se fosse advocacia ou medicina.

– Ah, tenho certeza que é novidade – argumenta Stacie.

Kendra se levanta abruptamente e ruma para o banheiro, sibilando enquanto se afasta. – Acho que você vai descobrir que sempre foi assim.

Quando ela some de vista, Stephanie imita garras com as mãos e finge arranhar o ar. – Miau! Parece que a palha da cama do gato de alguém precisa ser trocada.

Imitando uma jovem negra sulista, como sempre faz em festas, Stacie dispara: – Sinfiá um pedaçu di carvão no cu brancu dessa piranha, ela vai cagá diamanti!

As duas se cumprimentam com as mãos espalmadas no ar.

O chef se aproxima delas com uma bandeja cheia de pratinhos. Ele tem o hábito de escolher a comida para os seus clientes favoritos. Para Kendra e Stacie, isso significa tratamento especial. Já Stephanie acha que é um truque e que ele está aproveitando as sobras da véspera com elas.

– Comida muito especial, para clientes muito especiais – explica o chef, com um sorriso bem-humorado. – Coreana. Característica peculiar da culinária coreana é uso de especiarias. Temperos básicos: pimenta vermelha, cebola verde, shoyu, pasta de soja, alho, gengibre, gergelim, mostarda, vinagre, vinho.

O hábito de Stacie de balançar a cabeça para tudo causa uma tensão no peito de Stephanie, refletida em seus finos lábios vermelhos.

Apontando para algumas pequenas tigelas de sopa, o chef explica: – *Maeuntang* é apimentada sopa quente de frutos do mar, que inclui peixe branco, vegetal, tofu e pimenta vermelha em pó. *Twoenjang-guk* é sopa de pasta de soja fermentada com mariscos.

– Inhame, inhame – diz Stacie.

– Prato de legume também é popular em Coreia. Coreanos chamar pratos feitos só com legumes de *namool*. Dois tipos: um frio e cru, outro feito no vapor.

– *Namool* – repete Stacie.

O chef continua, com o peito estufado de orgulho. – Talheres coreanos ter 3, 5, 7, 9 ou 12 *chop*, dependendo do número de guarnições servidas. Uma família comum pede três ou quatro guarnições. Quando família fazer comemorações ou festa, uma dúzia ou mais guarnições servidas. Pauzinhos e colheres servem para comer. Diferente de japoneses e chineses, coreanos usar pauzinhos finos feitos com metal, não madeira.

– Ummm, ummm! – Stacie estala os lábios.

Stephanie arqueia as sobrancelhas e sua boca aberta treme ligeiramente antes de formar um sorriso apreciativo, mas urgente. *Será que podemos calar a porra da boca para simplesmente comer essas coisas que você trouxe e que nós não pedimos,* pensa ela, repentinamente ansiosa devido à hora. A tarde promete uma consulta potencialmente exaustiva com Millie, o mico autoflagelador.

Kendra volta do banheiro com o equilíbrio restaurado por mais um Xanax. A coisa ainda não fez efeito, e não é placebo, mas ela saboreia o prazer da antecipação, sabendo que *baterá* em breve. As amigas reparam que ela trocou a cor do delineador: amarelo por rosa.

– Parece interessante – diz Stephanie em tom de aprovação. Nem mesmo ela sabe se isso é uma referência à maquiagem de Kendra ou à comida.

– São pratos coreanos, Kennie – cantarola Stacie em tom excitado.

O chef continua a falar, para óbvio desgosto de Stephanie.

– Comida coreana ter diversas guarnições. Favoritas são sopa de pasta de soja, carne grelhada, peixe, *kimchi* de repolho e legumes no vapor. – Ele aponta o dedo acusadoramente para diversos pratos, como se fossem suspeitos numa fila de identificação. Depois bate levemente no cardápio. – Refeição completa de comida coreana chamada *Hanjoungshik.* Composta de peixe grelhado, costeleta no vapor, outros pratos de carne e legumes com arroz no vapor, sopa e *kimchi.*

– O que é *kimchi?* – pergunta Stacie, enquanto Stephanie respira fundo, tamborilando na mesa com as grandes unhas.

– *Kimchi* comida coreana mais famosa. É prato de legumes, muito temperado com pimenta, alho etcétera. Servido com todo tipo de refeição coreana. Estimula apetite feito picles. Contém quantidades de nutrientes bons, como vitamina C e fibra. Provar – ordena o chef, olhando para Kendra.

Ela põe um pouco no prato e dá uma garfada.

– É muito bom – confirma, balançando a cabeça. Stephanie segue o exemplo dela, e Stacie também.

O chef agradece com uma reverência graciosa, e antes de se retirar diz: – Bom apetite.

– Eu meio que gosto desse chef e seu inescrutável comportamento oriental – diz Stacie quando ele some. – É legal. O que você acha, Kennie?

Kendra está devaneando. Quer saber se o tal incorporador rico, que se chama Clint, ligará para ela. – De quê?

– Esquece – entoa Stacie fatigadamente. Depois muda de assunto e pergunta: – Como está a Karla?

– *Não consigo* acreditar que *ela* tenha sido fabricada pelas mesmas fontes de esperma e óvulo que me produziram – discursa Kendra, sentindo que talvez esteja voltando a ficar estimulada pelo Xanax que tomou no banheiro. – Ela tem uma daquelas tatuagens jurássicas dos anos setenta acima do rabo e acha aquilo tãããо punk rock. Fica parecendo uma piranha viciada em crack. *E* só pode estar pesando mais de sessenta quilos.

– Eca! – Stephanie faz uma careta. Em tom de preocupação, depois acrescenta: – Ela está deprimida ou algo assim?

– Não sei que merda está acontecendo com ela. – Kendra abana a cabeça tão enfaticamente que logo em seguida precisa verificar se o cabelo continua bem preso atrás. – Só sei que fui obrigada a intervir na casa da minha mãe no último fim de semana. Arrastei a Karla para a frente do espelho de corpo inteiro e levantei o seu top. Apontei para a barriga e disse "Cuidado".

– Como ela reagiu? – pergunta Stephanie.

Kendra dá de ombros e respira fundo, enquanto observa dolorosamente um vagabundo passar pela janela empurrando um carrinho, tão grata por *ele não parar* nem virar para espiar. *Obrigada*. Depois faz um tenso meneio de cabeça para Stephanie, compartilhando seu alívio.

– Com a habitual retórica ofensivo-defensiva de bosta sobre a minha anorexia. Você sabe como elas atacam. – Ela estreita os olhos. – Acha que eu errei?

114

– Não, claro que não. Só acho que a intervenção poderia ser um pouco mais *estruturada* – sugere Stephanie.

Kendra reflete sobre isso. Steph era bastante inteligente. Às vezes, Kendra lamenta não ter continuado e feito mestrado na DePaul. Agora Stephanie era quase sócia de uma clínica veterinária behaviorista enquanto ela estava estagnada na imobiliária.

Mas também estava *ganhando dinheiro*.

– Ontem esbarrei com a Monica Santiano, lá de Highland Park. Ela se mudou para a cidade – informa Stephanie para elas. – Sabem o que ela me disse? "Eu preciso muito me enturmar com vocês." Eca... foi uma situação de DNA total!

Stephanie e Kendra batem as mãos espalmadas.

– Eu achava que ela era meio divertida – diz Stacie. – O que significa DNA?

– Desesperadora e Necessitando de Alerta – dizem as duas em uníssono.

– Mais uma que acrescentamos ao nosso léxico, acho que lá no CJ quarta-feira – explica Kendra em tom presunçoso. – Onde você *estava*, Stacie?

Stacie parece um pouco perdida, enquanto a conversa volta a girar sobre trabalho.

– Como vai o maravilhoso mundo dos imóveis? – Stephanie pergunta para Kendra.

– Ainda crescendo e ainda lucrativo – gorjeia Kendra, assumindo um confiante tom profissional, antes que algo azede na sua boca. Ela hesita por um momento e depois solta: – Mas a Marilyn, aquela piranha lésbica gorda, vive pegando no meu pé. Ela é tããão nojenta. Fica sentada se entupindo de Doritos o dia inteiro, e nem tem um *diploma de faculdade*.

– Fra-cas-sa-da! – exclama Stephanie, esticando os dedos para examinar o comprimento das unhas, que talvez fossem um pouco longas demais para os pauzinhos metálicos.

– Às vezes ela fica olhando para mim de um jeito sinistro, mas então abre o seu sorriso revoltante. E aquela verruga horrível no rosto? Um horror! Às vezes ela dá uma de mulherzinha baixaria e fica comentando que as garotas heterossexuais querem experimentar. – Kendra estremece. – Fico com vontade de vomitar.

– Que nojo – reconhece Stacie.

– Beira a assédio sexual. – Stephanie torce a cabeça. – Alguém deveria enfiar um processo na bunda gorda daquela vaca!

Kendra balança a cabeça pensativamente. Depois lança um olhar penetrante e suplicante para Stephanie e Stacie. De repente, todas levantam rifles imaginários no ar, mirando e depois atirando em alvos invisíveis.

– Ela é tão RNA – escarnecem as três, batendo as mãos espalmadas e guinchando em harmonia encantada. – Realmente Nada Atraente.

Depois percebem o chef observando a palhaçada, com cintilantes olhos negros. Constrangidas, levam a mão à boca para abafar as risadas nervosas.

Kendra levou algum tempo se aprontando para correr no fim da tarde. O blusão de moletom cinza da DePaul e o short azul foram vestidos rapidamente, assim como o par de tênis Nike Air Zoom Moire de cem dólares, escolhido porque a cor combinava com a da camisa, mas o cabelo precisava ser afastado do rosto, e o rabo de cavalo apertado no alto. Acima de tudo, a maquiagem precisava estar *na medida certa*. Não podia ser leve demais, mas qualquer exagero indicaria falta de espírito esportivo sério, insinuando até mesmo preguiça ou passividade sexual. Os troços que ela usava eram discretos e não escorriam, embora Kendra não tencionasse suar muito.

A escuridão aumenta quando ela sai num trote leve pela Lakeshore Drive, onde é mais fresco. O ar que vem do lago Michigan tem um cheiro levemente ácido, picante e frágil, feito um parente idoso perfumado com sua fragrância preferida. Depois de alguns metros ela se entedia e cansa, mas fica muito envergonhada ao ser facilmente ultrapassada por um senhor idoso. Pouco importa; a melhor parte é a lenta caminhada, com uma pretensa exaustão, de volta em torno da vizinhança. Andar com Totó atraía muita atenção, mas o problema era que os homens que andavam com cachorros eram invariavelmente gays. Correr era diferente. Tal como frequentar a academia de Lakeshore, era uma maneira de conhecer homens heterossexuais. Mas não era uma boa maneira de controlar o peso, pois envolvia trabalho duro. Fazer dieta era mais fácil, exceto no almoço de sexta-feira, que era uma preparação para o fim de semana. Fazia calor demais para aquele blusão de moletom, mas Kendra estava com medo de que seu estômago houvesse inchado levemente depois daquele almoço. Só teria confiança para usar um simples top esportivo na terça-feira.

Ela reduz o trote a um andar rápido a fim de aproveitar a noite. As sombras projetadas pelas altas árvores saúdam apenas conversas de namorados ou mais pessoas passeando com cachorros, pois trata-se de uma vizinhança segura. Kendra repara que há uma van estacionada no seu quarteirão. Dois homens estão descarregando mobília. Por perto há um terceiro, que ela imediatamente reconhece como o tal chef asiático do Mystic East. Parece que ele está se mudando para o prédio dela.

– Oi – arrulha ela sorridente, ao se aproximar. – Você está se mudando para *cá*?

O chef parece demorar para lembrar dela. Aguça o olhar na escuridão, segurando uma gravura emoldurada, que acaba colocando no meio-fio de granito.

– Ah, sim... Olá. – Seu rosto sorridente se expande.

– Eu moro no segundo andar – explica Kendra, observando os dois suados carregadores travarem uma dança de puxa-empurra com uma das últimas caixas teimosamente pesadas na traseira da van.

– Eu mudar para terceiro andar – diz o chef.

– Venha tomar uma xícara de chá – oferece Kendra, pensando que não haverá mal em agradar o dono do seu restaurante favorito.

– Você é muito gentil. – O chef inclina ligeiramente a cabeça. Kendra mantém as portas do prédio abertas, enquanto ele carrega o quadro escada acima. Ela segue atrás dele, observando o vulto sem sombras, quase espectral, sob a iluminação fluorescente da escada e do corredor. Então escuta uma risada abafada às suas costas. Os caras da mudança. Olhando com tara para o traseiro dela. *Porcos de merda.* Na curva da escada, ela puxa mais para baixo o blusão de moletom da DePaul. É sua única concessão à presença deles.

Deixando que os homens terminem de colocar as últimas coisas no apartamento, Kendra desce com o chef até o seu, que é idêntico ao dele. Ela fica um pouco sem jeito, quando os olhos dele esquadrinham a tralha ali dentro. Eu devia ter arrumado essa merda, pensa ela. Quando vai para a cozinha fazer chá verde, repara que Totó, que deixara sozinho ao ir correr e que geralmente ficava tímido com gente desconhecida em casa, principalmente homens, está entusiasmado com o chef asiático. Primeiro lambe a mão dele com um olhar quase obceno nos vidrados olhos pretos. Depois rola de costas e deixa sua barriga ser coçada.

– Cachorro muito simpático – diz o cozinheiro oriental com um sorriso encantado.

– Ele parece gostar de você! Num gosta, neném? – diz ela para Totó. – Num gosta, meu docinho? Gosta, sim! Gosta, sim!

– Se um dia precisar que eu leve cachorro para passear, é só avisar – diz o chef, sorrindo e bebericando o chá verde.

– Obrigada.

Kendra torce a cabeça de lado, enquanto o chef vai até a escada assinar a papeleta da mudança, e os homens vão embora. Então os dois sentam para tomar chá. Kendra fala da coleta do lixo e das caixas de correio, mas não consegue deixar de incluir algumas fofocas sobre os vizinhos. Depois leva o chef até o subsolo para mostrar as instalações da lavanderia, que ele parece especialmente interessado em conhecer.

– Muito importante para chef – explica ele, ao começar a descer a escada de serviço íngreme e mal iluminada.

O portão da lavanderia é pesado e emperrado. Kendra fica satisfeita ao receber a ajuda dele para abrir aquilo, e já lá dentro liga o interruptor. Há um zumbido, enquanto a sala escura feito uma caverna é iluminada por uma luz fluorescente azul-amarelada, que revela duas lavadoras, duas secadoras e um suporte de alumínio para bicicletas. Grandes dutos prateados que transportam o ar-condicionado pendem do teto, serpenteando dentro das cavidades do prédio feito caruchos da era espacial.

– Isso é *tão* essencial no verão de Chicago – informa Kendra ao chef, pensando em Stephanie, suando azedamente embaixo dos ventiladores... e de um entusiástico Todd... naquele apartamento antiquado dela.

Não, Steph estaria por cima.

Quando a excursão termina e o chef sobe a fim de arrumar seu novo lar, Kendra liga direto para Stephanie e, depois, para Stacie, encantada por informar a elas: – O chef, o *nosso* chef, acaba de se mudar para o meu prédio!

Na manhã seguinte, Kendra enfrenta uma crise. Christie, a passeadora de cães, liga para dizer que acaba de saber que seu pai está gravemente doente em Kentucky e que precisa ir para lá imediatamente.

– Obrigada por tudo – diz Kendra rancorosamente ao desligar o telefone. Percebe que precisará levar Totó para o escritório. *É* uma emergência. Lá fora está quente, úmido e nublado. O céu sombrio e sujo parece esmagar Kendra, que sente rolimãs nos olhos, um tijolo no cérebro e uma bigorna na mandíbula. Totó choraminga um pouco, puxando a coleira ofegando, até que ela é forçada a tomar nos braços o corpo arquejante dele.

Ela já está na sua mesa há uns dez minutos, conversando com Greg e Cassandra, seus colegas, quando vê à sua frente a sombra de Marilyn, com as mãos nos quadris bovinos.

– Kennie, princesa – diz Marilyn olhando para o cachorro, que levanta as orelhas, embora continue sentado fielmente aos pés de Kendra. – O Totó é uma graça, mas escritório não é lugar para cachorro.

– Mas...

Marilyn inclina a cabeçorra de lado, ajeitando o cabelo endurecido pelo laquê. Sua voz é terna, incongruentemente calma.

– As bundas... mesmo as mais bonitinhas... só servem para sentar e ser chutadas, benzinho. Por favor, não me peça para ser mais explícita.

– A menina que toma conta dele teve uma emergência, e eu vou tentar dar um jeito...

– Já, querida. – O sorriso de Marilyn desliza um milímetro para baixo.

– Está certo – diz Kendra em tom neutro, pegando Totó no chão.

Marilyn vai atrás e à porta detém Kendra, pondo um braço no seu ombro. Ao se virar, ela sente um bafo doce e doentio de cadáver. Afagando o focinho do cachorro, Marilyn fixa nela um olhar duro. – Caso você não tenha ouvido, vamos ter tempos difíceis pela frente, querida. O mercado de imóveis está na merda. As pessoas são como ovelhas. Veem alguns enriquecendo de repente com o lançamento de condomínios e passam a construir sem parar, até haver lançamentos demais, sem gente suficiente para morar. É uma típica bolha, e já dá para ver o alfinete. Estou falando de demissões. Fui clara?

Kendra morde a língua. *Como essa piranha é pouco profissional! Falando mal da porcaria do mercado!*

– Foi – diz ela em tom vago, recuando e saindo para a rua. O cachorro vai ofegando nos seus braços, enquanto ela desce a rua que tremeluz sob o calor escaldante.

Ela detesta deixar Totó sozinho no apartamento, mas agora não tem escolha. Ao chegar, vê o chef parado na sombra da varanda perto da entrada do apartamento. Ele está fumando um cigarro sem o quimono, só de conjunto azul com a gola aberta. O conjunto contrasta com o vermelho vivo da roseira que sobe pela treliça de madeira ao seu lado. Pela primeira vez Kendra repara como o corpo dele é magro, comparado com a cabeça. Ela conta para ele o que aconteceu com o cachorro no seu trabalho. O chef fala que vai dar uma caminhada pelo lago, porque só pega no serviço à noite. Terá prazer em levar o cachorro para passear e poderá tomar conta do bicho até Kendra voltar do trabalho.

Ela fica encantada, deixa o feliz Totó nas mãos dele e volta para a imobiliária. Evitando Marilyn, verifica suas mensagens, mas nenhuma é de Trent ou Clint, o tal incorporador. Quando termina o trabalho, volta para seu prédio, indo primeiro ao andar de cima, onde encontra o chef na cozinha. Quando se agacha, Totó pula nos seus braços, feliz ao ver a dona.

– Alguma coisa está cheirando bem aqui – diz ela. – Ele foi um bom menino?

– Cachorro não dar trabalho nenhum – diz o chef, colocando um pouco de comida na mesa pequena.

Kendra repara que tudo parece maravilhosamente organizado. O chef deve ter se esforçado muito para desencaixotar e arrumar toda aquela tralha. A sala da frente é dominada por um aquário enorme, além da coleção de espadas ornamentais penduradas nas paredes.

– Colecionar espadas – diz o chef, apontando para si mesmo e as armas expostas.

– Elas parecem...

Kendra não consegue pensar numa palavra, e acaba dizendo – Legais.

O chef tira uma espada da parede. A lâmina é curva, com uns setenta centímetros, e o punho de couro preto tem mais de um palmo de comprimento. Ele pousa a arma na mesa e desaparece por instantes na cozinha, voltando com duas grandes melancias. Equilibra uma no que parece ser o poste de arranhões de algum gato gigante, que traz lá do canto mais escuro da sala.

– Ficar bem atrás – ele sorri para Kendra. – Lâmina muito, muito afiada. Pode cortar fácil bambu de dez centímetros.

Kendra se afasta. O chef pega a espada com os dois braços esticados. Fecha os olhos por alguns segundos, parecendo entrar em um transe orgástico. Então, com um súbito movimento explosivo, gira e corta a melancia, que cai partida em duas metades iguais. Totó avança e fareja uma das metades.

– Agora você tentar. – O chef coloca a outra melancia no lugar e estende o punho da espada para ela. Kendra pega a arma hesitantemente. Ele passa para trás dela, ficando bem perto. – Ver peso... assim mesmo. Sentir peso. Isso é katana japonesa Musashi. Espada Xintó.

– Parece legal – diz ela.

– Imaginar espada ser parte de braço... a ponta de unhas afiadas. – Ele abraça Kendra, apertando levemente, mas com firmeza, os pulsos dela. – Agora, ao contar três, você levantar espa-

da e golpear melancia. Como se fosse cortar com dedos. Um...
dois... três...

O chef levanta os pulsos de Kendra e depois faz força para
baixo. Só retira suas mãos no último segundo, quando a espada
cai, cortando a melancia como antes.

– Uau. – Kendra dá um sorriso tenso, já constrangida com o
abraço físico e uma energia estranha que paira no ar. – Foi bárba-
ro...

O chef se afasta, faz uma reverência e aponta para a comida na
mesa, convidando: – Agora, comer.

– Meu Deus... não posso. – Ela pensa no seu peso. – Você não
devia ter feito... o que *é* isso?

– *Pulgoki.* Um dos famosos pratos coreanos para ocidentais.
Significa "churrasco coreano". Marinado com shoyu, alho, açúcar, óleo de gergelim e outros temperos. Cozido no fogo diante da
mesa.

Ela larga a espada e examina os peixes que nadam no aquário.
Há dois deles. – Esses são...

– Baiacus. Baiacu vermelho comum. Também chamado de
baiacu abacate. Não porque ficar gostoso com abacate, mas fica –
diz ele, dando um largo sorriso.

A mão de Kendra vai até a boca, que está imitando os peixes.
– Você... quer dizer...

– Sim.

– Ah! – diz Kendra. Ansiosa para garantir que não ficou ofendida, acrescenta: – Eu adoraria ir ao Japão. Comer peixe baiacu
num grande restaurante.

– Eu ter preparado alguns para nós comer agora – diz ele, indo
para a cozinha e voltando imediatamente com alguns filés de peixe cru.

Kendra olha para os filés e depois para o aquário. – Hã... não
sei... não é perigoso comer isso?

O chef vira para ela com os olhos brilhando. – Poder ser fatal-
mente venenoso. No Japão são iguarias depois de veneno ser re-
movido, mas comer pode ainda ser fatal. Cem comensais morrem
cada ano por comer baiacu.

– Esse está legal? – Ela olha ansiosa para o peixe.

– Muito bom. Comer – insiste ele, pondo um filé na boca.

Kendra põe um pequeno pedaço de peixe na boca. É macio, com um gosto amanteigado. Ela mastiga e engole.

– Com veneno você sentir formigamento em boca e lábios. Depois tonteira, fadiga, dor de cabeça, não consegue falar, aperto em peito, tremor, náusea e vômito – explica alegremente o chef.

– Eu... eu... acho que estou legal... – diz ela, com voz trêmula. Na realidade, está um pouco tonta e suada, mesmo no ar-condicionado.

O chef aponta para o aquário. – Embora ser venenoso, peixe baiacu popular em aquário. Pode ser manso, mas não alimentado com a mão, por causa de dentes afiados.

Num instante, Kendra percebe que não vai morrer, que a náusea é em grande parte uma criação de sua mente. Ela anda até o aquário. – Posso ver os peixes inflarem?

– Não. Estressante demais para peixe fazer isso acontecer. – O chef abana a cabeça severamente. Depois encara Kendra com brilhantes olhos negros. – Você parecer adorar comida.

– Adoro, sim. Não me empanturro, como certas pessoas – diz Kendra em tom presunçoso. Depois ronrona: – Mas gosto de experimentar coisas novas e sou muito aventureira...

De súbito percebe com horror que está flertando com o chef.

– Eu também. A gente pode comer quase tudo... se for corretamente preparado – declara o chef, levantando um dos dedos. – Portanto, você não tentar cozinhar baiacu em casa!

– Não se preocupe. – Kendra sorri pudicamente, consciente de que está recuando. – Sempre virei procurar os peritos.

Totó está a seus pés, e ela pega o bicho no colo, já ansiosa para ir embora sem comer mais. – Isso, meu docinho, é melhor irmos para casa! Você também deve estar com fome.

Na saída, ao começar a descer as escadas, ela percebe que sua pulsação está acelerada.

* * *

Por dentro a LP Tavern é muito escura, iluminada apenas por algumas luzes embutidas nas paredes e no balcão, além de um letreiro de néon que zumbe na entrada. Tudo tem um brilho azul fosfórico. Até os olhos se adaptarem, qualquer um poderia ser perdoado se pensasse que o lugar ainda é a espelunca de antigamente. No entanto, a exótica e ampla variedade de bebidas e cervejas oferecidas, assim como a roupa e o comportamento da clientela, logo afastam essa ideia.

Kendra está bebendo com Stacie, Stephanie e Cressida, uma pesquisadora-assistente da Universidade de Chicago. Cressida tem cabelos pretos e curtos, que na luz azul brilham feito seda, exatamente como o seu top. Brincos brilhantes balançam feito pequenos candelabros. As garotas estão sentadas em bancos altos ao redor de uma mesa redonda, que só comporta as bebidas e um ou outro cotovelo. Kendra admite que é bom ter o chef morando no seu prédio.

– Ele é impressionante. Irreal – diz ela para as outras. – O Totó se ligou muito a ele.

– Parece que não foi só o Totó – diz Stacie, com tom e olhar carregados de malícia.

– O quê? – Kendra ergue as sobrancelhas depiladas.

– Você, tipo assim, dormiria com ele?

Kendra olha para ela enojada.

– Deixe de ser louca. Ele é velho demais. – Ela para e esquadrinha o rosto da amiga em busca de sinais traiçoeiros. – De que porra você está falando, Stacie?

– Mas ele parece ser legal. – Stacie dá de ombros vagamente e depois declara: – Eu transaria com um asiático.

– Bom, você sabe muito bem onde ficam a porra da casa e do trabalho dele, Stacie. Vá e dê um bote nele. – Kendra abana a cabeça, mas fica tranquila, pois Stacie é oca demais para ser hostil.

– Não estou falando *dele*. Ele *é* um pouco velho. Estou falando de modo geral.

Stephanie boceja sensualmente e a pele esticada fica translúcida sob a luz azulada. – Dizem que eles são um pouco... pequenos... lá embaixo.

O comentário enfurece Cressida. Seu rosto fino e pálido assume um tom marinho. Os dentes pequenos se tornam visíveis. Kendra acha que quase consegue ver a ira crescendo lá dentro e jorrando para fora.

– Que babaquice racista. Quem inventa essas merdas? O do negro é grande demais, o do amarelo é pequeno demais. Então quem é perfeito? Quem é a porra do normal? Três palpites – debocha ela, levantando e indo para o banheiro.

– Ah, Deus – arqueja Stephanie, levando a mão à boca. – Esqueci aquele caso entre ela e o tal Myles. Mas eu não sou racista... como poderia ser? Trabalho com membros de diferentes espécies com que compartilhamos este planeta. Se eu posso fazer isso, como posso logicamente me opor às diferentes raças *dentro* da mesma espécie humana?

Stacie reage franzindo a testa.

– Não ligue para isso – minimiza Kendra. Por alguma razão, ela sempre se sente desconfortável quando outra pessoa consegue provocar sinais de fraqueza em Stephanie. – É toda aquela babaquice na Universidade de Chicago. Ela está fodendo com algum catedrático negro, mas não consegue se contentar em agasalhar um pirocão diplomado. Ainda precisa se fazer de vítima. Toda essa culpa de herdeira, identificada com as minorias, é uma chatice só.

Stacie percebe então que Kendra jamais foderia com um chef de qualquer etnia, a não ser que ele tivesse um programa na televisão, e faz sinal para a garçonete. – Quero um martíni de chocolate.

– Que nojo. – Kendra faz uma careta. – Pra mim, uma Stolichnaya com tônica.

– Pra mim também – faz coro Stephanie, refletindo que Cressida anda exalando um aroma sério e intimidador. Ninguém pode relaxar totalmente na companhia dela. Depois olha com ar grave para as amigas e se inclina. – Vocês nem imaginam o que ouvi falar.

As duas olham para ela, com as finas sobrancelhas depiladas franzidas pela concentração. Kendra passa a mão na cabeça para conferir se seu rabo de cavalo ainda está preso no alto.

Stephanie se inclina mais ainda, fazendo com que elas sintam seu perfume Allure. – Parece que o Trent está saindo, ou comendo... vocês decidem... a Andrea Pallister.

– Meu Deus – diz Stacie. – Ela não levou bomba em psicologia na DePaul e precisou mudar para *arte* ou algo assim?

Kendra ferve por dentro, sentindo o olhar das outras.

– Ela tem *gatos* – guincha ela, com um sofrimento petulante que não consegue reprimir. – Eu achava que o Trent gostava de *cachorros!*

A garçonete chega com os drinques. Ao mesmo tempo Cressida volta, já com um ar sereno, senta e pede uma Stolichnaya.

Kendra se levanta. – Preciso ir ao banheiro passar umidificador. Esse é o meu segundo drinque alcoólico.

Enquanto veem Kendra se afastar, Stacie diz para Cressida: – Estamos falando do Trent.

– Ih – diz ela, trocando um sorriso malicioso com as outras.

Kendra aplica o umidificador pensando em Andrea Pallister, que provavelmente se jogou em cima de Trent, sem perceber que alguns homens apreciam a carência, mas geralmente só para uma trepadinha. Então visualiza o queixo de ferro e o topete perfeito do rosto de Trent, já ligeiramente reconfigurado: o nariz é mais batatudo do que ela admitia, e a pele parece avermelhada demais. Talvez haja certa lassidão nos olhos e na boca. *Tomando drogas erradas.* E assim fica pronta para enfrentar as amigas.

Quando ela reaparece, a conversa parece recomeçar, como se sua presença enviasse um sinal, feito o maestro de uma orquestra movendo a batuta.

– Nunca confie num cara que trepa com uma mulher-gato – diz Stephanie, balançando a cabeça. – Quer dizer, três gatos! O cheiro do apartamento dela é nojento pra caralho. Quem aguentaria isso? Só um bundão disfarçado.

– Ele é meio gauche demais – concorda Cressida.

– É uma hipótese interessante – diz Kendra em tom gélido, recuperando a compostura. – Sabe o que ele falou um dia sobre o Totó? "Alguém pode rolar e esmagar esse merdinha sem nem perceber. Eu gosto de cachorro, mas grande e forte. Não gostaria de morar com uma coisa que eu pudesse matar por engano."

Stephanie contempla as amigas com aquele olhar de avaliação perspicaz que elas conhecem desde seu primeiro seminário de psicologia na DePaul. – Lendo nas entrelinhas, isso mostra que ele é um bundão. Coberto por pele de gato. Eca! Aposto que para ele o ideal de um bom dia ao ar livre é na arquibancada do estádio Wrigley.

– Isso todas nós já fizemos, maninha – gane Stacie com prazer culpado. O turno da tarde! E ela nota dois rapazes que estão sentados numa mesa próxima. *Gostosos, mas obviamente gays.*

Stephanie meneia a cabeça negativamente. – Só em emergências, e simplesmente para conferir um rosto novo na turma dos universitários babões. Nunca fomos lá para seriamente *pegar* alguém, feito algumas vadias dementes e desesperadas como a... Tricia Hales?

– Uma MAE total – zomba Kendra.

Stacie reassume uma expressão vaga, enquanto Cressinda dá de ombros. Já Stephanie balança a cabeça com aprovação e esclarece alegremente – MicroAutoEstima.

– Ela vai ter um *filho* com aquele *fracassado*. Num *condomínio* – comenta Kendra secamente.

Stephanie arregala os olhos, horrorizada. – Nem uma *casa* eles vão ter? Deus, como os pais devem estar com orgulho *dela*.

– Você diria *mesmo* que o Trent é um bundão? – pergunta Stacie.

Sorridente, Stephanie volta-se de modo cúmplice para Kendra e Cressida. – A verdade é que nenhuma de nós é exatamente uma principiante, quando se trata de analisar a natureza humana.

Na mesa vizinha, os dois rapazes estão se preparando para ir embora. Quando saem, um diz para o outro, em voz alta: – Ih, meu Deus, soltaram os CÃES esta noite. Cachorras Anoréxicas, Esnobes e Solitárias de Lincoln Park!

As garotas ficam atordoadas e depois ultrajadas quando ouvem isso. Kendra reage primeiro, gritando: – Não ponham acrônimos em nós, suas bichonas... *ninguém* põe acrônimos em nós!

– Au! Au! – Os gays latem de volta para as garotas, e todas, exceto Stephanie, conseguem sorrir.

* * *

Na hora de fechar, elas saem andando pela cidade, sentindo o aroma de asfalto e concreto escaldantes no ar noturno. Os faróis dos carros que passam lançam luzes intermitentes sobre elas. Jovens musculosos de corpo reluzente, parados nas esquinas ou sob as árvores à margem da estrada, quase não olham para as magras silhuetas delas.

– Acho que nós estávamos pedindo aquilo, mas precisamos ser simplesmente donas do título – diz Kendra, testando a sonoridade. – CÃES. CÃES de Lincoln Park.

– Não, não precisamos – insiste Stephanie. – Aqueles caras são misóginos. O tipo de bicha que culpa a mãe por todas as merdas que acontecem na vida.

– Querida, *todo mundo* culpa a mãe pelas merdas que acontecem na vida – responde Cressida. – É para isso que a mãe serve.

Começa uma discussão, enquanto Kendra sente o cansaço bater. Ela se vira e se afasta, acenando frouxamente com as costas da mão, e ruma para casa em Halstead.

Quando chega à escada do prédio, Kendra percebe que a terceira Stolichnaya foi um erro. A bebida faz com que ela se sinta vazia e solitária, assim que entra em casa e o ar-condicionado suga do seu corpo o calor da noite. Então aperta o botão da secretária eletrônica. O tal incorporador, Clint, não ligou.

– Totó, cheguei – grita Krendra. – Onde está o meu neném? Ele ama a sua mamãe? Ama, sim! Ama, sim!

Estranhamente, não há sinal do cachorro. Geralmente, ele pula em cima dela.

– Onde você se escondeu? Está doente, neném?

Kendra murmura, enquanto pega o controle remoto em cima da mesa do café e liga a televisão. Um programa de namoros ilumina a sala. O desfile de fracassados faz com que ela se sinta mais feliz por ter voltado sozinha para casa. Mas tudo parece quieto demais. Onde estará aquele monstrinho? Ela entra em um aposento, depois em outro, com um sentimento angustiante. O apartamento está silencioso, e ela ouve seu coração bater, enquanto procura nos armários, embaixo da cama, em todos os lugares possíveis.

Nada!

O cachorro sumiu. Não há vestígios dele. Sentindo algo evaporar dentro de si, Kendra se senta e respira fundo. Depois levanta e torna a sair. Será que Totó fugiu quando ela abriu a porta? Improvável. Ela certamente teria notado. Não estava *tão* bêbada assim. Lá embaixo, no pátio cercado do jardim, repete o nome do cachorro muitas vezes.

– Totó, To-tó-ó-ó.

Kendra também não encontra sinal do bicho ao dar a volta no quarteirão pela calçada. Ela hesita, como se esperasse que o cachorro se materializasse no ar vaporoso da noite, feito um desajeitado anjo peludo. Depois se agacha na ruela deserta e chama Totó pelo nome, como se tal ato lançasse o bicho no seu colo, a partir de um arbusto ou uma árvore. Em breve, porém, ela só consegue contemplar os riscos, rasgões e desgastes feitos pelo estilista da grife nos joelhos e coxas do seu jeans azul.

De repente, Kendra lembra do chef, que pode ter visto Totó. Ela recorda que mais cedo recebeu um pacote do FedEx endereçado a ele: uma caixa comprida. Voltando atrás, sobe a escada e bate à porta do chef, que atende ainda vestido de branco.

– Isso chegou para você – diz ela, corando ao entregar a caixa. – Você não viu meu cachorro por aí, viu?

– Não – informa ele. – Não ver.

– Acabo de voltar de um drinque com umas amigas e ele sumiu – diz ela, começando a fungar para reprimir o nervosismo que cresce.

Os dois descem a escada de volta ao jardim e o chef, com uma lanterna na mão, ajuda a procurar outra vez sinais de Totó. Eles lançam o facho para uma janela aberta no apartamento de Kendra lá em cima. Fica no quarto de hóspedes dos fundos, mas o cachorro não poderia ter sobrevivido, caso houvesse caído daquela altura, e nada no jardim sugere isso.

De volta ao apartamento, Kendra senta no sofá. De repente, percebe que está soluçando descontroladamente. Abafada na confusão, ainda ouve a voz do chef dando instruções insistentes. Então levanta e obedece, subindo a escada, sem saber bem por quê. Os baiacus no aquário fazem beicinho, num escandalizado insulto para ela. Quando o chef vai para a cozinha, Kendra diz suavemente para eles: – Desculpem se eu comi o seu amigo. Por favor tragam o Totó de volta.

O chef entra na sala com dois uísques em copos largos e baixos. Kendra pensa rapidamente que não é daquilo que ela precisa; então tenta decidir do que precisa, mas não consegue, e deixa o copo oferecido preencher a lacuna. Depois ele faz com que ela coma alguma coisa: uma mistura com macarrão.

Enquanto Kendra se obriga a comer e beber, o chef abre a caixa que ela trouxe, ficando encantado com a espada que encontra ali. Diferentemente da outra, essa tem uma lâmina reta.

– Espada Ninja, feita por Paul Chen, marca das melhores – explica ele. – Espada Ninja sempre reta, diferente de katana Xintó.

Ele aponta para a espada que eles usaram no dia anterior, já brandindo a arma nova, enquanto Kendra mastiga com desânimo sua pequena ceia.

– Para um chef, facas muito importantes. Bom conjunto de facas é tudo. Sempre dever respeitar coisas que cortam corpo – diz ele.

Kendra não está tão fascinada desta vez; na verdade, ela se sente um pouco doente. Não consegue deixar de pensar no perigo que uma arma assim poderia representar para Totó. Ele era tão frágil e pequeno. Como alguém poderia machucar uma coisa tão indefesa? Mas havia maldade no mundo! Ela afasta os pensamentos melancólicos. Junto com o uísque, a comida tem um efeito reconfortante, e ela se recompõe um pouco.

– Obrigada pela gentileza. Vocês gostam de uísque lá no Japão, não é?

O chef concorda levemente com um sorriso silencioso, como se não entendesse muito bem.

– O Japão parece tão místico – continua Kendra, sentindo-se idiota ao lembrar que o restaurante do chef se chama Mystic East. – Hum... você vem de que parte do Japão?

– Coreano. – O chef aponta para si mesmo. – Só ir Japão para aprender cozinhar. Para Tóquio. Mas nascer e crescer em Coreia. *Coreia.*

Algo breve e sombrio no sorriso do chef... algo que não se deixa definir facilmente... deixa Kendra grandemente perturbada. Pedindo licença, ela vai para seu apartamento. Aumentando o ar-condicionado, tira a roupa rapidamente e se mete na cama. Um sono etílico e exausto toma conta dela, que se vê lutando contra os terrores noturnos. Barulhos chacoalhantes enchem o quarto. Ela ouve Totó choramingar tristonhamente, como se estivesse enterrado nas paredes. Então levanta, sentindo que alguém entrou no apartamento. O chef está no umbral, nu. Seu corpo é forte e amarelo à luz. Ele tem um pênis descomunal, que vai quase até o joelho. A espada samurai pende frouxamente da sua mão. Kendra grita.

Ela está de volta à cama, ao lado de algo quente. Seu coração dispara e falha, quando ela vê que é só o travesseiro. O quarto continua silencioso, exceto pelo zumbido suave do ar-condicionado.

O sábado amanhece quente e úmido, com o chilreio dos pássaros no carvalho lá fora parecendo particularmente belicoso. Kendra acorda piscando, devido à claridade que atravessa as cortinas, e logo sente uma pontada de medo vir à tona. *Totó, ah Totó.* Ela se levanta e veste uma camiseta do Chicago Bears. Como tantas outras peças, seu vestido de noite foi atirado da cesta de roupa suja para o chão. O caos desesperado no apartamento, com roupas espalhadas por todo canto, é algo doloroso para ela, e piorou ainda mais com a frenética busca por Totó. Quando ela visualiza o lar paterno em Highland Park, com o estuque, o telhado de madeira, o eletrizante gramado verde, delicado e fofo como um edredom (se a terra realmente nos engolisse assim), um soluço nauseante sobe pelo seu peito, feito um azedo arroto alcoólico. Ela deveria passar a manhã trabalhando, mas telefona para deixar um recado na secretária.

– É Kendra. Não posso ir trabalhar hoje, porque meu...

Ela fica com medo de falar a verdade.

– Quer dizer, minha... minha irmã Karla... irmã *caçula*...

Kendra engasga de emoção ao lembrar da jovem Karla de maiô a seu lado na praia de um lago, antes que a imagem seja suplantada pela de Totó correndo com algo na boca.

– Ela sofreu um acidente de trânsito... eu só rezo... estou indo para lá *agora*...

Kendra desliga o telefone.

Ela não confia em si própria ao volante e chama um táxi, mandando o motorista seguir para o canil municipal da Western Avenue, em South Side, em direção a Cicero. Devido ao seu estado emocional, sente culpa por ter usado Karla de maneira tão ardilosa e faz uma prece pedindo perdão. Depois faz outra, pela salvação de Totó. Durante a viagem, vai projetando a paranoia. Eles levam séculos para chegar à via expressa Kennedy e, quando pegam o South Side, fica claro que o motorista indiano não conhece a cidade.

– Você *não* pode seguir pela 55 – guincha Kendra, desesperada. – Não pegue a Stevenson! Não, não! Saia na Damon. Depois dobre na Western.

Agora sua cabeça superaquecida lembra vagamente do caso recente do cachorro de um tenente da polícia de Chicago, sacrificado quando deveria ter ficado dez dias em observação por hidrofobia. A equipe do canil municipal tentara encobrir o erro, sob o ataque ferrenho das autoridades. *E se a mesma coisa tivesse acontecido com Totó?*

A Western Avenue já é bastante desolada no lado norte, mas ali no sul Kendra acha a vizinhança definitivamente sinistra: decadente, vazia e com um ominoso ar de ameaça. Embora seja dia claro, ela fica aliviada quando completa a distância de poucos passos entre o carro e o prédio. O canil só aumenta sua angústia, porém, com todos aqueles animais desvalidos e abandonados lá dentro. E uma procura revela que Totó não é um deles.

– Sinto muito – diz uma hispânica gorducha.

Então Kendra chama um táxi pelo celular e espera vinte estressantes minutos até poder ser levada de volta para o North Side, longe de todas aquelas pessoas pobres, felizes por recuperar seus bichos amados. No caminho de volta, já perto do esfuziante centro da cidade, ela não consegue parar de pensar no chef. Quem era ele realmente e o que ela sabia a respeito dele? Aquele amor pela culinária asiática e pelas espadas samurais... a criação de baiacus no aquário para serem consumidos frescos... aquela espada. Kendra estremece subitamente no banco do carro, ao pensar na lâmina cortando seu amado Totó em dois pedaços feito uma melancia, com sua existência e todo aquele amor apagados num único ganido breve. O táxi está tão quente que, para diminuir a ardência do seu pescoço no encosto de couro, Kendra desfaz o rabo de cavalo e deixa a cabeleira se espalhar como uma capa.

Quando chega a casa, ela acessa a internet, pesquisando "coreano" e "carne de cachorro".

Então sente o coração disparar ao ler:

Consumir carne de cachorro é um antigo hábito dos coreanos. Seus defensores sustentam que a única diferença entre abater um cachorro para comer e abater uma vaca ou um porco é a cultura em que isso é feito.

Mas o coreano médio não consome carne de cachorro, que é em geral considerada um prato medicinal (ou para aumentar a virilidade do homem, ou para combater o calor no verão).

Ainda mais perturbador é um trecho subsequente:

Os cachorros são geralmente mortos a pauladas, como forma de amaciar a carne. Alguns fornecedores alegam fazer o cachorro passar por muita dor e sofrimento durante a matança, com o objetivo de aumentar os níveis de adrenalina e assim melhorar o valor da comida como uma fonte de virilidade adicional.

Portanto atenção: se você tem um cachorro na Coreia, tranque o bicho dentro de casa. Ele pode ser roubado, já que a carne de cachorro é muito lucrativa.

Kendra imprime algumas cópias e depois vai para a rua. Andando um pouco, ela passa por uma radiopatrulha azul, e depois outra, até surgirem várias, espalhadas pelas ruas vizinhas feito fichas de cassino. Todas se concentram num estacionamento ao lado de um imponente prédio de esquina. Na frente do prédio lê-se: DEPARTAMENTO DE POLÍCIA DA CIDADE DE CHICAGO.

O policial de plantão está mastigando comida para viagem e bebendo café da Dunkin Donuts. Quando Kendra entra, com o cabelo solto balançando loucamente, ele lambe os beiços.

– Pois não? – diz com gentileza, olhando diretamente para o decote dela.

– Meu cachorro sumiu.

– Que pena. Bom, temos um formulariozinho a ser preenchido com alguns detalhes. – Ele abre um sorriso largo, tirando uma papelada de uma caixa num conjunto de escaninhos.

– Não é preciso. Eu sei onde ele está. Tenho um vizinho – diz Kendra depressa. – Ele é chef. E vive cozinhando!

O tira dá uma risadinha discreta. – Acho que até aí tudo bem.

– Não – rebate Kendra, irritada. – Ele é coreano!

O policial lança um olhar penetrante para ela. – E o que isso tem a ver com o seu cachorro?

– Um chef? Coreano? Ainda não entendeu? – Os olhos de Kendra se arregalam feito bolas de sinuca.

O policial ri na frente dela e Kendra chega a ser atingida por alguns perdigotos, limpando o rosto com a mão. O sujeito olha para ela em silêncio, como que se desculpando de forma vaga e desajeitada. Depois fica sério, assumindo uma pomposa postura oficial. – Nós não podemos incomodar os membros da comunidade coreana da cidade sempre que o cachorro de alguém sumir.

– Bom, talvez vocês devessem fazer isso – diz Kendra, atirando sobre o balcão as folhas copiadas da internet. – Porque todo mundo sabe que na Coreia do Sul as pessoas *comem* cachorros e gatos!

– A gente num tá na Coreia. Eles não fazem esse tipo de coisa aqui.

– Mas que diabo... como você pode saber disso?

– Bom, acho que nossas culturas são diferentes. Vejo isso como uma espécie de respeito. Na Índia, por exemplo, as pessoas são contra comer vacas. Elas ficam horrorizadas ao ver como as vacas são tratadas aqui nos Estados Unidos. Mas sabem que nós fazemos as coisas de modo diferente e acabam aceitando isso. Assim como os coreanos aceitam que não podem comer cachorro aqui. Em termos gerais, acho que é um argumento válido, não acha?

– Não, não é! A relação entre bichos de estimação, ou mesmo animais de trabalho, e seus donos é intrinsecamente diferente da relação entre seres humanos e animais domésticos criados para serem comidos! Você não consegue perceber isso? – grita Kendra, incapaz de acreditar que o policial esteja tentando justificar aquilo.

Ele não se convence. – Não sei se é assim. Acho que na visão deles alguns animais são criados para caçar, outros para lutar e outros para serem comidos. Além disso, as raças de estimação não são usadas como comida lá na Coreia.

– Você não sabe! Eu pesquisei isso! – uiva Kendra, apontando para os papéis. – Como a carne de cachorro é cara, no interior da Coreia as próprias pessoas criam e matam seus cachorros. Ou então roubam dos outros. Aquele chef fez alguma barbaridade com o Totó. Tenho certeza que fez, porra!

– Nós estamos falando de que tipo de cachorro?

– Um *papillon*.

– Sei. Sem querer ofender, um *papillon* não chega a constituir um banquete. Duvido que alguém possa obter uma quantidade decente de carne com uma daquelas coisinhas – diz o policial, com um sorriso.

– Eu quero o Totó de volta! Quer ajudar a achar o meu cachorro, porra?

A voz do policial se torna mais firme. – Eu compreendo o seu nervosismo. Por que não vai para casa e vê se o sujeitinho reaparece? Nós ligaremos, caso surja alguma coisa aqui.

– Obrigada – debocha Kenda sarcasticamente. – Muito obrigada pela ajuda.

Nos degraus de entrada da delegacia, ela arde de impotência. Só consegue pensar em ir para casa. De volta ao apartamento, sobe furtivamente e escuta à porta do chef. Não há ruído algum. Kendra desce de volta. Seu desânimo aumenta ainda mais diante da bagunça no apartamento. Há uma enorme pilha de roupas para lavar, mas ela está sem forças para descer até o subsolo agora.

Kendra decide ir visitar Stephanie, que já deve estar quase saindo do trabalho. Steph conhece o comportamento dos animais. Pode ser capaz de deduzir o estado de espírito e o rumo mais provável de Totó, caso ele não tenha ido parar em uma das panelas do chef lá em cima.

Ela parte para a clínica na rua Clark.

– A Stephanie terminou uma consulta agora mesmo – informa a secretária, uma típica mãe suburbana.

Kendra entra no consultório da amiga, que está à janela, soprando a fumaça do cigarro para a rua.

– Deus, essas pessoas – zomba Stephanie, olhando para o tráfego da Clark lá embaixo. – Elas não parecem aceitar que *não* são meus clientes. São só as responsáveis. O cliente é o *Victor*.

– Quem é... Victor?

– Um coelho anão dos Países Baixos, com distúrbio alimentar. Senti vontade de falar para a piranha estúpida que é dona dele: "Você tem se olhado na porcaria do espelho ultimamente? Já parou para pensar que o coitado do Victor pode estar simplesmente *imitando alguém?*" – ruge Stephanie, exasperada. Então ela parece ver Kendra pela primeira vez e assume um tom cauteloso. – Mas você parece estressada, querida. O que há? Quer dizer... por que você está *aqui*?

– O Totó sumiu! O chef no andar de cima... o cara do restaurante... fez alguma coisa horrível com o Totó. Ele é coreano. Eles comem cachorros!

– *Não* pode estar falando a sério – diz Stephanie, já assumindo *aquela* expressão, que considera seu ar de "diagnóstico clínico" e que exige que suas sobrancelhas quase colidam. – Olhe, Kennie, o Totó era... quer dizer, é... um cachorrinho lindo, mas vamos encarar a realidade... ele tem vários problemas.

Uma flecha de fracasso filial se crava no peito de Kendra.

– Você acha que eu devia ter levado o Totó ao dr. Stark?

Stephanie joga o cigarro pela janela, senta e cruza as pernas. Examina suas meias rendadas, apreciando o que considera a tensa sexualidade embutida nelas. Eram do tipo meia-calça, mas os homens nunca tinham certeza. Só era preciso recolher a rede com os peixes, como ela certamente fizera na noite anterior. Um encontro por acaso na rua, a caminho de casa, seguido por um último drinque, depois da partida das outras. Ela olha para Kendra, que na véspera fora embora um pouco depressa demais, e sente algo parecido com vergonha borbulhando no seu íntimo. Então retoma a postura profissional.

– Phil Stark teria identificado logo o complexo de rejeição/abandono do Totó e traçado um programa adequado para modificação do comportamento – informa ela vivamente à amiga. – Também acho prejudicial você ter escolhido esse nome, Totó. Essa identificação com o cão de *O mágico de Oz* introduz subconscientemente a condição de abandono e busca do lar como um elemento inerente à psique dele.

– Mas ele *tem* um lar – exclama Kendra. – O *nosso* lar!

– Claro que tem, princesa – concorda Stephanie. Depois, mais doce: – O Totó é um cachorrinho muito amado.

Ela percebe que Kendra está angustiada demais para ficar sozinha. Então liga para Stacie, marcando encontro no apartamento de Kendra. As duas saem da clínica e vão descendo a Clark Street caladas. Além do calor intenso, são assaltadas por um barulho ensurdecedor que vem do alto: quatro jatos, feito aves de rapina numa revoada mecanizada, cortam o límpido céu azul.

Já no apartamento, Stacie aparece e elas se sentam juntas no sofá, consolando a angustiada Kendra com uma taça de vinho.

– Não posso sair... eu me sinto tão impotente, esperando o telefone tocar – diz ela. Então ouve-se um rugido ensurdecedor lá fora, com os jatos voando tão baixo que as janelas estremecem. Kendra vocifera com animosidade frustrada. – Que merda... eles não podem fazer isso lá no Iraque? Não é para isso que serve?

– É só uma demonstração de poder. Acho bastante tranquilizador – diz Stephanie. – Gosto da ideia de queimarmos uma enorme quantidade de gasolina nesses testes.

– Deve ser horrível viver numa zona de guerra – diz Stacie, estremecendo.

– É meio que escolha deles – afirma Stephanie. – Quem não gosta pode levantar a bunda e partir, como fizeram nossos antepassados ao vir para cá.

Stacie parece refletir sobre isso durante algum tempo. Depois passa os olhos pelo apartamento de Kendra, que está bagunçado, mas é *exatamente* do que ela precisa.

– Aposto que este lugar é muito caro – diz ela por fim, ao reparar no quarto vazio que há muito deseja ocupar. E pergunta a Kendra: – Como você consegue pagar sozinha?

– Caramba, você não *sacou*, Stace. Essa pergunta precisa ser reformulada: como eu conseguiria *não* ter isso? Ouça as Últimas Notícias: as princesas moram em palácios – grita Kendra num tom agudo, enfiando na boca um Xanax seguido por um gole de vinho tinto.

Stephanie se impacienta, olha o relógio e tenta falar de trabalho.

– O mercado imobiliário está bombando, não é, Kendra?

Em estado normal, Kendra responderia jovialmente "Mais do que nunca", mesmo que o mercado estivesse em baixa, ciente de que as expectativas impulsionam tudo e portanto precisam ser estimuladas. Esta seria a resposta profissional. Agora ela só consegue gemer sofridamente.

– O Totó era um anjo no corpo de um cachorro.

– Ela está tão triste – murmura Stacie para Stephanie, enquanto aperta o joelho de Kendra.

Tem gente que simplesmente não deveria tentar entender este mundo, pensa Stephanie entediada. Depois se inclina para frente e aperta a mão da amiga.

– Kendra, estou preocupada com você.

– Não precisa, querida. Eu estou bem – protesta Kendra, com uma voz fina e fraca.

Ah, Deus, minha compaixão está se esgotando, pensa Stephanie, tentando converter um bocejo em sorriso. Ela até consegue, mas o esforço faz com que passe a examinar estratégias de saída, pois já está pensando num compromisso futuro.

Stacie se oferece para dormir no quarto vazio, mas Kendra insiste firmemente que prefere ficar sozinha. Quando as duas amigas saem, ela permanece acordada, trocando os canais da televisão com o som bem baixo. Consegue ouvir alguém entrando no prédio. É o chef; ela já reconhece o ritmo lento e pesado daqueles passos subindo os degraus de concreto. Quem mais poderia ser a essa hora?

Ela vai interceptar o sujeito na escada.

– Ei, você!

– Nenhum sinal de cachorro? – pergunta ele, alegremente.

– Não... e eu fui até o canil. – Kendra abana a cabeça. – Não consigo dormir. Será que você está disposto a me dar outro daqueles drinques medicinais, como ontem?

– Muito cansado, dia longo. – O chef ergue as sobrancelhas escuras, no que Kendra julga ser um pedido.

– Só unzinho? – ronrona ela, por alguma razão imaginando o chef nu.

– Venha – diz o chef, apontando a escada. Chegando ao apartamento, abre a porta para ela.

Quando ele vai ao banheiro, Kendra aguarda o barulho do jato de urina. Então aproveita a chance, corre até a cozinha e vasculha alguns armários. Nada. Vai até a geladeira. Hesita diante daquela forma fria e imutável. De repente o termostato faz um clique, e o coração de Kendra quase para. Tomando coragem, ela avança e abre a porta da geladeira. Estreita os olhos sob a luz ao ser saudada por uma carcaça pequena. E quase solta um grito.

Mas é só uma galinha.

Ela percebe isso e sai da cozinha. No canto da sala, passa pela enorme coluna arranhada que o chef usa para treinar com as espadas. Atrás há um pequeno armário. Ela se inclina para pegar a maçaneta.

– Não faça isso – diz uma voz cortante às suas costas. Kendra se volta rapidamente e vê o chef parado no umbral com uma espada samurai na mão. Ela fica paralisada, imitando a expressão do rosto frio e imóvel dele.

A semana passou sem que Kendra retornasse qualquer telefonema, mas Stacie não ficou excessivamente preocupada. Kennie pode estar mal-humorada, raciocinava ela. Um cachorro perdido, um namorado novo, cólicas menstruais fortes, falta de Xanax; qualquer coisa podia causar aquilo, brincava ela com Stephanie. Além do mais, elas sabiam onde Kendra estaria às 12:30 de sexta-feira. Stephanie, no entanto, estava um pouco mais preocupada. Como daria a Kendra a notícia de que estava saindo com Trent? Seria dureza. Ela temia que a amiga já houvesse descoberto de alguma maneira o romance florescente e que essa fosse a causa daquele emburramento.

Stacie e Stephanie se encontram na Clark Street. Ainda faz calor, mas a temperatura já caiu um pouco. Nuvens esfumaçadas escondem o sol; o ar está pesado e úmido. Quando chegam ao restaurante, veem a placa de fechado. O lugar parece deserto, mas a porta gira para dentro e um sorridente chef aparece para saudar as duas.

– Vocês estão, tipo assim, abertos? – pergunta Stacie.

– Sempre aberto, mas somente para clientes especiais – diz o chef, apontando para elas. – Eu ficar doente, com calor. Dormir durante concerto musical em parque. Ter insolação. Akiro voltar Japão uma semana para um enterro. Só eu aqui, mas cozinhar prato muito especial para vocês.

Stephanie olha para Stacie e depois para o chef.

– Hum... você tem visto a Kendra?

– Ah, sim. – O chef sorri. – Ela logo estar aqui. Entrar!

As duas entram no restaurante e sentam. Stacie se sente mais privilegiada do que Stephanie diante da *exclusividade dada a elas* pelo chef. No entanto, às 12:45 Kendra ainda não apareceu.

– Ela não é de se atrasar – estranha Stephanie, olhando o relógio e pensando que, naquele calor, um sashimi seria uma boa pedida. Nada de arroz; depois de meio-dia, comer carboidrato era um hábito nojento. – Deve ser alguma crise no trabalho. Ela falou que a cretina da Marilyn anda pegando no pé dela.

Stephanie dá um muxoxo e volta a pensar em Trent. Mais um sarro provavelmente bastaria para fechar negócio, relegando Andrea Pallister, a tal mulher-gato, para a lixeira da história dos namoros.

– É horrível a gente não se dar bem com os colegas – diz Stacie. *Porra, como você pode saber?*, pensa Stephanie, antes de comentar com acidez.

– Bom, lançamento de apartamentos. Eu pergunto a você...

Trent ressurge no seu pensamento. Um escritório de arquitetura seria uma grande melhoria em relação a Todd. Já bastava de músicos fracassados aos vinte e tantos anos; eles eram numerosos como pardais, sempre saltitando de apartamentos para espeluncas em busca de trabalho. Já bastava de fingir interesse diante de divulgações indesejadas de "projetos excitantes". Stephanie e Trent eram algo que soava bem. Em reuniões familiares, talvez um Dia de Ação de Graças na cabana em Wisconsin. *Trent e eu podemos chegar em duas horas, se formos no conversível.* Coitada da Kendra. Mas todo omelete exige ovos quebrados.

O chef aparece com uma grande travessa de carne.

– Para vocês provar. Prato muito especial.

– Tudo proteína – diz Stephanie.

Ele observa enquanto elas se preparam para comer.

Fechando os olhos e abrindo os lábios em torno do pedaço no garfo, Stephanie deixa a carne amanteigada se dissolver lentamente na boca, induzindo uma reação deliciada em suas papilas gustativas. Uma aura de luz solar parece pairar em torno dela, derretendo.

– Meu Deus, é fantástico! Tão suculento. O que é isso?

– Adorei – acrescenta Stacie. – Tem um sabor bem picante, quase salgado, mas é tão sutil.

O chef contempla os grandes olhos dela. Passa a língua pelos lábios para remover uma camada de sódio que congelou ali.

– Receita antiga. Eles dizer que essa carne pode ser fibrosa, mas tudo está na marinada. Precisar pulverizar para amaciar primeiro. Esse ser segredo.

– É porco? – pergunta Stacie. – O gosto é meio parecido com porco, mas a textura é mais de galinha...

– Terminar refeição. Eu mostrar vocês depois.

– Ele aponta para a cozinha e segue o próprio dedo em direção ao local de trabalho.

Stacie e Stephanie se recostam e saboreiam a refeição, enquanto esperam Kendra chegar.

– Deus, a Kennie vai ficar morta de inveja – ronrona Stacie. – Nós estamos provando uma coisa nova e ela não.

Elas comem com entusiasmo voraz, cativadas por aquele prato misterioso. A carne macia e suculenta, mas com uma resistência de caça, faz com que esqueçam temporariamente a ausência da amiga.

Depois de certo tempo, o chef reaparece junto à mesa.

– Ter coisa muito importante precisar mostrar a vocês. Vem! – Ele faz um gesto para as duas em direção à cozinha. Intrigadas, elas levantam e vão atrás. – Ingrediente secreto ali dentro. Depois ter outra surpresa para vocês.

Pegando um facão afiado no sushi-bar, o chef mantém aberta com a mão livre a pesada porta de vai e vem. Quando elas entram, ele sorri e deixa a porta se fechar com uma pancada surda.

Marilyn está sentada no escritório e olha a cadeira vazia na mesa de Kendra, pensando: segunda, terça, quarta e quinta-feira. De repente uma frase escapa de sua boca.

– Quanto tempo aquela putinha vai passar doente por causa da porcaria da irmã? – diz ela, possivelmente para si mesma, embora Greg e Cassandra possam ouvir.

Cerca de dez minutos depois Kendra Cross passa com firmeza pela porta e vai direto para sua mesa.

– Então você resolveu nos dar a graça de sua presença – diz Marilyn, sorrindo causticamente. – E como vai sua irmã?

– Esqueça a minha irmã – sibila Kendra, lançando o olhar por cima do ombro e guardando alguns objetos pessoais na bolsa.

– Ah, pelo que vejo, você está nos deixando – zomba Marilyn. – Teve uma proposta melhor?

Kendra gira e olha para ela com as mãos nos quadris.

– Isso mesmo. Sabe por quê? – mente ela. Sem esperar resposta, dispara: – Você desempenhou um puta papel no assassinato do meu cachorro, sua piranha escrota, e sabe por que fez isso?

Hein? Porque nunca amou ninguém na porra da sua vida ridícula. E isso porque você é tão inerentemente mal amável, caralho.

Há três segundos de silêncio total no escritório.

– Sua merdinha mimada – arqueja Marilyn, quebrando o silêncio com um suspiro. Depois choraminga penosamente. – Você não me conhece... não sabe nada sobre mim... Kennie, você está nervosa, eu...

Ela olha em volta, apelando para os subordinados.

– O que sei é que você é uma fodida – diz Kendra, olhando em volta para os outros. – Todo mundo aqui é! Saquem o projeto... o mercado de imóveis está morto! Eles não conseguem fazer as vendas antecipadas para continuar construindo aqueles condomínios feios pra caralho, e em breve todo mundo aqui vai levar um pé na bunda!

Depois ela olha de novo para Marilyn.

– E outra coisa... você é motivo de chacota *sempre* que a gente sai à noite. Certo, Greg?

Greg fica vermelho e se vira depressa quando a porta da frente é aberta. Stephanie, acompanhada por Stacie, entra no escritório, carregando Totó nos braços. Ao ver Kendra, o cachorro solta vários ganidos.

– Ei-ei-ei? Adivinha quem apareceu! – cantarola Stephanie.

Kendra vira de frente para elas, reagindo com um espasmo trêmulo na boca diante do que vê e ouve. Seu primeiro pensamento é: pode ser alucinação? Ela fora passar alguns dias na casa dos pais em Highland Park para recuperar as forças, na esperança de que o celular tocasse. Então, como nada acontecera, ficara de luto por Totó. Devido à falta de sono, ao Xanax e ao calor de derreter os miolos, não confia mais totalmente nos seus sentidos.

– O chef encontrou o Totó preso no duto de ventilação lá na lavanderia – sorri Stephanie para Kendra, que parece encantada. – O bichinho deve ter aberto a grade na sala, atrás do sofá, e caído ali dentro. Ele estava legal, só um pouco assustado, faminto e sedento. O chef lhe deu comida e água, e agora ele está ótimo. Onde você andava?

Ela empurra o cachorro para os braços de Kendra.

– Ah, meu Deus, eu... eu... fui para a casa da minha mãe, porque estava muito deprimida... mas ele voltou! O meu bebê voltou! – arqueja Kendra, enquanto as lágrimas escorrem. – Ele voltou...

– Vocês não debocham de mim, debocham? Greg? Cassie? – implora Marilyn. Depois lança um olhar venenoso para Kendra.

– Saia daqui! Vá pra puta que pariu! E leve a porra desse ratinho junto!

– Preciso ir. – Kendra sorri para os amigos, já a caminho da porta, com Stephanie e Stacie atrás.

Stephanie para, vira e lança para a boquirrota Marilyn um olhar de desprezo.

– Um conselho... experimente uma pica. Ou pelo menos ache uma puta com uma língua que *funcione*.

– Urru! Sinistro, maninha! – cantarola Stacie com voz de negra, espalmando a mão de Stephanie no ar.

Enquanto elas se encaminham para a saída, Marilyn berra:

– Vocês não podem me insultar na porra do meu local de trabalho! Vou chamar a polícia! Isso é invasão, é isso que é. Invasão!

– Jesus – exclama Stacie quando elas chegam à rua, com a arenga de Marilyn ainda ressoando lá atrás. – O que aconteceu?

– Acho que preciso procurar outro emprego – diz Kendra, enchendo as narinas com o cheiro de Totó.

– Caramba – sorri Stacie, pensando nas finanças de Kendra e no tal quarto vazio.

Stephanie alisa a cabeça do cachorro.

– O chef estava lavando roupa quando ouviu barulho dentro dos dutos de ar no teto. Ele deixou um recado na sua casa, mas você já tinha partido. Nós pensamos que você iria ao restaurante hoje.

– Eu não voltei ao apartamento. Vim direto da casa da mamãe para cá...

– Você perdeu um banquete, Kennie – cantarola Stephanie. – O chef nos fez uma travessa enorme de javali selvagem. Tomei um susto quando ele nos levou à cozinha e me fez abrir a geladeira... havia uma cabeçorra de javali olhando para mim! Ele é uma figuraça.

– Muito obrigada. Você duas são simplesmente as minhas melhores amigas! – diz Kendra, animada.

Seu celular toca. Agilmente, ela tira o aparelho da bolsa, ainda segurando Totó.

– Aaa... loô – arrulha ela. – Tá legal, tá legal.... não... hoje à noite, por volta das onze, na sua casa, está ótimo. Tá legal. Tchau.

Stephanie se sente tomada por algo agourento e pesado feito chumbo. Nem consegue falar.

– Quem era? – pergunta Stacie displicentemente.

– O Trent. Ele me ligou hoje de manhã. Falou que está sendo assediado por uma psicovagabunda qualquer – diz Kendra com simplicidade. – Aparentemente, ele e alguma fracassada tiraram um sarro com bebedeira na semana passada. Desde então a mulher começou um bombardeio de torpedos, e-mails e telefonemas. Vocês conhecem o tipo...

Kendra dá de ombros e sorri, ignorando a súbita palidez no rosto de Stephanie.

– Vou até lá levantar o moral dele. Mas agora acho que preciso de um pouco de tranquilidade com este pequeno príncipe. – Kendra balança a cabeça para o cachorro e enxuga algumas lágrimas que se formam sobre seu sorriso, antes de acrescentar: – Sozinha. Obrigada... vocês duas são o máximo!

Stephanie arqueja, sentindo tontura e fraqueza no calor. Ouve apenas um zumbido e alguns barulhos de trânsito. Ainda consegue ver Stacie falando algumas palavras para Kendra, que lhes dá um aceno de despedida, antes de girar e partir alegremente pela Clark Street em direção ao seu apartamento, segurando nos braços Totó, que vai sentado gloriosamente, com um olhar imperioso para os outros cachorros.

Miss Arizona

Esfriou demais e eu já não sinto nenhum desconforto. Está quase na minha hora, e nem me importo. Por que deveria, em nome de Deus? Não estou partindo sem ela e é claro que não posso fazer com que ela vá comigo.

Não é que eu esteja sentindo qualquer coisa nos braços ou nas pernas, e não tenho certeza se meus olhos estão ou não abertos. Acho que não importa muito se só tenho pensamentos. Eles não valem merda nenhuma, mas não vão parar logo. A piada é que o frio está me fazendo partir, quando lá fora, por trás dessas grossas paredes de pedra, tem gente fritando no calor. Acho que todos nós precisamos partir um dia. É só essa circunstância, que eu jamais imaginaria em mil anos.

Acho que paguei pela minha arrogância, tal como ele. É, finalmente entendi aquele bêbado maluco: só mais um babaca que tombou sobre a espada da sua própria vaidade. Você pensa que é o cara: um *artista* desolado, com papos de merda e caralho grande. Todos os outros: ora, não passam de súditos anões. Então você calcula que isso significa que pode fazer o que bem entender, porra. Que de certa forma isso lhe confere direitos. Mas não lhe confere direito algum.

Quando tudo começou?

Começou e acabou com Yolanda.

A Miss Arizona.

Ela era uma velhota que parecia ter sido posta na roda pra valer e, depois, largada ainda molhada. E dizia que já tinha sido Miss Arizona. Bom, eu não conseguia enxergar isso. Certamente Yolanda era uma senhora pesadona; no parque de trailers em Louisiana, eu já vira garotas com uma bunda que balançava menos do que a carne dos braços dela, quando se mexia... geralmente para pegar uma bebida. Seu cabelo podia ter sido atraente no passado, mas há muito tempo só saía de frascos: um coque alto e cheio de laquê, em cima de uma cabeçorra com olhos de porco. A pele era branca feito leite doce de mamãe, do tipo que não se dá bem com o sol, e sol é coisa que aqui não falta.

Yolanda geralmente se protegia dele. Quando estava fora de casa, ficava sempre na sombra, às vezes sentada na varanda dos fundos olhando o jardim pequeno, com um resto de grama tão marrom e esturricada quanto o terreno do rancho que circundava a casa. O trecho árido contrastava muito com a bela piscina azul-turquesa. Embora Yolanda frequentemente usasse um maiô inteiriço de listras coloridas (geralmente com um grande chapéu de palha na cabeça e um roupão sobre os ombros, ao lado de um grande ventilador que soprava ar fresco), parecia jamais entrar naquela piscina. Provavelmente não queria bagunçar a cabeleira. Mas a porcaria da piscina era tão bem tratada que sempre achei um crime não ser usada, principalmente aqui.

Mas então... A pele era assim, e aqui estava ela, bem no meio da porcaria do deserto, a pelo menos três horas de carro do centro de Phoenix. Yolanda só ficava sentada naquela cadeira, embaixo de um guarda-sol; as veias azuis corriam pelas suas flácidas coxas brancas, virando carvão negro quando chegavam às macilentas panturrilhas. É, ela foi Miss Arizona. Só pode ter sido na época em que o estado ainda fazia parte do México.

Lembro da primeira vez que estacionei diante do casarão do rancho, pensando: quando alguém constrói no meio do deserto uma casa que parece de pecuarista, dá para concluir duas coisas. Primeiro, eles têm dinheiro; segundo, não querem companhia.

A velha Yolanda era assim. Mas lembro que, como esta parece ser minha última história, talvez seja hora de falar um pouco sobre mim. Meu nome é Raymond Wilson Butler. Tenho trinta e oito anos. Sou divorciado e natural do oeste do Texas. Antes de conhecer Yolanda, eu morava com minha namorada, Pen, num apartamento alugado a mil dólares por mês, perto do centro de Phoenix. Que tal ela era? Eu podia falar sem parar sobre isso. Mas agora só consigo dizer que ela canta canções lindas, quando não está trabalhando numa livraria num shopping da cidade. Minha vida mudou para melhor quando conheci Pen. Ela foi a melhor coisa que já me aconteceu, porra.

Mas Yolanda era diferente. Ela mudava a vida *de todo mundo*. De todo fiodaputa com quem entrava em contato. Nós nos conhecemos por causa do meu trabalho; dia sim, dia não, eu ia de carro até a casa dela. Acho melhor contar como isso aconteceu.

Para ir do nosso apartamento à casa de Yolanda, eu precisava rumar para o oeste de Phoenix. Nunca deixei de me espantar ao ver a cidade acabar tão de repente: era da cidade para o deserto no arco de uma mijada de bêbado. Depois eu cruzava alguns loteamentos, a maioria completados, mas um ou dois ainda sendo reformados depois de passar vinte anos como carcaças de concreto e aço embaixo do sol. Muita gente achou que a terra era a principal riqueza daqui e faliu comprando lotes. Quando se tem menos de duzentos milímetros de chuva por ano, não dá. As construções só recomeçaram quando terminaram o sistema do canal, descendo das Montanhas Rochosas para conectar essa região com a preciosa água.

Depois de passar pelo último loteamento, eu percorria um longo trecho no deserto antes de chegar à casa de Yolanda. Dirigindo até lá, sempre sentia uma sede danada. O tipo de terreno não ajudava muito gente como eu. Na rodovia interestadual, havia muitos pontos tentando me fazer parar e tomar uma gelada; Miller's, Bud, Coors, e até algumas das marcas bebíveis. E fazia um calor do cacete.

Esse dia específico em que estou pensando foi o dia da minha segunda visita a Yolanda, depois que eu já conseguira que ela aceitasse me ajudar. Era meio-dia e o sol estava a pino. Mesmo um texano como eu, morando em Los Angeles até recentemente, às vezes esquecia que o calor podia ser cruel. Lá fora, o escroto do sol vaporizava todo o frescor do ar, parecendo encher de partículas de ferro os pulmões da gente. Quando a garganta secava, o sistema respiratório começava a chacoalhar e a gente suava feito uma piranha solitária numa parada de caminhoneiros, arquejando uma despedida enquanto o último garanhão tarado do comboio vestia os jeans velhos e sujos.

Minha primeira ida à casa de Yolanda me lembrara como eu gostava de dirigir aquele Land Cruiser no deserto. Eu desviara da interestadual para as estradas secundárias antes de pegar direto a velha trilha encardida, dando guinadas sobre o que parecia ser areia virgem, mas na verdade era mais uma espécie de cascalho, cruzando aquilo feito um pano molhado sobre uma mesa empoeirada. Você não podia botar a bunda para fora do carro muito tempo, como aprendi naquela segunda viagem. Tive vontade de descer do carro e andar uns cinco minutos ouvindo os estalidos da areia debaixo das minhas botas e os grasnados dos abutres em torno de uma carniça a distância. Isso era mais ou menos tudo que se podia escutar naquele terreno deserto, onde o céu encontrava a terra plana em qualquer direção que a gente escolhesse. Eu olhava para o nordeste sem conseguir enxergar um único sinal das escarpadas montanhas íngremes, que provavelmente estavam a poucos quilômetros de distância.

Absorvendo esse vazio e sentindo o isolamento, você podia se distanciar de tudo. Através desse reconfortante filtro de solidão, eu pensava em Jill e nos erros terríveis que cometera. Depois me alegrava por ter sido abençoado com aquela segunda chance com Pen, que eu estava determinado a não estragar.

Eu desconfiava de Phoenix, assim como de todas aquelas miseráveis cidades do oeste, com seus novos centros empresariais, bairros suburbanos sem alma, mini-shoppings, revendas de carros usados e lares ruins, quase escondidos, mas não o bastante, por palmeiras. E também havia as pessoas; ressecando ao sol feito frutas velhas, com os cérebros tão fritados pelo calor e pela rotina que nem conseguiam mais lembrar por que foram para lá, em primeiro lugar. E esses eram apenas os pobres. Os ricos a gente só via por trás de vidros; nos shoppings e carros, respirando aquele ar-condicionado que tinha um leve gosto de xarope para tosse. Eu estava acostumado ao calor, mas aquele lugar era tão seco que as árvores andavam subornando os cachorros.

Naquele dia, porém, indo para a primeira reunião formal na casa de Yolanda, depois da abordagem introdutória para obter sua concordância à minha proposta profissional, eu me perdera nos meus pensamentos e perambulara ali fora por um tempo um pouco longo demais. Só percebi como o sol me afetara quando olhei para trás e vi a que distância me afastara do veículo. Imediatamente, pensei que era melhor voltar o mais depressa possível. O Land Cruiser parecia uma miragem na luz trêmula do calor; não havia como saber se estava perto ou longe. Eu já estava entrando em pânico, quando de repente minha mão pareceu tocar o metal ardente do chassi. Afundei no interior refrescante do veículo, sentindo o sangue latejar na cabeça. Deitei no banco do carona e aumentei ao máximo o ar-condicionado. Levei alguns minutos até me sentir bem o bastante para sentar outra vez. Quando consegui, tirei o jornal de cima do painel. O alerta de terror estava verde e o limite para queimaduras era de dezesseis minutos.

Lembro que foi então que o celular tocou. O visor indicava que era Martha Crossley, minha agente em Los Angeles que jamais ligava para o meu celular. Nada era urgente ou importante demais que não pudesse esperar até que eu chegasse a meu telefone fixo.

– Tenho boas notícias – gritou ela no seu tom esganiçado. – Você foi indicado para rodar o comercial da Volkswagen!

– Que ótimo. Mas você sabe que eles vão dar isso para alguém como o Taylor ou o Warburton – disse eu. Normalmente, num sou um cara do tipo o-copo-está-meio-vazio, mas sabia que só fazia figuração naquela lista de babacas de pau grande cheios de currículos e contatos.

– Ei! Trate de se animar aí, caubói... é preciso estar dentro para entrar! – disse ela, entusiasmada. – Eu dou notícias... Tchau!

Coloquei o fone no suporte e puxei uma gelada do isopor; cerveja nunca mais, embora aquela sede terrível esteja sempre ali, só esperando que as coisas piorem. Mas por enquanto não há lugar no Ray para a velha vadia. Eu só não estava disposto a encher minha barriga de refrigerante; essa merda condena a gente a um inferno de bundas gordas, entupindo artérias e calçadas ao mesmo tempo. Não, era água fria e límpida descendo por minha garganta quente e áspera, sempre seca pra cacete, e aquilo me fez bem. Depois de um tempo, liguei o Cruiser e saí pelo cascalho até voltar à estrada.

Como fazia muitas vezes, virei por um segundo para o banco do carona, imaginando Pen sentada ao meu lado de óculos escuros, enchendo a cabine com seu doce perfume. As unhas pintadas dos seus dedos girariam o dial do rádio até que a canção certa ressoasse no Cruiser. A música está ali, em algum lugar, e ela sempre consegue encontrar. É algo que nunca conseguia fazer sozinho e acho que é porque não existe canção certa sem aquela garota. À noite, eu planejava ouvir Pen tocar sua música linda e cantar suas belas canções. Mas antes tinha um assunto a tratar com Yolanda. Um assunto chamado Glen Halliday.

Glen Halliday, minha obsessão, era o anti-herói americano. O lendário cineasta passara seus últimos anos recluso ali, na companhia daquela mulher. Yolanda fora a segunda esposa de Glen, sendo a primeira Mona Ziegler, que era da sua cidade natal: Collins, no Texas. Fora essa cidade que inspirara muitos de seus filmes (e, na minha opinião, os melhores), especialmente *The Liars of Ditchwater Creek*.

Eu já me encontrara e conversara com Mona várias vezes no ano passado. Ela se casou de novo e morava num loteamento melancólico em Fort Worth. Era cortês, mas fria, acerca do seu relacionamento com Glen. Basicamente, achava que ele só trabalhava; quando não estava trabalhando, bebia e esbravejava. Como Glen Halliday era o meu herói e a minha inspiração, não acreditei muito no que ouvi. Achei que grande parte daquilo se devia à amargura de Mona, resolvendo então me afastar dela e de sua vida suburbana.

Infelizmente, Glen não teve uma recepção póstuma melhor em Collins, que era uma cidadezinha conservadora. Algumas pessoas ficaram muito irritadas ao serem retratadas por ele. Mas eu nasci num buraco de merda parecido e achava que ele tinha acertado em cheio. Nada do que vira e ouvira ali me convencera do contrário.

O deserto cedeu lugar abruptamente a outro loteamento murado, com um portão, e eu pensei que era aquilo que Halliday criticava em filmes e artigos. Sua preocupação principal era o nosso descaminho: concreto, pregadores, televisão imperial e a cobiça dos ternos sorridentes que ganhavam fortunas com todas essas merdas. Além dos babuínos bundões que simplesmente sorriam e se curvavam enquanto os escrotos metiam neles onde o sol não brilha. Lá em Collins conheci alguns desses babacas, ainda enervados pela visão de Glen Halliday, mesmo além-túmulo.

Aquele loteamento era igual a inúmeros outros que eu vira pelo caminho. Todos tinham uma enorme bandeira dos Estados Unidos pendurada no ar parado do deserto, flácida feito a piroca de um daqueles velhotes nas clínicas de repouso ao longo da estrada. Depois voltei a uma paisagem mais deserta, tão perfeita que parecia uma miragem, levando ao nada pelo retrovisor. E cheguei à fazenda de Yolanda, onde só usavam a água para a piscina em que ninguém nadava: a terra há muito assumira uma cor de urso pardo.

A casa em si era uma construção baixa feita de estuque. Bastante ampla, mas nada tão espetacular quanto o enorme muro de pedra que contornava o terreno, ou os grandes portões de ferro, que um ruidoso e sedento motor abriu quando toquei o interfone. A residência era pintada de branco, com algumas plantas e cactos crescendo pelas paredes.

Como eu disse, Yolanda não era muito dada a companhias. O único outro cara que vi ali fora foi o rapaz que limpava a piscina, que vivia cheia e cuidadosamente tratada. Aquilo sempre me pareceu uma maluquice naquele lugar, especialmente porque ela não a usava. Mas acho que qualquer pessoa só pode ser meio maluca para morar sozinha ali.

Quando passei pela piscina, claro que o rapaz viu o Land Cruiser, mas ficou indiferente, continuando a raspar a espuma na superfície da água. Ele tinha uma cara de mau. Seus olhos eram estreitos e a boca passava a impressão de mesquinhez: um talho apertado debaixo do nariz. Yolanda estava parada na soleira para me receber, com aquele maiô. Ela me beijou no rosto e eu torci levemente o nariz; emanava dela um estranho cheiro azedo que eu não sentira na primeira visita. Entrei na casa atrás dela. A sala da frente era pintada de branco, com dois grandes ventiladores de teto girando na velocidade máxima. Mas a maior parte do frio parecia vir do chão. Ela foi buscar uma limonada para mim e percebi que falava sozinha.

– Esmeralda, porque você está parada olhando para mim desse jeito...

No princípio calculei que houvesse mais alguém na casa, depois achei que ela falava com um gato ou cachorro. Então percebi que havia um gato empalhado em cima de um velho aparador de mogno. Ela era uma velhota esquisita, tá legal, mas justiça seja feita... Yolanda, como insistia em ser chamada, fora suficientemente generosa para cooperar nas minhas pesquisas sobre o seu falecido marido.

O bom de estar ali é que era sempre tão fresco, principalmente aquelas lajotas de ardósia no chão; quando Yolanda voltou com os drinques, limonada para mim e gim para ela, eu já tirara os sapatos e as solas dos meus pés estavam agradavelmente frias.

– Isso é tão bom – disse para ela, reconhecido.

– Resfriamento subterrâneo. Um sistema de refrigeração faz circular a água que bombeamos do aquífero. Também alimenta aquela piscina, depois de passar por um filtro, mas mesmo assim mantém uma porção de minerais e sedimentos. É por isso que preciso do Barry sempre aqui. – Ela apontou para fora, onde o rapaz continuava a trabalhar.

Eu não sabia direito o que era um aquífero, mas o troço devia conter água pra caralho. Ia até perguntar sobre isso, mas calculei que ela fosse do tipo tagarela e eu tinha meu assunto específico.

– Como você sabe, estou tentando descobrir o máximo possível sobre Glen. Ele foi o seu quarto marido, não é?

– Confere – sorriu ela, levando o copo de gim aos lábios.

– Você diria que eram muito chegados? – perguntei e, então, percebendo o tom da pergunta, emendei rapidamente. – Por favor, me desculpe. Estou parecendo um promotor público. Acho que só quero entender o relacionamento de vocês.

Ela sorriu para mim e se recostou na cadeira feito um gato grande, satisfeita com o seu drinque e a plateia de uma só pessoa.

– Querido, como você disse, ele foi o número quatro. Já casei por amor, sexo e dinheiro, mas quando a gente chega ao quarto marido as expectativas são muito baixas.

– Companheirismo?

Ela levou um pequeno susto, fez uma careta, e admitiu:

– Deus, detesto essa palavra. Mas provavelmente é tão boa quanto qualquer outra.

Na voz e na expressão pude, pela primeira vez, sentir certa amargura em relação a Glen Halliday.

– O que sabia sobre o trabalho dele como cineasta?

– Não muito – disse ela, tomando outro gole do drinque e erguendo as sobrancelhas acima do copo de forma classicamente sedutora. – Como você sabe muito bem, Glen era um cineasta independente e eu sou tiete do Burt Reynolds. O coitado nunca teve nada, precisava dar duro por cada centavo para fazer a porcaria daqueles filmes. Pensava que eu tinha dinheiro, acho eu.

A essa altura, preciso esclarecer que achei difícil imaginar Glen Halliday, a integridade em pessoa, como um vigarista explorador. Já vira Glen dando uma palestra para estudantes na Universidade de Nova York, depois debatendo com Clint Eastwood no Festival Sundance. Nas duas ocasiões ele falara com muita paixão e segurança. Eu não conseguia ver nele um gigolô, um homem que tentasse vender o velho corpo para conseguir fazer um filme.

Devo ter demonstrado isso pela minha expressão, pois Yolanda achou necessário explicar:

– Ele se emputeceu comigo quando eu não quis vender este lugar.

O lugar era bastante bom para quem gostava daquele tipo de coisa. Mas, se eu tivesse o dinheiro daquela velha, tinha certeza que não passaria meus últimos dias secando na merda do deserto. Decidi mudar de assunto e perguntei:

– Então é possível dizer que vocês se fixaram aqui de vez, Yolanda?

Talvez fosse só o efeito da bebida, mas juro que ela aumentou um pouco a voltagem do sorriso.

– É possível. Ah, não me entenda mal... Não é nada de especial, mas o lugar tem lembranças. Além disso, é herança de

Humphrey. Ele foi meu primeiro marido e meu único amor verdadeiro – explicou ela, corando feito um pêssego e dando um sorriso sonhador. – Quando eu morrer, isso vai para o nosso filho... Ele mora na Flórida. Humphrey Marston foi o único que nunca consegui substituir... O resto nem chegou perto.

Yolanda franziu os lábios em volta da fatia de limão no gim. Chupou o limão e lhe deu uma espécie de beijo, antes de deixar a fatia cair de volta no copo. A esta altura, comecei a ficar um pouco impaciente. Estava convencido de que Humphrey era um ótimo sujeito, mas meu assunto era o outro cara.

– Mas e o Glen... Ele estava falido quando vocês se casaram?

Parecendo um pouco entediada, Yolanda reabasteceu o copo, e com isso recuperou o ânimo.

– Você sabe o tipo de filmes que ele fazia – disse ela impaciente, mas logo em seguida acalmando-se um pouco. – Quer dizer, ele fazia aqueles filmes por amor, não por dinheiro. Tudo que ganhava ia para a bebida. Era um vício terrível, e ele não sabia beber. Meu terceiro marido, o Larry Briggs, logo antes do Glen... *Aquele* sim, sabia beber...

Ela deu uma gargalhada comemorativa, depois continuou lembrando.

– Quando estava de cara cheia, ele assinava cheques, comprava presentes, ficava tarado... Na cama, era um verdadeiro garanhão! – Yolanda levou a mão ao queixo, e com uma espécie de constrangimento simulado arrulhou: – Cala-te, boca...

Preciso confessar que achei encantador aquele pequeno número e não hesitei em mostrar isso a ela.

– Não se preocupe... como nós dizemos lá no Texas, esse não é o meu primeiro rodeio.

Yolanda deu um tapa na coxa e tentei não arregalar os olhos diante da atividade sísmica que se seguiu, enquanto ela ria estrondosamente.

– Aposto que não. Você está com aquele olhar! Vai me perguntar como era o Glen na cama... certo?

– Eu nunca tomaria essa liberdade – protestei. Depois admiti: – Mas como o assunto já foi mencionado...

Quando essas palavras saíram da minha boca, juro que senti na mesma hora o tamanho da minha traição. Que diabos eu estava fazendo? Glen Halliday era um dos maiores mestres do cinema americano independente. Estava lá no topo, junto com Cassavetes ou Sayles. Eu queria escrever um tributo a um artista importante, admirado e inspirador, que me ajudaria a sair do ramo da pornografia, mas já estava me envolvendo no tipo de safadeza que pensava ter abandonado cinco anos atrás. Quando ainda fazia filmes pornô no vale de San Fernando, só para pagar as contas.

Dois longos anos passados lá arrasaram o meu relacionamento com Jill. Lembro que numa das nossas discussões ela disse, "Você passa tanto tempo filmando xoxota que já não quer mais foder".

Em parte, a coitada tinha razão. Porque eu certamente queria, mas... O problema é que aquelas merdas estavam em oferta o dia inteiro. Quando eu chegava em casa, acho que já estava farto, mas sempre podia tomar outra dose. Talvez seja uma forma de simplificar demais o assunto, mas acredito que todo homem que fique no meio daquela carne e daquele suor tem sua alma sugada. Sei que algumas pessoas trabalham há muito tempo nesse ramo e simplesmente lavam o fedor toda noite, mas certamente eu não era uma delas. Em compensação, aprendi a iluminar um cenário e enquadrar uma cena.

Lá no vale eu era um idiota ainda jovem, que deveria se sentir um menino numa confeitaria, mas que sofria tanto quanto um coiote com hemorroidas e duas pernas traseiras quebradas. Então, numa das folgas, fui a um cinema pulguento do Hollywood Boulevard, onde assisti *The Liars of Ditchwater Creek*, o retrato feito por Halliday de uma cidade do oeste do Texas igual àquela em que eu crescera. Não deu outra. Fui fisgado. Saí eufórico daquele velho cinema, querendo fazer o que Halliday fazia. Ainda quero. Foi tanto a minha salvação quanto o meu suplício.

– No começo Glen era ótimo, um verdadeiro touro texano, se bem me lembro – disse Yolanda com um ar malicioso. Depois deixou que sua expressão se dissolvesse num sorriso forçado. – Mas, como acontece com a maioria dos homens, não durou muito tempo.

Não achei que ela estava me dando corda; até aquele momento, pouco lhe falara da minha vida, mas acho que era difícil não ouvir, na sua voz, ecos dos amargos apartes de Jill nos últimos meses. Tentei continuar impassível, esperando que ela continuasse.

– Não tive sorte com os homens – disse ela, num lamento triste. Evidentemente, seu ânimo espelhava o meu. – Humphrey Marston era bem mais velho que eu, mas foi o único que me deixou alguma coisa além de contas. Aqui é o lugar dele, bem em cima desse grande aquífero.

Aquela palavra outra vez. Eu fiquei um pouco confuso, e ela deve ter percebido, porque levantou as sobrancelhas para mim.

– Desculpe a minha ignorância, mas preciso perguntar o que é um aquífero. Pode ser uma espécie de lago subterrâneo?

– Acertou em cheio – explicou ela, esvaziando o copo. – As imobiliárias viviam batendo na nossa porta com cheques gordos, mas o Humphrey alegava que a água era um bem a ser preservado. Vinte e poucos anos atrás, antes de trazerem a água das montanhas, aqui só havia o suficiente para abastecer alguns condomínios e um campo de golfe. Mas o dinheiro deles não interessava a Humphrey. Então as imobiliárias e o estado bateram pesado, tentando de todo jeito botar as mãos na terra. Humphrey era um camarada muito delicado, mas podia ser teimoso feito uma mula; ele enfrentou tudo, e todas as vezes deu uma surra neles no tribunal.

– Parabéns pro Humphrey! – Eu sorri e levantei o copo, fazendo um brinde a ele. Estava gostando cada vez mais do velhote.

Yolanda estendeu o braço, bateu seu copo no meu, traçou o gim e reabasteceu. Quando deu as costas para mim, vi os presuntos tremelicantes que escapavam por baixo do maiô enquanto ela se servia. Desviei o olhar quando ela se virou, com o drinque na mão.

– Ele herdou a terra do pai, que queria que Humphrey cultivasse alguma coisa aqui. Mas ele só estava interessado em animais – explicou ela. – Era formado em zoologia...

Yolanda apontou para o gato empalhado, assentado sobre um pedestal. Reparei que o gato estava na pose clássica dos felinos, com as patas traseiras embaixo do corpo e as dianteiras esticadas, olhando para cima como se esperasse comida.

– Era isso que ele fazia, isso foi trabalho dele.

Acho que fiquei bastante impressionado com o troço. A maioria dos taxidermistas que eu conhecera (e havia um monte deles nos estados de caça intensiva) tendiam a preferir poses de ação, até mesmo quando se tratava de animais domésticos.

– Gostei de ver como ele deixou esse nosso amigo numa posição comum de gato, e não pulando sobre alguma presa invisível.

– Pois é, Humphrey estudava compulsivamente para que suas composições fossem anatomicamente corretas. – Apontou para uma parede cheia de diplomas e uma cristaleira atulhada de troféus. – Ele era o melhor do estado. Eu costumava ajudar. No princípio, era cheia de frescura...

Seu rosto assumiu uma expressão faceira, enquanto a mão recusava um protesto ou cumprimento fictícios.

A contragosto, eu já estava ficando bastante curioso.

– Posso saber o que aconteceu com você e Humphrey?

Yolanda olhou para mim com tristeza, depois deu um sorriso cáustico. – Nada *comigo* e com ele, só com *ele*. Uma tarde eu voltei do shopping e ele estava morto lá na oficina. Empalhava um guaxinim quando teve o enfarte. Juro que ele caiu bem ali, inclinado sobre a bancada, tão morto quanto a pobre criatura que estava empalhando – disse ela, enxugando uma lágrima, como se a perda houvesse sido na véspera. Depois sua expressão ficou amarga, enquanto os incisivos voltavam a brilhar. – Acho que foram aquelas batalhas constantes com as imobiliárias e o estado que acabaram com a vida dele. Mesmo quando derrota aqueles miseráveis, você paga um preço.

Eu não podia discordar. Percebi que o velho Humphrey parecia o herói de um filme de Glen Halliday; um simples mané enfrentando os babacas endinheirados e viciados em poder, só porque podia, e, diabos, porque era o certo a fazer.

– Aquilo simplesmente me fez ficar ainda mais determinada a nunca vender a casa. – Yolanda balançou a cabeça enfaticamente. – Falaram que eu estava cortando o nariz por raiva do rosto, que logo a água dos canais rolaria montanha abaixo e que eu deveria faturar enquanto podia. E, sem dúvida, a água finalmente chegou, mas não antes de alguns daqueles ratos miseráveis que tentaram tirar a água do meu Humphrey falirem sentados nas inúteis terras vizinhas!

Yolanda continuou a arenga sobre o velho Humphrey. A velhota tinha língua suficiente para dez fileiras de dentes, mas não havia muito que eu pudesse fazer. Ela estava perturbada, e só me restava deixar que fosse em frente. Contou que conhecera Humphrey num desfile, quando era Miss Arizona, e que, comparado com os outros, ele era um verdadeiro cavalheiro, que sempre achara que ela era uma dama. Sem dúvida, fora um grande amor. Assim, aprendi muito sobre Humphrey e taxidermia. Eu até admirava aquele camarada bondoso, plantado ali na terra, empalhando animais, incorporadores e o estado... mas ele não era Glen Halliday. Levei muito tempo para voltar ao assunto e, quando consegui, posso dizer que foi uma imensa decepção para Yolanda.

– Glen Halliday vivia para o trabalho – disse ela, tristemente. – No princípio éramos só amigos, e então casamos por impulso. Depois de seis meses, ele ficou ruim de cama. A gente quase não se via. Ele estava sempre correndo do set de um filme para outro, ou entocado nos bares.

Yolanda me deu um sorriso cúmplice e malicioso, arrematando:

– Se o Glen tinha uma *grande passion,* meu bem, certamente não era eu.

Incentivado pela candura da dama, perguntei sem pensar:

– Quem você acha que era?

– Ora, querido, você sabe a resposta tão bem quanto eu – ralhou Yolanda, mas olhando para mim como se estivesse realmente desiludida.

E tinha todo o direito de estar; eu me comportara feito um babaca *honoris causa.* Na cabeça dela, eu agora tinha culhões de gelatina, ou então mentalidade de uma virgem num bordel.

– Dona Sandra Nugent – disse ela lentamente, com um ar de compaixão que fez com que eu me sentisse uma filha adolescente que deixa a casa gritando "vão se foder", só para voltar seis meses depois, chorando com uma barriga intumescida.

Feito todo universitário que pega como matéria optativa o cinema americano independente, eu sabia muito bem que Sandy

Nugent era vista universalmente como a musa de Halliday. Ela foi a atriz que estrelou alguns dos melhores filmes dele: *Ditchwater Creek, Mace, A Very Cold Heat*. Durante anos eles tiveram o que revistas como *Entertainment Weekly* costumavam chamar de "um relacionamento intermitente e tempestuoso". Ela se suicidara em 1986, num hotel barato num bairro suspeito da Flórida. Foi encontrada com o estoque de uma drogaria ainda borbulhando no intestino, muito tempo depois de seu rabo ter ido pras cucuias.

Antes de me encontrar com Yolanda, eu pesquisara tudo sobre Sandra. O único comentário público que Halliday fez sobre a morte dela afastara um monte de amigos (infelizmente, descobri que ele parecia especializado nessa arte). Falando a uma revista londrina no Festival de Cinema de Edimburgo em 1990, ele afirmara, "Ninguém gosta de perder um rabo gostoso".

Claro que a essa altura Glen já era um bêbedo crônico. Sei que não há desculpa para esse tipo de conversa, mas também sei que isso pode ser uma razão, ora essa.

Glen Halliday era um dos cineastas mais talentosos e subestimados que já vi. Quanto mais descobria sobre ele, porém, menos encantado ficava pelo cara. Aparentemente, e não apenas pelo relato de Yolanda, a magia estava nos filmes e não no homem. E, embora eu saiba melhor do que muita gente o que a bebida pode fazer com um camarada quando as coisas num estão dando certo, meu herói já começava a parecer um sujeito com a cabeça enfiada no rabo.

Ele casou com Yolanda dez anos depois da morte de Sandy, e aparentemente morreu de enfarte aqui mesmo em Phoenix, seis anos mais tarde. Claro que o caso com Sandy, embora os dois nunca tenham se amarrado, parecia ter sido o maior da vida de Glen, mas ela não estava mais aqui para esclarecer isso. E também a maioria dos associados deles no mundo do cinema independente foi reservada pra cacete.

Mas não todos: em Nova York conheci Jenny Ralston, uma das melhores amigas de Sandy, que foi muito amável. Apadrinhada por Sandy, Jenny ostentava no currículo uma considerável lista de filmes independentes e até um ou outro filme B hollywoodiano.

Ela era uma beldade de olhos escuros, elegante e sensual. Talvez demasiadamente influenciado pela sua avaliação, eu considerara Yolanda Halliday uma simples maluquice, um lugar para o velho Glen bêbado deitar a cabeça cansada naquele sombrio período de decadência. Só que agora algo estava me perturbando: uma voz estranha sussurrava no meu ouvido que esse relacionamento com Yolanda, a velha Miss Arizona, seria a chave para desvendar o enigma de Glen Halliday. Talvez essa mulher estranha estivesse aos poucos se tornando mais interessante para mim, à medida que eu me desencantava com seu marido mais recentemente falecido.

Continuamos batendo papo e tentei manter seu interesse falando do meu passado. Yolanda estava mais interessada no meu presente com Pen, mas parecia estar enfrentando dificuldades. Eu não tinha ideia de quantos gins ela bebera antes da minha chegada, e aparentemente a birita estava fazendo efeito. Logo percebi que seria melhor parar com aquilo.

– Gosto muito de conversar com você, Raymond – disse ela com voz pastosa. – Sinto que estamos muito ligados.

– Eu também gosto muito de conversar com você, Yolanda – respondi com toda sinceridade, embora um pouco preocupado diante da intensidade com que aqueles olhos malucos me fitavam.

Agradeci pela atenção dela e me aprontei para sair, pois precisava ir a outro lugar. Marcamos novo encontro e voltei para o carro. A piscina continuava azul feito o oceano. O cara que cuidava da água, magrelo mas musculoso, com uma camiseta amarelada, deu uma olhadela para mim com uma expressão dura e desconfiada, antes de se virar e continuar raspando mais sujeira da superfície.

Entrei no carro e bebi a segunda garrafa de água. Liguei para o celular de Pen, que estava desligado, como de hábito. Enfiei outra garrafa no suporte do painel do carro. A rodovia estava tão morta quanto os animais de estimação de Yolanda, e logo cheguei ao Earl's Roadhouse, o bar onde Pen cantava. Ainda era cedo pra caramba, e senti a velha sede me puxando, insistente feito um moleque pedindo doce à mãe. Surpreendentemente, para uma coruja noturna, era sempre de dia que o desejo ficava mais forte. Mas acho que não há nada como entrar sóbrio num bar cheio de bêbados ao final da tarde para você se convencer de que está escolhendo o estilo de vida certo.

Pedi a Tracey, a atendente do bar, uma soda limonada. Eu gostava de Tracey, que diante dos fregueses mantinha uma imagem de sapatona, bem fria. Aquilo deixava todo mundo intrigado, com mais vontade ainda de dar em cima dela. E era o que todos faziam, porque a gata estava sempre vestida feito uma milionária. Não de maneira óbvia, porque ela não era de ficar exibindo o corpo, mas classuda pra cacete. Ela gostava de mim e aprovava a maneira como eu tratava Pen. Falou isso uma vez, quando ficou um pouco bêbada. Não estava me paquerando, mas expressando de forma madura uma apreciação genuína. Tracey colocava Pen num pedestal. Eu achava que conhecia bastante bem aquele pedestal e uma vez falei para Pen que achava que Tracey talvez fosse sapata.

Ela riu na minha cara e disse, "Gato, ela é normalíssima. Para um cara maduro, você não entende muito de mulher".

Ela não estava muito enganada. Acho que todas as mulheres da minha vida já disseram a mesma coisa alguma vez. Jill comentava isso frequentemente, e com muito menos delicadeza do que Pen. Recentemente a minha agente, Martha, falou um troço semelhante sobre Julia, a heroína no primeiro tratamento de *Big Noise*, o meu roteiro. Talvez tenha sido até um tanto mais áspera, dizendo, "Ela não é um recorte de papelão, querido... é um pouco rala demais para isso".

Não deu outra: alguns dias depois vimos Tracey jogando na canaleta no Big Bucky Boy's Bowling com um craque de boliche que parecia corretor de imóveis e devia ser casado, mas que decididamente estava trepando com ela. Eu me senti ainda mais escroto do que o babaca de sempre.

Era mais do que só mulheres. Para um cara com as minhas ambições, eu devia saber muito mais do que sabia sobre as pessoas. Minha vaidade maluca me levou a achar que, fazendo esse livro e um possível documentário sobre Halliday, eu chegaria a entender a cabeça do mestre e, de alguma maneira, desbloquearia o escritor que havia em mim e viraria um grande *auteur* como ele. Mas isso num passava de babaquice sonhadora, e Yolanda Halliday era prova disso. Depois de dois encontros, eu ainda não sabia qual era a da velhota.

O bar começou a encher com fregueses de expediente integral, e que pareciam haver dado duro o dia inteiro: operadores de empilhadeiras, mecânicos de oficinas, vendedores de lojas e pessoal de escritório, procurando o que todos procuram em lugares assim desde a primeira vez que alguém sentou junto com alguém pra falar merda.

Pen chegou, vestida com uma jaqueta de couro e jeans justos. Tinha o cabelo preso com uma fita azul, feito uma roqueira chiquérrima. Ela é dezessete anos mais nova do que eu. Quando me saúda com um sorriso encantador e joga os braços em torno de mim, sinto o cheiro bom do seu perfume. Trocamos um beijo longo, profundo e faminto antes de relaxar um pouco. O gosto parecia ótimo e eu conseguia medir como a vida era boa pelas gotas mais doces daqueles grandes lábios vermelhos. Sabia que tinha sorte, porque cada trabalhador bêbado e suado naquela merda de bar queria estar ali no meu lugar. Se não queriam, deveriam querer, porra.

Tracey viu Pen entrar e serviu uma cerveja para ela.

Logo um dos caras deu um olhadela naquele traseiro divino envolto em brim e quase derrubou a cerveja. Então seus olhos maldosos notaram a minha cara castigada pelo tempo, e vendo que eu não era muito mais jovem do que a imagem gasta que ele via no espelho toda manhã fixou em mim um amargo olhar carrancudo. Devolvi a ele um sorriso de merda, que significava: Pois é, sei que sou um pouco velho demais e, hoje em dia, decididamente muito careta para ela, mas é comigo que ela vai para casa... por isso, vá se foder, companheiro.

Depois ignorei o velho panaca e ergui meu celular para Pen, num gesto de repreensão brincalhona.

– É... eu sei – disse ela, inclinando a cabeça de lado. – Esqueci de carregar a porcaria.

– Mas eu sou do tipo possessivo, meu bem, preciso ter você à disposição vinte e quatro horas por dia, sete dias por semana.

Ela abriu dois botões da minha camisa e enfiou a mão lá dentro, esfregando os pelos do meu peito.

– É, eu sei, e adoro isso.

– Não tanto quanto eu, gata – disse eu.

Ela levantou uma sobrancelha esculpida e provocou.

– Mas agora você tem na sua vida outra mulher, com quem passa um tempão. Como é essa tal de Yolanda, afinal? Aposto que era linda, hum?

– Ela já foi Miss Arizona, como vive me contando.

– Na época em que eles ainda não registravam, né? – Pen riu e tomou um gole grande da cerveja.

Senti algo despertar dentro de mim e tentei disfarçar, retribuindo o sorriso de Pen. Ela não queria dizer nada com aquilo, porque não tem um só grão de maldade no corpo. Só estava repetindo minhas piadas bobas. De alguma maneira, porém, desrespeitar Yolanda já não me soava bem.

O engraçado é que eu acho que já estava meio que começando a gostar da velhota. Ela demonstrara grande cortesia e hospitalidade, mas desejo, não senhor, nada disso... Só pode ser curtição com a minha cara. Porque Yolanda devia ter uns bons trinta anos e uns maus trinta quilos a mais do que eu. Ao passar por todas as cirurgias plásticas conhecidas da medicina, seu rosto ficara quase paralisado; a última vez que eu vira algo igual fora na lateral da catedral de Notre-Dame, em Paris.

E, para minha vergonha, depois da primeira visita eu comentara com Pen algo nesse sentido: que aquela mulher era uma figura ridícula. Não sei por quê. Sempre querendo bancar o gaiato, acho eu, e me arrependendo quando as pessoas de quem falo merda mostram que afinal não são tão más assim. Mas então meus pensamentos foram interrompidos pelo ruído surdo da estática de dedos gordos no microfone.

Earl era um grandalhão animado, sempre com um daqueles coletes de brocado com dois botões que JR usava, tão justos que era surpreendente como conseguiam ficar abotoados. Nunca era visto sem seu chapelão Stetson. Estava no palco e anunciou Pen sob grandes aplausos. Então ela subiu e encantou todo mundo. Como roqueira, ela conseguia fazer a festa em qualquer lugar. Aquilo podia ser um boteco vagabundo onde a onda de calor e poeira fazia todo mundo engolir outra gelada rapidinho se alguém deixasse a porta aberta, mas Pen estava destinada a coisas maiores, não havia dúvida. Eu gostava mais quando ela largava a guitarra Gibson, pegava o violão de doze cordas, colava o belo traseiro no banco e cantava suas suaves baladas açucaradas, que partiam o pobre coração deste velho náufrago, despertando a vontade de tomar só *uma* cervejinha para me consolar. Mas eu sabia aonde isso me levaria e, enquanto tivesse Pen nos meus braços, não precisaria daquilo.

Eu adorava aquele pé-sujo, e a única razão era ela, caralho. Começara a frequentar o Earl's logo depois de me mudar para Phoenix, seis meses antes, para tentar começar a porcaria do livro sobre Halliday. Como o trabalho simplesmente não andava naquele apartamento solitário, eu saíra dirigindo ao léu e acabara ali, fora da cidade. Descobrira que era sempre melhor fingir escrever no canto de algum bar do que num apartamento vazio. Às vezes, um rosto ou um comentário entreouvido podiam formar o perfil de um personagem, ou o fragmento de um diálogo despertava uma ideia para um enredo. Embora não estivesse bebendo, não conseguia quebrar esse hábito.

Eu chegara pouco tempo antes, quando ela se sentou ao meu lado no balcão e me pediu um cigarro. Respondi que lamentava, mas eu não fumava, e acrescentei que, naquele momento, desejava mais do que tudo ser um fumante. Ela riu e falou que em vez disso talvez eu pudesse lhe pagar um drinque. Fiquei encantado em fazer isso. Depois de reparar que eu não bebia, ela me fitou e disse: "Bom, você não fuma nem bebe, mas..."

Ela fez uma pausa, deu uma longa tragada no cigarro que Tracey lhe dera, com os grandes olhos castanhos cheios de malícia, e perguntou: "Gosta de rock?"

Quando respondi que certamente gostava, ela subiu ao palco e tocou para mim. Acho que me apaixonei por ela ali mesmo, e continuo assim desde então. Comecei a aparecer no Earl's e em outros bares onde ela tocava, e passamos a namorar. Então, quando o contrato de aluguel do apartamento dela venceu, Pen simplesmente levou suas coisas para o meu. Uma noite, quando estávamos deitados de costas na cama, olhando para o teto logo depois de termos feito amor, ela disse: "Sabe, acho que estou melhorando, talvez crescendo um pouco. Tenho um namorado que não é um babaca."

– É só adicionar álcool, benzinho – brinquei depressa. Sorrindo para ela no escuro, porém, pensei que talvez fosse o velho Raymond Wilson Butler aqui que estava melhorando. Porque tenho uma certeza da porra de que não vai mais ter álcool na minha vida.

Eu estava fazendo pesquisa para o livro sobre Halliday e martelando meu roteiro de *Big Noise*, que me tomava um bocado de tempo, mas gostava de sair com Pen quando ela ia tocar. Alguns daqueles bares eram barra-pesada e, embora ela soubesse tomar conta de si mesma, acho que eu me preocupava com todo tipo de coisa, como paqueras, taras e estupros.

Mas naquela noite ela ficou sentada ao meu lado no Land Cruiser, um pouco cansada depois do show, talvez um pouco bêbada depois das seis cervejas Pabst e dos quatro Jack Daniels com coca-cola que tomara. (Não pude deixar de contar, já estou condicionado a isso.) E disse:

– Sabe, se eu voltasse para casa com um cara assim antigamente, ficaria toda na defensiva e azeda. Agora posso ser exatamente como sou, e nem preciso pensar nisso.

Fomos para a cama e dormimos abraçados. Esperaríamos até de manhã para fazer amor.

No dia seguinte, Pen foi à livraria, enquanto eu voltei a *Big Noise* e fingi ser um verdadeiro escritor. Fiz uma lista comprida com os problemas do primeiro tratamento. O principal, que eu achava ser a origem da maioria dos outros, era Julia, a matriarca texana durona. Pois é: Martha Crossley, minha agente, tinha razão. Julia era mais rala que uma folha de jornal molhada. O problema é que eu não sabia quem ela era. No princípio pensava nela baseada na minha mãe, depois como uma versão deturpada de Jill. Em certo estágio, cheguei a considerar que ela podia ser Martha. Toda vez que digitava no meu laptop, no entanto, tinha a sensação de que estava piorando, e não melhorando a coisa. Fiquei sentado até minha cabeça latejar, então liguei o DVD e assisti a *Ditchwater Creek* pela centésima vez.

Percebi que estava quase na hora do almoço e não tinha conseguido nada. Tentei ligar para Pen a fim de almoçarmos juntos, mas seu celular, como de costume, estava desligado. Então fui até a loja. Fomos a um lugar bastante nojento no shopping, onde uma garotada de salário-mínimo servia veneno para outros lojistas e donas de casa. Foi bom ver Pen vir na minha direção, com a juba selvagem lutando para se libertar da prisão da fita de veludo, e aquelas argolas, pulseiras e anéis balançando nas orelhas, nos pulsos e nos dedos. Eu precisava conversar com alguém, e não havia ninguém como Pen.

– Você está se cobrando demais, meu bem. Termine o livro do Halliday primeiro, depois volte a *Big Noise* – implorou ela, enquanto comíamos nossos sanduíches. – Sua cabeça está por toda parte. Siga o conselho que você sempre me dá... Uma coisa de cada vez, hein?

Eu sorri.

– É, deve ser isso. Se eu terminar pelo menos outro capítulo do livro hoje à tarde, vou sentir que o dia não foi perdido. Talvez eu possa pegar o tal comercial de carro com aquele cachê alto – disse. Dei uma risada, desistindo da merda que estava comendo e afastando o prato de papelão. – Pelo menos teria algum dinheiro e precisaria trabalhar com a disciplina de um horário, merda. Mas também... Talvez porcos possam sobrevoar o estado do Texas.

Pen deu uma piscadela para mim e fez uma espécie de estalido com a língua.

– Você vai conseguir, gato. Estou com uma sensação boa sobre isso.

– Igual à sensação que você teve sobre aquele vídeo dos Majestic Reptiles que eu não peguei?

– Você ficou em segundo lugar, meu bem – sorriu ela. – Está chegando cada vez mais perto.

– É o máximo a que vou chegar, você quer dizer. Estou sempre na lista de espera... Feito a velha dama de honra sacana que já rodou demais para um dia conseguir a porcaria da vaga.

Ela se levantou e espanou algumas migalhas do jeans.

– Bom, preciso deixar a minha querida dama de honra para voltar ao trabalho. – Ela se inclinou sobre mim e me beijou. Ao sair, puxou a minha gola e enfiou um pedaço de gelo que restara no seu copo.

Eu gritei:

– Que po...

Depois ri, enquanto o gelo derretia e escorria pela espinha até o rego.

– Você sabe que eu sou uma cretina – sorriu ela, soprando um beijo para mim enquanto se afastava pelo shopping, fazendo os saltos estalarem no piso de granito polido. – Mas eu amo você!

Levantei e andei até o estacionamento, com as costas e a bunda já secas feito osso devido ao calor quando entrei no Land Cruiser. Fui para casa e fiz o que desconfiava ser a única coisa que eu talvez conseguisse escrever: uma transcrição literal, para o meu livro sobre Glen Halliday, das fitas que gravara conversando com Yolanda.

No dia seguinte voltei ao Rancho Halliday, ou Rancho Marston, como provavelmente deveria começar a chamar o lugar. Aparentemente, ali o velho Glen era apenas um inquilino ocasional, que curava seus porres dormindo entre uma filmagem ou outra, sempre atrás de dinheiro. Comecei a imaginar que sua vida com Yolanda era mais parecida com a parte final da minha vida com Jill, cheia de baques de portas e longos silêncios, entremeados com homéricas brigas embriagadas, seguidas por lamentosos "onde nós erramos?" como tristes *postscripts*.

Yolanda me recebeu com outra jarra daquela limonada caseira e o frio da casa me pareceu um alívio diante da fornalha lá fora. Reparei imediatamente que seu andar estava inseguro. Os olhos estavam vermelhos e ela trocara o maiô por um top vermelho e uma calça branca. Embora ali estivesse agradável e fresco, seu rosto ostentava gotas de suor e a respiração parecia meio forçada.

– Esse é o Sparky – explicou ela, apontando para um gato empalhado na beira da janela. Não tinha visto aquele bicho antes. Já me habituara à velha Esmeralda, mas aquele ali era um filho da puta nojento e mal-encarado. – Eu subi com ele para ver você.

– Que bom – disse eu, olhando para o gato ameaçador. Estava tão rígido quanto Esmeralda, mas não parecia tão plácido. Então espiei um pequeno cachorro empalhado, uma espécie de terrier, montando guarda diante de um banheiro.

– Aquele é o Paul – disse ela. – Em homenagem ao Paul McCartney, dos Beatles.

Paul parecia bem sacana. O brilho naqueles olhos de vidro e os dentes todos arreganhados me deixaram feliz por saber que sua bundinha estava empalhada. – Foi o Humphrey que fez os dois?

– Não. Eu mesma – disse Yolanda, indo até o armário de bebidas, onde se serviu de um gim-tônica. – Não tive treinamento formal, claro, mas muito poucos taxidermistas profissionais têm. Peguei muita prática ajudando o Humphrey. Então, quando casei com Dennis, continuei.

Ela arquejou, afundando numa cadeira e acenando para que eu fizesse o mesmo. Foi o que fiz, colocando meu gravador numa mesa lateral.

– Ele era um grande caçador, sócio da Associação National de Rifles e fazia com que eu empalhasse e montasse suas presas. Fiz uma porção para ele, mas joguei tudo fora depois que ele partiu. – Yolanda franziu os lábios. – Eu achava desagradável matar criaturas selvagens por esporte. Preferia trabalhar naquelas que eu amava, como uma homenagem, para me lembrar delas eternamente.

Yolanda me explicou que os dois gatos e o cachorro empalhados foram seus animais de estimação. Assim como os dois periquitos dentro de uma gaiola que me indicou, pendurada na entrada da cozinha.

– Eu não podia ficar sem eles, entende? Eram meus amores – disse ela, ficando perturbada com a lembrança. – Estava com vergonha de lhe mostrar isso. Você acha que eu sou uma maluca, Raymond Wilson Butler?

Engraçado, mas aquilo não me incomodou nem um pouco.

– Não, de jeito nenhum. Eu entendo por que você faz isso. Algumas pessoas enterram ou cremam seus animais de estimação. Você conserva os restos deles aqui, como lembrança.

Yolanda pareceu não me ouvir.

– Eu ainda falo com eles, Raymond – afirmou, ainda olhando direto para mim. – E juro que às vezes consigo até ouvir a voz deles falando comigo. Isso parece estranho?

– De jeito nenhum. Acho que às vezes precisamos buscar conforto onde podemos – respondi com um sorriso, inclinando o corpo para colocar a mão levemente sobre a pele branca e macia do seu braço. Dava para ver que ela estava mais do que um pouco bêbada e sem dúvida a tal garrafa de gim no armário de bebidas estava longe de estar cheia.

Acho que certas pessoas poderiam achar tudo aquilo um pouco esquisito, mas aquela mulher só estava solitária. Na minha visão, Yolanda tinha o dinheiro e a habilidade; aquilo era um hobby que lhe dava prazer, algo que ela compartilhara com Humphrey, o verdadeiro amor da sua vida, e que provavelmente fazia com que se sentisse mais perto dele. Yolanda me parecia mais uma excêntrica, esvoaçando inofensivamente no crepúsculo, fazendo o que podia para se sentir bem. O estado estava cheio de gente assim, velhotes e velhotas com os cérebros fritados pelo calor, lentamente virando poeira no deserto.

Miss Arizona.

Pensei em Dennis. Se Humphrey Bom-Moço fora o marido número um, e Larry Nojento o número três, ele só podia ter sido o número dois.

– O que aconteceu com o Dennis?

– Ih, com ele eu mesma terminei. – Yolanda balançou a cabeça e olhou quase acusadoramente para mim. – Logo depois que ele quebrou o meu queixo.

Por alguma razão, eu meio que presumi que o velho Dennis era outro bêbado, e da pior espécie.

– Então ele ficava violento quando bebia?

– Não, o mais esquisito é que ele quase nunca bebia. Não precisava disso para ser um escroto total. Com aquele sorriso apatetado e jeito sério de carola, você diria que manteiga não derretia no cu dele – disse Yolanda com voz pastosa.

O efeito do álcool já era visível. Abri um sorriso forçado para ela, que me devolveu um olhar cintilante.

— Aquilo me afastou de vez da sobriedade – disse Yolanda com amargura, tornando a ir encher o copo. – Ironicamente, conheci Dennis por intermédio de Humphrey.

Ela sorriu, ficando instantaneamente mais brincalhona diante da lembrança.

— Dennis Andersen era um dos melhores clientes de Humphrey. Parecia um perfeito cavalheiro, e acho que para o mundo era exatamente isso. Depois descobri que ele já tivera duas esposas, uma em Albuquerque e outra aqui mesmo em Phoenix, que abandonara feito frutas chupadas, só com uma pilha de contas hospitalares.

Infelizmente, a recordação provocou nova diatribe. O problema é que Yolanda estava mais embriagada do que eu já vira antes. Sua voz foi se esganiçando enquanto ela falava de Dennis, guinchando feito uma gata no cio e resistindo bravamente a minhas tentativas de levar a conversa de volta a Glen Halliday. Comecei a me perguntar até que ponto eles se conheciam. Acho que estava pensando outra vez no meu caso com Jill: amantes durante anos, dois desconhecidos no fim. E, quando o amor acaba, é só do desconhecido que a gente consegue lembrar.

Pedi licença, já me preparando para começar a longa e solitária volta a Phoenix. Foi então que Yolanda ficou meio esquisita, levantando da velha cadeira, cambaleando na minha direção, e implorando.

— Por favor, fique um pouco mais, Raymond. Eu gosto tanto de conversar com você...

Ela tropeçou. Precisei amparar seu corpo para lhe restituir o equilíbrio, ou juro por Deus que a bunda gorda da velha beldade teria acabado naquelas lajotas frias.

— Ora, vamos, Yolanda, você só entornou um pouco demais e está cansada – sorri, tentando desanuviar o ambiente. – Talvez seja melhor ir deitar. Eu posso voltar amanhã, ouviu?

Seu rosto já se avermelhara feito bunda de rodeio, e os grandes olhos aquosos não estavam muito longe disso quando ela olhou para mim, suplicando.

— Você vai trazer uma fita da sua namorada cantando e tocando as canções dela?

– Claro, se é isso que você quer.

– Eu gostaria muito – disse ela, procurando se firmar. – É tão bom que vocês dois tenham talento. Nunca se deve deixar que um talento seja desperdiçado...

– Bom, acho que nós dois estamos tentando. – Sorri para ela, pedi licença e saí.

Quando peguei a estrada já havia escurecido bastante, mas isso não me incomodou. Dirigindo pela noite silenciosa, às vezes eu conseguia sentir o passado desbotando nas minhas sinapses e saindo de mim feito um fantasma uivante naquele deserto. Aquilo me dava vontade de parar, e saltei só para admirar a lua prateada por um instante. Meu cérebro se acalmou e me concentrei nas coisas que eram importantes para mim: Pen, meu trabalho e, especificamente, o roteiro de *Big Noise* e o livro sobre Halliday, nesta ordem. A questão é que aquilo deveria ser um livro sobre Halliday, e não sobre uma velhota com quatro maridos, sentada no exílio no meio do nada.

Quando cheguei ao apartamento, Pen estava esperando acordada. Eu estava cansado, mas a gata não, e insistiu. Depois minha cabeça ficou zumbindo, enquanto Pen adormecia.

– Você precisa conferir os recados – disse ela, quase dormindo. – Vou sentir saudade, dama de honra... ou é noiva?

Olhei para ela e tentei fazer com que ficasse acordada. Ela só se virou, com os olhos ainda fechados e a boca entreaberta, murmurando, "A secretária eletrônica... você precisa conferir...".

Foi o que fiz. Para meu encanto e espanto, Martha ligara de Los Angeles, falando que eu fora escolhido para o tal comercial de carro que estava pretendendo! O cachê era uma grana preta, por apenas três semanas de trabalho: uma de pesquisa, uma de filmagem e uma de pós-produção. Aquilo permitiria que eu trabalhasse no livro de Halliday por mais uns seis meses. Pelo lado negativo, acho que significava que o próximo tratamento de *Big Noise* também precisaria esperar mais um pouco, mas ninguém, muito menos minha agente, ligaria para isso.

Pensei no velho Glen Halliday, que teria rido na cara deles e discursado sobre a integridade do artista para pós-graduados em

Austin ou Chapel Hill por duzentos dólares, a gasolina e umas noites de frigobar grátis no motel local. Ou assim eu pensava. Era mais provável que ele pedisse que Yolanda suplementasse as coisas preenchendo um cheque. Eu certamente não ia virar *essa* versão de Halliday. Pen dava duro, tanto na livraria durante o dia quanto nas espeluncas à noite, e eu estava decidido a não ser gigolô. Coisa que estava próxima pra caralho, com um cheque de seis mil paus por três semanas de trabalho. Eu nem pensava na possibilidade de dizer não.

Como não conseguia dormir, sentei e examinei minhas anotações sobre Halliday. Quem diabos era aquele filho da puta? Um texano que amava seu estado, mas detestava o que o Texas virara: um lugar onde membros da elite ou malucos religiosos agitavam a bandeira, e todos nós seguíamos, a lutar em guerras sem sentido pelo petróleo deles. Mas talvez Glen fosse apenas mais um hipócrita escroto que usava as pessoas, as mulheres, para tirar delas o que pudesse; uma atriz insegura, que ele fodera mais pela cabeça do que pela xoxota, e uma velhota maluca de coração partido sentada numa mina de ouro no deserto.

De manhã, eu me despedi com tristeza de Pen e fiz as malas para a longa viagem de carro até Los Angeles, que levaria dois dias. Antes visitaria Yolanda, e depois pegaria a interestadual. No caminho para o posto de gasolina, comprei um jornal a fim de conferir o código de alerta ao terror (alaranjado) e o limite para queimaduras (quatorze minutos).

Passando pelo Earl's, vi o tal rapaz da piscina, Barry (acho que Yolanda disse esse nome), entrando com um amigo. Algo me fez parar, sair do carro e seguir os dois. Quando passei, examinei a picape estacionada no lado de fora: uma Chevy 88 com um adesivo no vidro traseiro: "Bunda, Gasolina ou Maconha – Ninguém Viaja de Graça."

Pisquei os olhos quando entrei no bar quase vazio, que parecia escuro e cavernoso depois da claridade ofuscante lá fora. Barry Piscina e o amigo estavam jogando sinuca no canto. Sentei numa banqueta do bar para matar o tempo, lendo o jornal e vendo partes da partida na noite da véspera. Um pouco depois, Barry Piscina veio comprar umas cervejas.

– Ei, você trabalha para a Yolanda Holliday – disse eu.

– Eu trabalho em muitos lugares – retrucou ele, com um esgar feio deformando ainda mais sua cara de mau.

Dei de ombros e voltei ao jornal. O moleque era um babaca. Terminei minha club soda, saí do bar e entrei no Land Cruiser. Peguei a longa e poeirenta estrada até a casa de Yolanda. Não foi uma viagem agradável, pois o confronto com o moleque no bar me incomodou. Era uma frescura boba, principalmente quando penso nas situações em que me meti quando estava de cara cheia, mas eu estava irritado por me colocar numa situação em que podia ser esnobado daquela maneira.

A raiva ardia dentro de mim e acho que eu não estava muito concentrado na estrada. Ouvi um zunido, e depois uma pancada, seguida por um estrondo avisando que eu batera em algo. Parei e vi o contorno de um algo semelhante a um cachorro esparramado na estrada. Era um coiote e, pela aparência, bem grande. Eu me aproximei cautelosamente do filho da puta, que parecia morto, e empurrei a cabeça com a bota. Tudo bem, já era. Mas não havia marcas do impacto com o carro no corpo cinzento e amarelo, que não estava ferido. Nem vi sangue na boca, orelhas ou olhos do bicho, que parecia estar dormindo feito um cachorro enrodilhado diante de uma lareira, exceto pelos olhos, que estavam meio abertos.

De repente, ouvi o som de um carro se aproximando por trás. Meu coração afundou quando me virei, e imediatamente percebi que era a porcaria de uma radiopatrulha. Um patrulheiro saltou e começou a avançar, gingando feito John Wayne. Evidentemente decidido a ser tomado por um babaca de primeira linha por mim, ele manteve os óculos escuros ao se aproximar.

– Indo meio depressa, né?

– Eu não percebi, seu guarda...

– Certificado do veículo e carteira, por favor.

Percebi que seria inútil discutir, então obedeci e mostrei os documentos. Ele tirou os óculos para examinar a papelada e sorriu para mim. Era um caipira bobo; um patife mutante, com olhos de porco e coração mesquinho, bancando o bom-moço.

Olhou para o parceiro no carro, um gorducho que mastigava algo semelhante a um *taco* (eu sabia que havia uma lanchonete

Taco Bell a alguns quilômetros de distância). O sujeito me lançou um olhar que significava: "Se eu precisar tirar minha bunda do carro, vai haver encrenca da grossa."

– Temos um probleminha – sorriu John Wayne, arreganhando os grandes dentes com jaquetas. – Esse coiote aí pertence a uma espécie protegida. Isso significa uma papelada da porra para mim, porque todo esse pessoal do meio ambiente vai querer briga. Você está indo pra onde?

– Só até Loxbridge, eu...

– Ótimo. Isso já fica no outro município, fora da minha jurisdição. Que tal você pegar esse bicho, colocar na mala do seu carrão e, quando atravessar a divisa, talvez depois de uns respeitáveis quilômetros, jogar o corpo no acostamento da estrada? Assim vou poder continuar a fazer as coisas que o povo deste município quer que eu faça.

– Bom, eu...

– Isso nos deixaria quites. O que me diz?

Engoli em seco, com o rancor parecendo uísque ruim nas minhas entranhas.

– Claro, seu guarda, eu fico muito grato.

Aquele panaca estava falando merda. Nenhum estado na porcaria da federação arrola o coiote como uma espécie protegida, porra; desde que nós terminamos de matar todos os lobos, eles passaram a ser tão comuns nesta região quanto os esquilos no Central Park. Nós dois sabíamos disso, claro; o escroto estava aproveitando para me sacanear.

Qualquer conversa só me faria passar uma noite na cadeia, de modo que fui até o coiote, agarrando as pernas dianteiras e traseiras com as duas mãos. Sou um cara bem forte, com quase um metro e oitenta, pesando uns noventa quilos, mas naquele calor mal aguentava o peso desequilibrado do troço. O babaca do patrulheiro olhou em torno furtivamente, verificando se alguém estava se aproximando de nós, e depois me ajudou a enfiar o bicho no porta-malas.

Ao voltar para a viatura, onde o Gorducho balançava a cabeça com nojo petulante enquanto enchia a pança, John Wayne me fez uma saudação zombeteira.

– Dirija com cuidado e tenha um bom dia.

– Muito obrigado, seu guarda – sorri, com os dentes trincados.

Eu estava com um bicho morto na mala do carro e, com aquele calor, o corpo começaria a feder antes de chegarmos à divisa do município. Fiquei lívido, tentando imaginar o que Halliday teria feito. Teria ele, como um daqueles estoicos e rebeldes heróis dos seus filmes, passado a noite na cadeia municipal pelo simples prazer de sair com uma resposta cretina? Ou teria feito o mesmo que eu? Foi mais ou menos nessa hora que tive uma inspiração. Veria o que Yolanda conseguiria fazer com aquele bicho.

Dirigi bem devagar, nervoso após o encontro com o guarda. Atravessei a divisa municipal, mas só parei quando cheguei à casa de Yolanda. Os grandes portões estavam abertos e parei o mais perto possível da porta principal. Diabo, como estava quente. Yolanda abriu a porta, e quando eu comecei a entrar, apoiado no umbral, uma lagartixa pulou do nada, dançou sobre a minha velha munheca, e depois subiu correndo a parede lateral da casa. Parou ali por um segundo, latejando no calor, antes de sumir numa rachadura da parede, como se houvesse sido sugada pelo vácuo.

A Yolanda que me recebeu estava bem mais sóbria do que na vez anterior.

– Desculpe pelo meu comportamento outro dia, Ray...

– A casa é sua, Yolanda, você pode agir como quiser, e não precisa se preocupar comigo. Já lhe falei do meu passado com a bebida, então não tenho condições de julgar ninguém – disse eu. E era verdade. Às vezes, eu nem acreditara que saíra de Los Angeles inteiro, com apenas algumas avarias no fígado. Agora ia voltar, mas desta vez sóbrio, e com um trabalho direito.

– Mas foi muita falta de educação – disse ela, esfregando meu braço. Naquela friagem, senti um arrepio repentino. – Você deve me achar muito esquisita, com todos aqueles animais empalhados!

– Não, Yolanda. Na verdade, tenho uma coisa que deve ser interessante pra você – disse eu, acenando para que ela me acompanhasse. Fomos lá para fora e em dois segundos o calor me sugou todo o frescor. Através da névoa, fui cambaleando feito bêbado

179

até o Land Cruiser e mostrei a ela o que havia na mala. O bicho já estava começando a feder, mas Yolanda pareceu não reparar.

– Ah, ele é lindo... um menino lindo – disse ela, satisfeita.

– Esse você pode me ajudar a encapar. Temos de levar o corpo lá para dentro, depressa.

– O que você quer dizer com isso? – Fiquei ali coçando a bunda, enquanto Yolanda apertava um botão e um motor abria a grande porta da garagem. Ela pegou um carrinho que parecia uma espécie de maca, com armação de metal, rodas reforçadas e pneus de borracha. O troço era ajustável; por meio de uma manivela na parte de trás, Yolanda reduziu a altura da maca à do porta-malas do Cruiser, permitindo que eu tirasse o coiote do carro. O corpo estava mole devido ao calor; ainda era cedo demais para o *rigor mortis*.

– Encapar é tirar a pele do troféu – explicou ela, quando nós empurramos o animal morto para dentro da casa. Enquanto eu me refrescava, Yolanda desapareceu no porão, voltando com lençóis de linho branco que estendeu na mesa da cozinha. Instruído por ela, consegui passar a fera morta da maca para a mesa. – É necessário ter perícia nas partes mais delicadas, que são os olhos, o nariz, os lábios e as orelhas. É sempre melhor deixar isso para um profissional.

– Fico muito feliz de você cuidar de tudo – disse eu, levando ao nariz as mãos e sentindo nelas o cheiro do bicho morto.

Yolanda desceu ao porão outra vez, voltando com o que parecia ser uma grande caixa de ferramentas feita de alumínio.

– O problema é que a maioria das caçadas acontece com tempo quente, e nem sempre dá pra resfriar o couro direito. A maioria dos troféus é arruinada nas primeiras horas. Assim que o bicho morre, as bactérias começam a atacar o cadáver – explicou ela, abrindo a caixa. Havia uma serra elétrica e uma série de bisturis afiados, assim como frascos plásticos com vários fluidos, alguns dos quais tinham forte cheiro de álcool. – O calor e a umidade são ambientes ideais para as bactérias florescerem. As capas estragam tal como a carne. É por isso que eu tenho um freezer grande lá em baixo. Há quanto tempo ele morreu?

– Mais ou menos uma hora e quinze. Bati nele ainda lá em Cain.

– Bom, não temos tempo a perder – murmurou Yolanda, puxando uma faca. Por um segundo, pareceu prestes a apunhalar a bunda do pobre animal morto, mas em vez disso fez um longo corte da base da cauda até o pescoço. Depois explicou: – Este é o método dorsal de tirar a pele.

Juro pela minha vida que a carcaça toda foi retirada por aquela incisão, deixando só a cabeça e os pés dentro da pele. Saiu muito pouco sangue. Ouvi um som horrível, de ossos se quebrando, e estremeci quando ela separou o pescoço do corpo, usando o que parecia ser um grande quebra-nozes. Fiz uma careta ao ver como Yolanda despelava alegremente a fera, como se estivesse descascando uma laranja, enquanto continuava a me esclarecer.

– É um bom método para animais de pelos longos. Agora preciso levar isso para baixo e colocar no freezer imediatamente.

Ela pegou o animal pela cabeça, e eu me lembrei de um urso de pelúcia que tivera quando criança: o recheio escapara do corpo e só restara uma longa faixa de pano pendurada no pescoço, feito a cauda de um girino.

– Posso ajudar lá embaixo? – perguntei, olhando um pouco perturbado a pilha de carne e ossos deixada no carrinho.

– Não, só vou fazer o resto mais tarde. Leve essa carcaça para o incinerador lá nos fundos. Não tem como errar... é grande e cor de ferrugem. Precisamos queimar tudo logo, ou os abutres aparecerão. Enfie isso lá dentro, que mais tarde eu acendo o fogo.

Não me importo de admitir que fiquei enojado ao colocar, usando o lençol, o coiote despelado no carrinho, que fui empurrando em direção ao incinerador. Lá fora, a sombra misericordiosa da casa me protegeu da fornalha impiedosa do sol, embora eu sentisse os dutos de suor se abrindo. Encontrei uma velha vassoura de arame com a qual, depois de abrir a porta de metal e ajustar a altura do carrinho, empurrei o bicho já fedorento para dentro. De repente, grandes moscas sujas surgiram do nada e começaram a zunir em volta feito pequenos morcegos, embrulhando o meu estômago. Foi com alívio que voltei à cozinha e ouvi o grito de Yolanda no porão.

– Ray, meu bem... prepare para mim um gim-tônica? Com muito gelo.

Eu não tinha por que me opor a relaxar um pouco. Fiz o que ela pediu e também reabasteci meu copo de limonada, embora precise dizer que desta vez o troço caiu com um gosto um tanto azedo na minha barriga. Voltei à cozinha e me servi de um grande copo com água da geladeira. Depois gritei:

– Quer que eu leve o gim para você?

– Não, espere que subirei num segundo.

Eu estava tão morto, depois do esforço sob aquele calor, que deitei de costas no chão frio, estirado feito o salvador na velha cruz. Deus, como aquilo me fez bem. Tornei a olhar para o velho Sparky, e então meus olhos passearam pela sala, notando um acréscimo que eu ainda não vira: um grande pastor alemão, deitado com as patas estendidas à frente.

Yolanda voltou depressa e sentou para tomar o drinque.

– Vou começar a montagem mais tarde.

Com relutância, levantei minha carcaça do chão frio e sentei numa cadeira a seu lado, apontando para o cachorrão.

– É o Marco, um dos meus melhores trabalhos. Sinceramente, ele era um anjo, Raymond, o filhotinho mais doce que você já viu. Foi envenenado por alguém. Não sei quem, mas tenho minhas suspeitas – exclamou Yolanda, pensando, acho eu, num dos seus pretensos vizinhos incorporadores. As coisas deviam ter ficado muito feias em certa época, mas eu estava convencido de que os anos de Marco como filhote haviam acabado muito antes que aquele grandalhão batesse as botas. Em tom mais animado, ela continuou. – De qualquer forma, decidi trazer mais alguns lá do porão para você dar uma olhada.

Tudo aquilo era muito instrutivo para mim, mas demandava tempo. Com Los Angeles e a filmagem da Volkswagen no horizonte, calculei que esse artigo estava ficando um pouco escasso. Então me preparei rapidamente e perguntei sobre o marido que Yolanda tivera antes de Glen Halliday.

– Larry Briggs era um vereador da cidade. Concorreu duas vezes ao Senado estadual. O filho da puta mais tarado que eu já conheci – disse ela afetuosamente, antes de assumir um tom mais amargo. – O problema é que muitas outras também conheciam esse lado dele. A principal diferença entre Larry e Glen foi que eu não me surpreendi nem um pouco quando descobri que Larry queria o rancho por causa da água.

– O que aconteceu com ele? – Levantei o copo límpido, contemplando o frio ouro líquido, antes de levar a borda aos lábios.

– Quem sabe? Acho que fugiu com alguma vagabunda que caiu na lábia dele, ora. Nunca falta gente desse tipo. Aqui ele estava acabado. Depois de duas candidaturas fracassadas ao Senado, ninguém mais queria Larry na chapa. Eu não ia ficar financiando bebedeiras e paqueras, então ele foi embora. A última notícia que tive dele veio lá do México. O estranho é que, indiretamente, conheci o Glen por intermédio de Larry. – Ela já parecia um tanto saudosa e pegou a garrafa para reabastecer o copo. – Como estava fazendo um filme sobre a política de água no Arizona, Glen conversou com Larry e outros supostos incorporadores. Veio até aqui para falar com Larry, que a essa altura tinha ido embora. Foi assim que começou a nossa amizade. Era uma coisa platônica... Bom, inicialmente movida a birita. Eu sabia que ele era um bêbado galinha, mas na época achava divertido. Acho que, no começo, ele gostava de estar aqui, longe de Los Angeles, que sempre detestou, embora vivesse voando até lá para participar de reuniões.

– E Nova York? Como ele se sentia acerca do lar espiritual do cinema independente americano?

– Não muito melhor.

Isso fazia certo sentido para mim. Quem mora em Los Angeles vive dizendo que lá é uma merda, mas eu desconfio de que metade não está falando sério. Já em Nova York todo mundo fala que é maravilhoso, e eu desconfio de que metade também não está muito convencida disso.

– Eu achava que eles compreenderiam melhor o que ele estava tentando realizar ali.

– Durante certa época, talvez. Mas tive a impressão de que ele se ressentia da nova geração de diretores independentes que trabalhava lá. Acho que isso era porque eles conseguiam fazer as coisas acontecerem, enquanto todas as portas se fechavam para Glen – explicou Yolanda, balançando a cabeça e começando, pela primeira vez, a falar do trabalho de Glen e das ambições futuras dele.

Tínhamos perdido muito tempo com aquele velho coiote, mas mesmo assim foi uma boa sessão para mim. Consegui tirar dela as melhores coisas até então. Mas as coisas mudaram repentinamente, quando eu mencionei o comercial do carro, falando que só nos veríamos outra vez dali a algumas semanas.

Yolanda olhou para mim como se eu houvesse anunciado a morte do seu primogênito. O sangue fugiu do seu rosto, e ela perguntou:

– Mas eu *verei* você novamente, não?

Fiquei bastante perplexo com aquela reação.

– Claro que vai... Quer dizer, se acha que eu não estou só desperdiçando seu tempo. Você já me falou tanta coisa, eu...

– Por favor volte, Raymond – implorou ela, içando o corpo daquela cadeira ao mesmo tempo que eu me levantava. – Há outra coisa que preciso contar a você sobre Glen, algumas coisas que preciso lhe mostrar.

– Claro que voltarei, Yolanda... Mas você não pode me contar agora?

– Não, não, não – disse ela, balançando bruscamente a cabeça. – Agora não temos tempo. Preciso deixar você ir, enquanto eu cuido do nosso amigo coiote.

Só que eu já reparara que Yolanda soltara os cabelos quando voltara do porão. Na hora, tive a impressão horrível de que ela fizera aquilo por minha causa. Isso foi confirmado quando ela balançou a cabeleira dengosamente na minha direção e sorriu. Em outros tempos, aquilo poderia ter partido em pedaços o coração de algum garanhão; mas agora era apenas grotesco, mostrando um desespero velho e feio. Não consegui disfarçar uma expressão de repulsa e acho que ela percebeu.

– Eu sou tão sozinha, Ray. Sozinha pra caramba. Sempre fui, mesmo com Glen – soluçou ela, balançando sofridamente a cabeça.

– Yolanda...

– Mas você vai voltar para mim, não vai, Raymond? – implorou ela outra vez, avançando, agarrando minha mão e apertando com força surpreendente. Tão perto assim, dava para ver os pelos crescendo embaixo do nariz e no queixo da velha. – Tenho muitas outras histórias que quero lhe contar.

– Aposto que sim, Yolanda.

Puxei seu corpo para perto de mim e ficamos enlaçados por um tempo. Naquele abraço, porém, senti um desânimo triste da parte de Yolanda. E pelo meu lado preciso confessar que senti muita pena dela. Quando nos despedimos, porém, ela já estava distraída olhando o vazio, a anos-luz de distância. Então saí sozinho.

Ao chegar lá fora, virei o boné para proteger o pescoço do sol, que caía lentamente atrás da casa. O babaca do Barry já chegara e estava carregando nas costas um botijão prateado, que parecia explodir continuamente sob o sol ofuscante. Contornava a piscina, e não havia como nos evitarmos. Nossos olhares se cruzaram com desprezo mútuo. Sustentei a expressão e ele foi forçado a desistir primeiro, desviando os olhos para a terra de Deus.

Foi uma vitória de merda, mas por um momento me senti triunfante. Entrei no Cruiser e dei a partida, ouvindo "Waitin on a Woman", de Brad Paisley, encher docemente o carro quando peguei a interestadual. Completei o tanque de gasolina num posto e parti, enfim, para Los Angeles. Acelerei forte por um bom pedaço, tentando ganhar tempo na rodovia para depois poder passear pelas estradas secundárias. Quando saí da interestadual, diante de mim se estendia um longo crepúsculo vermelho, quebrado apenas por uma revoada de pombos rumando para o rio ao sul. Eu adorava passar por aqueles vilarejos, sempre ouvindo os baques e rangidos das perfuratrizes, substituídos ao anoitecer pelos latidos dos cachorros e acordes dos *mariachis*, enquanto as mirradas árvores cobertas de insetos estalavam, crepitavam e trinavam suas próprias canções.

Cheguei a Los Angeles exausto, mas com a adrenalina a mil. A filmagem correu bem. Voltei a ficar atrás de uma câmera e até já esquecera como adorava isso. O conceito era simples, o tipo de merda que eu e outros milhões de pretensos cineastas podíamos conseguir com estilo e audácia, sem suar o rego. Basicamente, parodiamos aquela perseguição de carro pelas ruas e autoestradas de

Los Angeles no filme *Viver e morrer em L.A*. Surgíamos das ruas diante de um hospital, o nosso modelo bichona pulava para fora com sua "parceira" altamente grávida. Terminávamos com a legenda: "Para Pequenas Coisas Que Não Podem Esperar." Ninguém ali era bobo a ponto de achar que aquilo era inteligente ou original, mas não deixava de ser um comercial do caralho. A grande diferença é que dessa vez eu não era um otário amargo, sentado numa banqueta em algum bar de Hollywood, vendo o produto final na tela e falando que aquela merda era fácil, ou que os caras que faziam aqueles troços eram uns babacas que recebiam uma nota preta por aquela droga. Eu era o cara que estava *fazendo* aquilo. Recebi a porcaria do cheque no prazo e, digam o que disserem, foi bom pra caralho.

Ao voltar à noite para o apartamento alugado em Santa Monica, quando não estava pensando em Pen, coisa que não era comum, eu lembrava de Yolanda e sua carência faminta. Desejando tanto das pessoas, mas fechada em si mesma, simplesmente incubando a solidão. Isso fazia qualquer um, quando entrava na vida dela, ser inundado por aquele desespero.

Meu roteiro, *Big Noise,* parecia estar voltando à minha mente, especialmente a personagem Julia, que era o reverso de Yolanda. Esse era o seu problema: aparentemente, ela não precisava de nada de ninguém, mas vivia se metendo com todo mundo. Uma noite, vendo da minha sacada o oceano Pacífico, que ficava a alguns quarteirões além dali, mas parecia a quilômetros de distância, comecei a pensar: talvez, se Julia fosse mais velha, desbotada, menos fria, menos controladora...

Subitamente inspirado, levantei, fui até a mesa da cozinha e liguei o computador, selecionando Tratamento Final. Sentei e pulverizei a porcaria do teclado, mal acreditando que aqueles dedos eram meus. Como escritor, eu sempre fui esforçado, um bicador diligente. Naquele momento disparei, trancado no meu subconsciente, e as páginas saíam voando de dentro de mim. Levei as três noites seguintes produzindo outro tratamento, ainda movido a adrenalina, assim como muito café preto e forte.

Num sou bundão a ponto de negar que estava tremendo de empolgação quando levei o disco a um birô local e imprimi uma cópia. Ao ler, mal conseguia acreditar que aquilo estivesse tão bom, mas tentei me acalmar. Sei que os escritores têm mania de se enganar, achando que tudo que acabam de fazer é *pra valer*. Claro, pensei que deveria guardar aquilo no fundo de uma gaveta por algumas semanas e ver se pareceria diferente, lido com distanciamento. Mas, por alguma razão, não fiz isso. Simplesmente reli tudo e segui meu impulso, enviando uma cópia por e-mail direto para Martha.

Na manhã seguinte ela me liga com voz animada. Eu fico mais animado do que nunca, mas logo caio na real.

– Desculpe, querido, fico feliz por você ter terminado outro tratamento de *Big Noise* e grata por ter recebido uma cópia, mas ainda não examinei minhas mensagens. É que eu tenho uma notícia muito boa.

Então ela fala que eu fui convidado, depois de ter sido preterido, para gravar um vídeo por uma nova banda inglesa de sucesso, Majestic Reptiles, que fará uma turnê aqui na primavera. O sujeito que eles haviam escolhido sofrera um acidente de moto e estava fora. E o cachê era bom. Talvez não tão bom quanto o do anúncio do carro, mas seguramente não era ruim. E seria bom acrescentar na minha fita-demo mais alguma coisa que não pudesse ser rotulada de "exploração de foda". Provavemente eu só conseguira o trampo por estar disponível em Los Angeles na época, mas foda-se, às vezes a gente precisa de sorte, porra. Certamente as coisas estavam melhorando, mas eu continuava com a cabeça em outro lugar.

– Mas você dará uma olhadela no novo tratamento de *Big Noise*, Martha?

– Prometo que lerei agora, se você prometer que vai se animar um pouco e comemorar sua boa sorte. Feito?

– Feito.

Mantive a minha palavra. Para comemorar, levei dois velhos amigos de Los Angeles, Brett e Evan, para tomar um drinque no Chateau Marmont. No começo foi como nos velhos tempos, só que eu era o único que não biritava. Fiquei pensando na turma variada que nós formávamos; o produtor pornô com ambição de virar cineasta independente, o típico aspirante a ator de Los Angeles que também era garçom e o compositor que tocava em espeluncas feito a de Pen com pretensão de escrever partituras para filmes que fariam Mancini mijar nas calças. Seguindo nossa triste rotina, ficávamos sentados fantasiando sobre nossos filmes imaginários, escalando e depois rejeitando todos de quem lembrávamos: Keanu, Kirsten, Val, Bob, Colin. Então, com sua crescente embriaguez, Brett e Evan me fizeram perceber dolorosamente que ali eu era o chato a bebericar água mineral. Enquanto eles partiam para aquele outro planeta, senti o ressentimento dos dois borbulhando logo abaixo da superfície. Ficaram agressivos e amargos, criticando o sucesso dos outros, enquanto eu me aborrecia, passando calado o resto da noite. Senti grande alívio quando chegou a hora da saideira. Dei carona aos dois até Westwood e Venice Beach, respectivamente, ouvindo os estilhaços daqueles desesperados sonhos de bêbados. O único papel que eu podia exercer na vida deles era de motorista permanente. O que é outra maneira de dizer que não havia papel nenhum para mim ali.

Então, no dia seguinte, Martha ligou novamente. Juro por Deus que naquela semana eu já falara com ela mais vezes do que em todos os cinco anos que passara na agência dela. Quando ela começou a falar, porém, não dava para saber qual de nós dois estava mais espantado.

– Não acredito no que você fez com *Big Noise*, querido... é uma obra de arte... não, esqueça isso, é uma obra de gênio!

Eu é que não acreditava no que estava ouvindo. Aquela era Martha, que nunca fora muito dada a hipérboles. Mas também acho que eu nunca lhe dera motivo para entusiasmo.

– Fico feliz por você gostar...

– Gostar? Está tão benfeito... e a Julia... ela está completamente irreconhecível em comparação com o primeiro tratamento. Olhe, estou enviando isso direto para o Don Fennel em Nova York, com uma etiqueta "leia imediatamente" pregada na capa. Deus, você anda numa fase maravilhosa, querido!

Liguei para Pen a fim de dar as boas notícias. Ela decidiu tirar uns dias de folga e vir a Los Angeles, o que me alegrou ainda mais. Todo o tempo livre que eu arranjava nós passávamos em Santa Monica; fazendo amor, vendo televisão, comendo pizza e comida chinesa, pegando sol e contemplando o mar. Um dia estávamos passeando pela praia em Venice, vendo os surfistas fazerem piruetas, e por algum motivo surgiu a palavra "C". Não sei quem começou aquela conversa boba, mas eu acabei perguntando:

– Você aceita?

E ela respondeu:

– Claro.

Rodamos por Santa Monica até acharmos uma aliança apropriada, ambos muito felizes, e nem mesmo o fato de Pen precisar voltar para Phoenix conseguiu tirar os sorrisos apatetados do nosso rosto.

Ficamos passeando com a cabeça nas nuvens, fazendo planos, ou melhor, criando roteiros de felicidade: nos mudaríamos para Los Angeles e encontraríamos um apartamento na praia; levaríamos Pen para conhecer meus pais, que estavam envelhecendo e gostariam de ter sangue novo, mais jovem, na família. A vida não poderia ser muito melhor do que aquilo, certamente. Então Martha ligou falando que queria jantar comigo. Não quis me contar qual era o assunto, mas parecia animada. Combinamos o encontro num restaurante no Wiltshire e, pela primeira vez, ela chegou antes de mim. E o mais importante: parecia um gato que acabara de ganhar uma tigela cheia de creme de leite.

– Eu nem sei como contar isso. O Don Fennel adorou tanto o seu roteiro que quer produzir *Big Noise*. Está confiante que pode levantar o dinheiro. Você falou em quatro milhões e meio de dólares, não foi?

Eu estava tão convencido de que ela estava me sacaneando que nem mesmo fiquei boquiaberto com a "notícia". Don Fennel, afinal de contas, talvez fosse o mais importante produtor independente do país.

– Não faça isso, Martha...

– Eu falei que você tinha que dirigir, e ele ficou tranquilo – disse ela. Só então vi que ela não estava brincando, e precisei me controlar para não gritar pedindo ao maître um martíni com vodca. Martha apontou para a taça de Don Perignon que já estava à sua frente. – Sei que você não bebe, mas eu *preciso*. Meu querido, o

189

Don Fennel simplesmente adorou a demo. Se você conseguir rodar o filme com quatro milhões e meio...

– Claro que consigo!

– Então, decididamente... vai acontecer!

– *Como* ele pode adorar a porcaria da demo? Aquilo não passa de um punhado de anúncios, vídeos pop, e dois curtas que num arrumaram nada nos festivais de bosta em que passaram!

Eu ofegava. Não podia acreditar. Tudo parecia bom demais para ser verdade.

– Estou lhe falando, nunca vi o Don Fennel tão animado com um roteiro. Eu disse a ele: "Isso me lembra o Halliday." Ele riu e respondeu: "Desde quando o Halliday era tão bom assim?"

Quase caí da cadeira ao ouvir isso! O mundo tinha enlouquecido! Juro pela doce vida da minha mãe num galpão cheio de bíblias que aquela estava sendo a melhor semana da minha vida!

Quando cheguei a Santa Monica, Pen já fazia as malas para voltar a Phoenix e arregalou os olhos enquanto eu dava socos no ar. Dei um abraço nela, contando as novidades. Caímos na cama rindo e brincando, até trocarmos um olhar primitivo e começarmos a tirar a roupa.

Depois ela ergueu o corpo e acendeu um cigarro. Revirou os olhos e disse:

– Agora, querido, eu *realmente* preciso ir.

A filmagem da banda fora planejada para durar dois dias, mas levou quase quatro. Tudo culpa do vocalista que, como muitos dessa laia, era um babaca mal-humorado, irritante e nervoso. Primeiro falou que não queria aparecer no vídeo. Eu disse que não compensava vir lá de Londres só para pegar sol e comer um bom sushi, que ele nem apreciava muito. Depois o sujeito inventou de usar a porcaria de uma jaqueta de couro e um chapéu de feltro de caçador, para ficar fazendo estripulias com um bando de modelos vestidas como líderes de torcida. Provavelmente empolgado com o dramático aumento recente do meu capital, encurralei o empresário deles, um cara simpático chamado Asad, e disse, "Fale para esse merdinha que eu estou fora se a gente não fizer do meu jeito".

Asad teve o mérito de reunir os membros da banda e eles decidiram que eu *era* o homem no comando. O babaca do vocalista, chamado Tommy Sparrow, ficou hostil no começo, mas depois se transformou completamente, passando o resto da filmagem me seguindo feito um cãozinho de estimação, dizendo que eu era um sucesso e querendo tomar um porre comigo. Com sua necessidade de chamar atenção, ele era um pé no saco, e acho que seria preferível que tivesse continuado mal-humorado. Mesmo assim terminamos a filmagem, se não no tempo previsto, pelo menos dentro do orçamento.

Tudo isso e as outras merdas me mostraram que eu não estava mais interessado em Yolanda. Já recolhera todo o material necessário sobre Glen Halliday. O livro seria sobre um grande artista no auge de sua capacidade, e não um velho beberrão em decadência, vivendo com uma ex-miss que a reclusão transformara numa velha amalucada.

Eu só precisava que Yolanda me desse alguma informação específica sobre as circunstâncias da morte de Glen. Estando em Los Angeles, porém, eu tinha outra oportunidade de descobrir quem fora o diabo do Glen Halliday. Segundo Jenny Ralston, a amiga de Sandy Nugent, existia uma mulher com quem Glen "passava muito tempo" quando estava ali. E isso ele fazia com frequência. Embora ele rodasse a maioria dos filmes em locações no Texas, ou ocasionalmente na Flórida, ele tinha um contato no laboratório de um estúdio em Los Angeles. Sempre conseguia descontos para fazer a edição e pós-produção ali. Ele também morava na cidade devido ao incessante carrossel de luta por grana que domina o cenário do cinema independente.

A amiga de Glen se chamava Andrea Lyons e morava nas colinas de Pasadena. Sua casa, em vistoso estilo colonial, ficava num bairro abastado que atraía bastante gente de Hollywood. Na garagem para três carros havia um conversível grande. A própria Andrea ostentava uma elegância vulgar. Parecia tranquilamente satisfeita com sua sorte, e agradavelmente surpresa com tudo que recebera da vida. Exalava o perfume de uma garçonete que laçara um ricaço num coquetel. Havia algo de edificante naquela garota, algo que levantava o ânimo. Não perguntei sobre seu marido, mas achei que ele estava viajando a negócios, pois ela foi muito franca sobre a relação com Glen Halliday. Contou que os dois namoravam quando ele vinha à cidade.

– Eu sabia que ele estava enrolado com uma piranha mesquinha lá em Phoenix – disse ela, dando uma grande tragada num Malboro. – Ela tinha uma velha fazenda com água, mas não queria vender.

Portanto ali estava, direto da fonte: Glen Halliday *era* um explorador e estava traindo Yolanda. A informação fora confirmada, mas eu não sabia se enterrava ou usava isso.

De uma coisa eu estava certo, que diabo: chegara a hora de partir do Arizona, que já dera o que tinha pra dar. Pen e eu decidimos nos mudar para Los Angeles; Evan conhecia bastante gente na cidade que podia arrumar trabalho para ela. Calculei que, com o que andava ganhando, eu poderia impulsionar a carreira musical de Pen, assim como Pen me ajudara no roteiro. Conseguiria para ela um horário em estúdio, bons músicos para o acompanhamento e uma demo de arrebentar. Cheguei até a pensar que ela e Evan poderiam assinar a trilha musical de *Big Noise*.

Depois de carregar o Land Cruiser, paguei o que devia pelo apartamento, reservando mais seis meses para mim e Pen. Assim poderíamos encontrar com calma um lugar bom. Então parti de Los Angeles. Desta vez evitei rodeios autocomplacentes, pegando a interestadual o tempo todo. Quando cruzei a divisa com o Arizona, liguei para Pen, mas seu celular estava desligado; novamente, não fiquei surpreso. Não sei para que ela se dá ao trabalho de ter um aparelho. Dava pra ver onde adquirira aquele hábito: na livraria, no palco, nos estúdios de gravação. Quando o cansaço da estrada bateu, parei num motel e fiquei vendo programas de tevê vagabundos. Eu estava empolgado, com vontade de comemorar, então fui até uma parada de caminhões. Em vez de bebida alcoólica, porém, comprei um pacote de biscoitos de chocolate e voltei para o motel. Vi umas reprises de *Sex in the City* me sentindo a porcaria de um maricas, mas sem ligar muito pra isso.

No dia seguinte, acordei mais tarde do que pretendia. Fazia anos que não dormia tão bem, e por tanto tempo. O sol estava quase a pino quando voltei à estrada. Dirigi praticamente o dia inteiro e, quando cheguei ao apartamento, não havia sinal de Pen.

O celular continuava desligado. Era sábado, dia em que ela nunca trabalhava na livraria. Resolvi dar um pulo no Earl's Roadhouse, e já escurecera quando cheguei lá. Entrei cheio de expectativa, embora um pouco apreensivo com a possível presença daquele babaca do Barry ali. Mas não vira a picape lá fora, e nem, por falar nisso, o carro de Pen. O velho Earl me avista imediatamente e se aproxima. Falou que ela não ia tocar e não aparecera ali.

Olhei o balcão. Nada de Tracey. Devia ser sua noite de folga, que acontecia a cada dois sábados. Ela e Pen muitas vezes saíam juntas para beber. Tiravam a noite para se divertir e tomar umas cervejas, e eu não me queixava disso; como deixara de ser pinguço, vivia com medo de virar uma companhia entediante. Decidi deixar as duas em paz e ir até a casa de Yolanda, mas telefonei antes para saber se podia. Ela parecia perturbada... provavelmente estava bêbada... mas ficou satisfeita ao saber de mim. Falou que antes precisava se livrar de uma companhia e agradeceria se eu pudesse demorar um pouco. Isso era ótimo para mim.

Voltei ao apartamento e passei um tempo examinando o último tratamento de *Big Noise*. Foi por causa disso que conheci a Yolanda, falei para mim mesmo, satisfeito. Fiquei tão absorto que até perdi a noção do tempo. Já se passara uma hora.

Liguei para Pen, sem muita expectativa. Sabia que ela e Tracey, quando se juntavam, esqueciam do resto. Então saí de casa, peguei o Land Cruiser e parti de Phoenix. O céu escuro parecia infinito enquanto eu rodava pela estrada, pensando em Yolanda. Seria nossa derradeira entrevista.

Depois do que acontecera na última vez, eu estava com medo de que ela desse uma de piranha psicótica, mas nunca vi Yolanda tão calma e serena. Havia um brilho selvagem em seus olhos e um sorriso torto em seus lábios, quando ela parou à minha frente, de jaleco branco e calça preta.

— Parece que, ultimamente, eu vivo me desculpando com você, Raymond. Sinto muito pela minha falta de compostura no nosso último encontro — disse ela. — Mas asseguro que não haverá mais pedido de desculpas.

— Não tem problema, Yolanda. — Levantei a mão, afastando aquelas preocupações. — Mas preciso avisar que este é, provavel-

mente, nosso último encontro. Recebi boas notícias profissionais...
vou me mudar para Los Angeles e depois rodar um filme lá no Texas.

– Tive uma espécie de pressentimento sobre isso – disse ela,
com um ar de satisfação distante e severo. – Você é um homem
ambicioso, Raymond Wilson Butler. Decididamente, vai chegar
a algum lugar.

Achei difícil disfarçar o sorriso de bosta na minha cara. Era
verdade. Eu *ia* chegar a algum lugar. Yolanda trouxe umas bebidas:
gim para ela mesma e a minha limonada habitual. Não sei se porque nós não nos reveríamos mais, ou porque eu estivesse virando
um panaca arrogante, empolgado demais com o sucesso recente,
mas o fato é que decidi perguntar sobre a série de cirurgias plásticas que ela fizera. Tocando no meu rosto, disse:

– Você... hum... mexeu em algumas coisas?

– Parece óbvio, não é? – riu Yolanda, nada ofendida. Eu ia
protestar, mas ela me silenciou com um grandiloquente aceno.
Depois sorriu e disse: – Não se preocupe. Foi há muito tempo, e
ele não era exatamente o melhor cara de Beverly Hills. Na verdade, nem era de Beverly Hills, só um suburbano escroto de Houston.

Ela riu alto da própria piada. Nessa hora, seu rosto assumiu
totalmente uma expressão de gárgula, devido aos nervos paralisados por cortes malfeitos e o esticamento da velha pele morta.

– O que fez você decidir passar pela faca?

– Foi Larry Briggs que me levou a isso. Achava que se eu re-
cuperasse parte da minha aparência antiga, quando fui rainha dessa
merda de estado, talvez pudesse atrair votos ao lado dele. Mas
admito que ele precisou insistir muito. – Ela sorriu tristemente. –
Todo mundo se esforça para manter a beleza.

Eu olhei para o velho Sparky; o reflexo da luz fazia seus olhos
de vidro parecerem vivos e ferozes. Além dele havia Marco, sempre fiel, esperando pacientemente à porta.

Yolanda reparou que eu olhava os dois. Fez um meneio de cabeça lento e intencional, que me deixou um pouco arrepiado.

– O coiote está pronto. Vou lhe mostrar daqui a pouco, lá no
porão. Mas precisamos pensar num nome para ele, Raymond.
Acho que você deve escolher um.

Pensei que o danado do coiote me seguia por toda parte; parecia que eu não podia me livrar daquele bicho. Então me lembrei de Tommy Sparrow, o cantor da banda Majestic Reptiles.

– Obrigado. O que você acha de... Tommy?

– Tommy será – disse ela, com sorriso largo feito o Mississipi.

– A Tommy, o coiote.

Yolanda deu uma risada e levantou o copo. Eu me vi rindo junto com ela. Quando paramos, foi com um silêncio nervoso da minha parte e um distanciamento frio da parte dela. Resolvi ser sincero, contando que ia mudar a ênfase do livro de volta para a obra de Glen, esquecendo a história dela e a vida pessoal dele. Yolanda me lançou um olhar bastante duro por uma fração de segundo, e agora confesso que aquilo me deu um frio na espinha. Depois ela pareceu ficar mais pensativa, balaçando a cabeça vagarosamente, como que me encorajando a prosseguir.

Eu certamente não queria passar muito mais tempo sentado ali. Só havia uma coisa que ainda desejava saber.

– Preciso lhe perguntar... quando o Glen partiu...

– O que faz você pensar que ele partiu?

Senti um calafrio súbito. Esta casa já não parecia fresca, e sim fria como a morte. Dei uma risada forçada.

– Yolanda, eu vi a lápide no cemitério. O lugar em que ele foi enterrado, lá no túmulo da família em Collins.

– Vamos, querido – disse ela bruscamente, levantando e indo até à porta que levava ao porão. Eu a segui pelos degraus de metal. Chegamos a uma saleta, muito menor do que a casa em cima. O chão era de concreto; as paredes, de pedras caiadas. Havia uma porta de aço reforçado e, ao lado, uma espécie de escotilha, tudo coberto por vapor condensado. Yolanda desaferrolhou a porta e fez um gesto para que eu avançasse, murmurando: – Você pode entrar, mas fique muito, muito quieto. Eu hesitei, mas apenas por um segundo, intrigado com que diabo estava acontecendo ali. Pois de repente vi tudo na minha cabeça: Halliday ainda estava vivo! Tive uma visão fantástica dele, inclinado sobre a bancada da ilha de edição de um estúdio secreto num porão, montando sua obra-prima. Fiquei tão convencido disso que até comecei a ensaiar mentalmente uma saudação.

Senhor Glen Halliday... isto é uma grande surpresa.

Quando passei de uma saliência de metal na parte inferior da soleira da porta e entrei no aposento, uma névoa cobriu meus olhos. Aquele lugar era tão frio, feito um grande freez... eu me virei rapidamente, alarmado, mas a porta bateu. Empurrei com força, mas já podia ouvir os ferrolhos sendo fechados. Bati na porta com uma ferocidade desesperada, enquanto o frio ferroava meus braços nus.

– Yolanda! Sua maluca da porra! – Senti o medo crescer dentro de mim junto com o frio, tirando a vontade de lutar, e implorei: – Vamos, pare com isso... Olhe, nós vamos manter contato...

Então vi a cara de Yolanda na escotilha: monstruosa, inchada e branca. Sua voz soou num alto-falante acima de mim.

– Todos querem ir embora, mas não podem. Todos nós ficamos juntos. Sempre.

– Yolanda, isso é loucura...

Eu me virei para observar o aposento, enquanto meus olhos se habituavam à nebulosidade. Então vi todos os quatro parados ali, olhando para mim, com os eternos olhos de vidro morto fixados à frente.

Glen Halliday, com dois carvões negros afundados na cara velhaca. Com a camisa de algodão listrada de vermelho e azul escuro e o jeans desbotado que formavam uma espécie de marca registrada. O cabelo grisalho ainda espesso, penteado para trás. Ele tem até uma garrafa de cerveja, uma Coors Lite, na mão.

E os outros também estavam lá. Humphrey Martson, com o olhar de intensa concentração que devia ser necessário à sua tarefa, sentado à bancada, trabalhando num pequeno animal. Parado atrás dele, Dennis Anderson, com um rifle pendurado no ombro. Até exibe o saudável sorriso dentuço que provavelmente nunca deixava de mostrar, mesmo quando seus dedos apertavam o gatilho para matar algum animal ou o dorso da sua mão quebrava as costelas de alguma mulher. E lá está Larry Briggs, com um terno imaculado, ao lado de um púlpito: galante e escorregadio, até na morte.

Os quatro cavalheiros do apocalipse pessoal de Yolanda, aquela bruxa pervertida. Tirei o celular do bolso.

– Vá pro caralho, sua puta maluca...

– Não tem sinal aí dentro, meu querido. A "puta maluca" mandou revestir as paredes, que são à prova de sinal e de som. Portanto, você pode evitar a indignidade terrível de gritar e pedir socorro. O coitado do Glen parecia uma criança mimada. Nos seus últimos dias, parecia um homem muito cínico sobre a vida, mas suplicou para ser poupado quando sua hora chegou. É estranho isso, não acha?

Ignorei a bruaca maluca. Tinha de haver outro jeito de sair daquele lugar...

A voz de Yolanda continuou a arenga, estalando no alto-falante.

– Quem você pensa que é, Raymond Wilson Butler, com sua presunção de artista? Pensa que pode entrar na minha vida e tirar, tirar, tirar feito os outros? Arrancar minhas tripas e partir quando se saciar? Não é assim que a banda toca, querido! Aqui, não!

Eu vi uma porta que dava para uma antecâmara e fui até lá. O coiote estava ali, curvado, pronto para atacar através da névoa.

– Você não pode entrar aí, eu pus o Tommy de guarda, como está vendo – debochou a voz de Yolanda.

Avancei com cautela, mas assim que cheguei perto vi que o coiote era inofensivo. Obviamente, era o mesmo que eu atropelara, curvado numa posição de ataque pela perícia de Yolanda. Derrubei o bicho com um chute e pus a mão na fria maçaneta de metal.

– Eu não entraria aí, se fosse você, meu anjo – arrulhou Yolanda.

– Vá se foder, sua puta gorda, maluca e velha!

Abri a porta. Assim que vi o que havia lá dentro, caí de joelhos. Só conseguia gritar não não não sem parar, erguendo os olhos para sua pele cinza-química, que devorava a parca luz do aposento. Tinha a boca aberta e uma guitarra nas mãos, detonando um poderoso acorde silencioso, congelado para sempre.

– Uma moça tão bonita. Fui ver o show dela e fiz o convite para uma visita. Acho que você despertou a curiosidade dela a meu respeito. Levei bastante tempo trabalhando nela. Barry e eu levamos a noite toda para terminar o serviço. Ele é meu filho, você sabe: e era um grande admirador dela. Mas queríamos que ela ficasse pronta para você. Este será o lar de vocês dois juntos.

À medida que o frio lentamente começa a entranhar nos meus ossos, pois Yolanda já aumentou a refrigeração, só posso ficar sentado aqui em posição de derrota. Minha cabeça começa a girar, e ouço a voz dela, a velha Miss Arizona, dizendo: "Agora vocês ficarão juntos sempre, Raymond... nós todos ficaremos juntos!"

Reino de Fife

1

JASON E O CIÚME SEXUAL

É putada; a conversa aqui dentro faria corar até um viciado em pornografia.

– Sabe o Big Monty? Não é que ele num seja bem-dotado, nada disso. Ele tinha conseguido um cristal de metanfetamina com um moleque lá de Edimburgo, e o bicho empinou feito duas latas de cerveja, porra, uma em cima da outra... palavras dele, não minhas – diz com ar sábio o duque de Musselbury, erguendo aos lábios a caneca de Guinness e tomando um gole.

Uma crista de espuma, ou de creme como a turma da Cervejaria Porter em Dublin gostaria que a gente falasse, fica pendurada nos sujos pelos ruivos do seu lábio superior. É manhã de sábado, e nós somos os únicos putos no Goth, o boteco local. Lugar ótimo, o Goth: uma casa bem quente, cheia de madeira cor de mogno por toda parte. Diante do balcão tem um telão pra ver futebol, geralmente o campeonato escocês (chato, só dois times podem ganhar), ou inglês (pior, só um time pode ganhar), mas às vezes eles passam o espanhol ou o alemão. Na lateral fica um grande salão de bilhar envidraçado, fazendo todo mundo lá dentro parecer um peixe dourado.

Não que tenha alguém lá de dia. Toda a rua principal está morta feito a pista de uma discoteca em Tel Aviv. Isso significa que o duque tem uma plateia cativa de dois pra sua história.

– Ele tava comendo uma gata, mas ela não tava só agasalhando a porra do troço... tava chacoalhando dum lado pro outro, cara! A vaca era mais larga que a porra do rio Nilo, putada. Pois é, ele não falou no Mississipi pra mim. Então ele tirou, virou a mulé de costas e enfiou outra vez na porra do fiofó. Por trás ela era mais retesada que um tambor, e ele finalmente começou a dar uma trepada decente.

O duque solta um arroto curto e pousa a caneca no balcão.

— Num faz isso, viado – diz o Vizim Watson, tirando os óculos de armação prateada pra polir as lentes.

O duque de Musselbury abana a careca, chacoalhando o rabo de cavalo ruivo nas costas. – Não, esperem até escutar isso: foi uma roubada da porra, porque a própria puta vinha bebendo pra caralho há alguns dias, e assim que ele meteu a porra da vara no rabo dela uma diarreia desceu pelo prepúcio como se fosse molho inglês em cima de batata frita.

Eu vejo os olhos do Vizim Watson começarem a lacrimejar embaixo das lentes, feito uma cascata; aquilo parece a racha duma puta no fim duma suruba.

— Ela também andava mandando ver no cristal, e tudo mais... tava pirada pra caralho – explica o duque. – E falou prele, "Vou entortar essa porra, vou arrancar essa porra de tu". Então começou a recuar pra cima do viado, comu se fosse uma força irresistível pra cima dum objeto inamovível.

— E o que aconteceu? – pergunta o Vizim Watson, tirando meleca duma das narinas. Depois de examinar o material, faz uma bolota que joga no piso do Goth.

O duque franze a testa de nojo.

— Bom, eles tinham se hospedado num hotel lá em Dunfermline. Cumé o nome? Uma merda afrescalhada... Príncipe Malcolm, é isso. O Monty já tava tão excitado que por engano quebrou o vidro do alarme contra incêndio com aquela pulseira de moedas que ele tem no pulso, e tudo virou uma loucura...

Que viado!, eu penso. O Hotel Príncipe Malcolm é o território da minha mãe. Ela trabalha na recepção e tudo mais, com aquele puto escroto com quem anda transando, o Arnie Cueca Cagada.

— Veio a porra da polícia, os bombeiros... todo mundo. Um constrangimentu pra putada toda. – O duque pega a caneca e bebe outru gole.

Então o Vizim vira pra mim e diz:

— Tua mãe não trabalha lá, Jason?

– É – digo.

O sacana sabe muito bem qual é a situação. Mas o duque de Musselbury inadvertidamente alivia meu constrangimento, por não querer perder o controle da história.

– Então ele despachou a putinha suja. E sabem quem era? Aquela garota cavaleira, filha do doutor que mora na estrada pra Lochgelly. A tal da Lara Grant – diz ele, esticando o queixo. Depois projeta a língua feito um lagarto, lambendo a espuma do bigode como neve no para-brisa dum carru. Minha espinha enrijece diante dessa notícia, mas o duque só me lança um olhar matreiro e diz:

– Tu não costumava farejar atrás dela, Jason?

– Inda ronda por lá – ri o Vizim.

– Só pra manter minha mão na cumbuca, putada – explico, mas é como se toda a porra do oxigênio da taverna houvesse queimado, porque nada tá entrando na porra dos meus pulmões. O objeto do meu desejo e aquele viadão feio do Monty... na porra do hotel da minha mãe e do Cueca Cagada, inda por cima!

Esse viado do duque de Musselbury, falastrão, careca, de rabo de cavalo ruivo, dentes amarelados e bigode... Não gosta de ser o portador de notícias ruins, nada disso, e diz pra mim:

– É, eu achava que ela era o teu lanche...

Eu sinto minha mão apertar o copo: esse puto vai se foder por espalhar mentiras... Mas então penso, pare, Jason, pare e pense... Não é por aí, não se deve fuzilar o mensageiro.

Mas Lara, não... Puta que pariu, minha primeira namorada. Bom, acho que a Alison, aquela canadense, foi *realmente* a primeira, em termos de trepada.

– Pois é, tu não tava transando com ela anos atrás, quando inda era jóquei? – indaga o Vizim, fofoqueiro como ele só. Imagino esse viado de lenço na cabeça, subindo a rua pro bingo. Puta que pariu.

Eu só balanço a cabeça.

– É, ela curte equitação, então tinha um interesse mútuo em cavalgar, sacam?

– Vocês fodiam nesse tempo? – pergunta o duque.

– A gente namorou um pouco, mas ela era só uma garotinha – digo, escandalizado. Algumas companhias que a gente arruma... é melhor perguntar antes quem *não deve* ser convidado.

– Mas agora já num é uma garotinha. Pelo papo geral, ela dá pra todo mundo.

– É, papo de boteco – digo eu.

– Eu não curto esse troço de separar as garotas em puta ou virgem – diz o Vizim. – Na minha opinião, é basicamente errado.

O duque balança a cabeça.

– Pelo menos aqui em Fife a gente não pode ser acusado disso. São todas umas putas de merda, junto cum os maridos, pais, namorados, irmãos e genros!

Todos nós erguemos os copos num brinde: no Reino num existe essa porra de sexismo.

Então o duque diz:

– Mas essa tal de Lara é amiga da filha do Tam Cahill.

– É, viado – digo. – A Jenni.

– Tu pode não ter traçado as duas, mas farejou bastante – diz o Vizim. – Já bateu quarenta punhetas pensando nelas, Jason?

– Mais que só quarenta, putada, já cheguei a cinco cifras. Tive mais prazer com aquelas garotas que qualquer viado mentiroso feito o Monty – digo eu, bebendo.

Isso leva o Vizim a especular. Ele tira os óculos, polindo as lentes, e esfrega as marcas nos lados do nariz.

– Fico pensando no que as garotas achariam se soubessem que a gente passa tanto tempo batendo punheta pra elas... É tanta energia, imaginação e vontade pra criar aqueles cenários cuidadosamente construídos... Todos aqueles pornôs hollywoodianos de sucesso que passam na nossa cabeça a cada duas noites, com alguma putinha idiota escalada no papel principal!

Eu olho pra ele enquanto mato a caneca.

– Se tu fala assim, viado, elas só podem ficar prosas. Puta que pariu, eu ficaria se descubrisse que alguém que mal cunheço tava gastando tanto tempo e esforço comigo! Comeria os putos só de pena!

O Vizim balança a cabeça, recolocando os óculos.

– Só que num funciona assim. Elas só iam pensar que tu é a porra dum tarado imundo, levando uma vida triste. A sexualidade feminina, putada, é uma mercadoria diferente. Só lida com forças etéreas, e coisas assim, feito a porra das siriricas delas. Cavalos e Cavaleiros, torres de castelos, e essa merda toda. É por isso que essas gatas elegantes gostam de cavalgar – diz ele, ficando cada vez mais empolgado. É preciso frisar que o Vizim é o nosso perito em xoxota, por já ter sido casado uma vez. – Inda lá na escola, eu conversei com a Irene Carmody... lembra daquela garota?

– Bem gostosa, pelo que lembro. – Eu balanço a cabeça, tentando conjurar uma imagem.

O rosto do Vizim fica triste e sorumbático.

– Eu tentei falar com candura sobre as imagens de prazer na minha cabeça: ela nua, fazendo suruba comigo e Andrea McKenzie. Mas fui elogiado pelo meu gosto e engenho? Porra nenhuma. Ela foi contar pro pai. O puto me agarrou diante da lanchonete e me mandou parar de fazer propostas lascivas pra filha dele. – O Vizim balança a cabeça novamente. – Certos caras acham que elas nunca põem o dedo no grelo.

Apesar de me divertir com a política sexual masculina no centro de Fife, eu me levanto.

– Para onde tu vai, Jason? – pergunta o duque.

– Vou dar uma caminhada pela rua e visitar meu corretor de turfe.

Então saio andando pela rua principal, em busca de ar fresco. A cidade pode já ter vivido épocas melhores, mas a rua principal inda ostenta vários bares. O JJ's e o Wee Jimmie's são os que eu frequento além do Goth, que tem fama de ser um pub pra velho, coisa que até acho que é. E lá do outro lado também tem o Partners Bar; pode ser um lugar pra levar uma gata à noite, mas não durante o dia.

Ladbrokes ou Corals... pra onde vai minha grana? O Corals é um lugar pra torcedores do Rangers, mas há muito tempo a cidade tem essa vibração em geral, desde Jim Baxter, segundo o Veio. Eu escolho Ladbrokes, mas ali dentro nada me interessa. Então percebo que tô morrendo de fome e saio pra traçar um rango.

Resolvo almoçar no café Central Perk, que deu o nome pro bar daquele seriado *Friends* na tevê. O nosso tem esse nome devido à proximidade com Central Perk, que é o lar do Blue Brazil, o time de futebol da cidade. Muito, muito mais antigo que o tal de Nova York com o mesmo nome.

Recuso a batata com ervilha, optando por um ovu frito com pão, morcela e uma xícara de chá. O lugar tá vazio: só tem duas garotas com um bebê num carrinho. Um dia de março engraçado: chuvoso, mas também surpreendentemente quente. Uma das garotas está usando um casaco branco, que tira enquanto anuncia pra todu mundo, "Tô assada de suor!"

A outra só tem um top de algodão branco, e protesta, "Mas e eu? Tô encharcada de chuva!"

Acho que o bebê deve pertencer a Encharcada de Chuva, porque a garçonete vai falar com Assada de Suor.

Putamerda, nem com todo o estoque de Timothy Leary no corpo daria pra sexualizar aquelas garotas. Meu cacete só levanta quando entra uma boazuda ruiva e dentuça. Parece até que algum puto tentou enfiar naquela boca por *dentro*. Tem tanto tarado por aí que talvez algum tenha se empolgado ao meter o punhu lá embaixo. Puta que pariu. Não sei por que isso me fez pensar em Big Monty e Lara.

Fiquei todo excitado e precisei correr pro banheiro lá nos fundos, com a obrigatória placa de "Apenas Fregueses" na porta, a fim de fazer justiça com as próprias mãos. O espaço mal dava pra manobrar o instrumento, mas mesmo assim consegui jogar umas sementes na pia. É, putada: mais uma vitória dos superexcitados e subsexuados do mundo todo!

A cabeça está rodando quando eu saio novamente, e a dentuça fica olhando pra mim, mas num tem futum saindo do banheiro, então tô safo. Por sorte, a maioria do pessoal acha que a gente só entra lá pra se drogar.

Eu acerto a conta e saio.

Passeando pela rua principal num sábado: credores a serem evitados e devedores a serem caçados. Eles nunca são os mesmos. Nesses lugares a gente discobre que tá no meio da cadeia alimentar. O jovem King: constantemente flertando com o rebaixamento, mas um tanto acima de gente como Richard, o Agredido, que vejo subindo a ladeira acima da estação, sem dúvida recém-saído do Goth.

Só que nada é melhor que essa cidade: um prato de batata com ervilha ensopada a 1,90 é combustível pro dia todo. Quando isso vem misturado com ouro negro, até a gata da Gillian McKeith tem medo de se metê no assunto! Mas se mete!

Só que o ovo com pão, morcela e caneca de chá custou 3,05, dilapidando seriamente a verba pra ouro negro. Então eu vou até a central de empregos, pra verificar o que consta no computador, mas todos são serviços de salário-mínimo pelo país inteiro. Só tem um local (pra quem considera Dunfermline local, coisa que eu não faço):

OPERÁRIOS EM DUNFERMLINE, 5 POR HORA, SEMANA DE 40 HORAS.

É de oito às cinco, de segunda a sexta. Folga no fim de semana, emprego temporário por seis semanas. Dá duzentos paus por semana, antes de descontar impostos e seguro nacional. Sobram cento e setenta, que num é um salário de verdade. Se eu não der o dinheiro do aluguel pro Veio, reduzir o ouro negro e evitar meus credores (além de novos devedores), posso economizar quinhentos em seis semanas. No cu, piru. Eles falam que experiência não é essencial, já que vão dar treinamento, mas nunca vão aceitar um pangaré feito eu trabalhando numa obra.

Na saída o sol está brilhando surpreendentemente, e a primeira pessoa que vejo sentada na mureta é nosso ex-pastor desonrado, Jack "Jakey" Anstruther, que está se dedicando a um robusto vinho de safra duvidosa.

– Jason King! – grita ele pra mim. – Alguma sorte no mercado de trabalho?

– Nadica, Jack, num tá acontecendo nada, parceiro. Num tem vaga pra ex-jóquei comuna.

Jakey solta uma risada que provavelmente provoca a ruptura de mais alguns vasos sanguíneos naquela cara vermelha e inchada. Seu cabelo continua arrepiado, feito o daquele puto do Don King, o empresário de boxe. Junto com os olhos amalucados, isso lhe dá um permanente ar de choque, feito uma criança que enfiou os dedos numa tomada na parede. O casaco velho já viu dias melhores; tá mais maduro que as frutas à venda no mercado Central Perk.

– Engraçado, filho... o mesmo acontece com ex-pastores comunas da Igreja Escocesa. – Ele ri e estende a garrafa pra mim.

– Que nada, tu é legal, Jack, mas minha praia num é essa – digo pra ele. Não gosto de recusar birita, mas tu é o que tu bebe, e apesar das preocupações financeiras minha posição como campeão de ouro negro está bastante acima desses troços.

Deixo o velho religioso se divertindo ali. E vejo Jenni sair do centro de lazer, orgulho e alegria de Cowdenbeath. Tal como Lara, ela estudou na esnobe St Andrews. A gatinha tá entrando em forma, viado! Possivelmente anda fazendo aula de Pilates. É ali mesmo que vai ser minha partida pela Copa Escocesa com o viado do Mossman. Puta que pariu, inda dou uma espiadela na bundinha redonda de Jenni quando ela entra no banco da frente do carro. Fico feliz por ter acabado de esvaziar meu tanque, se não seria tentado a tocar umazinha em plena luz do dia!

Em vez disso, viro e subo a rua. Faço uma careta sempre que passo pelo Salão de Tatuagem Teia de Aranha. Economizei pra caralho pra tatuar aquele coração grande em volta de ALISON, antes de ser chutado pela piranha. O garoto do Canadá, um puto lá de Lochgelly, tinha patrocínio pras terras coloniais, e perspectivas melhores com diploma de encanador embaixo do cinto. E isso não era tudo que o puto tinha embaixo do cinto, segundo ela afirmou agressivamente quando nossa despedida ficou um pouco acalorada.

Fico bastante tentado pelo Clansman's do outro lado da rua, com aquele coquetel maluco, ou 2,50 por uma dose de vinho do Porto, mas o Big Monty pode estar lá dentro. Em vez disso, vou pra agência de apostas e fico olhando pro papel, na esperança de decifrar o código que leva a uma fortuna incalculável.

2
JENNI E A MORTE

Eu levanto e vou ligar o computador para conferir minhas mensagens. Tem uma enviada ontem à noite por Lara, que vai passar aqui mais tarde, de qualquer forma.

para: cahill@hotmail.com
de: grant@gmail.com

Jen,

Meu Deus, eu odeio esta cidade. Este condado. Este país. Quero cair fora. Se não fossem o Scarlet Jester, os estábulos, as competições, e você, é claro, nem quero imaginar como seria insuportável. Voltando do (altamente bem-sucedido... quem é bom precisa anunciar isso!) torneio na Irlanda e descendo a rua principal outro dia a caminho da academia, lembrei das grandes palavras de Virginia Woolf: "Ao longo da trilha nós nos deparamos com uma comprida fila de debiloides... todo mundo ali era um paspalhão miseravelmente idiota, sem testa ou queixo, mas com um sorriso imbecil ou um olhar loucamente suspeito. Certamente deveriam ser mortos."

É assim que eu me sinto em relação a todos nesta cidade. Principalmente aquele pirado do Jason King, que literalmente baba sempre que me vê. E pensar que já saí com ele em certa época!

Espero que o Midnight esteja melhorando. Atualmente Fiona La Rue e todos os estábulos andam muito satisfeitos comigo.

De qualquer forma, vejo você amanhã.

Amor,
Lara Bjs

Ela é uma piranha besta pra caralho, mas consegue resumir perfeitamente como eu me sinto, não só acerca de Cowdenbeath, como acerca desta casa. Atualizo meu MySpace, conferindo o que os suspeitos de sempre andam aprontando. Depois de vestir um pulôver, uma malha e um par de tênis que estão numa bolsa esportiva ao pé da cama, desço a escada na ponta dos pés.

Eu pretendia me esgueirar até a sala de ginástica e usar o equipamento. Só que ele estava lá, vendo o cachorro novo correr preso na esteira. Os dois passam o tempo todo juntos. Ele olha para mim e é imitado pelo bicho, que me lança um triste olhar de esguelha.

– Só estou fortalecendo as pernas do Ambrose – diz ele com certa culpa. – Ele parece muito fraco para o tipo de cachorro que é.

– Por que você não sai com ele? – pergunto. Ele parece abrutalhado, até repulsivo, com aquele colete e aquelas tatuagens cafonas de velho. São violentas, sem estilo: um dragão, uma caveira com dois ossos, a bandeira escocesa e o nome da minha mãe.

– Ele me faz companhia enquanto eu me exercito – diz ele, indo até o suporte dos pesos e notando minha roupa. – Você pode se juntar a nós, se quiser.

– Não... eu vou para o centro de lazer.

Ele dá de ombros e começa a levantar os pesos. Seu rosto redondo fica incrivelmente roxo e os olhos se esbugalham. O cachorro bota a língua para fora, ofegando pesadamente. Eu me pego imaginando qual dos dois morrerá primeiro. Depois passo a pensar: será que eu choraria no enterro dele? É provável. Que pensamento deprimente.

Deixo os dois lá, entro no meu Escort, vou até o centro de lazer e faço alongamento. Depois passo vinte minutos na esteira e mais dez no step. Então confiro meu peso: sessenta e um quilos. Perdi um quilo e meio desde a semana passada! Depois de uma ducha, tomo um café e leio um trecho do meu romance: *Sobrevivente relutante*, de Danielle Sloman. O livro é sobre Josephine, uma garota que entra em coma após um acidente de carro. Ela quer que os médicos e parentes desliguem os aparelhos, mas eles se recusam a fazer isso. Um dos médicos, Steven, acaba até se apaixonando por ela. Josephine vai narrando sua vida naquele estado vegetativo, sem saber que o noivo, Curtis, que era soropositivo, pereceu no desastre.

Depois de algum tempo, pego o carro e volto para casa. Como estou sentindo algumas dores musculares, encho a banheira, lembrando que Lara vai passar aqui mais tarde e que provavelmente levaremos os cavalos para um galope, se o estado da perna de Midnight permitir.

Já dentro da banheira, estico as pernas. São tão feias e grossas que sinto vontade de morrer. Não têm forma alguma. Ligo a hidromassagem para esconder as pernas embaixo da espuma borbulhante. E fico contemplando as possibilidades de suicídio por afogamento voluntário. Uma delas, obviamente, seria pular de um barco num mar tempestuoso. Mas alguém conseguiria se afogar numa banheira? Seria possível fazer isso com uma intenção solene?

Exigiria uma força de vontade hercúlea. Seria realmente necessário *querer* morrer, e por um tempo maior do que aquele único segundo que leva para pular de um penhasco.

Eu me recosto, afundando na banheira já escorregadia devido aos sais de banho, e sou coberta por meio metro de água.

Quero morrer.

AQUI JAZ

JENNIFER LOUISE CAHILL
1987-2006
Adorada filha de Thomas Cahill
e Margaret Mary Cahill, née Alexander,

Muito amada irmã de Indigo Sunita Cahill

Mas não consigo. Não consigo abrir a boca e engolir. Não consigo sequer parar de expelir o ar pelos buracos do nariz. Simplesmente não consigo. Então me forço a tentar inspirar. Assim que sinto um filete de água atingir meus pulmões, porém, meu corpo se endireita de chofre, enquanto eu tusso e cuspo tudo para fora. O piso do banheiro já está alagado. Meus olhos ardem devido aos sais de banho que se dissolveram na água tépida e eu fico arquejando ali. Meu corpo é uma máquina, um biomecanismo com um poder repugnante sobre a minha vontade, que vai se enchendo de ar, contra-atacando e dominando meu desejo consciente. Sobrevivendo.

Recupero o fôlego e as marteladas na minha cabeça diminuem. Então escrevo no vapor acumulado sobre os ladrilhos:

EU QUERO MORRER

Depois apago tudo com a mão. Vamos cancelar esta ideia, pois quem cuidaria do pobre Midnight?

Ouço minha mãe abrir a porta lá embaixo e gritar ao pé da escada, "Jenni! A Lara está aqui!".

Lara, minha melhor amiga. De volta da Irlanda, gozando seu triunfo, vindo aqui para se gabar. E então ouço a voz dele, um resmungo grave. Ele deve estar farejando em torno dela, com o pau duro dentro das calças e a língua para fora da boca. Igual àquele triste cachorro assassino que vive atrás dele.

Eu me iço para fora da banheira e, enrolando uma toalha no corpo, começo a me secar. Depois visto as roupas que escolhi. Aquela calça de combate bem justa, que Lara acha maneira, deve servir. Sei disso pelo jeito com que ela olha para a calça. Se não gostasse, a cretina diria, "Ah, isso fica tão bem em você".

Então ouço novamente a voz de minha mãe, insistente e desesperada, possivelmente consciente de que está dois terços destruída. (Os dois terços melhores.)

– Sobe aqui, Lara – grito eu.

– A gente vai ao estábulo dar uma olhada no Midnight – grita meu pai com aquela voz rascante, assumindo um tom displicente que não lhe cai bem, feito um corpete que mais parece uma camisa de força.

– Que divertido – digo com um muxoxo. *Como se ele se importasse.*

– Desce e vem com a gente – grita ele outra vez, num tom de notória insinceridade. É claro que ele não me quer lá. Quer ficar olhando para Lara e talvez até passar a mão nela. Ele é nojento. Mas Lara também é. Uma vagabunda. Uma vez, quando estávamos bebendo, ela até confessou que "tinha fantasias com ele". Acho que foi só para me chocar, mas mesmo assim é uma maneira doentia de falar do pai de uma amiga.

Mais razão ainda para estragar a festa deles.

Eu fico embromando um pouco, esperando que eles saiam. Mentalmente, visualizo o cão seguindo os dois, sempre alguns passos atrás. Imagino tanto o cachorro quanto meu pai pelas costas: versões troncudas, quadradas e violentas de duas espécies diferentes.

– Fica aí – grita ele para o cão.

Por trás da janela de vidro espelhado no banheiro, vejo os dois brincando e rindo, num flerte nauseante. As costas encasacadas de Lara seguem meu pai estábulo adentro. Então eu desço silenciosamente e corro para me juntar a eles.

– Oi – digo em tom brejeiro, estudando primeiro a expressão dele, e depois a dela. Quero ver se minha presença indesejada teve algum impacto sobre os dois. Eles estão parados, um pouco afastados um do outro, e talvez seja imaginação minha, mas seus rostos parecem tomados por culpa e decepção.

Lara cortou o cabelo castanho, curto e espetado na parte superior. Junto com o nariz arrebitado e as sardas nas faces, isso lhe dá um ar de fada maliciosa. Os olhos são seus melhores traços: castanhos, amendoados, brilhantes e calorosos. Sua boca também é bonita, com lábios cheios que escondem os pequenos dentes brancos até ela sorrir. Lara pesa quarenta e cinco quilos e nunca teve uma espinha na vida. Ela é rica, filha única e consegue tudo que quer. É minha melhor amiga e eu tenho ódio dela, caralho.

Midnight está no estábulo, parado ao lado de Clifford, o pônei de Indigo, que sempre lhe faz companhia. Originalmente, quem foi comprado para isso foi Curran, o porco psicótico, que inferniza a vida dos dois outros animais com cabeçadas e mordidas. Até o cachorro evita Curran.

Lara explica que veio de carro para dar uma folga a Scarlet Jester, depois do esforço na Irlanda.

– Ele parecia estressado e estava espirrando um pouco. A Fiona ficou cuidando dele lá no estábulo.

Ela guarda o cavalo nos estábulos de Fiona La Rue, que ficam na estrada, a menos de dois quilômetros da cidade. Lá cuidam dele melhor do que evidentemente nós conseguimos cuidar do pobre Midnight. O bicho teve um estiramento no tendão da perna dianteira e está à base de anti-inflamatórios. Dobson, o veterinário, veio examinar ontem. Massageou os tendões e ligamentos, manipulando a pata para avaliar a liberdade de movimentos. Midnight se machucou cavalgado por mim em casa há algumas semanas.

Como o veterinário insistiu, eu tento reproduzir seus atos. Depois coloco o bridão no cavalo e vou caminhar em torno do campo, deixando meu pai e Lara no estábulo. Ouço o riso agudo e insistente dela, que parece desesperada para confirmar algum comentário que ele fez com aquela voz de James Bond de araque. Acaricio a cara longa e aveludada de Midnight, vendo suas narinas inflamarem.

– Ainda bem que eu tenho você, Midnight – sussurro para ele.

3

O ESTILO DE JOGO EM FIFE

Volto ao New Goth à noite, entornando uma caneca decente de ouro negro. Sei que nossos primos celtas do outro lado do mar da Irlanda falam que o ouro negro aqui parece ter sido coado na calcinha duma puta veterana em Lochgelly, mas pra mim sempre funciona.

– O puto é louco. Louco de apunhalar o pai e comer a mãe – diz o Vizim, falando de Monty. – Pois é, aquele viado não tem mesmo jeito.

Mas eu não quero falar de escrotos, pelo menos agora, então quando Reggie Comorton, convencido que só ele, começa uma arenga sobre o tal do Mossman, que vou enfrentar de manhã pela Copa Escocesa, entro logo na discussão.

– Aquele viado num tem munheca, putada. Só sabe empurrar a porra da pelota, tô dizendo.

Então Comorton, que parece o velho Peter Falk de *Columbo* por causa do casaco sujo, vira pra mim e diz:

– É o estilo de jogo em Fife. Tu inda tá preso ao estilo de jogo em Fife, Jason. O jogo já progrediu.

– O que tu tá querendo dizer, Comorton?

– Depois da Copa do Mundo de 2002 eles venderam quase um milhão de tabuleiros de futebol na Coreia do Sul. Tu acha que nós vamo manter a supremacia aqui em Fife pra sempre?

Eu olho no Vizim, querendo descobrir se esse revisionismo burguês tá sendo endossado, mas ele faz aquela cara de sonso outra vez. Pouco me importa. Como estou sem fichas pro ouro negro, e tenho o grande jogo pela manhã, bato em retirada e sigo pra minha casa, dobrando a esquina ao lado da estação de trem. Centro de Fife: mais central é impossível.

Vou pro meu quarto, ponho pra tocar um disco de Cat Stevens, enrolo um baseado, e começo a bater punheta pensando em Lara e Jenni, a amiga gorducha, com aquelas bundas dentro dos culotes quicando nos lombos dos cavalos que trotam. Chego a um jato razoável *sem* ajuda de qualquer vídeo! Puta que pariu... que música!

Algumas dessas garotas que curtem equitação gozam assim, disso eu sei. Várias já tiveram o hímen rompido pelo lombo de um cavalo, mas esclareço que por esforços esportivos, nada inapropriado, putada! Ao longo dos séculos, diversas cerimônias matrimoniais já foram anuladas pela ausência da barreira elástica na ponta do pintu durante a primeira noite no leito nupcial, mas isso pode acontecer em total inocência com uma donzela esportiva. É engraçado pensar que a princesa Diana, inda uma menina, teve que sofrer a indignidade do "teste da xota intacta" antes de casar com o príncipe Charles. Já Camila não corre o risco de sujeitar sua boceta, bem mais idosa, ao mesmo escrutínio! É o progresso, putada, quando o feminismo já consegue penetrar nos serviços ginecológicos da realeza! Mas cavalos e garotas: depois que tu sente esse tipo de poder entre as pernas, tuas exigências podem aumentar um pouco!

A tal da Lara: sempre gostosa, mas muito esnobe, mesmo antigamenti. Quando a gente saía, ela tinha quatorze anos e eu vinte e um. Tenho minhas dúvidas se o pai dela, o dr. Grant da clínica na estrada de Lochgelly, teria abençoado um relacionamentu sexual pleno naquela época. É uma questão retórica, porque ela me deu o bilhete-azul logo depois da porra do estábulo a que eu estava ligado fazer o mesmo, tenho certeza que por pura coincidência! Calculo que ela ainda acenda uma vela por mim, mas... Puta que pariu: hoje em dia ela ia demorar a gozar, pelo que a maioria fala.

Claro que é tudo papo de bebum, e pra eles toda puta demora a gozar. Contei isso pro Véio, e ele falou que no seu tempo era muito diferente. Qualquer garota adorava uma vara naquela época e, segundo os velhos, todas explodiam feito bombas nucleares. Parafraseando o Veio, putada: era "uma utopia sexual da porra, bem aqui em Fife".

Puta que pariu: eu me daria melhor voltando com Alison Broon. Ela era a garota pra mim. Bem que eu queria me juntar com ela outra vez, mas já como campeão escocês de Futebol de Mesa. Onze centímetros não incomodavam a Alison. Pelo menos era o que ela falava na época. Claro, agora ela está casada lá no Canadá. Com três filhos e tudo, pelo que dizem.

É longe demais pra pensar numa visita especulando sobre uma trepada, então pego o tabuleiro e vou treinar pro jogo da manhã seguinte. Assim que alinho os times de Cowdenbeath e Dunfermline, o telefone toca. Não consigo ouvir se o Veio tá em casa. Deve ter ido pra biblioteca, ler tratados socialistas, de modo que desço correndo e atendo.

– Kingy! Por que tu demorou? Tava batendo punheta?

É meu velho cupincha Kravy, lá na Espanha.

– Não adianta mentir pra tu, parceiro. É verdade, uma bronha substancial com as suspeitas de sempre alinhadas.

– As garotas dos cavalos? Tu nunca troca o disco?

– Se não tá quebrado, não precisa consertar.

– Desculpa se eu te desconcentrei.

– Não tem perigo disso – digo, sabendo que as linhas telefônicas são sempre iguais, mas pressentindo que ele tá mais perto que a Espanha. – Onde tu tá?

– Acabei de entrar neste minuto no New Goth, em Cowdenbeath, Fife, Escócia. Onde mais?

– E a Espanha, viado?

– Tive que voltar pra cuidar da Veia. Ela tomou um pileque, levou um estabaco e arrebentou o quadril descendo aqueles degraus grandes do Instituto dos Mineiros.

– Atualmente chamado de Salão de Bilhar e Bar do Chafariz.

Depois de um breve silêncio, ele diz:

– Pois é, ouvi falar que tinham trocado. Também trocaram o quadril da véia.

– Todo bichado.

– Pois é, acharam que tava cheio de artrose, então que enfiaram lá um troço de plástico – explica o puto. – Tu vai aparecer pruma caneca?

Eu penso na partida contra o Mossman de manhã cedo.

– Tô meio sem grana, maninho... o cheque-desemprego da semana passada já deixou saudade.

– É por minha conta. Trouxe droga suficiente pra fazer até o Boots falir.

Bom, diante disso não havia mais o que dizer!

Então ouvi a porta se abrir e o Veio entrou com um saco.

– Qual é, mano? – diz ele. Depois vê Cat Stevens no som e olha pra mim, balançando a cabeça enquanto pousa o saco na mesa.

– Antigamente ninhum puto escutava Cat Stevens. Era música de punheteiro, já naquela época. Música boa é do 50 Cent.

O Veio escuta música feito a do 50 Cent o dia intero.

– Como tu pode falar isso, pai, depois de me criar com Eldridge Cleaver, Bobby Seale e Malcolm X? Os negros piraram; só querem saber de usar joias, comer as putas e matar os irmãos. Que nem os Gaiteiros, acho eu.

– Mas os negros ainda têm a raiva, filho, coisa qui nós escoceses perdemos.

– Eu não teria tanta certeza disso, pai... Os garotos daqui são raivosos pra caralho.

– Mas são todos covardes, filho, e não valentes feito os negros dos Estados Unidos – diz ele em tom arrastado. – Tu nunca vai derrubar o homem branco de Westminster com covardes.

Dá pra ver que o Veio andou bebendo, e ele quer mais, porque enfia a mão no saco e abre uma das seis cervejas que há ali, além duma garrafa pequena de Johnnie Walker. Depois meneia a cabeça pra mim, como se eu quisesse beber uma também. Normalmente eu quereria, mas hoje tenho uma proposta melhor e não tô a fim de ficar escutando as merdas dele.

Então vou logo pro Goth encontrar Ally Kravitz, meu amigo motoqueiro bonitão, que se mandou pra Espanha há tantos anos. E ele está com uma cara ótima. Ainda tem aquela cabeleira preta, a pele bronzeada e um ar romântico que os menos caridosos poderiam descrever, e ainda descrevem, como "cigano". É muito bom encontrar com ele. Claro que sempre houve um elemento traiçoeiro na nossa amizade. Quando Kravy comprou a moto, nós dois íamos largar tudo e partir pra Espanha, lá no sul. Então apareceu a Shona Cameron, e nem deu pra brigar. Ela ganhou a passagem pra Espanha na garupa do motoqueiro e eu comecei a frequentar o Instituto de Bem-estar dos Mineiros, seguido pelo Goth.

Doze anos se passaram, mas ele está de volta e me pergunta:

– O que aconteceu com a carreira de jóquei?

– Num aconteceu. E a Espanha, afinal?

– Uma terra espiritual, cara – diz Kravy, tomando um grande gole de sidra. – Uma terra profundamente espiritual. A Shona nunca sacou isso. Toda terra tem vozes próprias, que simplesmente sopram no vento. A Shona nunca ouviu as vozes, tá ligado?

– Tô.

– Com o vento no cabelo, ela parecia um sonho, mas não ouvia as vozes que flutuavam no vento... tá ligado?

– Pra caralho, viado.

– Sabia que tu ia sacar, Jason... sabia que tu ia sacar na lata.

Kravy só voltara uma vez, pro enterro do seu padrasto Coco Forsyth, que na verdade era seu pai, já que a identidade do doador de esperma e do sobrenome sempre fora segredo, vindo à tona apenas o nome e a nacionalidade. Aparentemente, o sujeito era um russo que atracara em Rosyth por um dia e na mãe de Kravy por uma noite. Depois zarpou pra antiga URSS, deixando sua vaga no atracadouro pra Coco Forsyth ocupar. Foi um enfarte que despachou o coitado do Coco. Ele nunca foi homem de muita birita ou droga, mas punha um bloco de manteiga em toda fatia de torrada que enfiava goela abaixo. E em Fife nunca havia escassez, disse. Putamerda, até um único vício pode ser fatal quando levado ao extremo! Quem é sortudo pode receber só um cartão amarelo da juíza com a foice ao fim dos setenta regulamentares. Quem é realmente cagão pode até contar com os descontos no final; embora não se jogue muito assim no Reino, é preciso que se diga.

Kravy me puxa lá pra fora e mostra a mais recente fera que vem montando pela Europa: uma Thruxton 900, produto de ponta da Triumph.

– Grande pegada, Jason. Com um motor ágil de 865 cilindrada em paralelo – elogia ele. – E também é confortável pra fazer viagem longa. A suspensão é ajustável na dianteira e na traseira. Se tu acrescentar a isso aros de alumínio, pneus sulcados e discos dianteiros flutuantes, tem mercadoria pra fazer uma jovem camponesa esperta e gostosa, de saco cheio da aldeia, querer pular na garupa primeiro e só depois pensar em pagar!

Fico impressionado, e mais ainda quando entramos de novo: ele pede duas vodcas com Red Bull, pra acompanhar meu ouro negro e sua sidra.

– Tua mãe tá bem, Kravy? Nem ouvi falar do acidente dela.

– Pois é, ela tomou um estabaco nos degraus congelados do Instituto dos Mineiros quando tava de pileque. O pior foi a indignidade do troço: a saia dela subiu, mostrando tudo pro povo de Fife ver! – Ele baixa a voz ameaçadoramente. – Uma garotada aí tirou fotos reveladoras dela com as câmeras dos celulares. Botaram tudo no YouTube e num site do Blue Brazil!

– Puta sacanagem... puta que pariu – digo eu, fazendo uma anotação mental pra conferir esses sites no computador da biblioteca, que tem acesso à Internet. Há alguns meses eles me baniram de lá por visitar sites pornográficos, mas não conseguem fiscalizar os do time de futebol daqui. Às vezes só aparecem em Central Perk algumas centenas pra ver a rapaziada jogar, mas parece que quase todo freguês pagante tem um site próprio na rede. Assim que tiver dinheiro, vou comprar um computador, e então ninguém me segura! Eu olho pro Vizim e pro duque junto à mesa de bilhar no aquário de peixes dourados ali ao lado, e baixo a voz.

– Mas ela tava de calcinha, não tava?

Kravy faz uma careta e balança a cabeça.

– Puta que pariu, Jason, era uma noite de sábado no Instituto de Bem-estar, e ela é uma mulé solteira!

O tal site do Blue Brazil tá ficanu atraente pra caralho!

– A porra dessa garotada precisa aprender a não passar dos limites – diz Kravy. Depois pensa e dá uma risada curta. – Mas é a porra de Fife... O que a gente pode fazer, cara? Escuta, tu me dá cinco minutos pra largar a moto lá na casa da Veia, depois a gente pode pintar essa cidade, quer dizer, o condado todo, de vermelho escuro!

– Vermelho menstruação, com o toque adequado da noite – arrisco.

Kravy ri e bate no meu ombro.

– Tu num presta, Jason, mas é o único puto daqui sintonizado na mesma onda que eu.

– Tô dentro, mano – sorrio, enquanto ele se afasta. Logo ouço a grande fera de metal rugir lá fora e sair soltando peidos turbinados pela cidade.

Com passo animado, vou até o quadro de avisos do boteco, onde vejo grudada uma nova página do jornal, o *Central Fife Times and Advertiser*:

Domingo à tarde, os competidores se alinharam novamente no pitoresco jardim murado do Castelo Necarne para a última bateria do Campeonato do Conselho de Fermanagh. O festival deste ano teve um sabor internacional, com a visita de conjuntos equestres da Inglaterra e da Escócia. Os escoceses também enviaram conjuntos de juniores e seniores para competir contra seus anfitriões irlandeses. Lara Grant, integrante da Equipe Fife Bavarian Warmblood, ganhou o prestigioso Campeonato Mourne Rosettes montando Scarlet Jester.

Ela conseguiu, putada... Com 68,25% no percurso avançado. Nada dessa bosta elementar, novata ou intermediária pra aquela garota! No lombo do Scarlet Jester e tudo!

O Vizim Watson se aproxima.

– Esquece a porra das bronhas pra essas garotas elegantes de culote, que tão cagando pra tu. Não quero essa mão enfraquecida no futebol de mesa amanhã de manhã.

– Puta que pariu – devolvo eu pro viado. – Não é nada assim. Isso dá uma força do caralho pra mão.

O Vizim olha pro copo que tá segurando.

– Vou te falar o que dará força pra tua mão... é cavar no bolso e pagar mais uma caneca pro teu vizim aqui.

Putamerda, e eu querendo guardar a última nota de cinco pruma ceia de peixe com uma garrafa de Irn-Bru lá no Marco's. O plano mais bem urdidu sempre pode dar merda. Mas o Kravy falou que tava forrado. Tanto melhor pro tal de Jocky Mossman quando ele chegar à mesa. Enche as narinas com esse peido, puto que tu é!

Kravy entra, meneando a cabeça pro duque e pro Vizim, que já voltou pra mesa de bilhar. Depois tamborila os dedos no balcão.

– Num achei muito bom aqui, Jason... tá a fim de ir lá pra casa? – diz ele em tom baixo, dando uma olhadela pro salão de bilhar. – A geladeira tá cheia de cerveja e eu tenho um grama de coca, que fica melhor repartida por dois que por quatro...

Já ouço Fife se infiltrando de volta no sotaque de Kravy, de um jeito furtivo, como uma puta ao fim do expediente assuminu o serviço de faxina num escritório de manhã cedo.

– Manda ver, chefia – digo, terminando meu ouro negro. Então nós saímos, acenando pros dois putos de cara azeda perto da mesa de bilhar. – Bom ver vocês, melhor num ser vocês!

4

A NAMORADA DELE

A luz do sol sai subitamente de trás de uma nuvem e entra no meu quarto, caindo num ângulo dramático sobre Lara, que jaz esparramada ao pé da cama. Eu me afasto da claridade feito uma vampira apavorada, estreitando os olhos enquanto encosto na cabeceira. Estou me sentindo muito espinhenta e a luz vai realçar tudo. Toco meu rosto e faço uma careta ao sentir mais uma espinha pulsando raivosamente sob a pele. Estou inchada e dolorida, prestes a ficar menstruada. Já deu para perceber que vou passar dias sangrando feito uma porca estripada. A vantagem é que assim vou perder mais um quilo de repulsiva banha juvenil, esperançosamente baixando para a marca de sessenta quilos.

Lara (ou srta. Grant, como eu frequentemente falo, pois utilizamos o título de solteira com uma ironia compulsiva que nos deprime) dá mais uma tragada no baseado e põe a guimba no cinzeiro, que passa para mim.

– Acha a namorada do prícipe William bonita, srta. Cahill? – pergunta ela de novo.

Eu dou uma longa tragada e me recosto nos travesseiros empilhados.

– O importante é que, obviamente, ele acha – digo a Lara secamente. Estou farta desse papo de "você é mais bonita que ela, se fossem apresentados o Will perceberia isso e você seria nossa próxima rainha anoréxica", embora evidentemente ela ainda precise muito ouvir esse tipo de bosta. – Além disso, srta. Grant, não acha que ele é jovem demais para já estar ficando careca?

– Não, ele é tão gostoso – diz ela sonhadoramente.

Lara entra e sai flutuando da vida das pessoas, ou pelo menos da minha vida, conforme lhe convém. Quando volta à minha órbita depois de viver em Marte ou algo assim, espera que eu expulse todos os demais só para lhe dar espaço. Deprecia minhas outras amigas, salientando defeitos que eu não notara, mas faz isso muito bem, de um jeito benevolente, sem ofender. Depois que tem a pessoa só para si, porém, ela desaparece. Não telefona nem manda torpedo, e só dá retorno de forma reticente, deixando a pessoa muito carente. Quando eu cobro esses sumiços, ela alega que tem "assuntos de homem". Sempre tem um monte de namorados, mas é o tipo que misteriosamente foge ao rótulo de galinha. Ao menos entre as outras garotas. Mas eu me pergunto o que falam alguns dos rapazes que andam com ela.

— E aquele grandalhão de Dunfermline com quem você andava saindo... vai sair com ele outra vez?

— É claro — diz ela, mas de forma bastante insegura. Depois arrisca um tom mais pensativo. — Ele é divertido, de um jeito meio boçal. Confiante. Na cama, se é que você me entende...

Seus olhos se iluminam e ela lança um olhar interrogativo para mim.

Eu balanço a cabeça com rapidez demasiada. Não quero conversar sobre sexo, nem ouvir Lara falar de sexo, mas ela percebe, então é isso que vai acontecer. O sol sumiu atrás de uma nuvem e o quarto se turvou de azul.

— Mas por que estamos falando da *minha* vida sexual, srta. Cahill? — pergunta ela com júbilo. — É você que precisa ser comida urgentemente!

— Eu preciso é sair de casa — digo, passando o baseado para ela.

— É, mas não pode fazer isso se quiser continuar saltando. É difícil praticar hipismo aqui em Fife morando num apê em Edimburgo — diz Lara, batendo a cinza do baseado. Em tom mais compreensivo, acrescenta: — Mas não é impossível. Você pode abrigar o Midnight num estábulo de lá.

— Não posso mais. Ele não está acostumado. Isso partiria o seu coração... e o meu também — admito tristemente.

– Bom, isso significa que você vai continuar presa aqui enquanto quiser saltar com ele – rebate ela, com alguma satisfação.

– Eu sei, eu sei! – lamento eu, enfiando os joelhos embaixo do queixo. – Que porra de escolha! Montar a cavalo e competir sem vida social, morando na casa da porra dos meus pais neste buraco de merda, ou ter uma vida direita em qualquer lugar, mas desistir do cavalo...

– Ponha o Midnight no estábulo da Fiona, Jenni. É praticamente aqui do lado! Seu pai não se incomodaria de pagar.

Eu lanço um olhar sério para Lara.

– O problema é esse. Ele acha que eu não consigo cuidar do cavalo. Seria uma grande vitória para ele, confirmando que eu sou imprestável como ele acha.

– Mas você consegue cuidar do Midnight?

– Consigo! – rebato, culpada ao pensar na perna ferida. – É só o que eu faço! Vivo no estábulo, limpando estrume e alimentando o bicho todo dia. Foi por isso que desisti da faculdade. É por isso que continuo neste buraco de merda!

– Não acho Fife tão ruim assim. Só é preciso sair mais, srta. Cahill – diz ela, olhando para os CDs empilhados na minha mesa. – Tudo parece melancólico quando a gente fica sentado dentro do quarto, escutando Nick Cave e Marilyn Manson o dia inteiro. Quer sair com o Monty e um amigo dele? Nós vamos a um lugar especial na terça à noite.

– Onde?

Lara lança um olhar intenso para mim, fazendo com que eu baixe os olhos. Os lábios pintados em tom de rubi esboçam um sorriso, enquanto ela diz:

– É segredo e você precisa prometer não contar.

Mesmo a contragosto, fico interessada, mas ainda finjo estar entediada.

– Por que tanto mistério?

– Porque não é um lugar... completamente legalizado.

– É uma espécie de festa, ou rave?

– Não seja idiota – diz ela, olhando para mim com aquela condescendência nojenta, como quem diz "Eu sou tão sofisticada".

– O que é, então?

– Primeiro prometa.

– Tá legal – digo eu. – Juro pela vida dos meus pais.

Ela balança a cabeça com firmeza.

– Jure pela vida do Midnight.

De jeito nenhum.

– Puta que pariu, ou você me fala logo ou não fala – rebato.

Lara reflete um pouco sobre este ultimato, olhando para mim como se eu fosse uma pobre coitada insolente. E eu não consigo evitar um desconforto crescente diante de sua iminente desaprovação. Quando a coisa fica insuportável e sou impelida a me desculpar, seu rosto se suaviza.

– Tá legal – ronrona ela. Depois sorri. – Na verdade, nós vamos botar os cachorros pra brigar.

5
DISCIPLINA

Os dois últimos dias passaram voando, feito uma puta viciada em crack tomando metanfetamina. Foi festa dia e noite na casa de Kravy, ou passeando na garupa da moto dele. Dormindo e acordando no meio de embalagens de comida pra viagem e latas vazias pelo chão. Uma ou duas quentinhas de rango chinês, mas principalmente caixas da Sandy's Pizza Hoose, lá na rua principal. Eu atribuo isso ao patrocínio dos *Simpsons*, pela Domino na Sky e pela Pizza Hut no canal 4. Nós pedimos umas criações bem esquisitas, cheias de abacaxi e tudo mais, sempre inspirados pelo fumo.

Mas às vezes é preciso acabar com a farra e simplesmente ir pra casa dormir. Então comecei a longa caminhada que passava pelo prédio em estilo soviético do antigo Instituto de Bem-estar dos Mineiros, já rebatizado. Pois é, a Cortina de Ferro foi derrubada no centro de Fife assim como na Europa Oriental, e desde então os ventos gélidos do mercado vêm soprando sobre nós. Em termos de desenvolvimento capitalista, tamos muito mais na linha búlgaro-romena do que da República Tcheca, ou de qualquer dos novos estados bálticos. Há mais pontos de venda de cappuccino em Tallinn ou Riga do que no centro de Fife: isso eu aposto!

Então chego à rótula do Hotel Bruce. Foi um inverno ruim feito uma puta mal-humorada, e hoje é mais ou menos o primeiro dia realmente primaveril. Eu entro na rua principal e passo pelo Goth, virando na viela da minha casa perto da estação. A mão treme quando a chave entra na fechadura. Por uma sorte da porra, não tem sinal do Veio, que provavelmente tá na biblioteca outra vez, lendo a propaganda marxista que ainda se esgueira pela rede do conselho. Vivam os dissidentes, caralho! Tem uma carta pra mim que ele deixou na prateleira da lareira. Eu abro o papel:

Prezado Sr. Jason King,

Recebemos várias queixas sobre seu comportamento durante a partida de ontem pela Copa Escocesa no Centro de Lazer de Cowdenbeath. Seu adversário, o Sr. John Mossman, registrou uma queixa formal conosco. O supervisor da associação e juiz, Sr. Alasdair Sinclair, já enviou seu relatório. Preciso lhe informar que para a Associação de Futebol de Mesa do Leste da Escócia seu comportamento é totalmente inaceitável, violando nossas Regras de Conduta, especificamente com referência às de número 14 (c) e 27 (b e c).

Portanto, foi decidido o seu banimento de todos os campeonatos da associação por dois anos. Seu retorno às competições de futebol de mesa dependerá de um período condicional de seis meses, quando seu comportamento será monitorado de perto. Obviamente, também serão perdidos os pontos da sua partida com o Sr. Mossman. Sob as regras da associação, sou obrigado a informar que o senhor tem cinco dias para impetrar um recurso.

Devo acrescentar que também recebemos queixas de danos a bens do Conselho de Fife no local. Um quadro de avisos foi arrancado do lugar, num ato de vandalismo despropositado. Ainda não sabemos ao certo de quem foi a culpa, mas o zelador William Carter e o juiz Sinclair já transmitiram suas suspeitas, tanto para o conselho quanto para a associação.

Cordialmente,

Oliver Mason

Chefe do Comitê Disciplinar

Associação de Futebol de Mesa do Leste da Escócia

Putamerda, eu nem consigo lembrar de ter jogado a tal partida! Puta que pariu. O sono já foi pro caralho. Enfurecido, corro até o Goth pra mostrar a carta ao pessoal.

O Vizim Watson torce a cara e diz:

– Tu não lembra, puto bêbado e maluco, de aparecer lá com o Kravy de cara cheia? Tu quebrou dois jogadores do rapaz com a tua falta de jeito. E ele percebeu que tu tava cheiradaço e cheio de bola... era óbvio!

– Como foi o troço, caralho? – imploro eu.

– Mastigando teu lábio inferior e pingando sangue no tabuleiro todo. Tu teria dado positivo num exame de doping, puto que tu é!

Putamerda, tava tudo voltando na minha cabeça. O centro de lazer: no intervalo o Kravy bateu uma fileira grande pra mim. Eu venci e tudo mais!

– Foi só umazinha, pra eu poder me acertar, putada. Eu ganhei do sujeito jogando limpo, dois a zero.

– Foi três a dois, Jason! Puta que pariu, cara! – diz o Vizim.

– Tu até arrancou o quadro de aviso do time de Dunfermline no corredor, falando que num devia ter aquilo aqui na cidade, qui era a cara inaceitável da globalização.

Putamerda: tô engolindo aqui feito uma garota de Kelty.

– Isso tem a ver com segurança, é outra questão. O fato é que eu venci o jogo!

– Bom, vizim, não é isso que os cartolas tão dizendo. – O Vizim Watson balança a cabeça feito um cachorro saindo do mar, e Comorton balança a dele feito um bebê no banco traseiro de um carro.

– Isso a gente vai ver, putada. – Eu enfio a carta na cara dele. – Aqui fala que eu ainda posso recorrer.

– Nadica, vizim, tu tá enganado. Eles só botam isso aí pra livrar a cara. Pra eles, aprovar um recurso seria admitir a derrota – argumenta o Vizim Watson, enquanto Reggie Comorton balança a cabeça feito um ancião sábio. Claro! Aquele puto é diplomado em Sabedoria-Após-o-Evento, Talento-Retrospectivo, e Se-Eu-Tivesse-as-Relações-do-Príncipe-William-Lá-em-St-Andrews-Não-Seria-Tão-Marginalizado.

Então eu me defendo, argumentando com segurança.

– Putamerda, pra que ter normas de consenso, se tu já decidiu? Toda história tem dois lados, vizim. Puta que pariu, eu vou até a casa dele pra me defender. Vou me jogar à mercê do tribunal!

– Na-na-não, Jason. É assim que as coisas *deviam* ser, mas depois que os figurões decidem, tu tá fodido com "F" maiúsculo

– diz o Vizim, balançando a cabeça. – Pior é que nem a gente pode jogar contigo, mesmo que só de sacanagem, porque isso viola as regras da associação.

Não consigo acreditar no que tô ouvindo! Acabo de ser excluído da versão de mesa do jogo mais bonito do mundu. Então digo:

– Putamerda, ainda sou o melhor jogador de futebol de mesa que Fife já produziu!

O Vizim me puxa pra frente e baixa a voz pra Comorton não poder escutar.

– Todo mundo sabe que tu tem talento, vizim. Ninguém discute isso. Mas tu é teu pior inimigo. E eu não tô falando só de questões de disciplina.

Então ele se afasta de mim e olha pra Comorton. Eu lanço pro puto um olhar de acusação. Homens como Strachan e McLeish podem falar que o velho Jock Stein teria levado o Celtic e o Rangers pra Premier League Inglesa se tivesse chance, mas todo mundo sabe que o Chefão era um escocês de verdade, muito diferente desses charlatães modernos, mercenários, egoístas e ambiciosos. Eu tô sendo punido porque sou um purista, um idealista fora de época! Olho pra Comorton, o homem da grana que conseguiu virar supervisor de um centro de atendimento telefônico em Kirkcaldy, e agora cospe a doutrina do nosso Adam Smith tal como corrompida por Hayek, aquele viado nazista, e Thatcher, aquela puta inglesa; um homem que destruiria a versão de mesa do jogo mais bonito do mundo...

– Também tamo falando da tua adesão resolutamente dogmática ao estilo de jogo em Fife – diz o puto traidor. – No jogo moderno, todo mundo usa uma pegada leve, dá um deslize leve na pelota. Tudo bem, tu pode ganhar da gente bem fácil, mas num nível mais alto quem usá um deslize disfarçado leva vantagem na competição. E fim de papo.

Então esvaziei minha caneca. Claro que esvaziei. Subitamente, a companhia ali passou a não me agradar mais. Fui embora e parti rua abaixo, pensando em bater na porta de Kravy pra saber se a mãe dele já tinha saído do hospital. Foi bom ter feito isso, porque logo avistei as duas se aproximando a cavalo: Lara Grant e Jenni

Cahill. Então agachei atrás do abrigo no ponto do ônibus pra deixar que elas passassem, porque queria dar uma espiadela naquelas bundas apertadas dentro dos culotes. Mas elas tavam só andando, sem trotar, muito menos galopar, e a porcaria das jaquetas não sobem pra expor os pêssegos ali embaixo. Ainda dou uma remexida furtiva na braguilha, mas nem a cabeça levanta! Putamerda... O material é pobre demais!

Então sigo atrás das duas, colado à muralha de pedra coberta de vegetação, quase invisível feito aquele puto rastafári espacial com cara de caranguejo do filme *Predador*. Vou pensando que as drogas arruinaram minha carreira e que já não vou ganhar uma reportagem grande no *Central Fife Times and Advertiser*. Nada, vai ser só uma nota: Jason King desclassificado na partida contra J. Mossman. Puta que pariu. Isso bem ao lado das notícias equestres, dando conta das conquistas mais substanciais de Lara e Jenni.

Mas um pouco de sacanagem inocente já serviria. Vamos esquecer a vantagem sexual trazida pelo sucesso esportivo... Se ninguém se importa, eu quero ir direto ao ponto e fazer o amigo lá embaixo ser sugado até secar agora mesmo, sem expectativa de grandeza futura!

Putamerda.

Seria melhor tomar banho e trocar de roupa depois de uma caralhada de dias à base de ouro negro, caganeira, anfetamina e comida pra viagem, mas eu resolvo insistir na perseguição e na intenção. Só que o terreno não ajuda: logo saímos da cidade, e eu fico exposto caminhando atrás delas pela estrada rural. Penso que provavelmente elas saíram da escola de equitação daquela sapatona, La Rue, e estão indo pro casarão da fazenda antiga que a família Cahill comprou anos atrás. Eles são novos-ricos, do ramo de transporte de cargas. Furaram a greve dos caminhoneiros em 1984, dizem alguns, ou mais especificamente o Véio. Puta que pariu. Mas pro Veio todo puto endinheirado tem dinheiro ruim.

É engraçado, mas Jenni é a mais esnobe da dupla, embora sempre se fale isso dos novos-ricos. Só que é muito ruim ser assim. Fico esperando que as duas entrem com os cavalos, para ver se consigo dá uma espiadela naquelas sacanagens que a gente sabe que as garotas curtem fazer em segredo. Talvez até envolvendo os cavalos, Scarlet Jester e Midnight!

Os dois se enfiando entre as pernas delas, putada!

Então sigo pé ante pé ao longo da lateral do celeiro, verificando se não tem luz na cozinha do casarão, porque o velho Tom Cahill é um escroto malvado, quando o portão se abre e lá estão elas paradas, olhando pra mim! Putamerda, flagrado! Lara me dá um sorrisinho, enquanto Jenni diz em tom besta:

– O que você quer?

Eu fico sem jeito, mas seguro a barra e digo pra Lara:

– Hum... vi tu descendo a rua e vim dar os parabéns pela vitória lá na Irlanda.

Pode haver pouco dela, mas o que há tá nos lugares certos. Porque Lara preencheu direito os culotes e a blusa desde a época em que nós saíamos juntos, isso dá pra ver!

– Obrigada – diz ela.

Eu tenho certeza que ela deve sentir um pouco de culpa por não abrir os pentelhos pra mim há tantos anos. Como aprendiz de jóquei, eu era o herói local; naquela época, podia ter metido em qualquer porra de xota no Reino, putada. Mas eu não; tava todo preocupado com o tamanho do carinha aqui, e foi preciso uma putona velha e suja lá de Ballingry pra me tirar a virgindade! Ela falou pra mim que foi a melhor trepada que já teve naquele puteiro! Mesmo descontando a licença poética da piranha, aquilo foi um bálsamo pro ego, isso eu garanto! Portanto, pra conseguir arrumar uma suruba de três aqui, é melhor começar a soltar a lábia.

– Pois é, li a reportagem no jornal... 68,25% no percurso avançado com o Scarlet Jester aí! – digo, meneano a cabeça pro cavalo.

Lara olha pra amiga Jenni com um sorrisinho, e depois de volta pra mim. Putamerda, eu ficu parado ali sem ter mais o que falar. Num desespero crescente, pergunto:

– Então tu também foi pra Irlanda, Jenni?

Ela olha pra mim e afasta do rosto o cabelo tingido de preto. Eu gostava mais quando ela era loura. Mas esse é o fardo de ser um cavalheiro. O importante é que ela já tá entrando em forma, e ainda nem perdeu metade da gordura.

– Eu não competi – diz ela, como que incomodada com isso.

– Minha montaria estava ruim.

Tenho vontade de contar pra ela que já dei muita montada ruim, mas isso é papo pro Goth, e essa é uma xota elegante. É preciso manter um pouco de sofisticação no ar. Sinto pena de Jenni por ser parceira de Lara: aquela num preencheu nem metade de si mesma. Então noto um piercing no nariz de Jenni. Tá legal, aposto que ela podia usar aquele chicote bem pra caralho.

– Tive uma boa vitória jogando futebol de mesa – digo a elas.

– Foi mesmo.

– Que bom – diz Lara.

– Pois é. Mas talvez me tomem os pontos. Houve um pouco de dificuldade na parte disciplinar – digo, sem conseguir tirar os olhos do tal chicote que Jenni segura.

Estou desperdiçando tempo aqui. Nunca vou ser popular nessa família. Uma vez o pai dela foi ao Goth com dois amigos, um deles do conselho, e alguém falou algo sobre Kelty. É claro que não consegui ficar de boca fechada e disse, "Putada, lá em Kelty só tem piranha e mineiro".

Então o grandalhão do Tom Cahill, pai de Jenni, olhou pra mim com dureza e disse, "A minha esposa é de Kelty".

E eu simplesmente disse pra ele, "Bom... em que mina ela trabalha?".

Achei que o viadão ia me encher de porrada ali mesmo no Goth, mas todo mundo começou a rir tanto que ele foi obrigado a descer do pedestal e rir junto. Só que o pai de Lara, o médico, também não me tinha em alta conta. Quando eu trabalhava no depósito, aquele puto olhava pra mim por cima dos óculos e dizia, "Não venha me falar de *mais* problemas nas costas, seu Jason".

Agora Jenni lança pra mim aquele olhar impaciente, que os bem-sucedidos da cidade sempre exibem ao lidar com as classes baixas.

– Hum... mais alguma coisa?

– Jason.

– Podemos ajudar em mais alguma coisa? – diz ela outra vez, enquanto Lara olha fixamente pra mim, aguardando uma resposta. Puta que pariu.

– Hum, não... vou seguir meu caminho. Só queria dar os parabéns.

– Obrigada, Jason – diz Lara, virando depressa pra Jenni.

– Espero que você consiga esclarecer o tal probleminha disciplinar...

As duas soltam risadinhas abafadas, enquanto eu, todo envergonhado, giro nos calcanhares e pego a estrada. Se fosse um tipo como James Bond, eu diria, "Bom, vocês poderiam me ajudar numa coisa, mas acho que nós três deveríamos discutir isso ali no celeiro, putada".

Na estrada de volta pra cidade, começa a chuviscar. Quando vejo uns corvos bicando o corpo dum coelho atropelado, cuspo uma bolota de catarro que acerta a cabeça de um deles por trás. Dizem (pelo menos o Vizim Watson diz) que isso leva os outros a estraçalhar o puto, mas os viados já têm carne demais ali pra se dar a um trabalho assim, de modo que essa hipótese específica permanece sem comprovação. Pouco importa: foi uma proeza em termos de velocidade e precisão, putada, então eu canto pra comemorar.

– Lá em Fife um garanhão vivia... e pra isposa arrumou uma vadia...

Mas então um furgão se aproxima devagar e vejo que é o grandalhão do Tom Cahill. O puto para, salta e diz:

– E aí?

Tenho vontade de falar pra ele que eu não estava paquerando sua filha, putamerda, era a amiga dela; na realidade, era minha ex-namorada Lara, mas não acho que ele seja do tipo que se preocupa com firulas.

– Tu é o Jason, né?

– Pois é.

Ele assente, olhando para mim de cima a baixo.

– Treinou como jóquei?

– Já faz muito tempo, vizim – digo.

– E como tá de trabalho ultimamente?

– Pouca coisa.

Ele assente devagar outra vez, sem deixar de me encarar um segundo.

– Que tal fazer um serviço pra mim de vez em quando? Nada muito duro, só trabalho de istábulo... limpando estrume, alimentando os bichos, e troços assim. Eu ligo pra tu quando precisar... com a grana na mão. – Ele dá uma piscadela.

Eu já tava achando que ele tava me gozando, mas não, aquilo era o paraíso prum paquerador, caralho! Ao trabalho, putada!

– Parece muito bom.

– Dá o número do teu celular aí – diz ele.

Isso ocasiona certo constrangimentu da minha parte.

– Hum... meu celular tá quebrado. Mas eu tenho um fixo.

O cara me examina como se houvesse cometido um grande engano, vendo as drogas e a bebida encardidas em mim, sem dúvida sentindo o bafo pela primeira vez.

– Fala aí, então – arqueja ele com exasperação. Já dá pra ver que o sujeito é um escroto no trabalho. Mas se ele for cuidar da merda das cargas enquanto eu estiver no estábulo tudo deve ser moleza. Ele ainda pergunta: – Tu curte cachorro?

– Adoro todos os tipos – digo pra ele. Não que eu tenha tido algum desde Jacob, uma cruza de pastor alemão com collie que morreu com um calombo na garganta quando fiz sete anos. Aquilo me doeu muito. A Veia falou que cruza sempre morria, e que a gente devia ter arrumado um cachorro com pedigree, mas foi xingada de porra de piranha nazista pelo Veio. Pois é, os dois nunca foram muito próximos.

O Veio dizia que ela só quis casar porque tinha embuchado com ele. A Veia fora largada de coração partido por um garçom grego, que foi embora depois da falência do restaurante da família em Kirkcaldy. Nos anos 1970 isso sempre era um risco; na época, até comida chinesa devia ser exótica. A Veia passou por um período de depressão, mas acabou se reconfortando, embora ganhasse bastante peso no processo. Então o Veio botou fogo nela lá no Instituto do Bem-estar dos Mineiros, a piranha engravidou, e eu fui o resultado. Então na verdade nem posso reclamar, mas puta que pariu: nós sempre achamos que aquilo que nossos pais fazem antes de aparecermos num tem a ver conosco. Que é preciso agradecer a eles pela dádiva da vida... Babaquice da porra. Intuitivamente, todo mundo sabe que lá no céu existem todas aquelas almas que vão ser alocadas pra alguns putos de qualquer forma, se *eles* num derem umazinha.

Então eu aperto a mão de Tom Cahill e volto a ser um homem semiempregado. Só que auxiliar de estábulo nunca foi o meu ramo. Eu queria ser jóquei, mas num curtia muito foder pangarés; são os corretores de apostas, aqueles putos, que apreciam mais isso. Só que esse tipo de atitude me prejudicou. E, pra ser sincero, eu sempre me cagava quando aqueles escrotos saíam correndo a toda velocidade. Que nem o Kravy em cima da porra daquela moto Triumph Boneville; eu não curtia muito andar na garupa do puto.

A escuridão cai feito a calcinha duma puta no trabalho: um troço súbito, mas previsível. Eu chego em casa, e pra comemorá o emprego novo faço um sanduba de ovo frito lendo o jornal, coisa qui me deixa irritado pra caralho. O *Central Fife Times and Advertiser* diz que até agora o Dunfermline Patético Clube já vendeu 3.500 assinaturas de ingressos pra temporada toda. Puta que pariu, eu é que não vou aumentar essa lista! Nem devia ter informação sobre aqueles viados na mídia aqui de Cowdenbeath! Os putos têm imprensa própria!

O Veio aparece. Ele só é encontrado em dois lugares: ou aqui ou na biblioteca. Às vezes no Goth, mas só já perto da hora de fechar. Quase nunca sai de casa, porque teve um lado do rosto desfigurado por chamas devido a um acidente. Em 1989, ele tascou fogo em si mesmu. Culpou o terno barato e inflamável que tava usando; já a Veia culpou o cigarro. Acho que nessa época ela já não ia muito com a fuça dele, de modo que Arnie Cueca Cagada avançou e os dois foram levar uma vida de decadência lá em Dunfermline.

O Veio olha pra mim, senta pra ler o *Record*, e começa a balançar a cabeça diante das notícias. Logo volta ao seu assunto predileto: os anos 1970 e a traição da classe trabalhadora.

– Agora nunca mais vai ter reembolso de imposto. Sempre vinha na porra da hora certa. É, nos anos 1970. Época boa. Então veio aquela puta inglesa e fodeu com tudo. Agora é tudo só prus ricos, a porra do país todo. Isso nunca foi um trabalhista, não com uma boca dessas. Isso é a boca duma puta. Devia valer uma fortuna naquela escola elegante de Fettes ter uma boca assim; pois é, bastante procurada, isso eu aposto cuntigo, caralho! Aquele punheteiro de Eton, o conservador que vai entrar no lugar dele... a porra dum clone!

– Mas o progresso tem muitos lados bons, pai. Tem gente falando que as grandes instituições dos anos 1970 eram ruins, feito aquelas panelas de fritar batata que viviam causando incêndio. O micro-ondas e a fritadeira de alta potência nos restaurantes pra viagem de madrugada acabaram com isso.

– É, reconheço que houve *algum* tipo de progresso – diz ele, já devorando um macarrão pra viagem. – Mas eu culpo o Scargill, que devia ter reunido uma multidão lá no Parlamento, derrubado tijolo por tijolo e matado a pedradas todos aqueles putos da escola pública no meio do entulho.

– Mas as elites sempre tentam se impor ao longo do tempo, pai. A vanguarda revolucionária de hoje é a classe governante de amanhã.

– Pois é, mas é por isso que a gente precisa da revolução permanente, filho, construindo um conjunto de estruturas sem hierarquia...

Eu olho pela janela, vendo que os latões de lixo foram deixados lá na rua e precisam ser trazidos de volta ao jardim da frente.

– Mas a natureza de toda estrutura é hierárquica, pai. E as pessoas não querem revolução permanente... às vezes só querem relaxar um pouco.

O Veio bate na mesa com a embalagem de macarrão e torce o garfo pra controlar os longos fios pendurados ali. – Qualé a resposta, então? Birita, drogas, peixe com fritas e mais governo conservador? Os alicerces da tua vida?

– Eu não tô dizendo isso.

– Papo derrotista, filho – diz ele, agitando o macarrão no garfo. – Esse é o pobrema da tua geração... nenhuma consciência coletiva! Tu devia ir praquela biblioteca encher a cabeça com uma educação social e política pra poder estar numa boa posição e tirar vantagem quando a reviravolta acontecer! Gente feito o Willie Gallagher e o Veio Bob Selkirk vai se revirar no túmulo!

– Duvido que eles também ficassem muito impressionados com esse teu troço de gangsta rap, pai.

Ele vira os olhos fulgurantes para mim.

– Tem mais política de verdade num verso do 50 Cent do que em cem álbuns dessa bichice hippie que tu escuta!

Putamerda. Eu só queria curtir meu sanduba de ovo frito com manteiga, pimenta e molho pra filé, mas isso já foi pro caralho.

6
ANIVERSÁRIO

Uma das coisas mais tristes que se pode imaginar é ver minha mãe vestir uma roupa de ginástica, ligar um DVD de exercícios, ficar bundando de forma incompetente durante os cinco minutos iniciais do programa de quarenta e cinco, desligar o troço e ir para a cozinha. Caso você se aproxime, perceberá um ar frustrado e marcas de lágrimas nas gordas bochechas dela. Depois conferirá os biscoitos de chocolate na grande caixa de plástico e verá que metade já sumiu.

– Hoje é nosso aniversário de casamento – anuncia mamãe, quase distraidamente, começando a cuidar das plantas com a tesoura e o regador.

Percebo que o DVD continua dentro do aparelho, rodando para ninguém. Por puro tédio, estou sentada no sofá com Indy, vendo desenhos animados em outro canal.

– Há quanto tempo vocês são casados? – pergunta Indigo.

Mamãe está prestes a dizer algo, mas nesse momento meu pai entra.

– Quem liga pra isso? O amor é feito de química – retruca ele, soltando um muxoxo. – É tudo armação, como o Dia dos Namorados.

Meu Deus, como ele é grosso.

– Você não sabe do que está falando – respondo. – Além disso, é um hipócrita. Tem o nome da mamãe tatuado no pulso.

Ele confere o pulso e fica assistindo ao desenho feito um retardado: Scooby Doo e Salsicha estão fugindo de um monstro muito pouco apavorante. Depois vira para mim com um sorriso tenso no rosto.

– Você é idealista, inda jovem. Vai criar juízo e sair disso.

Eu ergo o olhar para ele.

– Como você fez quando era jovem?

Indigo também olha para ele.

– Eu nunca fui idealista. Sempre realista – diz ele, balançando a cabeça e afundando na poltrona. – Estava ocupado demais ganhando dinheiro pra você e sua irmã poderem cavalgar e crescer me odiando.

Ele ri, estende a mão e mexe nas longas tranças de Indigo.

– Eu nunca vou odiar você, papai! – grita ela, pulando do sofá para o colo dele.

Meu pai encosta suavemente o punho fechado no rosto dela.

– Não, você não, frangota, porque você é uma belezoca!

Ela imita o gesto dele e os dois ficam brincando de lutar boxe. Eu não aguento isto, porque um lado meu quer se juntar a eles. Então levanto e rumo para a porta, dizendo:

– Dê a ela cinco anos, alguns hormônios e um pouco de perspectiva.

– Quem pisou no seu calo, Lady Bosta? – alfineta ele.

Mamãe olha para trás devagar, com um ar de incompreensão atordoada, enquanto molha uma samambaia. Eu aponto para o meu antebraço e digo:

– Leia o que diz aí no seu pulso, se você acha que nunca foi idealista. Você é um covarde, só isso.

– Veja como fala comigo, frangota – rebate ele. – Já tá passando dos limites.

Uma de suas frases prediletas. Eu saio e vou subindo a escada, dois degraus de cada vez. Virei a marginal da família. Aquela fedelha é o esteio central da vida deles agora; ela é como uma droga, reduzindo os dois a uma sinistra idiotia tatibitate assim que aparece. Eu sou a vergonha, a encrenqueira, o lembrete de que eles fracassaram. Houve o dinheiro gasto na Universidade Stirling, onde fui reprovada, e agora mais ainda com a porra do Midnight, que provavelmente ficou manco ao ter sido forçado por mim a pular uma cerca alta demais, só para acompanhar a vaca da Lara em cima do Scarlet Jester. E eu nem chego perto dela como amazona.

Fico deitada na cama escutando Marilyn Manson, "(s)AINT" do melhor álbum de todos os tempos, *The Golden Age of Grotesque*, e lendo o livro de Danielle Sloman. Eu vi o tal motoqueiro bonito que mora na Espanha. Ele estava com o tarado do Jason na garupa. Queria eu estar ali atrás. Começo a esfregar os dedos entre as pernas, até que alguém bate na porta e ele invade o quarto, obviamente ainda irritado. Eu levo a mão livre até o livro.

– Tu devia tá lá no estábulo chutando o rabo daquele cavalo, em vez de ficar deitada aqui escutando essa bosta.

Ergo o olhar de *Sobrevivente relutante*.

– O veterinário mandou o Midnight descansar. O tratamento com anti-inflamatórios ainda não acabou.

– Ele mandou tu descansar também? Aquele bicho devia estar nos estábulos de La Rue, pra receber um cuidado decente.

Deus meu... Troca a porra do disco!

– Eu fiz tudo que o Dobson me mandou...

– Ora, esse Dobson num presta – diz ele olhando para mim. – Num sabe de nada. Como tu vai ganhar da chupadora da Lara com um cavalo de leiteiro feito aquele? O parasita só faz comer, comer e comer. Se eu amarrasse um saco de ração no pescoço dele, o bicho comeria até estourar. Tomara que tu num esteja dando comida demais.

– Ah, por favor, chega de bobagem – respondo, virando de lado. Quanto mais grosso ele fica, mais pudica eu me torno. É praticamente o único jogo nosso que eu sempre venço, pois ele termina parecendo um caipira retardado. Desta vez, porém, há um leve sorriso pairando no seu rosto.

– Mas vou te dizer uma coisa... Tu tá perdendo muito peso, frangota. Assim vai vencer a Lara! Continua assim – diz ele, dando uma piscadela.

O pior é que isso é uma tentativa de ter cumplicidade comigo.

Ele sai, enquanto eu me sinto violada e suja. Tenho vontade de ir até o Burger King. Ele realmente sabe como me deixar perturbada. O que minha mãe viu nele? Não existe coisa alguma entre os dois. Sequer consigo imaginar o que um dia pode ter havido. Penso nas fotos deles jovens: ela bonita, ele ainda o mesmo. Tento imaginar um homem suficientemente emotivo e terno, ainda que apenas por alguns minutos fugazes, para mandar tatuar no próprio corpo o nome de uma mulher. Como eu adoraria ressuscitar esse homem de outrora, mesmo que por um só dia.

Entre ele e minha mãe a distância é tanta que ele nem consegue passar algum tempo a sós com ela no dia do aniversário de casamento dos dois. Por isso, insistiu que todos nós saíssemos juntos para "comemorar feito uma família". Ele poderia ter ido com ela, ou conosco, a Edimburgo, Glasgow, Dunfermline ou Kirkcaldy. Mas nem tem a generosidade singela de fazer esse pequeno esforço. Simplesmente vamos a pé a La Ducal, que serve o que mais se aproxima de uma refeição decente em Cowdenbeath.

– O navio vai zarpar – digo, com o sarcasmo gotejando da língua diante dessa notícia.

– La Ducal é adorável – diz mamãe, num balido de gratidão piedosa.

– Não posso dirigir, devido a nossos amigos na polícia – lembra ele.

O engraçado é que ele não se deixa deter por isso quando se trata de trabalho. Quase ofereço meus serviços de motorista, mas não há jeito: vou precisar beber para aturar a ocasião.

– Que tal o transporte público? – pergunto.

– Eca! Fedorento! – diz Indigo com uma careta.

– Num aguento ficar esperando trem, e todo táxi é um roubo – explica ele. – Tá decidido, então... Vai ser no melhor lugar de Cowdenbeath.

Para ser justa, Le Ducal é até bom, bem melhor que qualquer lugar numa cidade como Cowdenbeath tem direito a ser. Ao menos serve tira-gostos e um cappuccino decentes. Se você não olhar pra fora, pode fingir que está em outro lugar. Como disse o *Sunday Post*: "Comida boa, serviço amável, ambiente agradável." Só a companhia à mesa deixa a desejar, mas não se pode ter tudo.

– Que bom isso aqui – diz mamãe. Ela diria a mesma coisa se fosse enfiada em Auschwitz na década de 1940.

– Mas há quantos anos vocês dois *estão* casados? – pergunta Indigo, mordendo um palito de pão.

– Dezoito até agora – diz papai, bebendo todo o seu vinho e enchendo a taça outra vez. Eu estendo a minha, em busca de tratamento igual. Ele me lança um olhar cauteloso, mas enche a taça mesmo assim.

Quando o prato principal chega, o celular de papai toca.

– Ah, Tom – protesta discretamente mamãe.

– Preciso atender isso – diz ele, dando uma piscadela para ela. – Com licença, meninas... Como tá tudo? Só um instante...

Ele quase cospe no aparelho, falando em tom tenso enquanto vai para a rua. Fica do outro lado da janela, segurando o telefone como se o aparelho fosse um robô sugando sua vida, e andando como quem arde em brasa ou precisa muito mijar.

Não sei o que ele está aprontando, mas sei que não é coisa boa. Nem me importo que ele tenha arruinado uma noite já fodida, mas não quero continuar de conversa-fiada com essas duas, enquanto ele urde suas tramas ridículas.

– Queria saber o que ele está aprontando – murmuro.

– Você ainda pergunta? – diz minha mãe. Depois revira os olhos nostalgicamente. – Trabalho. Ele nunca para.

Tenho vontade de gritar na cara idiota dela, "Ele está armando uma trepada com outra pessoa, e isso se você tiver muita, muita sorte". Mas não grito. E só não grito, reflito com um calafrio, porque já não me importam esses assuntos sórdidos e essas vidas entediantes. Quero ir embora. Partir de Cowdenbeath, de Fife, da Escócia e daquela casa para sempre.

7
RECURSO

Os caras de Dunfermline nos pegaram de jeito daquela vez. O Big Monty só ficou parado, rindo, e desde então se juntou a eles. Um traidor da porra, além de mentiroso. Acusando a gente de criar encrenca. Como homem de Cowdenbeath eu me sinto humilhado por ter levado a pior diante daqueles putos. Pois é, embora eles fossem muitos, não dá pra negar que eu e o Boaby Shek, lá do chinês, tomamos uma surra do caralho.

Putamerda, os filmes de kung fu; quando fiquei amigo do Boaby, achei que ele poderia se garantir... talvez soubesse alguns golpes. Mas ele só vive lendo gibi, escutando Coldplay ou Marillion, e falando pra putada toda da época em que estudava engenharia em Heriot-Watt antes de ser reprovado. Até me fez ir pra Haddington com ele e assediar aquele vocalista Derek Dick, apelidado de Fish, na casa dele. Eu sempre fui mais de assediar xotas que celebridades, mas ele insistiu. Pior: eu é que precisei entrar e pegar o autógrafo do cara, porque o Boaby simplesmente virou uma menina de doze anos. Depois de séculos, o puto só conseguiu dizer, "Algum... projeto... novo... algum projeto novo pra lançar?".

Então fugiu correndo envergonhado, antes que o tal do Fish, achando graça, pudesse responder. Eu fiquei ali na soleira, explicando pra ele que o Boaby sofria duma versão menor da síndrome de Tourette. Ele balançou a cabeça sabiamente, antes de ser chamado lá pra dentro por uma supermodelo qualquer.

Mas Haddington é muito melhor que Dunfermline. Fife é o cu; aquilo é um subúrbio de Edimburgo. Portanto, embora "aquele lugar" cause lembranças ruins, eu quero ver que tipo de cafofo esse puto da Associação de Futebol de Mesa do Leste da Escócia tem. Então tomo uma boa ducha, troco de roupa e tomo um trago rápido no Goth. Dá pra pegar os ônibus 15, 30 ou 19 pra Dunfermline lá na estrada, mas num tô com saco de andar até lá, então saio do boteco pra estação.

Eu vivo falando pras pessoas que moro na Central de Cowdenbeath. Das plataformas na estação de trem, dá pra cuspir e acertar a minha casa, putada. Também dá pra ver, do lado de fora do conjunto residencial da comunidade, os contêineres de lixo e reciclagem; pretu pros diamantes negros, azul pro Blue Brazil.

Já no trem, Richey, o Agredido, vem conferir minha passagem. Ele é uma lenda local, sempre na mídia do centro de Fife por levar surras de jovens, totalmente sem provocação, é preciso frisar. Alguns até falam que aquela cabeça ruiva já era uma provocação, mas eu num me incluiria entre esses escrotos.

Quando ele arrumou emprego na ScotRail, os figurões mal conseguiam acreditar na sorte: um ruivo molestado pelo padrasto, com um par de olhos que faziam Bambi parecer o tubarão de *Procurando Nemo*, ia trabalhar pra eles num serviço de alta visibilidade! É claro que queriam colocar o Richey nos cartazes da campanha contra agressões a funcionários. Falaram pro puto que a aparência dele tinha o grau certo de *pathos*. Que ele podia virar uma celebridade, feito aquele puto negro com óculos de fundo de garrafa lá de Halifax.

Richey refletiu sobre a proposta, medindo os prós e contras, mas optou por continuar relativamente anônimo. Falou que não queria se tornar ainda mais visível pro "jovem revoltado da comunidade local que já me vê um pouco como uma figura de autoridade graças ao uniforme". Palavras dele, putada, e não minhas.

Ouvi toneladas de vezes a história do padrasto, o cara das mãos duras e velozes. Até tentei aconselhar o puto lá no Goth, em mais duma ocasião. À minha moda, banquei Alexander Shuglin, mas com ouro negro em vez de ecstasy.

De qualquer forma, Richey pede desculpas por carimbar meu bilhete.

– Não sou eu que tô cobrando de tu, Jason... é a ScotRail – gane o puto com olhos lacrimejantes, como se eu fosse lhe meter a faca ali mesmo. – Se eu pudesse...

– Sem pobrema, cara – digo eu.

Ele olha pra mim e diz:

– Tu é um verdadeiro amigo, Jason. Conto tu como amigo. Espero que tu sinta o mesmo...

– É, Richey, claro que sim – digo.

Putamerda, inda bem que tá na hora de desembarcar. Aquele puto fala tanto que merece apanhar; só por estar perto dele, eu já tava sentindo minha bile subir, com os punhos abrindo e fechando involuntariamente.

Dunfermline. Saio da porra do trem e me vejo jogado ao pé da porra dum morro fora da cidade. Comu *isto* pode ser a principal cidade de Fife, se nem fica na ferrovia principal? É preferível uma piranha de Kirkcaldy do que qualquer puta daqui, isso eu garanto.

É uma casa grande, feito aquelas de granito lá de Ebirdeen. Já está escurecendo quando bato na porta, e uma dona de casa gorducha com vestido estampado vem atender. Ela tem cabelo curto e preto, olhos miúdos, e o tipo de voz que parece dizer, "Veja como eu sou superior a um rato anão feito tu".

– Pois não?

– Hum... Eu vim falar com o dono da casa. O sr. Mason. Hum... o Oliver – acrescento, pensando que o puto num devia ter posto o primeiro nome no papel se num quisesse que eu usasse.

Ela faz uma cara de limão azedo, entra e grita:

– Oliver! Tem visita pra você!

Um minuto depois chega à porta um sujeito de cabelo grisalho e ralo, estreitando os olhos pra mim por cima dos óculos. Ele parece uma versão mais velha do Vizim Watson, e diz bruscamente:

– Quem é o senhor, e o que quer aqui?

Eu mostro a carta. Ele guarda os óculos no bolso do cardigã, lê a carta e depois olha pra mim com nojo na fuça.

– O senhor vem à *minha* casa, incomodar *minha* esposa e me perturbar com este assunto *trivial*!

– Desculpe, vizim, mas a tua carta fala que eu tenho alguns dias pra recorrer. Como não confio no correio, achei melhor vir em pessoa, tá ligado?

– Mas há canais, meu senhor, canais! Por escrito e...

Como o sujeito me lembra o Vizim, eu tomo um pouco de coragem e interrompo.

– Mas eu pensei que talvez fosse mais civilizado encontrar pessoalmente, levar o sujeito pra tomar uma caneca lá no East Port ou algo assim, argumentando de homem pra homem...

Ele reflete sobre isso um instante, enquanto olha pra mim de cima a baixo. Depois de examinar meus pés por uns dois segundos, ergue o olhar de novo.

– Hum... Está bem, eu passo no East Port daqui a cinco minutos. No salão. Eles servem uma boa caneca de Guinness lá. Isso é do seu gosto?

– Eu aprecio muito uma gotinha do ouro negro...

– Então estamos começando bem. Daqui a cinco minutos – diz o sujeito, dando uma piscadela.

Então eu sento no East Port, peço a Guinness e logo o velho Olly Mason aparece, sorrindo quando aponto pra sua caneca.

– Desculpe, eu me enganei com o senhor lá. Achei que fosse um daqueles tipos rebeldes. Não aturo quem tenta atropelar as normas. Existe um jeito certo e um jeito errado de fazer tudo. Apesar disso, sua presença aqui mostra que o senhor tem paixão pelo jogo e sempre precisamos disso no Futebol de Mesa Escocês.

– É pra isso que eu vivo – digo, aproveitando a chance de me aproximar estrategicamente, pra dar espaço a um bando de operários que entra.

– Bom, por mais que seja irregular, estou preparado para lhe dar ouvidos.

– Tu é um cavalheiro.

Ele leva o copo de ouro negro aos lábios e bebe um gole, focalizando os olhos de rato em mim.

– Só preciso insistir, porém, numa coisa... devido à natureza um tanto irregular deste recurso, tudo que se passar entre nós deve ser tratado por ambas as partes com a mais estrita confidencialidade.

– Nem é preciso dizer isso, vizim. Tenho certeza que tu tá pondo o teu na reta aqui, e dou valor a isso.

Ele balança a cabeça, impassível.

– Por favor, apresente seus argumentos.

Então eu falo dos aspectos específicos do caso, enquanto ele fica olhando pra mim, como se estivesse me medindo, e diz:

– Pode me dizer qual é a sua altura, se não se incomoda?

– Um metro e cinquenta e cinco... Bom, um e cinquenta e quatro, pra quem gosta de detalhe.

Ele se recosta na cadeira, quase ronronando.

– Que maravilha... e essa magreza? Calculo uns cinquenta e poucos quilos...

– Mais pra cinquenta – digu pro puto. – Não consigo ganhar peso, por mais que tente. Eu era jóquei, entende?

– Ah... Sua carreira foi interrompida por alguma lesão?

– Foi mais um surto de crescimento. Com um metro e trinta e oito, eu ainda podia ter registro oficial de anão. Seria quase um paraíso – comento, bebericando o ouro negro. Não sou fã de Dunfermline como cidade, mas o tal de East Port parece um oásis. – Mas então tive um surto de crescimento maluco... quando percebi já tava com um metro e cinquenta e cinco. É a história da minha vida... os centímetros a mais sempre indo pro lugar errado!

O velho Olly parece estar me avaliando outra vez.

– Pois é... o senhor tem quase a mesma altura e o mesmo peso que a minha filha tinha. – Ele funga, com ar meio triste. – O mais incrível é que a cor e os traços são iguais. Esses olhos... parecem de uma gazela, como eu sempre falava...

– O que aconteceu com ela?

– Uma tragédia, King, uma tragédia. – Olly balançava a cabeça e beberica a cerveja. Depois fala em tom saudosu e patético, com voz falha. – Uma menina abatida na flor da vida... num acidente de carro pavoroso. Tinha ido a uma daquelas maditas *raves*, e o idiota que dirigia o carro provavelmente estava entupido de drogas... Bom, ele perdeu o controle e a minha Kathleen foi tirada de nós...

O que se pode falar diante disso? Ele conta que a filha tinha só dezenove anos, a mesma idade que Lara, explicando que ela era seu orgulho e sua alegria.

Depois se recompõe.

– Desculpe a arenga – diz ele, consultando o relógio. – Por que não vem tomar um malte puro na minha casa? Ainda temos muito a discutir.

Bom, eu preciso dizer que já tava dando o papo por encerrado, mas obviamente tava enganado.

– Posso fazer a sua readmissão ocorrer – diz ele, virando e olhando pra mim feito um policial, enquanto passamos pelo prédio do Carnegie Hall, iluminado prum espetáculo. – Mas não posso avalizar o vandalismo. O senhor nada teve a ver com o dano ao quadro de avisos?

– Juro pela vida da minha mãe – imploro. Cum tom sincero, inda acrescento: – Dizem os boatos que foi um membro ressentido na torcida lá da cidade, porque o quadro de aviso era dum time adversário.

Olly reflete um pouco sobre isso.

– Sim, é triste... Aqui em Dunfermline também temos nossa cota de ovos podres. Mas vejo que sua estirpe é outra.

Então voltamos à casa dele e num há sinal da esposa. Olly parece ler meus pensamentos.

– A June foi ao Rotary. Ela vive lá. – Ele me leva a um grande salão na frente e apanha a foto duma mocinha em cima do piano. Ergue a foto diante de mim e diz: – Kathleen.

Puta que pariu, uma gata linda. A vida pode ser cruel. Parecendo minha mãe quando ouve falar dum cachorro atropelado, eu digo:

– Ah...

– Venha comigo, sr. King – diz o puto, subindo os degraus duma velha escadaria num ritmo tão rápido que preciso me esforçar pra acompanhar. E inda num há sinal da porra da tal birita.

– É Jason – digo eu.

Ele para e olha pra mim por cima do ombro.

– Que tal manter uma semiformalidade até fazermos negócio, caso o senhor seja do tipo com quem se pode contar para fazer negócio?

– Claro – digo.

Ele meneia a cabeça com ar conspiratório, e nós entramos num quarto, que não contém Margaret Thatcher, mas montes de roupas femininas penduradas em araras.

– O quarto da Kathleen... exatamente como era quando ela partiu... Eu nunca...

Ele começa a chorar de leve, tirando os óculos e esfregando os olhos. Depois apanha um top da Next pendurado e encosta o cabide no meu corpo. Olha pra mim um instante e afasta a roupa.

– Você não... é bobagem minha... perdão, King, atribua isso à alucinação dos enlutados... Quando alguém perde tudo, atingindo um ponto além do desespero... tenta qualquer coisa para aliviar a dor... É tolice, eu sei...

– Mas o que é? – ouço minha voz dizer. – Eu ajudo tu, se puder.

O velho Olly me encara com aqueles grandes olhos úmidos e eu lembro do filme *Bambi*. Penso na Veia e eu, vendo juntos a parte triste em que a mãe morre. A Veia disse, "Essa podia ser eu, e ninguém ia ligar".

"Eu ia ligar, mãe, eu ia ligar... sou o teu Bambi", disse eu.

Ela reabasteceu o cálice de xerez e ficou toda chorosa. Foi uma época pungente, antes que ela se mudasse pra cama do Arnie Bunda Cagada lá em Dunfermline. A lembrança dos dois me deixa perturbado. Coitado do velho Olly.

– Qualquer coisa que eu puder fazer...

– Bom, eu podia lhe pedir um favor dos diabos, sr. K... Jason. Sabe, nunca tive a chance de me despedir de Kathleen... e você me faz lembrar tanto dela... sei que estou sendo idiota, e é um favor tão egoísta para se pedir... mas seria grandemente apreciado.

Fico pensando: coitado, se eu puder ajudar o sujeito e ao mesmo tempo me ajudar, putamerda, estou dentro. Irlanda do Norte, Palestina, e agora Fife: que seja iniciado o processo de cura!

– Qualquer coisa que tu queira, Olly.

– Bom, eu estava pensando em pedir que você vestisse essas roupas... é maluquice, eu sei, mas se eu pudesse fingir que você era Kathleen só levaria alguns minutos, e eu ficaria tão agradecido... para que eu pudesse me despedir e... sei lá, acho que "encerrar" é o termo atualmente em voga.

– Bom, num sei...

– Feito uma luva, Jason. Essa roupa entraria em você feito uma luva.

Eu olho pros troços de alto a baixo. Tem coisas boas ali, mesmo. – Isso eu aposto, isso eu aposto.

Acabei topando, só pra ajudar o coitado do sujeito e ao mesmo tempo silenciar alguns dos críticos no New Goth, que simplesmente adorariam ver Jason King de Fife lançado ao monturo de lixo do futebol de mesa. Então vesti os troços: blusa, saia curta, meias e, é claro, os saltos altos. Particularmente feliz ao ver que os sapatos cabiam, o sujeito apanhou uma peruca e um estojo de maquiagem, que me deixaram meio cabreiro.

– Não acredito... você está igual a ela nos últimos dias, como corretora de seguros – diz o viado, entregando a peruca e a maquiagem pra mim. – Suplico mais um pouco de indulgência, sr. King... sua semelhança sobrenatural com Katheleen seria completada com estes acessórios.

– Hum... falô – digo pra ele. Ajoelhou, tem que rezar.

– Só não exagere na maquiagem, sr. King. A senha é... sutileza. Minha Kathleen nunca foi do tipo vulgar.

– Disso eu não tenho dúvida, Olly, disso eu não duvido – digo a ele, sentando diante do espelho. – Agora é o seguinte... tu falou num maltezim puro, e eu gostaria de um agora, pra criar coragem!

– É claro – diz Olly, já saindo do aposento. – Mil perdões... Jason. Que grosseria a minha...

Eu ouço os passos dele na escada, e num instante termino. Preciso confessar que não me acho tão mal assim no espelho de corpo inteiro. Desço a escada e lá está Olly com dois uísques grandes.

– É incrível... não dá pra acreditar! Você parece mais com Katheleen do que... Por favor, sente.

Quando eu me recosto na poltrona, ele se abaixa e começa a beijar os sapatos nos meus pés, balindo:

– Desculpe, querida, desculpe, desculpe...

De repente mete a cabeça no meu colo! Eu fico olhando pro topo da cabeça do puto, vendo aquela careca reluzente semicoberta por mechas grisalhas, enquanto ele continua pedindo desculpas. Sem saber onde meter a fuça, acabo dizendo suavemente:

251

– Tá tudo bem, pai.

– Fale isso outra vez – diz ele em tom urgente.

– Tá tudo bem, pai... papai... mesmo – digo.

Olly fica soluçando, mas eu sinto seu cotovelo pressionar minha perna. Ele parece enrijecer um pouco, respirando pesadamente. Depois estremece, solta um longo arquejo e diz:

– Obrigado... obrigado... ah, meu Deus...

Ele passa alguns segundos relaxado aos meus pés, sem tensão alguma. Então ouve o ruído da chave na fechadura e ergue o corpo subitamente.

– Jesus Cristo, é ela... já voltou da porcaria do Rotary – diz ele, olhando pra mim como que prestes a se cagar todo. – Olhe, você precisa ir...

Depois se levanta, começando a me empurrar pra fora pela cozinha e a porta dos fundos!

– Mas e a porra da minha roupa? Puta que pariu, num posso sair desse jeito!

– Por favor, sr. King... Jason... minha esposa vai... o trauma de ver alguém tão parecido com a nossa filha seria mortal... ela não entenderia. Faça isso por mim, e eu garanto o sucesso do seu recurso, prometo!

Então vou parar no quintal dos fundos, vestido feito a porra duma traveca. Putamerda, sem nem uma luz pra voltar a Cowdenbeath! O bilhete do trem tá na porra do bolso da calça lá em cima... Puta que pariu! Não que eu possa entrar no trem vestido assim... A piedade exibida por Richey, o Agredido, já seria ruim o suficiente, mas ter de descer a ladeira à plena vista do Goth na hora de fechar? Nem fodendo!

Só me resta tentar andar com a maior dignidade possível. Dou a volta pela lateral da casa e pego a rua, sob o olhar duma velha dona de casa com cachorro. Faço força pra recordar a linguagem corporal das garotas que já paquerei, tentando reduzir ao mínimo o rebolado e deixar a porra dos saltos altos fazerem o resto. Assim, rumo pro leste, passando o East End Park, em direção ao grande trevo, onde a única opção é estender o polegar, porque tá chuviscando, e eu não posso andar dez quilômetros de salto alto!

8
TRÂNSITO

Os rapazes encontram conosco no café de Dunfermline Glen ao final da tarde. Estamos todos tomando café Kenco, quando um deles, o grandalhão com quem Lara anda trepando e chama de Monty, puxa do bolso um frasquinho de uísque. O sujeito está usando uma camiseta onde se lê *Guns n Roses Appetite For Destruction*. Com mãos grandes feito as do meu pai, ele despeja um pouco de uísque no café de Lara, e também no do outro cara, que apresentou como Klepto. Depois gesticula para mim, mas eu ponho a mão em cima do meu e digo:

– Não bebo quando dirijo.

O grandalhão dá de ombros. Ele tem uma pele cinzenta, salpicada de esquisitas sardas alaranjadas. Parece um pão sírio com sarampo. Cortado bem curto, seu cabelo louro já está ficando grisalho nas têmporas. O cara é um monstro e não consigo parar de imaginar o tipo de sexo que rola entre ele e Lara.

Meneando a cabeça secamente, o tal do Klepto diz:

– Muito sensata.

Ele é um rapaz dentuço, musculoso e magricela. Tem olhos escuros e muito frios, aparentemente sempre fixados em algo.

Monty recosta na cadeira e se espreguiça, exibindo a musculatura. Ele não está acima do peso, mas não tem músculos esculpidos feito alguns caras que eu vejo na academia, embora seus bíceps sejam imensos. Já vi isso em alguns conhecidos do meu pai, todos operários de obra.

– Então cês tão procurando diversão na noite, meninas? – pergunta ele, como se fosse uma ameaça.

Eu fico um pouco nervosa e acho que Lara também, porque ela dá uma risada, respondendo em tom provocante e desafiador.

– Viemos ao lugar certo, é isso?

– Po... si... ti... vo – diz Monty, sorrindo.

Um pouco mais tarde, já a caminho dos carros, eu cochicho para Lara:

– Ele com certeza não é um príncipe William.

Os traços de Lara só demonstram neutralidade. Ela está me dando gelo. Meu coração dispara quando ela entra no carro de Monty. Não consigo disfarçar a apreensão e Monty percebe, dizendo em tom sombrio:

– O Klepto vai junto, pra tu não te perder.

O furgão parte. Depois de alguns segundos parada na chuva, eu entro relutantemente no carro, abrindo a porta do carona para Klepto, e seguimos atrás deles. A chuva aperta, com gotas grandes no para-brisa engordurado, e eu aciono os limpadores.

Klepto se recosta no banco do carona. O cinto de segurança corre em paralelo com uma listra diagonal no agasalho dele. Sinto que ele lança para mim um olhar de avaliação.

– Então, qual é a tua, Jenni? Tem algum namorado na parada?

Eu começo a sentir muito frio e aumento o aquecimento.

– É, ando namorando alguém.

Minha reação instintiva me diz que quero erguer algumas barreiras entre mim e esse cara. Obviamente não falei com muita convicção, pois ele sorri e diz:

– Eu num acredito em tu... porque não é isso que diz a tua amiga.

Aquela piranha da porra: tentando me oferecer para esse fracassado.

– Pouco me importa em que você acredita – digo.

– Ei, num te mete a besta, frangota – diz Klepto, erguendo a voz um pouco e lançando um olhar ameaçador para mim. Felizmente, logo depois seu tom volta a ser brincalhão. – Tá legal... se tu tem namorado, como ele se chama?

– Jason – digo repentinamente.

– Jason – repete Klepto suavemente. – Mas então... por onde anda o Jason agora?

– Ele precisava visitar uns amigos – respondo.

Minha esperança é que isso encerre o interrogatório. Mas é uma expectativa frustrada.

– Engraçado tua amiga não saber nada sobre esse tal namorado, o Jason – diz Klepto, sorrindo.

Eu mal consigo enxergar o furgão lá na frente e resolvo me manter concentrada na estrada. Sem olhar para Klepto, pergunto:

– O seu amigo sabe tudo que você faz?

– O Monty? – Klepto ri. – Sabe. Quase tudo.

Isso parece deflagrar um período de reflexão e felizmente ele fica em silêncio um pouco. Eu diminuo o aquecimento e olho para as encharcadas colinas marrons que estremecem sob a chuva. Assim que começo a relaxar, a voz esquisita de Klepto enche o carro outra vez.

– Mas aposto que tu tem vários pretendentes. Uma gata transada assim deve atrair uma fila deles.

Tento ignorar isso, mas não consigo deixar de me sentir repulsivamente lisonjeada. Gostaria de ouvir essas palavras de tantos caras, mas dele...

– Mas sabe duma coisa, Jenni... posso fazer uma pergunta pra tu?

Como se reage a algo assim? Não consigo sequer dar de ombros. Continuo olhando para a estrada à frente, através dos limpadores.

– Isso é sim ou não?

– Pergunte, se for necessário – bufo eu, em tom derrotado. Depois, irritada comigo mesma por ter cedido terreno, acrescento com rispidez: – Eu estou tentando me concentrar na estrada!

Ele nem se abala e vai formulando sua proposta previsível, mas assustadora.

– Tu acha que quem tem namorado deve poder beijar outras pessoas? Só tipo beijar...

Mesmo cheia de ansiedade e repugnância, sou obrigada a admitir que adoraria esse tipo de flerte, caso o sujeito fazendo a pergunta não fosse um estuprador psicótico, dentuço e retardado.

– Depende – cuspo eu.

– Do quê? – diz ele, de boca aberta.

Sou lançada de volta ao papel de idiota condescendente.

– Da combinação entre os namorados, do tipo de relação que eles têm...

– Pois é. – Ele balança a cabeça de modo estúpido.

E há algo nessa estupidez, nesse nível de cretinismo predatório no *meu* carro, que faz com que eu reaja como não deveria.

– Pois é – ecoo. – E qualquer que fosse a circunstância, não acredito que algum dia eu quisesse beijar você. Portanto, seria bom falar de outra coisa, melhor ainda, simplesmente calar a porra da boca.

Não olho para Klepto, mas ouço sua respiração mudar, ficando mais pesada, como que forçando o ar aquecido. E então sua voz, estrangulada, rouca e rascante como uma serra, ressoa dentro do carro.

– Tu acha que a porra da tua merda num fede, é, putinha besta?

Minha confiança começa a evaporar. Eu não devia ter dito aquilo. Estava ganhando.

– Olhe, eu só estou tentando dirigir.

– Ótimo, então continua dirigindo – diz ele, inclinando o corpo e enfiando a mão na frente do meu agasalho!

Puta que pariu... Não acredito!

– Vá se foder! Que porra é essa? – Dou uma freada brusca, e felizmente ninguém está atrás de nós. – Pode sair! Pode sair da porra do carro!

– Só se tu me obrigar – desafia ele, com o olhar de um urso esfaimado num documentário sobre vida selvagem.

Eu pego o celular na bolsa, mas ele arranca o aparelho da minha mão.

– Devolva isso!

– Não. Só devolvo se tu pagar peitinho pra mim – diz ele, sorrindo e escondendo o celular atrás das costas.

Eu não vou entrar em luta corporal com esse tarado por causa de um telefone. É só o que ele quer! Em vez disso, tento argumentar.

– Olhe, a Lara vai me ligar se nós nos atrasarmos.

– Não vai, não. Acho que ela e o Monty vão tá ocupados em outro lugar. Vamos lá... Tu paga um peitinho depressa, e eu fico feliz. Sou homem de palavra – diz ele, sorrindo. Depois eleva a voz para acrescentar: – Se não, vai levar um bofete na porra da fuça.

Puta que pariu... Como isto pode estar acontecendo? Eu olho para a porta.

– Nem pensa nisso – diz ele bruscamente. – Chega de bobagem. Eu só quero que tu pague um peitinho rápido. Nem vou encostar a mão. Palavra de escoteiro.

– Já que essa porra significa tanto para você – praguejo com fúria impotente. A porra da piranha da Lara enfia o pé na jaca com esses psicopatas e me arrasta nas suas merdas! Abro a blusa e suspendo o sutiã. – Pronto. Você já viu meus peitos. Está feliz agora?

– Em êxtase – ri ele, enquanto eu me recomponho. – Como eu disse, sou um homem de palavra. Mas preciso pensar na minha fama de garanhão. Agora, quando a conversa no buteco for pro lado da sacanagem, vou poder descrever tuas tetas. E aquele sinal no lado direito.

– Meu Deus... Como você é ridículo.

Seu sorriso desaparece outra vez.

– Cala a porra da boca e vai dirigindo.

Eu faço exatamente isso, apesar de furiosa e humilhada. Sinto ódio de mim mesma por estar presa no meu carro com um valentão psicótico, mas acima de tudo sinto ódio da porra da Lara. Pelo menos o retardado fecha a boca imunda, dando apenas instruções sobre o trajeto.

Entramos em Clackmannanshire e chegamos a uma fazenda perto de Alloa. É uma estrada estreita, com uma entrada tão discreta que qualquer um poderia passar direto sem perceber. Logo o asfalto desaparece, trocado por uma mistura de lama e cascalho. A casa da fazenda parece decrépita, e diante de um celeiro grande estão estacionados muitos carros, vários deles 4X4. Eu salto assim que possível, enfiando as botas na lama grossa. Quero falar com Lara, mas ela está ao lado do maluco do Monty.

– Meio perdidos – sorri ela.

– Tô vendo – debocha Monty para Klepto. Ele trouxe seu troncudo pitbull terrier, felizmente amordaçado. O bicho se aproxima de mim e fareja minha perna.

– Um pouco, mas o desvio valeu a pena, porque eu vi dois morrotes lindos no caminho – sorri com sarcasmo a porra do meu agressor sexual, inclinando o corpo e batendo no dorso musculoso do cachorro.

Eu engulo em seco e me afasto deles, olhando para o celeiro. Monty meneia a cabeça para um cara parado na porta e todos nós entramos. O lugar está lotado. Portas velhas, emborcadas de lado, foram unidas para formar um ringue, que parece medir quatro metros de lado. O ringue está coberto por um carpete velho, presumivelmente para impedir que os cachorros escorreguem ao se atacar. Preciso admitir que toda esta pantomima grotesca é estranhamente fascinante.

Depois de algum tempo, os proprietários chegam ao ringue com seus cachorros, um rottweiler e um pastor alemão. Atrás de linhas demarcadas em cantos diferentes, eles ficam segurando os bichos, que se encaram feito boxeadores. Além de um magricela com cabelo gomalinado para trás, que presumivelmente é o juiz, só há eles dentro do ringue. A atmosfera vai se tornando assassina. Os rostos dos homens no celeiro são uniformemente demoníacos e eu me sinto no meio de um estranho pesadelo. Lara parece fascinada, embora tão horrorizada quanto eu. Subitamente, o juiz declara:

– Soltem os cães!

Os animais avançam um para o outro, convergindo com selvageria para o centro do ringue, num turbilhão de tombos e rosnados.

A multidão urra, incentivando com gritos raivosos as bestas dementes. Só que parece haver pouca ação; é um impasse estranho, como se as caras dos cachorros estivessem supercoladas. Então, ganhando volume e velocidade, ouve-se um cântico, "Mordidos, mordidos, mordidos...".

Monty enfia a carantonha entre mim e Lara, explicando:

– Quando um cachorro morde o beiço do outro, eles ficam mordidos. Isso para a ação toda.

As coisas não permanecem assim muito tempo. Um tratador entra no ringue com uma vara, que enfia na boca do cachorro, abrindo à força as mandíbulas do bicho. Alegremente, Monty explica:

– O tratador precisa enfiar a vara de quebra na boca do cachorro pra romper a mordida.

Seu cachorro amordaçado parece muito disciplinado. Amarrado a uma corrente corrediça ao lado do ringue, o bicho não demonstra reação alguma à carnificina ali na frente.

– O Kenneth aqui é um cachorro de fuça, não de goela. Isso é uma vantagem – explica Monty, com prazer evidente. – Muito poucos cachorros de goela têm rapidez suficiente pra sair matando e arrancar uma garganta. Com sorte, alguns fazem o outro cachorro dismaiar, quando conseguem morder bem a garganta e cortar o fluxo de oxigênio.

Ele olha com desdém para os cachorros no ringue.

– Esses aí num são cachorros de briga verdadeiros. Um pitbull sozinho podia acabar com os dois ao mesmo tempo.

Separados, os cachorros atacam outra vez, formando uma só besta rosnante e batendo com força na porta à frente das nossas pernas. Então voltam a se separar e atacar, com o pastor alemão demonstrando mais agressividade. Depois disso, o rottweiler exibe o rosto dilacerado e gane horrivelmente. Sinto vontade de gritar, "Parem".

– Tão vendo? Aquele rottweiler tem uma mordida três vezes mais forte que a do pastor alemão, mas o viado não tá machucado – diz Monty em tom triunfante. – A maioria dos cachorros de goela tem uma única chance, e só consegue encher a boca de pelo. Assim que o cachorro de fuça começa a rasgar a cara deles, a coragem deles some, e eles pedem pinico. É como um boxeador que só tem um soco: o sujeito passa a noite toda tentando acertar a marretada, enquanto vai recebendo jabs e ganchos sem parar. Aqui os lutadores de verdade são os pitbulls; o resto é só para exibição. É um circo de malucos e nós somos a atração principal...

Ele ri, e continua em tom grandioso.

– Mas é uma tradição antiga, e as regras existem há muito tempo. É um esporte, feito a tourada na Espanha.

– Eu acho horrível – diz Lara, estremecendo. Depois olha para ele e sorri. – Mas também um pouco divertido.

O pastor alemão abocanha a nuca do rottweiler, que gane e se contorce. Quase paralisada de medo, a pobre criatura estremece e se agacha no chão, enquanto o pastor alemão fica por cima, rosnando pelo nariz. Um velho demente e assustador ergue uma garrafa de uísque semivazia, rugindo, "Mata o puto!"

Um grandalhão com a cabeça raspada e uma pesada jaqueta preta cumprimenta Monty, antes de lhe entregar um espelho com carreiras de cocaína já batidas. Ele cheira uma e passa o espelho para Lara, que repassa para mim. Eu declino. Quero ficar doidona, mas não com essa porra de gente. Noto que Klepto cheira uma carreira.

– Acho que é assim que vai ser a próxima rodada – debocha Monty.

Os proprietários acabam separando os cachorros. O pastor alemão é amordaçado e o rottweiler recebe do seu dono um olhar de desprezo. O que creio ser um veterinário decadente, mas depois percebo ser realmente o tal bêbado com o uísque, está tratando as feridas do bicho com um frasco cheio de um troço escuro, que presumo que seja uma solução de iodo. Ele vai aplicando o troço enquanto o dono segura a cara do cachorro.

– Esse viado me custou quinhentos paus. Escroto – lamenta o sujeito da jaqueta preta. – Essa porra de cachorro não conseguiria lutá contra o sono.

– É bom sempre apostar em cachorro de fuça, Mike. Vê como tu briga quando teu rosto tá sendo arrancado!

Fico fascinada, sentindo a friagem penetrar nos meus ossos e os calafrios passarem por mim com uma regularidade estroboscópica. Encorajada pela cocaína, Lara parece estar gostando da carnificina.

– Que maravilha – diz ela. Depois olha para mim e diz: – O que foi? Eles nasceram para fazer isso. Assim como os cavalos existem para correr, saltar e ser montados, esses cachorros nascem para brigar. Não vejo problema algum.

– O problema não é com os cachorros – digo eu, baixando a voz e cochichando com urgência no seu ouvido. – É com as pessoas aqui...

Fico examinando os rostos dos homens ao meu redor, e de repente reconheço um do outro lado do ringue. É meu *pai*, conversando com um careca baixote! Graças a Deus ele não me viu! Em pânico, dou um passo atrás e puxo Lara para o lado.

– Preciso ir embora. Já.

– Por quê? Está se acovardando, srta. Cahill? – pergunta ela em tom convencido. – O cachorro do Monty vai lutar agora!

– Não é isso. Meu pai está aqui! Não quero me encontrar com ele!

Lara cerra os dentes e ergue as sobrancelhas.

– Bom, eu vou ficar. Isso é divertido.

– Só não conte a ele que eu estava aqui – digo, recuando ainda mais.

Klepto olha para mim.

– *Aquele é o teu pai*? O Tom Cahill?

– É! – sibilo. – Por favor, não conte a ele que eu estava aqui.

A cor sumiu do rosto dele.

– Num tem perigo disso!

Vou abrindo caminho pela multidão. Alguém passa a mão na minha bunda. Eu me viro e vejo Jaqueta Preta inclinar a cabeça pontuda com uma piscadela sacana. Vou em frente, ouvindo um velho rir e dizer, "Pois é, num é um canil elegante, frangota!".

Saio e chego ao carro. Enquanto me afasto, vejo o 4X4 do meu pai estacionado junto a outros veículos num pátio asfaltado do outro lado do celeiro. Vou embora daquele lugar horroroso, pegando outra vez a estrada que cruza Dunfermline rumo a Cowdenbeath. A garoa virou um temporal.

Fico feliz por estar sozinha. Vou pensando no meu pai e no cachorro. Ah, meu Deus. Certamente não... À frente há um vulto solitário, parado na beira da estrada. Espantosamente, alguém está pedindo carona fora de Dunfermline. É uma garota. Eu paro no acostamento e ela se aproxima correndo.

Só que não é uma garota. É um cara vestido de mulher e eu o conheço!

Eu abaixo a janela.

– Por que você está vestido assim? O que está fazendo aqui?

Ele abraça o próprio corpo. Está sem casaco!

– É uma história comprida. A gente pode discutir o assunto dentro do carro?

Abro a porta do carona. Quando ele entra, fico impressionada ao ver como suas pernas parecem femininas dentro daquelas meias ensopadas. Sinto uma onda de inveja, pois as minhas são deformadas e gorduchas dentro dos jeans.

– Onde é que tu tava? – pergunta ele.

– Visitando amigos – respondo depressa. – Mas o que interessa é... Onde *você* estava?

Jason vira para mim aqueles olhos quase permanentemente espantados que ele tem. Chocada, lembro que usei seu nome para tentar me livrar do tarado. Foi o primeiro que me veio à cabeça, quando o sujeito perguntou pelo meu namorado! E agora ele aparece vestido de mulher.

– Eu me envolvi num teatro amador. E tava interpretando uma garota numa peça. Tipo ensaiando lá no Carnegie Hall. Fui tomar um gole, esse um virou vários, e acabei trancado do lado de fora! O pobrema é que minhas roupas e minha grana tavam trancadas no camarim! Só podia acontecer comigo – diz ele, sorrindo tristemente.

Ao chegarmos a Cowdenbeath, falo para ele das minhas esperanças cada vez menores de comparecer ao torneio em Hawick. Quando entramos na rua principal, ele parece ficar agitado.

– Hum... obviamente, eu não me importaria se tu me deixasse bem na porta de casa. O pessoal pode interpretar errado as coisas...

Eu me pego rindo descontroladamente, enquanto ele afunda no assento, mostrando o caminho até uma vila residencial atrás da estação ferroviária.

– Puta que pariu – diz ele, afundando ainda mais ao ver umas pessoas saindo de um pé-sujo na esquina. – É o Vizim Watson!

Quando o sujeito que Jason não quer encontrar passa, paramos diante da casa dele.

– Jenni, posso pedir mais um favorzinho pra tu? Quer bater na porta e pedir que o Veio traga meu casaco, meu tênis e meu moletom?

Reluto um pouco em fazer isto, mas ele parece muito desesperado.

– Bom, tá legal...

Salto do carro, vou até a casa e ouço música rap tocando bem alto lá dentro. Bato na porta, que acaba aberta por um homem que tem o rosto amarrotado e amarelo, como queimado de um dos lados. Visto por outro ângulo, ele parece alguém semifamiliar, mas não uma versão mais velha de Jason. O barulho é quase ensurdecedor. Ele recua e abaixa o volume. Quando reaparece, eu lhe conto a história que Jason me contou. O sujeito balança a cabeça em dúvida, mas pede que eu entre no vestíbulo. Tudo ali parece velho, com cheiro de fritura.

– Desculpe esse barulho... é o 50 Cent – diz ele, balançando a cabeça.

Então sobe a escada e volta com os artigos pedidos pelo filho. Eu levo tudo até o carro, ficando do lado de fora enquanto Jason luta com o tênis, a calça e o casaco. Depois ele sai do carro e fica olhando para mim.

– Obrigado por essa, Jenni. Tô devendo um favor pra tu – diz ele, abrindo um largo sorriso que reduz seu rosto a dentes, olhos e entusiasmo. – Tu é uma gata de prima... tipo com bola demais pra escola.

Jason entra e eu vou para casa, pensando que ele é muito mais amável e interessante do que eu achava.

Quando chego em casa, estou com a cabeça tumultuada pelos acontecimentos do dia, então fico acordada vendo a reprise de um documentário genial sobre a morte de Kurt Cobain. Gosto desse horário: todo mundo está na cama, a casa parece só minha e a televisão é realmente assistível. Kurt era um gênio. Ser capaz de preferir a morte à adulação: isso não é o máximo da coragem moral, do tipo que todos nós queremos ter? Meus olhos ficam marejados. Eu fantasio que Kurt vai entrar em Cowdenbeath numa grande motocicleta, vai me colocar na garupa e sair da cidade. Vamos viajar por poeirentas estradas vicinais no sul da Europa e parar a fim de transar no topo de uma colina sob o sol da Toscana. Estou prestes a me masturbar quando ouço a porta da frente se abrir.

Está muito tarde, que porra é essa...

Então papai entra com Ambrose, que tem a cara coberta por curativos! Ele se mostra estranhamente simpático ao ver que eu ainda estou acordada.

– E aí... tudo bem? – diz ele.

Eu me aproximo do cachorro, que só tem um olho triste ainda visível no meio das bandagens. Como se nada soubesse, arquejo.

– Caralho, o que aconteceu com ele?

Papai baixa o olhar para a pobre criatura.

– Dois rottweilers atacaram o Ambrose hoje à tarde. O pobre diabo quase perdeu um olho. Foi preciso mandar costurar a fuça dele lá no veterinário.

– E você deixou que isso acontecesse com ele?

– O que mais eu pudia fazer? – geme ele. Quando levanto do sofá, acrescenta: – Desde quando tu liga presse cachorro?

– Desde que você começou a explorar a porra do bicho, como tenta fazer com tudo que vê na vida! – grito para ele. Ainda ouço seus pedidos para não acordar mamãe e Indigo, mas bato a porta e abafo o som da voz.

Dito e feito. Mamãe aparece de camisola no topo da escada.

– Qual é o problema, Jenni? O que foi?

– Pergunte para a porra do monstro com que você fez a loucura de se casar! – retruco, entrando no quarto.

– Você vai respeitar o seu pai dentro desta casa, mocinha! – guincha mamãe. Ouço meu pai apaziguando o ânimo dela na escada. Não sei qual dos dois é pior: ele, com a moral de uma ratazana de esgoto, ou ela, com o cérebro de um camundongo.

9

DENTRO DO GOTH

O Vizim Watson tá com uma tese boa no Goth: é algo que vem provocando a mente dos homens de índole especulativa há muitu tempo.

– Num entendo por que as garotas ficam nervosas quando as calcinhas aparecem; como se isso não fosse sensual e uma calcinha com etiqueta Calvin Klein aparecendo acima da jeans só pode ser.

– Sei muito bem do que tu tá falando, puto. Quando a Lara pulava o obstáculo com Scarlet Jester, a calcinha preta aparecia através do culote branco. Eu vi isso mil vez no DVD.

– Quem gravou?

– Eu, maluco! No torneio de Perth no ano passado, com a filmadora que o Boaby pegou emprestada na faculdade – digo. Depois explico pro bar todo. – No campus principal da Halbeath Street em Dunfermline, e não na porcaria de filial que os putos abrirum na fábrica aí na estrada.

O duque de Musselbury aparece, vê meu copo quase vazio, mas não me faz qualquer gentileza ao se instalar. Tá registrado, puto.

– Ouvi falar que ela e a Jenni Cahill vão ao torneio grande em Hawick – digo a eles. – Ontem à noite a Jenni quase salvou minha vida com o carro. Aceitou minha explicação direitinho. Conduta de alto nível pruma garota.

O duque olha pra mim como se eu fosse um escroto.

– Tu também vai?

– Acho que vou. Alguém precisa apoiar as gatas de Fife contra as piranhas ricas de Perthshire. É um dever patriótico como embaixador do Reino, putada.

É bom ter um pouco de paz aqui no Goth. Lá em casa o Veio continuava tocando sem parar aquela música do 50 Cent, "Many Men (Wish Death Upon Me)", cada vez mais alto. E num levantava daquela poltrona antiga; só ficava bebericando uma lata de cerveja ali, todo choroso.

10
BRONZEAMENTO

Fico deitada na cama até o Escroto sair para o trabalho, Indy ir para a escola e a Zero-à-Esquerda partir para as compras, a fim de evitar encarar qualquer um deles. Estou numa casa de monstros, que só me dão nojo. Quando a barra fica limpa, bato uma longa e deliciosa siririca, imaginando que estou na garupa da moto de Ally Kravitz, como Lara falou que se chama o amigo gostoso de Jason. Sinto o sol do Mediterrâneo no rosto, mas é apenas meu próprio fluxo sanguíneo subindo à tona, enquanto gozo com convulsões violentas. Só fiz sexo com dois caras até hoje; em nenhuma das vezes a sensação foi tão boa quanto as que tenho sozinha.

Afasto o edredom para me refrescar e fico deitada num estupor tonto. Depois levanto e me arrumo. Pego o carro e vou para minha aula de step no centro esportivo. Lá, o velho bêbado esquisito que vive sentado do lado de fora fala algo para mim ou sobre mim. Surpreendentemente, não parece tão pouco elogioso assim.

– Falou – respondo, dando de ombros antes de entrar.

Faço uma boa aula. Depois Lara me manda uma mensagem de texto pelo celular e vou até a rua principal encontrar com ela no Leisure Tanning Studio.

Nós entramos em cabines adjacentes. Há apenas uma frágil divisória separando as camas em que deitamos. Tudo começa com um rangido forte e uma explosão de luz intensa, tão formidável que consegue penetrar sob os meus óculos protetores. No início é legal. Vou pensando em praias tropicais e é difícil acreditar que estou na rua principal de Cowdenbeath. Depois de um tempo, porém, fica muito quente e minha cabeça é invadida por uma imagem diferente. Começo a me ver como um frango assado num espeto. Juro que consigo até sentir o cheiro da minha carne cozinhando.

– Não sei se isso é legal, Lara – grito para ela embaixo da fila de refletores, com a bunda nua sobre o vidro duro e frio. – Acho que estou me sentindo queimar aqui. Isso não deve ser bom para a gente.

– Que bobagem, srta. Cahill... vai lhe fazer bem demais – diz a voz desencarnada dela na máquina adjacente. – Quando você se livrar dessa pele branca e pastosa, pode ficar tentada a comprar umas roupas mais coloridas, em vez de usar preto o tempo todo. Vai ser ótimo lá em Hawick.

– Como pode? Isso não vai melhorar a perna do Midnight, nem fazer com que a gente salte mais alto.

– É sempre bom ter o melhor visual possível para os fotógrafos de lá. Ouvi falar que talvez haja até algumas câmeras de TV, para aquele programa da STV, *Country Pursuits.*

Depois vamos ao café do centro de lazer. Fico pensando naquele Klepto horroroso; em Jason, o paquerador esquisito, mas doce; na porra do meu pai; e no coitado do Ambrose, o cachorro. Minha sina parece ser viver cercada pelos pirados que orbitam em torno de Lara.

Quando chego em casa, dou uma olhadela em Midnight no estábulo. Papai aparece com Indy e um de seus discursos de sempre, falando que eu estou "submontada" com Midnight.

– Ele é macaco velho, mas tu precisa de um animal mais forte e faminto pra competir direito. Tem um potro de seis anos, bem treinado, pra vender aí. Vê se tu gosta dele. É castrado, mas tem espírito de garanhão. Os donos até falaram que foi um erro capar o bicho, que podia virar reprodutor. Um cavalo alemão, e nada é melhor que isso. Puro-sangue, ainda por cima. Cavalo assim não aparece todo dia.

Indy entra no estábulo para dar uma olhadela em Clifford, o pônei. Meu pai avança e sacode a cerca. O coitado do Ambrose vai tristemente atrás dele, com o focinho ainda todo enfaixado. Eu sigo junto, perguntando:

– Como está a cara dele?

– Vinte e dois pontos. Parece horrível, mas é tudo superficial. Ele é três-quartos pitbull. Devia ter reagido! – responde ele, olhando para o cachorro com desdém raivoso.

Eu penso em Monty e seu cachorro assassino, Kenneth.

– É engraçado que os cachorros tenham partido direto para a cara dele. O corpo não tem marcas.

– Pois é... mas cachorro é assim. Eles fazem isso.

– Principalmente quando são treinados, né?

Ele lança um olhar interrogativo para mim, depois dá de ombros.

– É bom inspecionar aquele estábulo. Tá fedendo pra caralho.

– Eu tento, mas dá muito trabalho – protesto. – Tem o pônei da Indy, os animais de companhia, e só eu para cuidar de tudo!

– Isso tem solução – diz ele.

Provavelmente ele vai recomeçar a falar em hospedar Midnight com Scarlet Jester nos estábulos La Rue. Quantas vezes preciso repetir, para ver se entra na cabeça dura dele, que isso não vai acontecer?

– Já sei o que você vai falar – digo, com um muxoxo.

– Ouvi o que tu falou sobre os estábulos e acho que a gente precisa de alguém pra nos ajudar aí, só que hoje em dia anda difícil conseguir empregados – diz ele, erguendo as palmas das mãos e sorrindo. Eu forço uma reação e ele dá uma piscadela. – Mas acho que conheço alguém.

– Tá legal – respondo em voz baixa. Sei muito bem que acabamos de firmar um pacto para não mencionar mais as feridas de Ambrose, e em troca ele vai pagar alguém para ralar no estábulo. Percebo então que provavelmente sou tão rasa quanto ele, e talvez até mais.

11
EAST PORT

Na tarde seguinte tô de volta a Dunfermline, sentado no East Port com Olly Mason, que segura um saco plástico com minhas roupas, e num para de pedir desculpas.

– Lamento muito, Jason, mas minha esposa não entenderia a necessidade que eu tenho de buscar uma comunhão simbólica com minha filha. A June é uma mulher maravilhosa, mas terrivelmente reacionária. Não tem uma mente aberta como você ou eu.

Justiça seja feita: esse puto sabe massagear um ego muito bem. Certas gueixas passam anos aprendendo o ofício, e não conseguiriam chegar perto disso: Coisas Que Não São Ensinadas no Curso de Administração em Kelty. Em todo caso, ele já encontrou o meu clitóris.

– Puta que pariu... Eu me orgulho de ser um livre-pensador, seguindo a tradição de Fife.

Olly faz com a cabeça o gesto de compreensão mútua empregado por homens eruditos no mundo todo.

– O que você fez ontem me ajudou tanto – diz ele, erguendo o ouro negro num movimento de brinde que sou levado a imitar.

– Considere seu banimento rescindido. Falei com o comitê e todos concordaram com minhas recomendações: nós agimos com pressa demasiada, o resultado com Mossman deve ser mantido, e Jason King jogará com Derek Clark, de Perth, na próxima rodada da copa! Saúde!

– Saúde! É um prazer ser útil, Olly, mas foi um pé no saco desfilar pela cidade feito uma traveca.

O puto franze as sobrancelhas direitinho.

– Pois é... lamento muito isso.

Mas é uma bela caneca de Guinness. Eu lambo o inevitável bigode de espuma no meu lábio superior.

– Tudo está bem quando acaba bem. Peguei carona no carro duma gatinha que eu cunheço. Do tipo que não faz perguntas. Uma gatinha gótica... mas não no sentido do boteco – arremato apressadamente.

– Excelente... excelente. Escute, Jason... O que você acha de me ajudar outra vez? – pede Olly. – Aquela última sessão foi tão... catártica... mais umas duas com o mesmo nível de... intensidade... certamente me permitiriam avançar...

– Bom, eu num...

– É claro que lhe daria uma recompensa – interrompe ele. – Que tal cinquenta libras?

Fico pensando um instante. Um troço inofensivo, e justo sob qualquer ponto de vista.

– Eu topo, mas si tiver punheta, tô fora – digo a ele. – Sem querer ofender, presenciar o gozo de outro homem não é coisa pra mim... principalmente se eu for o único de saia ali, caralho!

Olly olha pra mim com ar triste, como que reconhecendo que se trata apenas de um negócio. Pois é, a relação cresce quando a grana aparece, como já dizia o velhu Karl. Depois balança a cabeça devagar.

– Tudo bem, desde que eu possa gravar a sessão. Será exclusivamente para minha... terapia pessoal. Isso eu garanto.

Eu penso um pouco no assunto e dou de ombros. Olly num parece ser do tipo que gostaria que mais alguém soubesse disso.

– Tá falado.

– Hoje é dia de June fazer compras em Edimburgo – explica ele em voz baixa, enquanto matamos as canecas e voltamos pra casa. O que não se faz por amor ao futebol de mesa? Mas quem precisa se prostituir deve cobrar o preço máximo. São princípios sindicais básicos, caralho.

Olly instala a câmera num tripé e logo começamos a trabalhar. Acho que desta vez acerto melhor a maquiagem, pintando os lábios como a Veia costumava fazer. Olly está fazendo uma encenação muito mais elaborada e eu sou obrigado a suar por meu cachê. O puto quer que eu mantenha um olhar distante, segurando diversos livros que ele me dá, feito *Adoráveis mulheres* ou *Jane Eyre*. É como se eu estivesse contemplando uma frase da obra, algo assim.

Quando percebo, já estou sentado no joelho dele, que me faz ler trechos em voz alta. Sem dúvida simulando as aulas dadas a Kathleen quando criança. Quase tomei um estabaco quando ele falou que eu tinha um "ar de inocência". Aquilo realmente me fez decidir sair fora e arrumar uma trepada.

A respiração de Olly ficou rasa feito uma puta que diz "eu ti amo", e eu tive certeza de que o vestido da coitada da Kathleen ia precisar de uma boa limpeza.

Quando torno a vestir minhas roupas normais e encontro o puto lá embaixo, ele diz:

– Acho que já estou quase lá, Jason... navegando pelas águas turbulentas da dor com o porto da serenidade quase à vista. Hum... alguma chance de pelo menos mais uma visita?

Sou levado a dizer pro puto:

– Talvez seja melhor parar por enquanto, Olly. Sem querer ofender, todo mundo tem um jeito de lidar com o sofrimento, mas vou deixar que tu pilote esse navio específico sozinho.

Olly balança a cabeça com lenta compreensão, contando o dinheiro e me entregando as notas. Indo comigo até a porta, diz:

– Está bem, mas se você mudar de ideia já sabe onde me encontrar.

Eu me mando pela trilha do jardim, fazendo um rápido aceno pra ele. Dou uma palmada na grana no meu bolso traseiro, já me sentindo fabuloso. Puta que pariu.

Acabo ficando em Dunfermline mesmo, porque marquei um encontro com Kravy. Planejamos ir ao hospital Queen Margaret visitar a mãe dele. Dou uma volta pelo centro, mas vejo Monty sair da banca de jornais com dois ou três caras que deram a tal surra em mim e Boaby. Viro pro outro lado, e felizmente os putos estão tão concentrados no seu joguinho de perseguir as bichonas que num percebem minha presença. Mas foi por pouco! Eu penso em visitar a Veia lá no hotel, mas não quero me arriscar a ser barrado pelo Arnie Cueca Cagada. De qualquer forma, tá quase na hora do encontro com Kravy. A noite cai feito uma puta baixando as calcinhas, enquanto eu pego a avenida principal e vou saindo do centro. A câmara municipal parece um castelo de conto de fadas, com suas torretas invadindo a rua. Descendo a ladeira, chego a Tappie Toories, um albergue conhecido muito além dos limites de Fife, e que já pertenceu ao grande e falecido Stuart Adamson, ex-integrante do Big Country e dos Skids.

Assim que peço meu ouro negro, ouço o rugido do motor de uma moto lá fora e logo depois Kravy entra. Eu peço um chope pra ele, que pergunta:

– O que tem aí no saco, Jason?

– Hum... umas roupas que deixei na casa duma gata outro dia, quando tive que sair correndo.

– Alguém que eu cunheço?

– Em boca fechada num entra mosca.

Então nós entornamos tudo depressa e eu subo com relutância na garupa da moto pra ir ao hospital.

Quando encontramos a enfermaria, vemos a mãe de Kravy sentada na cama. Há um *penne picante* largado numa mesa com rodas ao lado da cama. Ela está com o bico escorrendo, como se houvesse cheirado toneladas de pó.

– Como vai a senhora?

– Duvido que ainda me reste muito tempo nesse mundo, Jason... eu já falei com o padre Maguire. – Ela lança um olhar lacrimejante pra Kravy. – Eu só queria que meu filho voltasse pra casa, conhecesse uma boa moça escocesa e casasse.

– Mas eu prefiro as gatas espanholas, mãe... principalmente as mais gordinhas – diz Kravy, desenhando no ar um vulto cheio, nada voluptuoso. – Esse é o espírito latino. Eu tô traçando uma gata lá em Setúbal, fazendo suruba a três e tudo mais.

A mãe de Kravy ergue o corpo e afasta da cama a mesa com rodas.

– Ora, isso a gente já fazia antigamente. – Ela vira pra mim. – Escute só, ele acha que consegue fazer a velha mãe ficar chocada...

Isso me deixa contemplativo.

– A senhora sabe o que é engraçado? Lá no Goth, todo o pessoal da velha guarda fala a mesma coisa. Contam que antes da Aids havia uma sacanagem de categoria em Fife. A garotada também curte isso... naquela boate lá da estrada, putamerda... Tu pode engravidar só por entrar lá numa noite de sábado! Pois é, o barato só pulou uma geração, ou pelo menos a minha parte da geração! – digo a eles, já em tom efervescente. – Essas boates todas... o Instituto dos Mineiros lá em Cowdenbeath num consegue competir!

– Pois é, mas esse moleque aí inda acha que inventou o sexo – diz ela, olhando pro filho. – Além disso, quem chega à minha idade percebe que há mais coisas na vida.

Kravy olha com desdém pra mãe acamada, erguendo os olhos castanhos de cigano em direção à testa. Depois diz em tom debochado:

– Sei, e tu quer dizer que se machucou porque tava tentando espanar a xota?

Puta que pariu. Eu não conseguiria falar com minha mãe assim. Ficaria com a fuça mais vermelha, caralho, do que o rabo de Lara depois de uma sessão na cama solar!

– Eu estava tomando uma taça de vinho numa ocasião social com algumas frequentadoras do bingo – protesta a mãe dele em tom formal.

E é nisso que consiste a maior parte da noite: escutar um sacaneando o outro. Quando saímos, o tempo tá ruim pra caramba, e eu não sinto a menor vontade de subir na garupa da moto. Ficu tentado a ampliar a mentira acerca da gata em Dunfermline: possu falar que vou encontrar com ela e ir me esgueirando até a Halbeath Street pegar o ônibus 19 ou 30. Ou até a estação ferroviária. Mas acabo engolindo em seco e subindo na garupa.

Kravy arranca, acelerando tanto que minhas tripas e meu coração continuam em Dunfermline quando surgem os limites de Cowdenbeath!

Meu Deus, é um alívio saltar daquela porra. Quando chego em casa, o Veio diz:

– O puto daquele gângster, o Tom Cahill, ligou procurando tu. É melhor se afastar de escrotos assim... aquilo não presta.

– Eu achava que tu curtia gângster...

– É *gangsta*, filho... há uma grande diferença.

– Tá certo – digo, cansado demais pra discutir. – O que ele queria?

O Veio solta um pouco de ar pelos lábios comprimidos.

– Não sei. Mandei o puto pro caralho.

– Tu num...

– Não, mas tive vontade – diz o Veio, fazendo uma careta pra mim. – Num vem trazer encrenca aqui pra casa.

– É sobre um emprego no estábulo – digo, erguendo as palmas das mãos.

– Não existe emprego estável atualmente – diz o puto, sem entender o que eu falei. – Pelo menos pra classe trabalhadora.

Como não queria ouvir outro sermão político dele, eu me embequei todo e decidi ir até a boate Starkers, que pertence a um respeitável empresário de Fife chamado Eric Stark. Quando chego lá, vejo que a fachada foi vandalizada, aposto que pela garotada: em cima do primeiru R foi pintado um L. Essa turma é mesmo jovem demais. Duas garotas estão sentadas a uma mesa, muito maquiadas, e por isso demoro um pouco pra reconhecer quem são: Assada de Suor e Encharcada de Chuva. Uma delas acena pra mim, ameaçando, "Conheço você de algum lugar...".

Sinto vontade de falar "Cowdenbeath, por acaso?", mas sento, pois fico surpreso ao ver que, pintada pra guerra, Assada de Suor parece à altura do papel. Mas eu inda precisaria de mais alguns goles no bucho pra conseguir afogar o ganso em Encharcada de Chuva. Seus passatempos incluem: gravidez, cigarros e televisão durante o dia.

– Tu não morava ao lado da Alison Broon? – perguntou a Assada de Suor.

– Morava. A irmã caçula dela, Evelyn, era minha melhor amiga.

Com seu aparelho nos dentes, Evelyn foi apelidada por mim de Doutora Lecter; mas era só brincadeira, putada.

– Achava que eu era sua melhor amiga – interrompe Encharcada de Chuva, bastante irritada.

– É, mas antes era ela. Tipo há séculos – diz Assada de Suor apressadamente, em tom pacificador.

Penso no tal aparelho outra vez, imaginando se Evelyn, já adulta, poderia ser induzida a usar aquilo numa trepada, puramente pra proporcionar prazer oral à putada. E sou levado a indagar:

– Que fim levou Evelyn Broon?

Assada de Suor pega um cigarro de Encharcada de Chuva e começa a fumar.

– Ela foi pro Canadá com Alison e o namorado. Eles pagaram pra ela. Acho que agora ela arrumou um cara e sei que já tem um filho.

– E a Alison?

– Pelo que sei, já tem três filhos – diz Assada de Suor, sob a aprovação de Encharcada de Chuva.

– Pois então, é isso aí. E vocês, meninas? Alguma já participa da bela instituição que é a maternidade?

– O quê? – diz Encharcada de Chuva.

– Vocês têm filhos?

– Ela tem dois – diz Assada de Suor, apontando pra Encharcada de Chuva, que resplandece de orgulho bovino e fica olhando pra mim como se eu precisasse dizer "Tu num parece ter idade pra isso".

– Onde eles tão agora?

– Com a minha mãe – diz ela. Depois faz uma careta e diz pra amiga. – Vigia o meu casaco... vou dar uma mijada.

Quando ela se afasta, Assada de Suor vira pra mim e revela:

– Ela tá embuchada outra vez. É dele ali.

Ela aponta prum garoto que já não é tão garoto assim. Na realidade, é um monstro: cabeleira negra, camisa branca e um queixo que parece uma gaveta aberta pra agarrar moscas perdidas.

– O Craig. Ele trepou com ela quando os dois tomaram um porre no parque. São três filhos de três caras diferentes. – Assada balança a cabeça com algo que lembra nojo. – Quer dizer, eu quero filhos, mas com um só cara legal, que queira ficar comigo.

Ela dá uma tragada no cigarro e lança um olhar esperançoso em torno.

– Isso não é pedir demais, é?

Eu penso que num lugar daqueles seria mais fácil pedir pra acertar na loteria. De qualquer forma, qualquer insinuação de desespero é bromato social, então me afasto, patrulhando a pista de dança em busca de perspectivas melhores. Mas o território já parece ter sido isolado como propriedade da garotada. Toda vez que tento estabelecer contato visual com algo decente, vejo um brilho metálico ameaçador. Quando falo que as xotas não tão mordendo, quero dizer que eu poderia estar pelado numa sauna de Edimburgo com lenço amarrado no pinto, e continuaria chupando o dedo. Eu fico meio ressentido e peço no bar uma solitária caneca de chope. Então ouço uma voz no meu ouvido.

– Todo puto tem direito a um pouco de exclusão social, Jason, mas não há necessidade de monopolizar a coisa. Venha se juntar a nós.

Eu viro e vejo Tom Cahill. Ele aponta pro curral VIP, onde alguns medalhões do cenário social de Fife estão sentados juntos. Avisto Sammy F. Hunter, que escreveu o tal romance de ficção científica sobre o asteroide que cai em Fife, mas a putada toda caga e anda. Isso foi anos atrás, mas justamente quando a estrela dele já parecia se apagar, surgiu o furacão Katrina em Nova Orleans e ele passou a ser chamado de visionário, pois previra com exatidão a reação do governo americano àquela crise! A literatura de Fife está bastante presente ali; se não me engano, ao ladu de Sammy temos o poeta Ackey Shaw, reconhecido como uma das maiores influências de Jim Leishman. Ele assinou o folheto "Um Viado Inofensivo", que teve boas resenhas na revista literária *Chapman*, putada.

Puta que pariu, quem passa embaixo daquela corda entra em outro mundo: é uma verdadeira galáxia de baldes de champanhe, piranhas bronzeadas e altos negócios. Parece até uma boate de luxo transportada pro centro de Fife.

– Jason King. Durante certa época, nossa grande esperança branca no esporte dos reis – anuncia Cahill pro grupo. – Outrora contratado pelo estábulo de Cliff Redmond em Berkshire, não foi, Jason?

Eu detesto essa parte, porque sempre acabo forçado a explicar por que nunca corri, que dirá vencer uma corrida profissional.

O que se pode dizer quando a vida começa aos catorze e termina aos dezoito?

– Pois é – digo.

Felizmente, esse perigo é afastado quando Tom Cahill vira pra Sammy e diz:

– Esse homem aqui já foi aprendiz de jóquei.

– É? – Fico surpreso, assim como o escriba de ficção científica também parece ficar.

Tom alisa a ampla barriga do sujeito.

– Quer dizer... aprendiz de Jocky Wilson.

Todo mundo dá uma risadinha e eu cumeço a achar que Tom Cahill não é tão escroto assim.

12

TRADIÇÕES

Tive pesadelos pavorosos ontem à noite. A culpa é da minha própria estupidez, minha fraqueza com aquele idiota do Klepto. E da Lara, por ter me envolvido com escrotos assim. Acima de tudo, a culpa é dele. E também não vou esquecer o caso; um dia, de alguma forma, ainda vou ver o canalha dentuço se contorcer de dor depois que eu lhe der um chute na boca.

Desço para tomar o café da manhã, pensando em pegar a aula de kick-boxing no centro de lazer. O step é chato demais. Além disso, quero aprender a socar e chutar com força. Por aqui, isso parece ser uma habilidade necessária. Já sentada à bancada do café, levo um susto ao olhar para a divisória que leva à sala e ver uma figura se erguer do divã na penumbra. Prestes a soltar um grito, percebo que é o esquisito do Jason!

– Ei... e aí? – diz ele, esfregando os olhos sonolentos. – Eu topei com o Tam ontem à noite... E a gente, ah...

Meu pai aparece na soleira, envolto num roupão folgado e esfregando os olhos. Com seu tom seco, ele diz:

– Dia...

– Ah, Tam... Eu tava contando pra Jenni que ontem à noite tu bancou o Bom Samaritano, porque eu tava mareado e tu me trouxe para arriar aqui no sofá...

– É, mas minha caridade num é infinita, Jason – diz meu pai, subitamente animado. Olhando para o meu cereal com alto teor de fibras, ele continua: – Portanto, depois de comer uma torrada ou um lixo desses aí, tu pode trabalhar limpando o estrume do estábulo. Pra suar um pouco daquela cerveja ruim!

– Tô nessa, Tom – diz ele, levantando. – Pronto prum dia inteiro de trabalho!

Jason se serve de um pouco do café que eu fiz, junto com duas torradas.

– Então você vai trabalhar no estábulo? – pergunto.

– É... o Tom... teu pai... acha que eu levo jeito com os bichos. Vou fazer a limpeza, dar ração pros cavalos e levar aquele cachorro pra passear. Teu pai acha que ele precisa de mais exercício.

Essa é uma faca de dois gumes. Estou longe de feliz por ter outro conhecido de Lara aqui, sem sequer me perguntarem quem deve tratar do Midnight, mas admito que fico encantada com o tempo livre que vou passar a ter!

Meu pai volta, puxando Ambrose pela coleira.

– Pois é, Jason, tu parece aquele Doutor Dolittle. Preciso do teu talento com os bichos, filho. – Ele entrega o coitado do Ambrose a Jason.

– Ele é uma beleza – diz Jason, pegando cautelosamente a coleira, e olhando chocado para as feridas na cara do cachorro. – O que aconteceu com a fuça dele?

Quase falo alguma coisa, mas me contenho, lembrando do tal pacto tácito, do qual suponho que Jason faça parte. Enquanto minha mãe entra com Indigo, meu pai repete a mentira.

– Mas que roubada pro bicho, Tam – diz Jason, concordando.

Mamãe apanha o casaco e sai para levar Indy à escola em St Andrews. Eu começo a sair atrás delas, mas decido parar perto da porta da cozinha e ouço meu pai falando em tom conspiratório.

– Três-quartos pitbull; um quarto retriever; um matador com inteligência. Tu precisa cuidar dele quando eu num estiver aqui. Não confio na patroa, que tem merda pra caralho no cérebro, pra fazer isso direito, e não confio no cachorro perto da pequena.

– E a Jenni?

– Ela num tá interessada – diz ele com um muxoxo. – Só pensa naquele cavalo fedorento dela.

– Hum... tá bem, Tom. Tu falou numa outra coisa ontem à noite? – pergunta Jason hesitantemente.

– Pois é... vê como sai a coisa com o cachorro primeiro. – Sua voz se eleva e eu pressinto que ele vai sair, então percorro o corredor e cruzo a porta da frente, vendo Lara chegar montada em Scarlet Jester. Esqueci que combinamos uma sessão com Fiona La Rue nos estábulos.

– Oi, Lara! – grito, avançando para ela. Jason e meu pai aparecem na soleira atrás de mim, acenando para nós, ou melhor, para ela. Depois se entreolham, parecendo subitamente constrangidos.

– Oi, Jenni! Olá, rapazes – sorri ela, desmontando e colocando Scarlet Jester no estábulo, entre Midnight e Clifford, o pônei. O porco Curran se escafede para o fundo do cercado e todos parecem satisfeitos por se verem. Com exceção do pobre Ambrose, tristemente amarrado por meu pai a um poste ali fora. Então ele volta para dentro de casa e Jason começa a limpar o estábulo. Lara e eu conversamos sobre o torneio de Hawick, e logo depois arreamos os cavalos para dar um galope leve no descampado. Midnight se esforça, mas mal consegue andar. Percebo que ele está angustiado porque se joga para a frente, arrancando as rédeas da minha mão, coisa que geralmente nunca faz. Resolvemos ficar aqui mesmo e Lara liga para Fiona a fim de remarcar. Eu e meu cavalo somos forçados a ficar vendo Lara e Scarlet Jester voarem por cima dos obstáculos.

Levo Midnight para fora do estábulo, mantendo o cabresto e o bridão. Amarro as rédeas no poste. Tirando o bridão, a sela e a manta, começo a escovar o pelo. Com a pinça de casco pendurada no poste ao lado das rédeas, faço as solas dele, tomando cuidado especial com a perna dianteira esquerda, que está machucada. Um bufo forte indica seu desconforto, então eu paro. Pego o pente e começo a esfregar com movimentos circulares. Ele adora isso e passa a respirar num ritmo constante, cochilando de satisfação.

Vejo Jason sair do estábulo, com as botas grandes cobertas de bosta. Ele arregala os olhos para mim e Midnight. Depois me faz um aceno estranho, enquanto Lara se aproxima com Scarlet Jester.

– Olá, Jason – diz ela com um sorriso frio, desmontando atleticamente. – Ajudando aqui?

– Pois é. Oi. É, um pouco de ajuda – diz ele.

Felizmente Lara quer ir à cidade. Botamos os cavalos no estábulo outra vez, e pulamos no carro. Quando partimos, dou uma espiada para trás e vejo Jason olhando para nós boquiaberto, de queixo caído. Meu pai aparece e grita algo. Ele volta a si e presta atenção.

Dentro do carro, eu viro para Lara.

– Foi o cachorro do Monty que fez aquilo com o Ambrose, não foi?

– Foi, mas na hora ele não sabia que era o cachorro do seu pai.

– Que diferença isso teria feito?

– Muita, pelo que eu entendi. Acho que o Monty tem um pouco de medo do seu pai – diz Lara, arregalando os olhos. – Como se ele fosse uma espécie de gângster.

Reviro os olhos com desdém.

Mas Lara parece impressionada. E eu lembro da satisfação que senti ao ver o medo daquele escroto do Klepto, quando ele descobriu quem meu pai era.

– Bom, é melhor do que ter um pai médico – argumenta ela.

Só que eu acho que as pessoas dessa cidade têm uma imaginação hiperativa.

– Ele é um transportador de cargas velho e chato – digo peremptoriamente. – Além de triste e deprimente demais para dar medo em alguém.

Nós malhamos um pouco no centro, depois tomamos café. A obsessão de Lara consigo mesma começa a me incomodar, e logo me pego desejando ficar sozinha para ler o terço final de *Reluctant Survior*. Já cheguei ao trecho em que o bonitão dr. Shaw beija ternamente a boca de Josephine. Ele fica excitado com o gesto e começa a cobrir o corpo dela de beijos. Chega a fazer *cunnilingus* nela. Josephine acorda atordoada, chocada, e até aliviada, enquanto Shaw, envergonhado, precisa contar tudo a ela. A história está começando a ficar muito boa. Em vez disso, porém, sou obrigada a escutar Lara falar do tal Monty, e meu estômago se embrulha sempre que ouço falar no nome do Klepto. Quero falar para ela, falar para *alguém*, daquele escroto.

Quando voltamos, Lara monta Scarlet Jester e parte para casa. Jason já foi embora e papai aparece quando estou pondo Midnight de volta no estábulo.

– Quero ver tu competindo com aquela chupadora. E esse cavalo aí só serve pro pasto do carniceiro. Ele te prejudica.

Eu olho para ele com pânico raivoso, pensando no que aconteceu com o coitado do Ambrose.

– Se um dia você machucar o Midnight...

Ele abre as mãos com um gesto de falsa inocência.

– Só estou dizendo que precisamos de um conjunto de verdade, e não de um cavalo manco. Veja só o meu negócio... se alguém num se esforça, vai pra rua!

– O Midnight fica. Ele vai ficar mais forte... eu tenho certeza.

– Pode ser – diz meu pai pensativamente. – Mas pense no que eu falei sobri o tal castrado.

13
EXÍLIO NA RUA ALTA

Um cachorro de briga, putada, é o acessório peludo que eu tô arrastando pela rua principal até a rua alta. Ambrose é o nome do bicho. Ele nem é tão ruim, depois que a gente acostuma: diante da loja de peixe e fritas, aqueles putos escrotinhos se afastaram depressa pra caralho quando eu passei desfilando com o bicho na coleira!

Obviamente, Tam Cahill acha que o treinamento como jóquei e a aparição no tribunal que o Vizim Watson e eu tivemos por causa daquela acusação de caçar lebres há uns dois anos (escapamos das garras do puto, porque sob a lei escocesa tu só pode ser processado por roubo) fazem de mim um candidato perfeito pro mercado de trabalho informal. E quem sou eu pra persuadir o puto do contrário? Principalmente quando pra mim é grana na mão a somar ao cheque-desemprego, simplesmente pra limpar os estábulos e dar umas espiadelas na bundinha dura da filha dele montada naquele cavalão. Só tô esperando que eles comecem a dar uns saltos, mas ela fala que a perna do bicho ainda num aguenta. Só que a porra da perna do meio seguramente aguenta. Outro dia eu tava limpando o estábulo enquanto ela escovava o puto, amarrado embaixo do toldo, e quase num acreditei no que vi. A bestinha da Lara tava saltando todos os obstáculos e eu me achei no paraíso dos paqueradores.

Jenni tava esfregando o lombo do cavalo com o pente, e então eu vi um caralho preto começar a surgir feito um telescópio da bainha, feito a espada de luz de Darth Vader, putada. Fiquei lá parado, com um sorrisinho idiota na cara, tentando chamar atenção, mas de jeito nenhum um anão feito eu podia competir com aquilo!

Embora a paquera no rancho Cahill seja boa, eu gosto bastante de sair com Ambrose. O pobrema é que passear com o cachorro me impede de gozar um dos prazeres principais de quem é marginalizado socialmente: tomar uma caneca de ouro negro na hora do almoço no Goth. Mas então penso que uma bicadinha só num fode o verão; posso tomar um trago rápido, depois partir pro litoral.

A rapaziada está lá dentro, e mostra medo do cachorro. Quero muito ver a porra do Monty aparecer quando eu tiver segurando a coleira desse bicho.

– Tranquilo, ele não faz mal a uma mosca – digu pro Vizim Watson. – Não é, Ambrose? Mas pode arrancar os culhões de todo mundo aí, putada!

O Vizim recua e o duque fica calado.

– Soube que o tal Mason foi preso uma noite dessas – diz o Vizim Watson pra mim.

– Quem? – diz o duque, de olho em Ambrose.

– Aquele ditador do futebol de mesa – explica o Vizim. Depois vira pra mim. – Inda bem que ele revogou o teu banimento antes, Jason.

– Pois é, inda bem – respondo, tentando não parecer muito preocupado, mas sentindo a mão apertar a coleira de Ambrose, que já tá deitado naquela posição de cachorro de boteco.

O Vizim assume seu tom de fofoqueiro, olhando astutamente pra Ambrose.

– Tô surpreso que o Tam Cahill num tenha mencionado isso, vizim... tu passa tanto tempo lá que já quase faz parte da família!

– Mas eu só tenho tarefas específicas, putada. – Eu balanço levemente a coleira de Ambrose, pra não perturbar o bicho. – Cuido dos animais. Tem um porco, um pônei e um cavalão com o tipo de equipamento que a gente nunca vê lá em Central Perk, se é que tu me entende. É castrado e não serve pra nada, mas num parece, do meu ponto de vista!

Cavalão escroto de cara cumprida e quatro patas que tu é!

– Pois é, esse tipo de bicho é bem-dotado – diz o Vizim.

Quero mudar de assunto, mas o duque de Ferro diz:

– Pois é, e o puto do Mason foi denunciado por dois garotos lá da escola. Ele tinha mania de pagar pra eles se vestirem de mulher, e ficava batendo bronha ali. Aparentemente outros apareceram, logo depois que os primeiros deram o alarme.

– Puto fedorento. – O Vizim balança a cabeça.

– Pois é – diz o duque. Eu fico calado, tal como o velho Ambrose, que continua deitado ali com as narinas se expandindo delicadamente, fazendo barulhos suaves, quase feito um gato ronronando. – Ele inventava que tinha perdido a filha num desastre de carro, falando que os garotos tinham a mesma altura e o mesmu peso. Depois perguntava se eles podiam fazer o favor de se vestir feito ela. Os bobalhões acreditavum, sentiam pena e topavam. Ele pagava alguns, de modo que conseguiu fazer isso durante um tempão! Filmando e fotografando tudo! O Andy, aquele grandalhão da polícia, falou que eles acharam toneladas de material.

Caralho, que inferno. Mas o tio Davie é grão-mestre da maçonaria. Ele vai abafar o caso pra mim. Com firmeza. Com certeza.

– Mas aqueles tipos são mesmo esquisitos... eu sempre achei que ele lembrava o Tam Hamilton – explico, sentindo até deslealdade pelo pobre Olly, mas querendo jogar água fria na fervura.

– Puto escroto, explorando meninos ingênuos assim. Sei muito bem o que eu faria com ele – diz o duque.

– Mas ele nunca tocava neles, só ficava batendo bronha ali – diz o Vizim, virando pra mim com um sorrisão na fuça. – Diz aí, Jason... o que tu precisou fazer pra ele revogar o teu banimento? Com esse tamanho, aposto que tu podia caber facinho nas roupas da garota! Ele ficou batendo bronha pra tu?

Ele ri, mas fica olhando pra mim. O duque também me encara seriamente e eu penso: toda minha credibilidade e meu futuro no Reino dependem dessa resposta. É como ter a bola na grande área da mesa de futebol; a partida está empatada e só há tempo pra um chute. Fica frio, Jason.

– Num foi nada disso – digo. – Eu só chupei o pau dele, mais nada.

O duque solta uma gargalhada, seguidu pelo Vizim, que dá um tapinha nas minhas costas, e diz:

– Eu não duvido nada, caralho... qualquer coisa pra revogar aquele banimento!

– Putada, bem que eu teria preferido chupar o pau dele ou me fantasiar de traveca, em vez de escutar o viado falar de procedimento, protocolo e padrões de comportamento. Teria sido muito menos indigno, caralho, isso eu garanto.

Eles gargalham e eu me safo, mas foi por pouco. Ainda fico tentado a fazer outra piada, mas é melhor não forçar a mão. Tá na hora de olhar pra frente e concentrar no principal, que é o jogo que tenho marcado na próxima rodada com Derek Clark, aquele puto de Perthshire. Pra ele, é uma partida em casa, no Hotel Salutation. St Johnstone versus Blue Brazil; mais do que um conflito entre dois indivíduos, duas cidades ou dois condados. Nada mais do que uma desesperada batalha pela supremacia entre duas filosofias de vida diametralmente opostas!

Vamos à luta, putada!

O Vizim começa a falar dos velhos tempos, descrevendo o evento Cavalo do Ano na arena de Wembley: nós dois trabalhamos no serviço de alimentação lá.

– Caroline Johnson montando Accumulator... ela, sim, era uma potranca que valia a pena montar!

É claro que sou levado a imitar o sorriso retardado na fuça do puto.

– Accumula... tor... ah! – bradamos em uníssono.

Isso estimula outras lembranças em mim.

– Putada, eu fiquei me esforçando ao máximu com o rango, mas aqueles putos elegantes eram dureza com a gente. Sei que o Cavalo do Ano é o grande evento deles, mas não é preciso ser tão grosso assim. O tal coronel bigodudo começou a berrar comigo como se eu fosse o Veio na hora de fechar do Goth, putada!

– Pois é, tinha uns fiodaputas bem babacas lá – concorda o Vizim.

Nunca contei isso, putada, mas desci direto pra buscar a porra do pacote de veneno de rato lá no depósito e estreei como chef do Reino.

Quase não acreditei quando li o jornal no dia seguinte:

O Comandante Lionel Considine-Duff foi encontrado morto na sua residência em Belgravia hoje de madrugada. Sua empregada, que chamou a polícia e a ambulância, descobriu o corpo quando foi acordar o comandante para o desjejum. Considine-Duff vinha reclamando de dores no peito e no estômago depois de uma noite agradável no evento Real Cavalo do Ano, na arena de Wembley. Outrora um exímio cavaleiro, ele se retirara da vida política após sofrer dois derrames leves.

Comentário do nosso correspondente político, Arthur McMillan: "Buffy" Considine-Duff era um homem compassivo e bem informado, que não gostava de chamar atenção. Suas conquistas como militar e esportista faziam com que ele tivesse pouca inclinação para escalar o untuoso mastro da política. Já satisfeito com os altos cargos exercidos e a notoriedade obtida no passado, Buffy era mais feliz atuando nos bastidores como servidor público. Incansável lobista da indústria petrolífera, ele também batalhava incessantemente em benefício de seus eleitores em Wessex. Sua vida pessoal era movimentada. Três vezes divorciado, Buffy tendia a admitir que o tipo de potrancas que mais lhe dava prazer invariavelmente tinha quatro pernas. Quando se excedia com sua bebida predileta, ele tendia a bradar, "Duas pernas ruim, quatro pernas bom" para qualquer um com duas pernas que lhe desagradasse...

A coisa ia por aí afora, putada.

Eu sugo o resto do ouro negro e dou um leve puxão em Ambrose. Imediatamente o bicho levanta, e nós saímos porta afora. Já tenho o puto comendo na minha mão!

14

O VETERINÁRIO DOBSON

Dobson acaba de examinar outra vez a perna de Midnight. O trote foi demais para o bicho, que voltou a mancar. Eu liguei para Fiona La Rue, que veio imediatamente, e a conselho dela chamei Dobson. A situação não parece boa. O rosto do veterinário se enruga brevemente de nojo quando o cavalo evacua. O pônei Clifford zurra ao levar nas pernas uma cabeçada do porco Curran (batizado por papai em homenagem ao guarda que flagrou sua bebedeira ao volante).

– Ele vai estar legal para a competição em Hawick? – pergunto, já sabendo qual será a resposta.

Dobson olha sombriamente para mim e depois para meu pai.

– Infelizmente, não – responde ele. As palavras sinistras vão jorrando dos lábios borrachudos do seu rosto melancólico. – Lamento dizer isso, Jenni, mas acho que talvez seja preciso admitir que essa perna impede o Midnight de saltar obstáculos. É um esporte de alto impacto e a fraqueza só vai piorar.

Clifford dá um relincho brincalhão, como que comemorando a notícia.

Meu pai assoma acima de nós, com uma mão enfiada no bolso e outra segurando um cigarro. Dobras de gordura pendem do seu queixo. A visão desse ângulo parece me mostrar o que a idade fez com ele, e sinto uma ternura estranha. Ternura esta que evapora instantaneamente quando ele abre a boca.

– Falei pra tu – diz ele, abanando a cabeça sabiamente. Um sorriso cínico incendeia os traços no seu rosto, puxando a pele para cima. – Esse cavalo só vai a um lugar... uma fábrica de ração pra bicho de estimação.

Engulo em seco e lanço um olhar de apelo a Dobson, que balança a cabeça de nojo.

– É um cavalo perfeitamente saudável, Tam, sem a menor necessidade de ser sacrificado. Só tem uma tendinite, mas precisa de muito mais descanso. E outra série de anti-inflamatórios já provocará um efeito maravilhoso. Mas eu diria que é improvável que ele volte a saltar em competições.

– Então ele tá acabado... é isso que tu tá falando? – Meu pai lança um olhar agressivo para o veterinário.

– Eu não diria isso, Tam – gane Dobson. – Ele ainda pode ser útil em atividades mais leves, como cavalgadas em trilhas, desfiles ornamentais e coisas assim. O problema é que os torneios de salto exigem muito dos cavalos e a perna dele tem uma fraqueza.

Meu pai joga o cigarro para fora do estábulo e balança a cabeça.

– Pra mim é galho morto – diz ele. Midnight parece tão deprimido, com olhos tão tristes, que quase solto um berro mandando meu pai calar a boca. – Nós compramos esse cavalo pra saltar, como um *competidor*. Agora ele vai virar mais um parasita, só sugando recursos.

Ele enfia as mãos nos bolsos e olha em torno com desdém. Quem ele pensa que é, diabo? O que ele entende de cavalos?

– O Midnight é um Cleveland Bay, e eles são cavalos de charrete – protesto para o velho idiota. Depois aliso o rosto de Midnight e sussurro em tom calmo na orelha dele. Meu pai e o porco que devia fazer companhia só assustam Midnight. Engraçado é ele relaxar junto de Ambrose, o cachorro.

– Ah, é? Bom, eu posso comprar uma charrete pra ele – diz meu pai em tom irônico. – Então tu pode fazer aqueles passeios puxados a cavalo pela cidade. Esse peso morto só dá pra isso mesmo, e talvez tu consiga até ganhar algum dinheiro, em vez de gastar todo o meu em causas perdidas!

Fico enfurecida com a grosseria e o egoísmo dele. Só consigo pensar em dizer:

– Eu não pedi para nascer!

– É mais ou menos a única coisa que tu num pediu – debocha ele.

Nervoso, o veterinário olha para nós.

– Acho que é hora de ir embora.

E eu penso que essa é uma ideia boa pra caralho.

15

IDA A PERTH

Pensando nas lições do abuso anterior, peguei leve nos preparativos pra próxima rodada da Copa. Comprei um bom pedaço de hadoque no Boak's do mercado em Central Perk: proteína, putada. O rapaz até cobriu o peixe com migalhas de pão, então em casa eu fritei o troço, fazendo um sanduba com Sunblest, manteiga, pimenta e HP, diante do *Scotland Today*. Como bom tradicionalista, o Veio sentou à mesa com uma guarnição de macarrão, cantarolando entredentes "What Up Gangsta", do 50 Cent.

Foi um banquete duplo, porque mais tarde Kravy me ofereceu um grande jantar de curry no Shimla Palace. Foi a única vez que eu entrei lá sem ser pro bufê de preço fixo no domingo. Voltei pra casa me sentindo a porra dum sultão. Em busca de sinergia, bati uma bela bronha vendo um filme pornô com asiáticas, gozando enquanto o *vindaloo* inda borbulhava com o chope na minha barriga. Nada de ouro negro ou sorridentes louras escandinavas com curry: é preciso ter coerência.

Na manhã seguinte volto à garupa de Kravy, e passamos pela rua alta de Cowdenbeath feito uma puta sedenta de Kelty fugindo com um pacote de cervejas. Vamos pegar a trilha pra Perth e eu tenho vontade de mandar Kravy sossegar o facho, mas seria total perda de tempo. Felizmente, ele logo reduz a velocidade quando vê as duas garotas passando a cavalo.

– É melhor num assustar os bichos – grita ele, ao frear ao lado delas. Pelo menos parece falar isso.

– Oi – grita Lara (vestida pra chupar, a propósito). – Vão para onde?

– Perth – digo. – Consegui um resultado. O bom-senso prevaleceu no nível administrativo e eu voltei pra Copa. É um progresso pro Reino, mostrando qual filosofia de futebol de mesa vencerá no final. Quando é o torneio de Borders?

– Quinta – diz Lara.

– Talvez a gente até dê um pulo lá, hein, Kravy? Pra apoiar as gatas – arrisco eu. Kravy só dá de ombros, sem se comprometer. Ele sempre foi frio. Mas dá pra ver que aquela aparência morena e soturna já botou as gatas de racha molhada. Eu cumeço a pensar que não seria um mau resultado deixar o campo livre pra ele com Lara, concentrando meus esforços em Jenni Cahill e sua bunda de pêssego! Então digo: – Tu também tá indo, Jenni?

– Eu me inscrevi, mas já cancelei. O Midnight não está pronto – diz ela tristemente. – O veterinário falou que ele pode não voltar mais a competir.

– Claro que volta – sorri Lara.

– É isso aí. Segura firme, Jason, que tu tem um torneio pra ganhar – diz Kravy. Ele acelera e nós saímos pela estrada. Quando consigo relaxar e olhar pra trás, as garotas e até os cavalos não passam de pontos.

Putamerda, não gosto de ficar desviando do trânsito na estrada! Só que não adianta falar, e eu fico pensando na outra vida, imaginando se lá pode existir uma espécie de arranjo em que Fife seja o novo Sussex, um condado com influência dentro do reino, e onde escoceses sem inclinações sectárias cantem "God Save the Queen" sem nenhuma ironia! Meu devaneio funciona até certo ponto, mas quando paramos no Little Chef pra tomar um café com creme, em busca do barato do açúcar, eu tô tremendo feito uma puta da Colina de Cowdenbeath que andasse gozando com britadeira em vez de vibrador.

– Tu tá legal, Jason? – pergunta Kravy.

– Tô nervoso – digo. Depois minto. – Mas não é por causa da moto, afinal eu sou um ex-jóquei, quer dizer, aprendiz. É essa partida de hoje com o Clarky. Ele é bom e eu tô sentindo as expectativas do condado nesses meus ombros redondos e cansados. Mas quanto mais medo antes de entrar em cena, viado, melhor o desempenho.

Kravy olha profundamente nos meus olhos.

– Tu tem o espírito, a alma e a paixão. Ele num vai sobreviver a tu, Jason.

– Calma aí, viado – digu, constrangidu por aquela mostra de emoção dentro do Little Chef. Esse é o pobrema de todo escocês: não podemos confiar em nós mesmos no campo esportivo. Acho que foi o grande bardo Rabbie Burns quem disse uma vez: "A cocaína e o futebol transformam todos nós em homossexuais." Ou talvez tenha sido Ackey Shaw, daqui mesmo do condado.

Quando chegamos à antiga cidade de Perth, a nauseante riqueza exibida nos faz querer recrutar um pelotão dentro de uns furgões lá em Cowdenbeath, pra começar a instigar nossa própria forma de redistribuição socialista de pilhagem. Que se fodam as promessas de torta-no-céu dos engravatados defensores de avanço gradual (com exceção do velho Jakey Anstruther); queremos ter tudo aqui e agora. Mas preciso admitir que gostei do Hotel Salutation, com mogno por toda parte. Parecia uma coisa tão tradicional quanto uma puta de Kelty pronunciando aquelas palavras tranquilizadoras: "No nosso ramo, quando se fala em tamanho, é sempre de tutu e não de piru." E seria precisu ter um coração mais duro que o meu pra não dar valor aos retratos na parede, com vários visitantes VIPS recentes: Sir Bob Geldof, os congressistas Boris Johnson e Tommy Sheridan, Clarissa Dickson, ou seja como for que se chame aquela gorda que cozinha, a que num morreu, e Frank Bruno. E nada ainda de Jason King, mas isso é iminente, putada; pois é, iminente.

E quando eu entro na Suíte Moncrieffe, onde foram colocadas as mesas pra essa rodada do campeonato, há um zumbido de expectativa no ar. Puro teatro esportivo! Eu fico desfilando ali, avaliando meus colegas gladiadores, e sinto uma pontada no coração quando vejo o ressentido colaborador Mossman bem no meio do grupo de Perth, torcendo pelo Clark, putada. A porra de Dunfermline é a Vichy de Fife. Quando rumo pro banheiro, sou até presenteado com um cochicho teatral de Mossman pra Clarky, mas destinado aos meus ouvidos delicados.

– Espero que tu massacre aquele jóquei imundo.

Enquanto borrifamos de urina a porcelana no miguel, eu viro pra Kravy.

– Tu ouviu o puto do Mossman me chamando de "jóquei imundo"? Pelo menos alguns de nós tentaram deixar uma marca no mundo do esporte!

Ele sacode o pau e fecha o zíper.

– Acho que ele falou "Jakey imundo".

– Então, tudo bem – digo, pensando novamente em Jack "Jakey" Anstruther e esperando, apesar da minha inclinação marxista-leninista, que se houver um deus o puto seja de Fife e não de Perth.

Mas foda-se o auxílio divino: o comportamento deselegante do Mossman já era toda a motivação de que eu precisava. Tu podia brincar com tipos feito ele, mas o Clark era diferente: o cara tinha algum talento. Minha tática seria ficar trocando passes, retendo a posse de bola, só pra manter o Clark longe da mesa. Assim, o puto nunca pegaria embalo e iria se frustrando. Eu sabia que ele tinha tendência pra grossura e ficava um pouco escroto quando passava muito tempo sem fazer uma jogada.

Então fiz isso mesmo: fui mantendo a posse de bola, sem situações de perigo no início, mas colocando meus homens no lugar, e aguardando até estar em boa posição antes de qualquer tentativa de gol. A primeira veio quando rebati um chute do zagueiro dele (de propósito, por falar nisso) e abri o placar. A segunda foi um arremesso de longa distância lá do meio-campo, em que a bola parou na linha do gol e o jogador caiu na rede com ela. Que beleza! O tal do Clark mostrou seu desprazer com esse segundo tento, derrubando os postes e a rede. O juiz foi forçado a dar uma palavrinha com ele.

Eu fui prendendo a bola pra passar o tempo, e a coisa ficou em dois a zero.

Depois o puto nem aceitou minha oferta graciosa de uma caneca de ouro negro no bar. Esse drinque depois da partida é como uma taça simbólica de amizade; até Sir Alex e a porra daquele viadinho dago racham uma garrafa de vinho depois de um jogo, ganhando, perdendo ou empatando. Não é hora pra comportamento antiesportivo.

16
RUÍDOS ÍNTIMOS

Fico escutando Marilyn Manson no meu quarto, tentando imaginar uma desculpa para não "apoiar" Lara na tal competição em Hawick. Estou viajando com "Better of Two Evils", quando ouço um assobio estranho seguido por um pigarro e noto que meu pai se materializou à minha frente. Ele não bateu; simplesmente abriu a porta e entrou. Agora está parado ao pé da cama.

– A gente pode ter uma conversinha?

Como é inútil tentar recusar, dou de ombros.

– Como quiser.

Ele diminui o volume do som e afunda na minha poltrona de vime, que range sob o peso. Durante a última semana, meu pai teve mais conversas comigo do que em vários anos. Evidentemente, ele agora acha que vale a pena me salvar. Claro que o grande problema é para *que* ele acha que eu mereço ser salva. No entanto, cruzo as pernas e faço uma tentativa passável de me mostrar toda ouvidos.

– Eu sou duro cuntigo – admite ele. E com um grau surpreendente de convicção, acrescenta: – Mas só porque não quero que tu desperdice tua vida.

– A vida é minha – digo, porque não consigo pensar em outra coisa.

– Não me venha com essa – diz ele em tom grave, como se esperasse mais compreensão. – Eu sou duro cuntigo, mas só porque sei que tu tem tutano.

Suas lisonjas conseguem atenuar minha frustração e, a contragosto, sinto uma euforia nauseante. Mesmo de forma inepta, ele está tentando.

– Eu não sou uma amazona, papai – digo, quase engasgando com as palavras. – Mesmo que você me dê o melhor cavalo do mundo, nunca vou chegar perto de alguém feito a Lara.

– Vai, sim – retruca meu pai com uma certeza calma, cheia de empatia, que me irrita. – Venho te observando ultimamente, vendo que tu emagreceu. O peso tá sumindo do teu corpo!

– Eu não quero falar sobre isso...

– Tua mãe vive falando de anorexia e todas essas besteiras. É a voz da inveja, só isso. Ela num conseguia passar pelo balcão de doces do jornaleiro – diz ele em tom debochado. – E já vi como ela fica no caixa do supermercado, enchendo a boca de bombons sem conseguir se saciar, feito uma viciada demente. Aquilo é nojento. Ela não bate bem da cachola!

Ele está falando da própria *esposa*. Mas tem razão. Tem razão pra *caralho*.

– Papai...

– Eu sei que tu é diferente, Jenni. Sei que tu vive se exercitando naquele centro de lazer.

Eu sinto uma agulhada de raiva.

– Caralho, não existe privacidade aqui nessa porra?

– Ei! Olha o palavreado! – Ele faz bico e em tom pacificador acrescenta: – Eu não tô te criticando. Isso não é uma *crítica*. Acho maravilhoso. Mostra que tu tem disciplina e orgulho.

O couro gasto do seu rosto se enruga, enquanto ele se gaba orgulhosamente:

– Porque tu *me* tem aí dentro. Tu é uma Cahill. E sempre será bem-vinda no meu ginásio... sabe disso, não sabe?

Meu estômago está revirado. Ver meu pai tentando ser legal é muito mais perturbador do que testemunhar suas nojeiras. Ele simplesmente não é talhado para isso.

– Tu precisa pensar no teu futuro, Jenni. Se não acha que vai ser na equitação, podia ao menos aprender a se virar no ramo do transporte de cargas.

Puta que pariu, que ideia mais nojenta.

– Duvido que isso seja minha praia – respondo depressa.

Ele ri com deboche e acende um cigarro, ignorando as placas de PROIBIDO FUMAR que espalhei pelo quarto. O grande cinzeiro de pub está embaixo da cama, e lá permanecerá. Não quero que ele fume esse tabaco fedorento e imundo dentro do meu quarto.

– É vulgar demais pra tu? Cheio de caminhões horríveis e motoristas suados? Não esquece que foi esse negócio que botou comida no seu prato e alimentou aquele imprestável parasita de quatro patas no estábulo lá embaixo. Todas as viagens ao exterior, todos os torneios, todo o equipamento, toda essa terra. E eu ainda não vi tu desviando o bico disso! Até me culpo por ter te mimado...

Ele para no meio da arenga, parecendo perceber o que está fazendo.

– Obrigada – digo eu.

– Pelo quê?

– Por voltar ao normal. Você até começou a parecer um ser humano decente por um ou dois segundos.

– Tu... olha – diz ele, reprimindo a exasperação, enquanto levanta e procura um cinzeiro. Quando acena para uma das minhas plantas, eu lhe lanço um olhar que significa "Nem pense nisso". Ele vai até a janela, dá duas tragadas rápidas e joga o cigarro lá fora. – Num faz assim. Vamos lá. Que tal uma experiência? Pelo menos vem comigo pra ver como o negócio funciona.

– Vou pensar no assunto – digo, basicamente para me livrar dele.

– Essa é a minha garota – diz ele em tom encorajador.

Eu me inclino para o aparelho de som e aumento o volume da música. Ele pega a deixa e sai, fazendo uma careta e tapando os ouvidos com os dedos.

17
ACIDENTE DE MOTO

Estamos chegando aos limites da cidade e outra vez eu penso: puta que pariu, ainda bem que conseguimos, o puto do Kravy é destemido pra caralho, fica costurando pelas pistas no meio da porra do trânsito, como se nós fôssemos ícones num videogame, mas agora Cowdenbeath já apareceu! Vamos fazendo a curva em alta velocidade... mas então partimos pra lugar nenhum...

... eu saiu da moto flutuando no ar comu uma borboleta... parece que tô indo devagar, e que vou pousar num leito de almofadas, mas sinto um impacto feito uma explosão, só que *dentro* do meu corpo! Por certo tempo, fico numa paz estranha. É como se eu tivesse tudo que já me foi prometido, antes de ser acordado por um farfalhar por cima e em volta de mim. Depois de uns instantes, percebo que tô preso nos galhos duma árvore.

Olho pra baixo e vejo Kravy sentado ao pé dum carvalho grande ao lado da minha árvore. Ele tem o corpo caído pra frente, como se estivesse cochilando. No tronco acima dele há uma grande listra de tinta vermelho escura, que parece fresca. Num consigo ver de onde aquilo vem. Mas ouço o grasnido dum corvo, e então vejo de onde veio o troço na árvore. Do pescoço de Kravy. Porque só há um toco vermelho com um poucu de osso dentro saindo dos ombros dele. Porque a cabeça do viado sumiu.

Puta que pariu.

Depois de conferir culhões, olhos, braços e pernas, nessa ordem, eu cumeço a descer. Minhas mãos estão cortadas, ensanguentando os galhos e a folhagem, mas isso não me incomoda, porque eu tô me sentindo esquisito pra caralho: meio entorpecido e ligadaço ao mesmo tempo. Quando chego ao pé da árvore dou uma boa olhada no Kravy. E avanço até ele.

Puta que pariu, eu não tava vendo coisa.

Ele tá sem a porra da cabeça.

Só sobrou o toco do pescoço e dá pra ver a espinha, que foi cortada completamente, como que pela porra duma guilhotina. O sangue inda borbulha ali, sendo bombeado pra fora do corpo, que tremelica como que sob o efeito duma pílula. Parece que ele inda tá de sacanagem, armando uma espécie de brincadeira maluca, e eu procuro a cabeça em volta, esperando dar de cara com um sorrisão. Só que não tem nada. Kravy se foi.

Quando sinto umas gotículas de chuva na cabeça e nos ombros, olho pra cima. Uma gota cai na minha camiseta branca. É o sangue de Kravy, salpicado nas folhas e nos galhos da árvore, pingando em mim.

Virando e erguendo o olhar pro acostamento, pondo a mão sobre os olhos pra afastar o sol e o sangue, vejo a moto caída no lugar da estrada onde capotou. Tem um carro parado ali. Como eu tô coberto pelo sangue de Kravy, um velhote de paletó xadrez já saltou e está gritando pra mim:

– Tá ferido?

– Não, eu tô bem – grito de volta.

– Mas tá coberto de sangue!

Eu começo a rir disso e digo:

– Pois é.

Por algum motivo, penso em Encharcada de Chuva e Assada de Suor, aquelas garotas. Eu bem que podia ser o homem numa suruba com elas.

– Eu sou Cuberto de Sangue – admito, olhando no vermelho que escorre dos meus braços cortados, mas sem saber ou ligar se aquilo é meu ou de Kravy. – Mas meu amigo... ele perdeu a cabeça.

– Isso acontece bastante, devido à velocidade que essas coisas atingem – diz o velhote. – É tão perigoso andar de motocicleta. Ele estava drogado?

– Só um pouco de fumo e uma caneca lá na Sally, em Perth.

Então o velhote se aproxima do barranco e vê o corpo de Kravy.

– Ah, meu Deus... é uma pessoa de verdade, sem a cabeça... ah, meu Deus...

Ele vai direto pro celular.

Eu só consigo pensar na mãe de Kravy lá no hospital, e por algum motivo lembro da racha dela, de onde ele saiu tantos anos atrás, e que foi cruelmente exposta pela garotada no tal site do Blue Brazil.

Então percebo o que aconteceu, putada: a borda afiada daquela placa rodoviária que diz "REDUZA A VELOCIDADE" foi entortada, sem dúvida também por algum vândalo. Quandu Kravy saiu voando da moto cumigo, sua cabeça estava na linha da placa...

Ah, não.

A placa tem um lado salpicado de sangue vermelho, feito uma porra duma guilhotina. O centro de Fife inda vive na porra da Idade Média, putada.

Mas onde tá a cabeça do meu amigo?

Eu me enfio nas moitas cheias de espinho procurando a cabeça, que deve estar dentro do capacete. Não pode ter ido longe. Então ouço lá na estrada passos de cavalo e vozes. O velhote diz:

– Não olhem, meninas, saiam daí.

– Mas é o nosso amigo – diz a voz de Jenni, que logo depois dá um grito. – Jason! Você está legal?

– Por favor, recuem... houve um acidente pavoroso – diz o velhote.

Eu me enfiei até a cintura num espinheiro, mas viro, ergo o olhar e vejo que Lara está recuando com ar de choque, mas Jenni vem se aproximando.

– JASON!

– Pois é, putada, eu tô legal, mas não consigo achar a porra da cabeça do meu amigo – digo.

Então continuo vasculhando a mata e os espinheiros, procurando a cabeça de Kravy no capacete vermelho, mas sinto minhas pernas bambearem. Tento agachar, só pra descansar um pouco, mas sinto o estômago revirar, caio pra frente e quando acordo tô no hospital, putada!

18
CABEÇA

O amigo dele era tão bonito: o rapaz lindo que partiu da cidade de motocicleta e criou vida nova na Espanha. Eu tinha visões, sonhos em que ele me levava na garupa da moto para lá, ou para qualquer lugar longe daqui.

Para minha grande surpresa, porém, fico aliviada por Jason estar bem; foi seu amigo quem partiu, e não ele.

– Vou visitar o Jason lá no hospital – digo distraidamente, afastando Indigo, que está lendo um gibi sobre a bancada, da porta do lava-louças, e enfiando pratos lá dentro.

– Aquele punheteiro. Seria melhor se ele tivesse ido pelo mesmo caminho que o tal amigo pirado – resmunga meu pai, passando manteiga de amendoim em bolos de aveia.

Eu não mordo a isca, mas minha mãe, fazendo as unhas à mesa da cozinha, resolve se intrometer.

– Ele tem parentes e amigos, Jenni. É preciso tomar cuidado com esse pessoal. Eles realmente tendem a se aproveitar de nós. Simplesmente não conseguem evitar isso.

– Como o papai fez com você – respondo eu.

– Não! Você não sabe do que está falando – pipila ela, enquanto eu me dirijo para a porta. Depois uiva, em pânico.

– Volte aqui, porque eu estou falando com você!

Dou uma gargalhada e continuo a sair, dizendo:

– Em circunstância alguma. Você é tão inerentemente banal e inconsequente.

– O que significa inconsequente? – pergunta Indigo, erguendo os olhos do gibi. Já se espichou sobre a bancada feito uma gata.

– Não significa coisa alguma – guincha minha mãe. – Significa que a Jenni acha que sabe tudo, como sempre! E você... desça já daí e sente na cadeira!

Ouço Indy falar algo entre os dentes quando saio, e depois as vozes se elevam. Fico um tanto satisfeita por ter deixado todo mundo ali tenso. Lá fora está fazendo um dia horrível, com torrentes de chuva suja. Dá até para sentir a bronquite se incubando no peito. Então vou de carro até o hospital em Dunfermline, onde estive com Jason quando ele foi internado ontem. Quando chego à enfermaria, há biombos em torno da cama dele. Sinto um acesso de pânico ao visualizar Jason lutando para viver. Subitamente, porém, os biombos se abrem e uma enfermeira ruiva aparece. Enquanto ela remove a comadre, pego Jason esbugalhando os olhos para o corpo dela.

Ele me vê e abre um sorriso largo, embora meio culpado.

– Jenni!

– Olá, Jason.

Retribuo o sorriso, e ele não parece tão mal assim, tirando um dos lados do rosto, onde a queda nos espinhos provocou manchas, grandes, brancas e inchadas.

– Senta aí – convida ele. – A Heather tava cuidando das minhas necessidades mais... hum... prementes, se é que tu me entende.

– Como você está? – pergunto a ele, olhando para o sorriso fixo que incendeia o rosto da enfermeira Heather enquanto ela executa suas tarefas.

– Tô novo em folha, mas eles me mandaram ficar quieto até receberem de volta o resto das radiografias. É isso aí, Heather... lá de Tayport – diz ele, enquanto a enfermeira sorri de leve para mim e sai com a comadre, onde o donativo de Jason segue coberto por uma toalha de papel.

Eu sento numa das duas cadeiras para visitas, feitas de plástico vermelho. Jason parece melhor do que ao chegar aqui ontem, bem mais calmo. Ele achava que tinha fraturado o braço, mas as radiografias revelaram apenas uma luxação forte. Tinha algumas lacerações nas costas que exigiram pontos, mas na realidade escapou de forma impressionante.

– Eu não consigo imaginar o que deve ser... sobreviver quando o seu amigo morre... Conte outra vez como tudo aconteceu – digo.

– Adorei a tua vinda, Jenni – diz ele. – Mas não quero passar por aquilo de novo... já contei tudo pra tu ontem à noite.

– Claro, claro. Você precisa descansar... deve ter sido um choque pavoroso. – Eu balanço a cabeça com gravidade, examinando os seus grandes olhos confusos. – Nenhuma palavra sobre a cabeça dele ainda?

Subitamente Jason dá um tapa na testa com o braço bom, parecendo realmente angustiado com aquilo.

– Nada. Os melhores homens de Fife passaram a noite e a manhã toda lá, esquadrinhando a área, sem encontrar nada. Num dá pra acreditar... é um capacete vermelho, caralho!

Há algo tão maravilhoso, magnífico e *simbólico*... numa morte assim... que me excita.

– Eu *adoro* pensar que a linda cabeça dele vai ficar flutuando e olhando para todos nós aqui embaixo, feito um anjo incorpóreo. Aquele rosto maravilhosamente perfeito não vai envelhecer, nem ser corrompido pela vida... ele vai continuar lindo feito Kurt, Lady Di e James Dean... jovem para sempre!

Mas essa ideia não parece consolar o pobre Jason, que continua perturbado.

– Pois é, mas a mãe dele é uma pentelha e quer a porra do caixão aberto! Então eu tenho de encontrar aquela cabeça. Se as porras dos homens não conseguem, e eu tenho minhas dúvidas a respeito do compromisso da polícia de Fife com esse caso, eu mesmo vou ter de ir até lá!

– Você não pode, Jason. Precisa descansar – insisto eu.

– Pois é, tu fala da bela cabeça dele, mas essa beleza não vai durar muito depois que os corvos e ratos aparecerem – diz Jason, horrorizado. E realmente *é* uma ideia pavorosa. Depois ele implora. – Tu tem de me ajudar, Jenni... precisa me fazer um grande favor.

Encaro aqueles olhos enlouquecidos, que me lembram os cães de briga naquele celeiro, e sinto que na verdade não posso recusar.

– O quê?

– Vai até a minha casa e fala pro Veio que eu preciso dumas roupas. Depois traz tudo aqui pra mim.

Eu sei onde fica a casa de Jason, por ter lhe dado carona quando ele estava usando o tipo de roupas que provavelmente não gostaria de receber de mim agora. Mas ele me dá o endereço exato outra vez.

– Tá legal – digo. – Mas com uma condição... Eu vou com você para ajudar a achar a cabeça.

Ele só leva dois segundos para concordar com isso.

– E vê se tu consegue arrumar uma tesoura de jardim.

– Isso não deve ser problema... mas por quê?

– É foda entrar naqueles espinheiros – diz ele com raiva, alisando o rosto inchado.

Eu me preparo para partir e sou levada a lhe dar um beijo casto na testa suada. Neste momento, uma mulher dolorosamente magra, com olhos maquiados e cabeleira castanha, entra apoiada num andador.

– Dona Frances – diz Jason com tristeza.

Ela se aproxima do pé da cama. Olha para mim, depois para ele, e fica mordendo o lábio inferior. Então fala, em tom lento e sofrido.

– Esse condado levou o meu filho, Jason. Levou o meu garoto. Eu me pergunto... por que ele voltou, se aqui não tinha nada pra ele?

– Ele só queria ficar com a senhora durante a doença – diz Jason melancolicamente.

– Pois é, foi o que eu pensei. Então a culpa é minha. Eu matei meu filho! Meu própriu sangue – diz ela, olhando para mim e Jason.

– Não... não se pode dizer isso – arqueja Jason. – A senhora conhecia o Kravy... ele era um espírito livre. Ninguém conseguia mandar que ele fizesse qualquer coisa que não quisesse. Se alguém tem culpa, sou eu, por deixar que ele me levasse até Perth pra aquela partida idiota de futebol de mesa. Eu devia ter ido de trem ou ônibus!

Dona Frances parece uma mulher espectral, como se houvesse acabado de passar três mil anos dentro de um túmulo.

– Falaram que ele bateu numa placa rodoviária que tava torta – especula ela tristemente. Depois, com os lábios tremendo no rosto lívido, quase uiva: – Entortada pela mão humana...

Eu me sinto impelida a falar algo, então interrompo.

– São os garotos que fazem isso. Por vandalismo. Eles torcem as placas rodoviárias.

– Esse condado horroroso engoliu o meu bebê – brada ela com dor. Depois gira o andador e começa a se afastar, mas vira a cabeça e diz: – Vai embora daqui, Jason... e tu também, frangota. É bom partir enquanto ainda dá.

– Dona Frances – pede Jason. – Eu queria fazer uma coisa pelo Kravy... e pela senhora.

Ela para e vira de lado para poder encarar Jason.

– O enterro do Kravy. Ele não curtia essa mer... coisa cristã, sem querer ofender. Eu só peço licença pra organizar uma despedida que seria motivo de orgulho pra ele.

– Faz isso, filho. Qualquer tipo de cerimônia que tu quiser. Eu só quero ver meu filho mais uma vez, num caixão aberto.

Jason começa a dizer, "Mas Dona Frances..."

Só que ela já girou o andador e saiu.

Enquanto ela sai, Jason diz para mim:

– Ando pensando nisso há séculos. Em ir embora daqui. Na verdade, acho que só penso nisso.

– Todo mundo só pensa nisso – digo a ele. – Essa era a mãe do Ally Kravitz?

– Era.

– Que jeito pavoroso de perder um filho. Algo que cresceu dentro de você...

– Pois é, a coitada da puta não tá com a menor sorte – comenta Jason, que parece cansado, com o olhar perdido. – Primeiro foi Coco, o homem dela, que bateu as botas, depois veio a história daquela posição comprometedora nos degraus do Instituto e agora isso...

De repente ele olha atentamente para mim e arremata:

– Preciso de mais um favor.

– O quê?

– Sabe o velhote que fica sentado no banco na frente do centro esportivo?

– Aquele vagabundo nojento?

Jason parece um pouco perturbado pela minha descrição do tal fracassado e diz com melancolia:

– Esse mesmo.

A enfermeira entra para verificar o prontuário e Jason baixa a voz, fazendo com que eu me aproxime. Seu suor tem um cheiro doce e fresco, quase como perfumaria de menina. E então ele conta o que deseja que eu faça.

– Você não pode estar falando sério – arquejo.

– Nunca falei tão sério – diz ele gravemente.

Quando chego em casa, vou ao estábulo dar uma olhadela em Midnight. Tenho um pressentimento ruim ao perceber que a porta do estábulo está aberta. Em pânico, entro. Menos de um segundo depois, fico aliviada ao ver o cavalo. Só que ele está deitado de lado. Com uma sensação pavorosa, caio de joelhos aos prantos. A respiração dele parece entrecortada, com um horrível barulho seco.

A portinhola de alimentação foi deixada aberta.

Eu corro para casa aos gritos, mandando minha mãe ligar para o veterinário. Indigo corre de volta para o estábulo comigo. Dobson logo aparece, mas a essa altura Midnight já se foi. Eu abraço Indigo e nós duas ficamos chorando ali. O pônei Clifford fareja o corpo de Midnight e solta um zurro angustiado. Depois de examinar Midnight, Dobson põe a mão no meu ombro.

– Parece que foi uma cólica extrema... ele comeu até morrer.

Meu pai chega de carro, salta, vem até o estábulo e finge choque. Eu nem consigo olhar para ele.

– Sinto muito, frangota – diz ele.

– Não encosta a mão em mim, caralho – rebato, empurrando o peito dele. – Foi você que fez isso! Queria ver o Midnight morto! Nunca mais vou montar uma porra de um cavalo na minha vida!

– Mas princesa...

Agora ele está me dando o título de Indigo, mas não fala assim comigo há anos... provavelmente desde que fiquei menstruada.

– Vá se foder! – Com um acesso de fúria, rumo para o meu carro.

Meu pai berra:

– Então vai embora, correr feito uma maluca praquele namorado idiota! Isso nunca teria acontecido se tu tivesse me deixado levá o bicho pro estábulo La Rue, onde ele seria tratado direito!

Enquanto caminho para o carro, ouço Indigo prorromper em lágrimas e ser reconfortada pelo meu pai.

– Tudu bem, frangota, foi um acidente. Calma, calma. Ele está em paz agora.

Parto de carro, chorando e rindo ao mesmo tempo. Penso em Jason. Se ele estivesse ali, teria notado que meu pai, ou alguém, deixara a portinhola de alimentação aberta. Depois de um tempo simplesmente me pego no centro de jardinagem B&Q, examinando tesouras e pensando nos danos que se pode inflingir a alguém com elas.

Tomo um café na loja nova da Starbucks enquanto escurece. Depois entro no carro e vou até Cowdenbeath. Fico pensando no meu pai, um homem que se ama, mas que é um rematado fracasso: nunca saiu daqui, nunca testou de verdade o seu âmago. Para ele, basta dominar as pesssoas com quem trabalha e bebe. Também penso no tenso dr. Grant, com sua clínica na colina: ele é igual ao pai, que mandava todos os mineiros já afetados por silicose voltarem a cavar nas minas de carvão, mesmo tossindo com os pulmões arruinados. E penso em Fiona La Rue, que é esnobe como todas as pessoas supostamente bem-sucedidas desta cidade; na verdade, porém, elas são tão gastas e insignificantes quanto os plebeus que desprezam.

Sinto uma fúria ardente contra tudo e todos no mundo. Alguém vai pagar por isso. Percebo que estou segurando a tesoura. E lá está ele, bem junto ao centro de lazer: aquele vagabundo velho, imundo, nojento e quase insano.

Respirando pesado, ainda horrorizada com o que acabo de fazer, eu chego à casa de Jason, logo atrás da estação de trem. Toco a campainha e o pai dele abre a porta. Por um instante, não consigo tirar os olhos daquela marca horrível na lateral do seu rosto.

– Pois não?

– Eu sou a Jenni – arquejo. – Amiga do Jason. Já estive aqui antes.

– É, eu lembro.

– Ele me mandou vir aqui pegar umas roupas e levar para o hospital. Falaram que ele pode usar roupa normal lá.

Ele fica olhando para mim, em dúvida.

– Tu é a consultora de moda oficial dele? Porque não tá fazendo um serviço muito bom.

– Não – digo. – Só estou tentando ajudar.

O pai de Jason me presenteia com um solidário meneio de cabeça.

– Tá legal, então. É melhor tu entrar. Eu lavei umas coisas há pouco.

Vou atrás dele até a cozinha, onde ele começa a apanhar umas roupas: jeans, camiseta, agasalho, meias e cueca.

– Tá certo... obrigada – digo, enquanto ele coloca tudo numa sacola.

– Acho que os sapatos dele ainda estão no hospital, mas em todo caso tem um tênis aí dentro – diz ele. – Fala pra ele que eu vou lá fazer uma visita amanhã de manhã.

– Falou. Muito obrigada.

O pai de Jason gosta de papear, mas é bem excêntrico e tem umas ideias estranhas. Ele conta que tem "provas irrefutáveis" de que os vereadores arrumaram uma equipe de gatos treinados para rasgar os sacos plásticos de lixo, a fim de introduzir na área os contêineres com rodas. Aparentemente, o fabricante dos troços é sócio de um proeminente vereador local.

– Tudo é ganho pessoal e lucro. Eu vou escrever praquele puto do Gordon Broon. Se a gente ainda tivesse um tipo feito Willie Gallagher no Parlamento e o velho Bob Selkirk como prefeito...

Midnight se foi.

Midnight era tudo que ainda me mantinha aqui. Percebo que com ele por perto eu nunca partiria. Meu pai... acabou me fazendo um favor da porra! Ele me libertou!

– Eu vivo falando pro Jason... se ainda fosse jovem, iria logo embora daqui. Não é lugar pra juventude. Não atualmente. Como dizia o 50 Cent: Fique rico, ou morra tentando. Com o que um jovem pode se manter ocupado aqui, além de maldade?

– É, acho que o senhor tem razão. – Eu luto para cortar o papo, pedindo licença.

Entro no carro e volto ao hospital em Dunfermline. O período de visita já está para terminar quando entrego a sacola a Jason dentro da enfermaria.

– Por que tu demorou tanto? – indaga ele.

Lanço um olhar lacrimejante para ele.

– Foi o Midnight... ele morreu. Alguém deixou a portinhola de alimentação aberta. Isso nunca deveria ter acontecido. Todo mundo sabia que ele tendia a ser guloso com a ração...

– Ah, não... que tristeza – diz Jason.

– Se um de nós estivesse lá, ele poderia ter sido salvo. Um cavalo leva muito tempo para morrer de cólica. Eu deveria ter dado uma olhada nele! Na verdade, matei o coitado!

– Não, Jenni. Deve ter sido só um acidente...

– Meu pai falou que o Midnight deveria ter sido mandado para o estábulo La Rue, onde seria monitorado com regularidade! Ele tinha razão. – Eu luto contra o choro. – Eu não passo de uma pirralha mimada e egoísta, insistindo para manter meu cavalo em casa! Fiz uma cagada. Fracassei no tratamento dele, como fracasso no resto todo!

– Não, Jenni...

– Foi meu pai que fez isso... Eu sei que foi! Matou o Midnight, porque queria que ele fosse trocado por um cavalo mais forte. Assim eu poderia competir com a Lara. – Eu deixo as lágrimas virem, ouvindo meus devaneios. – Antigamente eu tinha um sonho bobo, Jason... Sonhava que ia embora de vez de Cowdenbeath cavalgando Midnight... e ia para bem longe daqui...

– É... fantasias equestres – diz Jason, boquiaberto. Depois ele parece ficar muito perturbado. – Desculpe... a culpa foi minha... quer dizer... se eu tivesse lá... teria cuidado dele...

– Não, foi ele... aquele escroto. O pônei da Indigo estava ótimo!

De pijama listrado, Jason levanta da cama, avança e põe o braço no meu ombro. Depois chega mais perto e me dá um abraço. Eu me sinto bem. Ele tem um cheiro bom. Eu poderia ficar assim para sempre. Então ele se afasta, olha ao redor e sussurra em tom urgente:

– É melhor a gente picar a mula... o horário de visita acabou.

Ele me manda ficar de sentinela, enquanto se veste. Eu obedeço, mas sinto uma vontade forte e urgente, que reprimo, de virar para ver sua troca de roupa.

Ah, Midnight. Essa merda de lugar! Eu vou sair daqui! Para sempre.

– Simbora – sussurra Jason.

Nós vamos nos esgueirando pelos corredores do hospital, e lá fora encontramos um enfermeiro. A princípio eu acho que o sujeito vai nos deter, mas ele simplesmente pede fogo. Jason acede apressadamente, depois nós atravessamos o estacionamento até o carro.

Voltamos a Cowdenbeath, cruzamos a cidade e chegamos a tal curva na estrada para Perth. Estaciono o carro num refúgio de cascalho ao lado da curva, salto e pego a lanterna que mantenho numa caixa de ferramentas dentro da mala. Passamos por cima do guardrail e Jason faz uma careta ao se apoiar no braço ruim. Eu lanço o facho para o interior das moitas de espinhos, mas nada vejo além de metros e metros daquelas plantas grandes, algumas da altura do nosso ombro. Começamos a afastar os galhos para os lados e tarde demais percebo que a folhagem esconde um declive. Agarro Jason ao me sentir impelida para a frente. Então grito, pensando que ambos vamos cair, mas ele nos equilibra.

– Puta que pariu! – exclama. – A porra do meu braço!

– Desculpe, eu esqueci – arquejo, recuperando o fôlego.

– Devagar – pede ele, manobrando a tesoura e cortando os galhos espinhentos. Suando e ofegando, vai penetrando no matagal.

A lua lança uma luz prateada nas folhas caídas, que jazem feito soldados abatidos num campo de batalha. Quando meu facho ilumina algo vermelho, ele grita:

– Ali!

Depois crispa o rosto subitamente de raiva e enfia a bota no objeto, lançando no ar um cone de trânsito, que voa alguns metros e pousa nos espinheiros de trás.

Vamos avançando durante séculos, aparentemente, mas nada descobrimos. Apesar das luvas e meias, já tenho arranhões nas mãos e nos tornozelos. Sempre detestei picadas de espinhos, desde criança. A friagem traz um desespero quase avassalador diante da inutilidade daquilo tudo. Quando estou prestes a sugerir parar e tentar outra vez pela manhã, algo refulge no facho da lanterna.

Lá está a traseira do capacete vermelho. E nós sabemos o que há do outro lado.

– Olhe, Jason – aviso eu. Mas nem precisava me dar a esse trabalho. Ele já vira o troço e juro que seus olhos poderiam iluminar aquele deserto todo.

Jason olha o capacete com uma reverência profunda. Depois se curva e apanha lentamente o objeto.

– É pesado, é...

Ele gira o capacete, que é iluminado pelo meu facho. O rosto é branco, mas está azulado em torno dos lábios e olhos. Jason tira terra e algumas folhas da face, que não foi comida: ainda é reconhecível como de Ally Kravitz.

– Desculpe, parceiro – diz Jason, aninhando o capacete junto ao peito.

Eu vejo algo semelhante a gotas de arroz caindo do fundo do capacete no chão. Lanço o facho ali e vejo os bichos serpenteando na luz.

– Jason!

Ele vira o capacete de cabeça para baixo. O toco avermelhado de sangue está coberto de vermes.

– Putos da porra... puta que pariu! – Jason afasta os vermes com as mãos desnudas e depois abraça outra vez o capacete com a cabeça.

– Não vou deixar esses putos te pegarem, parceiro... puta que pariu.

Ele soluça e as lágrimas jorram de seus olhos em cima do capacete vermelho. Depois de algum tempo, olha para mim tristemente. Balança a cabeça e enfia o capacete num saco plástico de lixo.

– Posso ver o rosto dele outra vez? – imploro.

– Não – diz Jason, com o rosto banhado em lágrimas. – Ninguém vai ver o Kravy. Pouco me importa o que fizerem com o resto do corpo, mas essa cabeça vai voltar cumigo pra Espanha!

Eu ponho o braço em torno do seu ombro, enquanto ele chora fortemente, ainda segurando o saco plástico. E percebo que também estou chorando, ao pensar no meu lindo cavalo.

19

O FUNERAL

Domingo senti tudo duma vez só: as dores, a ardência dos espinhos e uma depressão do cacete. Isso foi o pior de tudo: como se eu tivesse carregando no cangote um puto gordão invisível. O Veio inda me trouxe de presente um *vindaloo* de camarão pra viagem lá do Shimla, mas eu continuei desanimado. Só melhorei um pouco quando Jenni Cahill apareceu, embora ela não parasse de perguntar o que eu tinha feito com a cabeça de Kravy. Eu fechei o bico, caralho, mas foi difícil, porque Jenni é insistente. Quando ela foi embora, eu tava deprê e exausto demais pra entreter pensamentos masturbatórios, mesmo com aquele batom vermelho-escarlate dela. A única coisa que me alegrou foi a ida ao mercado de Central Perk, e o grande isopor pra guardar cerveja e sanduíches que eu comprei lá.

– Isso é bom no verão, pra fazer piquenique – disse a nossa vizinha, dona McPake, quando passei pela rua com a porra do troço.

Na segunda já me senti melhor. Fui obrigado a isso: precisava organizar o funeral de Kravy. Jenni deixou que eu usasse seu computador pra mandar mensagens aos amigos dele na Espanha. Encontrei uns endereços numa agenda que ele tinha deixado na casa da mãe. Não achava que eles conseguiriam vir com um prazo tão curto, mas tinham o direito de saber. Levei algum tempo pra arrumar anfetamina e os dois gramas de coca pro cachê do nosso rapaz. Precisei ir até a porra da cidade. Não gosto nem um poucu de ir até a cadeia. A cidade não tem problema, mas assim que tu sai do centro em busca de erva, o troço muda completamente: vira um lugar cheio de psicóticos que conseguem farejar a porra do cheiro do condado em tu a cinquenta metros.

Mas acabei conseguindo. De modo que na terça o funeral foi realizado no crematório de Kirkcaldy. A mãe de Kravy queria o crematório de Dunfermline, que renderia os mesmos 310 paus pros putos dos vereadores e ficava mais perto da recepção posterior no Instituto dos Mineiros, mas acabei convencendo a velha a aceitar Kirkcaldy. Não poderia conviver comigo mesmo se meu amigo tivesse sido despachado em solo traiçoeiro.

Até que foi uma função com bastante plateia, putada. Kravy pode ter dado as costas pra Cowdenbeath, mas Cowdenbeath nunca deu as costas pra ele. Além disso, ninguém gosta de ver um puto ainda jovem morrer. Nenhum espanhol apareceu, mas chegaram pilhas de coroas de flores enviadas pela Interflora e um monte de mensagens tocantes no computador de Jenni. Ela imprimiu tudo, enfiou numa pasta com grandes bandeiras escocesa e espanhola na capa e deu de presente pra mãe de Kravy. Preciso tirar meu chapéu pra Jenni: ela mandou muito bem. Não ficou feliz por ter de abordar Jakey Anstruther, principalmente perturbada daquele jeito, porque o coitado do cavalo acabara de bater as botas, mas ajudou a convocar o velho pastor.

O sermão dele foi, sem dúvida, o ponto alto da função. Precisei dar uma calibrada nele antes, só tomando cuidado para não impedir que o puto desempenhasse a tarefa. Quando ele subiu cambaleando ao púlpito da capela, temi o pior.

– Olá – disse ele com a voz pastosa. – Que bom ver todo mundo aqui... um ou dois velhos amigos... e alguns desconhecidos...

Houve um silêncio mortal. A mãe de Kravy ficou olhando pra mim durante um ou dois segundos. Ela continuava bolada porque a cabeça não tinha sido recuperada e a cerimônia não podia ser com o caixão aberto. Precisei esconder aquilo dela; não podia deixar a mulher ver os vermes comendo Kravy. Mas Jakey logo entrou no ritmo.

– Quanto mais se envelhece, menos se é enganado por todas essas merdas religiosas. É tudo movido a medo; medo de não sermos bons o suficiente pra entrar no time campeão e precisarmos morar numa versão satânica disso aqui. Mas Ally Kravitz nunca foi perseguido por esses medos. Diziam que ele era um espírito

314

livre, mas puta que me pariu... o que é isso? Eu digo que ele era um espírito de Fife! – ruge ele.

É como se o velhote jamais tivesse abandonado o púlpito. Nesse momento, vejo uma lágrima escorrendo no rosto da mãe de Kravy. E os meneios de aprovação geral fazem Jakey turbinar a oratória.

– Pensem neste condado... um lugar que deu ao mundo o capitalismo, mas mesmo assim foi um dos primeiros a perceber que o capitalismo é uma merda e a se opor com firmeza ao sistema. Mais do que qualquer outro, este condado é um microcosmo do verdadeiro espírito escocês. E eu declaro que Allise Kravitz, um ousado rapaz internacionalista de paixão e alma, era um microcosmo desse maldito condado, um lugar que talvez contenha a chave da salvação nacional e global dentro das suas fronteiras!

A mãe de Kravy sorri em meio às lágrimas e o recinto vira uma fornalha de emoção.

– Agora eu quero que todos rezem pela alma de Ally Kravitz, *principalmente* se tu num é dado a rezar. Porque o *meu* Deus talvez escute a tua voz! O *meu* Deus já tá com o saco cheio pra caralho de ouvir as mesmas vozes pedindo um carro novo, uma casa nova e uma lancha nova, ou então o endosso de outra porra de guerra bárbara pra matar todo mundo!

Um enorme viva ecoa na capela. Até o duque de Ferro tem uma lágrima no olho, juro por um caralho. Não consigo ver Comorton, mas acredito que agora o puto revisionista esteja com a cabeça idiota mais baixa que o rabo duma cobra. E Jakey ainda não terminou.

– Meu Deus quer a porra duma mudança. Ele quer ouvir a voz de alguém que num queira nada em troca, além de coisas pequenas como liberdade, justiça e igualdade! – ruge ele. Depois funga um pouco, tomando um trago de Buckie pra se acalmar. Sorri e diz: – Puta que pariu, Jesus, eu tinha esquecido como era bom ficar nesse púlpito com a cabeça ainda tonta da véspera, reforçado por alguns goles do elixir do Demo. É nesse estado... a um pentelho da possessão demoníaca... que eu me sinto mais perto de Nosso Salvador, e eu tô falando de Deus, não da porra daquele punheteiro Jesus Cristo. E como último *broadside* contra aqueles putos esnobes da Rua George, eu gostaria de agradecer aqui ao Jason, por me dar a oportunidade de subir a este púlpito de Fife, em homenagem a um de seus melhores filhos, Allister Graham Kravitz. De homens do caralho, putada.

Jakey desce sob um aplauso estrondoso, com todo mundo de pé, e vai saindo da capela enquanto o caixão baixa.

Lá fora, eu e a mãe de Kravy agradecemos pela presença de todo mundo. E eu ouço quando ela diz pro Veio:

– Foi o Jason... ele transformou isso numa coisa especial.

Depois voltamos ao Instituto dos Mineiros: brioche com salsicha, salada de ovo, bolos incrementados, chá, uísque... a porra toda. Nós até que oferecemos um bufê bom. As pequenas doações de cada boteco da cidade pagaram tudo. Jakey tá no seu elemento; as pessoas ficam enchendo a carcaça dele de birita, falando prele fundar uma religião nova, a verdadeira Igreja da Escócia. E é preciso reconhecer que ele se faxinou bem pra ocasião. Só exala cheiro de vinho e loção pós-barba. Eu coloco o braço em torno do seu ombro.

– Tu tirou as palavras da minha boca – digo pra ele. – De onde saiu aquilo?

Jakey dá uma piscadela pra mim.

– O rapaz podia ser traficante e cafetão, mas o ponto crucial é o seguinte...

Eu faço coro com ele.

– Ele era um traficante e cafetão *nosso*.

Jakey dá uma risada e eu bato nas suas costas outra vez.

– O que tu vai fazer, Jack? Num pode passar o resto da vida sentado naquele banco.

Ele dá de ombros.

– Não é um lugar tão ruim assim, Jason. Ainda recebo a pensão da igreja. Mas tenho de confessar que as coisas andam devagar, desde que fui despejado da casa paroquial.

– Isso foi há mais de dez anos, viado.

– Onze anos e três meses, filho, e passou voando feito calcinha de puta solta de varal de roupa em março. Mas o que se pode fazer contra a repressão calvinista da Igreja?

– Mas teria ajudado se tu acreditasse em Jesus Cristo, Jack. Eles só podiam ficar irritados com isso.

– Bobagem! Muito poucos pastores, quando pegos sozinhos, admitem acreditar nessa besteirada de Cristo ser filho de Deus – rebate ele com desdém. – Pra aplacar os elementos sem cérebro, todos nós precisamos aceitar a merda da visão de mundo do Hans Christian Andersen e do Lewis Carroll, mas a maioria tem instrução suficiente pra saber que isso não passa de bobajada infantil. Além disso, foi a putaria que acabou comigo na Igreja, e não a descrença num velho hippie lamuriento!

Puta que pariu, eu quase fui impelido a sair em defesa de Cat Stevens, antes de perceber que ele tava falando daquele outro puto. Fiquei intrigado pra saber um pouco mais, mas ele já tava falando alto demais. Como eu ainda tinha outros compromissos, pedi licença e saí andando.

A mãe de Kravy, como era de se esperar, ficou um pouco bêbada e sentimental. O Veio foi galante ou oportunista o suficiente pra levar a velha em casa, sem dúvida bem abraçado a ela ao descer os degraus do Instituto.

Então mais tarde foi todo mundo pro meu quarto: eu, Jenni, o duque, e o Vizim Watson, com os restos de Kravy na urna, quer dizer, a maior parte dele. Pois é, o caixão aberto não tinha a menor chance de acontecer. Por algum motivo, a bestinha da Lara não apareceu. Jenni acha que ela tinha saído com aquele puto do Big Monty.

– Isso é nojento – diz o Vizim Watson, enquanto eu misturo um pouco das cinzas de Kravy com a coca e a anfetamina, formando as carreiras em cima do meu exemplar de *Tea for the Tillerman*.

– Nojento é o teu cu fedido – retalio eu, saboreando a deliciosa reação de uma risada sensual por parte de Jenni. Depois explico pra eles. – O Kravy era um espírito livre, e teria sacado o sentido duma Nova Era na nossa cerimônia.

– Eu acho tão lindo – diz Jenni, apertando minha coxa e fazendo que eu sinta o sangue correr pros velhos culhões. – Eu queria ter podido fazer uma coisa parecida para o coitado do Midnight.

– Não dá pra comparar um cavalo com um ser humano – diz o duque.

Jenni balança a cabeça enfaticamente.

– Todos nós amamos almas belas, almas primitivas, seja qual for o vaso em que elas estejam abrigadas.

Uma doçura de gatinha, mas talvez um poucu abilolada. Eu sabia que devia ter jogado alto e posto à mostra aquele novo CD de Marilyn Manson que comprei.

– O Kravy sobreviverá dentro de todos nós – digo, cheirando a primeira carreira.

Até que não foi um barato ruim, mas preciso confessar que poderia ter ficado melhor sem o Kravy na mistura. Uma brabeira pro bico e pros pulmões. Mas eu também não tava economizando no material.

Dou a segunda carreira pra Jenni e ela cheira tudo com gosto. Depois joga a cabeça pra trás, com o bico franzido e os olhos marejados, mas segura a onda.

– Tudo bem? – pergunto.

– Tá... é bastante bom – ela sorri, respirando fundo. – Eu acho muito excitante pensar que ele está dentro de todos nós!

Ela espirra e aperta minha perna outra vez.

O Vizim e o duque dão suas cheiradas. Depois de um período de tempo decente, eu digo pra eles:

– Bom, pessoal, vou ter de expulsar todo mundo, menos tu, Jenni, porque a gente precisa discutir um assunto em particular...

Os dois vão saindo melancolicamente, sem dúvida rumo ao Goth pra tomar uma saideira. Assim que botam o pé na rua, corro pro armário e pego a caixa de isopor pra carregar cerveja. Abro o troço e olho outra vez pro nosso amigo, libertado do meio de um espinheiro da altura do meu ombro. Branco feito um fantasma, mas azulado em torno dos olhos e dos lábios, feito um molde de plasticina de si mesmo, e já começando a feder seriamente.

– O que a gente vai fazer com ele? – arqueja Jenni.

– Tenho uma ideia. E é algo que precisa ser feito logo. Ele está em mau estado, e tenho certeza que ainda sobraram uns putos daqueles vermes aí dentro do pescoço. Mas primeiro vamos cheirar outra carreira, como tributo.

Depois de cheirar e sentir o barato, Jenni diz:

– Eu não cheiro pó há séculos, desde que fui com a Lara a St Andrews tentar penetrar na festa de formatura do príncipe William. Ela tinha um amigo que se formou na mesma época. Mas nem chegamos perto do príncipe.

– Um rapaz sensível, disso eu não tenhu dúvida – digo a ela, mas sem parar de olhar pros olhos mortos do pobre Kravy, naquela cabeça dentro do capacete vermelho.

20
NOCAUTEADA

Acordo no chão da casa de Jason. Acho que já é a manhã seguinte. Ele está deitado ao meu lado, e nós dois estamos completamente vestidos. Portanto, nada aconteceu. Minhas vias nasais doem por causa da mistura de anfetamina, cocaína e cinzas. A garganta parece uma lixa.

Eu levanto e me agacho sobre Jason, beijando sua testa, mas ele está morto para o mundo. Desço e vou para a rua, bem na hora em que o pai dele dobra a esquina. Ele parece tão apalermado quanto eu ao trocarmos um leve sorriso de reconhecimento.

Estou com uma ressaca monstruosa e sei que a situação só vai piorar quando o efeito da cocaína e do álcool ainda no meu organismo começar a passar. Lembro de Jason tocando umas músicas interessantes, de um tipo que nunca ouvi. E entro no carro, que passou a noite toda estacionado lá fora.

Quando meu traseiro faz contato com o assento, sinto certa umidade na bunda. Provavelmente andei sentada em alguma coisa. Minhas axilas estão um pouco fedidas. Eu devia ir para casa, tomar uma ducha e dormir, mas estou inquieta e excitada, então vou visitar Lara. Quando chego a casa, o dr. Grant abre a porta com seu rosto vincado e magro feito uma raiz. É como se as doenças respiratórias que ele diagnostica nos antigos mineiros do distrito houvessem se infiltrado, por uma estranha osmose, nos seus próprios pulmões. Dá para ver por que Lara adora sair e trepar com brucutus. De que outra forma ela obteria alguma reação por parte desta figura estoica e reprimida? Lara pode até já ter "ultrapassado", como afirma, a fase de Marilyn Manson, mas ainda é profundamente revoltada. Seus hábitos continuam os mesmos e são piores do que os meus. Ela simplesmente utiliza bem o verniz civilizado. Mas fazer isso é foda... eu vejo o que essa merda provoca. Minha mãe é um bom exemplo.

– A Lara está? – pergunto.

O dr. Grant lança o olhar através de mim, feito um homem que despreza a si mesmo e o mundo em igual medida. Depois simplesmente meneia a cabeça em direção à escada. Enquanto subo, vou pensando se ele consegue ver a parte úmida da minha bunda.

Bato na porta do quarto de Lara e entro direto. Ela está sentada na cama, lendo uma revista. Acima da capa, vejo um olho roxo e preto. Ela abaixa a revista e diz:

– Não posso ir a Dunfermline hoje.

– O que houve?

– O que você acha? – pergunta ela em tom desafiador. Depois acrescenta alegremente: – Meu escroto ficou psicótico comigo. Eu falei que estava tudo acabado. Nós discutimos. Ele quis... você sabe... dar só mais uma.

Penso no canalha do Klepto e no ponto a que um lixo maligno como ele poderia chegar.

– Ah, meu Deus! Ele... você sabe...

– Não foi estupro... longe disso. Eu fiquei bem excitada com a ideia. Mais do que ele, na hora agá – diz ela, já com um sorriso cínico. Depois balança a cabeça com desprezo. – Ele não conseguiu cumprir seu papel. Eu fui um pouco debochada demais, e... ele não aceitou bem a coisa.

Ela reprime o ímpeto de fungar, parecendo inundada de desespero raivoso.

– Ah, meu amor – exclamo eu, pondo os braços em torno dela.

– Você é fofa – diz ela, desfazendo nosso abraço e olhando tristemente para mim. – A culpa é minha. Eu já devia saber. Ele não presta. Assim como o amigo. Mas a gente simplesmente pensa... sei lá...

Já estou quase falando daquele Klepto horroroso e não consigo deixar de completar a frase.

– Que pode mudar os homens?

Lara ri bem alto de mim.

– Não, caralho. Eu não sou tão burra assim, srta. Cahill – debocha ela, e eu percebo que jamais voltarei a lhe confidenciar algo importante. – A gente simplesmente pensa que eles podem ficar gratos por passar algum tempo com alguém que tem QI e não quer engravidar. Eu estava enganada. Essa porra de machucado não vai sumir antes de Hawick. Vou parecer uma puta viciada em crack lá de Glenrothes!

– Mas não é tão ruim assim – digo, pegando minha bolsa de maquiagem. – Vamos ver o que dá para fazer.

21

A MÃE DE JASON

A Veia tá engordando, principalmente em torno dos braços. Ela ainda tem aquele cabelo louro, armado e laqueado, além de várias camadas de base na fuça. Mas é terrivelmente baixa: herdei dela o gene de deficiência vertical. É um pensamento persistente, mas perturbador, que eu tenha sido arrancado da racha dela há mais de um quarto de século.

– Que diabo tu fez com o braço?

– É só um machucado – explico, contando a história do pobre Kravy.

Ela escuta em silêncio, boquiaberta, arregalando os olhos como se tivesse cheirado uma boa carreira de coca. Depois começa a perguntar: – Tu tá feliz, filho? Não falo só do coitado do Allister... tô falando além disso. Tu tá feliz *em geral*?

– Tô, com certeza, mãe – digo.

Ela me dá uma olhadela e diz:

– Mas tá feliz *mesmo*?

Quando eu falo que não, ela culpa meu pai, como sempre faz.

– Aquele homem espalha sofrimento como eu espalho manteiga na torrada preparando o café da manhã aqui. Ele queria um Estado marxista, coisa que já era ruim o suficiente, mas queria que tudo fosse feito por outras pessoas. Porque ele, Alan King, num mexia o rabo pra nada. No máximo eu conseguia que ele levantasse a tempo de pegar o ônibus pra fila do piquete.

– E como esse homem novo te trata? – pergunto a ela, embora o caso já não seja novo: tem quinze anos, mais tempo do que ela ficou com o Veio. Mas eu ainda não aguento dizer o nome do viadinho. E gosto de ver que todo puto fala dele no diminutivo, embora ele seja mais alto do que eu. Quer dizer, às vezes eu também sou chamado de "homenzim", mas ninguém me trata de "Jasonzim". Isso se chama r-e-s-p-e-i-t-o, putada.

Minha mãe lança um olhar duro pra mim. Acho que o momento Bambi foi o ponto alto do nosso relacionamento e que subconscientemente nós dois vivemos tentando recriar aquilo em nossos encontros muito ocasionais. Só que sempre fracassamos.

– Olha, Jason, eu não falo que o Arnie é perfeito... quer dizer, quem é? Qual relacionamento é? Mas ele ficou do meu lado quando eu precisei...

Ela meio que baixa o olhar pro seio ausente. Não que eu possa saber qual dos dois foi extirpado, já que ambos parecem iguais cobertos pelo folgado agasalho vermelho. Eu fui amamentado por esses putos, e de forma bizarra fico até feliz por ter recebido toda a minha parte antes que os cirurgiões entrassem em ação.

– Escuta, mãe... eu preciso de um favorzinho.

– Sabia que tu tava aqui por isso – diz ela secamente, pegando a bolsa.

As campainhas de alarme me indicam que é hora duma breve retirada pro campo da moralidade. Então digo:

– Não, não é isso. Preciso pegar emprestado um daqueles caldeirões da tua cozinha.

Ela parece um pouco aliviada, depois culpada e por fim perplexa.

– Tu não tá planejando fazer sopa, tá? Lembra do desastre na última vez que tu tentou fazer sopa? Mas na época tu ainda era uma coisinha – diz ela nostalgicamente. Depois olha para mim com interesse. – Tu num tá criando um ninho, tá? Nenhum sinal de namorada?

Pensando em Jenni, que saiu de manhã após "passar a noite", eu digo:

– Bom, tem um romance aí, mas ainda tá muito no começo...

– Quando eu vou cunhecer a garota?

– Logo, se tu me emprestar um caldeirão – digo.

Pois é, Jenni apagou mesmo ontem à noite. Tirando a punheta que bati, esporrando em cima daquele rabo durinho coberto pela calça preta, eu me portei como um perfeito cavalheiro, e logo depois também apaguei. Putamerda, inda bem que não acertei o outro lugar.

Então nós vamos até a cozinha espaçosa e eu pego um caldeirão grande que tá pendurado na parede: é ideal pras minhas necessidades. O troço chega a chacoalhar quando é enfiado por cima da minha cabeça.

– Tira a tua cabeça daí, menino... isso é pra comida!

– Desculpa, é só brincadeira – digo, ouvindo o eco. Depois tiro o troço.

– Pra quê tu quer um caldeirão grande assim... vai abrir um sopão pros fracassados lá de Cowdenbeath?

Como as pessoas esquecem depressa. Basta um pouco da vida sofisticada de Dunfermline e elas se bandeiam pro lado da burguesia. Esta cidade ficou metida a besta quando abriram o Costa Coffee. Até imagino minha mãe e o Merdinha, com as sacolas da Marks & Spencer debaixo do braço, fazendo uma parada lá antes de botar as compras no carro, e sussurrando teatralmente, "Quero uma xícara grande!".

Mas eu não mordo a isca e digo:

– Em boca fechada num entra mosca.

Ela revira os olhos, acende um cigarro e dá uma grande tragada.

– O que tu tá armando, menino?

– Nada de ruim, e tu num devia tá fumando, por causa do teu câncer.

Ela estremece ao ouvir a palavra.

– Foi C de peito, não de pulmão.

– Mas num vai ajudar.

Ela balança a cabeça.

– Acho que já tive todo o C que era pra ter. O negócio do peito foi culpa minha, por causa daqueles implantes que eu ia botar na época.

– Mas tu nunca chegou a botar os implantes, não foi?

– Não, mas *pensei* nisso – diz ela, olhando pro céu. – Esse foi o jeito Dele de me fazer perceber que eu tava pensando em coisas frívolas e vazias. E por isso, eu agradeço.

Anos atrás o Merdinha fez com que ela começasse a encher o saco de Deus. Agarrando o caldeirão, eu digo:

– É mais provável que seja o jeito dele lembrar que tu vive em Fife.

Ela faz uma careta azeda ao ouvir a frase e meneia a cabeça pro caldeirão.

– Bom, não esquece de devolver isso.

– É claro, mãe.

– E do mesmo jeito que está agora. Se tu quiser um chapéu, eu te compro um boné, tá certo?

– Tá.

– Presta atenção. O Arnie controla o estoque aqui feito o demo, e o nosso chef é tarado por limpeza.

– Tranquilo.

Ela enfia o caldeirão num saco plástico de lixo. – Como tu tá de dinheiro, filho?

– Duro – respondo instintivamente, embora no momento esteja forrado: recebi o pagamento por serviços especiais de Cahill e o cheque do seguro-desemprego entrou ontem. Até arrumei um computador de segunda mão por cem paus na Ideal Computers, ao lado da prefeitura. Um bom investimento: tecnologia nova, putada.

Ela mete a mão na bolsa, olhando duramente pra mim. A expressão pétrea me lembra velhas ocasiões em casa, quando o conteúdo desaparecia milagrosamente. Ao mesmo tempo, eu ficava todo emotivo, estocando peças de modelos de avião que jamais seriam montados.

– Toma isso, filho – diz ela, estendendo duas notas de vinte.

– Mãe... não sei o que falar – digo com gratidão. – Então vou ser curto e grosso... tá bem.

Com isso, eu passo a mão na propina culpada da puta Veia, agarro o caldeirão e volto pra Cowdenbeath.

22
CAVALO NOVO

L ara aceitou meu conselho e veio comigo ao centro de lazer. A princípio ela estava relutante e não aceitou tirar os óculos escuros antes de chegarmos. Eu meio que esperava que ela saísse do vestiário ainda de óculos, que acabaram trocados por nacos de base. Nós fazemos uma sessão inteira: pesos, aula de step, Stairmaster e a exasperantemente tediosa esteira. Lara leva séculos sumida, retocando a maquiagem antes de cada nova atividade. Felizmente, ela tá acabada e precisa parar muito antes que *eu* perca o fôlego, coisa que nós duas percebemos silenciosamente! Depois vamos ao estúdio de bronzeamento. Venho contando a ela as arengas do meu pai sobre a porra do cavalo novo, assim como as lamentações de Indigo a respeito.

Nós duas ficamos com a pele marrom-avermelhada, e quando voltamos ao centro de lazer sentamos no café para tomar água mineral sem gás. Lara fica brincando com um biscoito de chocolate que jamais comerá e é outra que não esquece o assunto do cavalo novo.

– A Indigo tem certa razão. De qualquer maneira, vocês precisam arranjar algo para fazer companhia ao pônei dela. Portanto, pode ser um cavalo de que você goste e que possa montar. Se você não agir, é provável que aquela cretininha mimada acabe arrumando outro pônei!

Eu me irrito com esse comentário. A Indy *é* uma cretininha mimada, mas é *nossa* cretininha mimada. Os termos "roto" e "esfarrapado" me vêm à cabeça.

– É cedo demais – digo rispidamente. – E acho que eu não quero outro cavalo...

Lara ergue as sobrancelhas com exasperação.

– Pelo menos vá ver a cara do tal castrado.

Eu balanço a cabeça, vendo uma ex-colega no primeiro grau lutar com um carrinho, um bebê e uma bandeja que contém dois pratos de batata frita e duas latas de coca-cola. Depois digo:

– Você não está me escutando. Eu quero ir embora daqui. Estou farta desta cidade.

– É igual em toda parte – diz Lara. – Você só está meio baixo-astral.

– Não, eu preciso sair fora – declaro enfaticamente. Não acredito nesse súbito caso amoroso de Lara com a cidade, o condado e o país. Geralmente ela só faz criticar o lugar e todas as pessoas. Na realidade, aprendi isso com ela. Foi assim que nós ficamos amigas! Que fim levou Virginia Woolf?

– Mas você é uma ótima saltadora. Com esse cavalo novo...

– De jeito nenhum. Você sabe muito bem que eu sou uma saltadora de merda. Só estava fazendo isso para agradar meu pai, e de certa forma agradar você, por sermos amigas. – Eu examino Lara atentamente, em busca de uma reação a essa declaração, mas seu rosto maquiado e bronzeado guarda uma imobilidade de botox. Sorrio friamente e conto a ela a verdade que preciso ouvir, juntamente com todos à minha volta. – Eu adoro cavalos e adorava o Midnight, mas não sou, nunca fui e nunca serei uma saltadora. Sabe por quê?

Olho inquisitivamente para Lara, que parece toda ouvidos. Realmente acredito que ela espera que eu fale algo como "porque sou gorda demais". E fica obviamente irritada ao ouvir outra coisa.

– Porque eu simplesmente não quero. Eu adoro cavalos, adoro estar entre eles e adoro cavalgar, mas simplesmente não estou interessada em saltar. Não tenho vontade de exigir mais esforço deles, ou de mim mesma, só para correr mais depressa, virar mais rápido ou saltar mais alto. Na realidade, eu estou cagando e andando para isso – afirmo pomposamente. – No futuro, só vou fazer as merdas que *eu* quiser fazer.

Ela fica olhando para mim com incredulidade, boquiaberta, durante alguns segundos. Nunca vi Lara parecer tão burra. Quando reencontra a voz, ela geme:

– Mas todo mundo quer que você se dê bem!

– Foda-se todo mundo. Eu vou virar minha mãe se não sair daqui.

– Mas você não pode me deixar aqui! – uiva Lara. – *Eu* não posso ir. Tenho Hawick, depois Bedfordshire, depois...

– Você vai encontrar outras amigas amazonas, Lara. Não se preocupe com isso – digo a ela. – Eu não vou desaparecer da face da Terra. Nós vamos continuar parceiras.

Quando falo, fico tonta de euforia ao perceber que de fato logo partirei daqui; isso já deixou de ser uma fantasia e virou uma inevitabilidade, mas não me dá o menor medo.

– Que tal irmos para a balada hoje? – diz Lara, mais carente do que nunca. – Só eu e você? Em Edimburgo? Podemos dormir na casa da Sophie...

– Não, eu não posso – digo a ela com grande satisfação. – Tenho um encontro com alguém mais tarde.

Lara faz uma careta de mágoa. Quantas vezes, pondero eu, devo ter parecido igualmente digna de pena para ela?

23

VIAJANDO

Estou sentado com Jenni Cahill no Goth, e é como se nós formássemos um casal, saindo e tudo mais. Eu devia estar orgulhoso, mas não consigo parar de pensar no coitado do Kravy, o rapaz que voltou a Fife pra cuidar da mãe e acabou decapitado. Nove anos na Espanha, voando feito um puto pela Europa, e depois de uma semana de volta a Fife, ao fazer uma curva fácil (comigo na garupa), a moto simplesmente sai da porra da estrada, e pronto; bola fora, jogo perdido.

A estrada devia estar fodida; seguramente há base pra um pedido de indenização pelos meus ferimentos, mesmo sem calcular os danos emocionais sofridos pela perda do meu melhor amigo. Coitado do Kravy. Eu tô sentado aqui com tudo: uma gata elegante do lado, vaga no futebol de mesa, dinheiro no bolso, caneca de ouro negro na minha frente e aqueles dois velhos celibatários invejosos, o Vizim Watson e o duque de Musselbury, parados tristemente junto ao balcão, obrigados a contemplar meu sucesso. Mas só consigo falar do coitado do Kravy.

– As palavras dele foram proféticas – digo a Jenni. – Uma vez ele me disse: "Quem quer viver uma vida longa precisa se afastar das drogas e viajar muito. Se não a história é curta demais."

– Eu diria irônicas, e não proféticas – especula Jenni. – Já que a vida dele foi muito curta...

– Mas espera aí... escuta mais – insisto eu. – Todos esses anos que ele passou viajando pela Europa de moto foram marcados pelo conceito da diferença. Por novas experiências, assimilando visões, cheiros e sons diferentes. Toda aquela absorção de um idioma novo, uma cultura nova. Usando canais neurais diferentes. Isso não acontece com quem só fica se drogando numa porra de cidade velha feito Cowdenbeath. Tu desconta o cheque do seguro-desemprego e vive o fim de semana, mas logo os fins de semana ficam todos iguais. O Kravy já teve uma vida mais longa que a minha, mesmo que eu chegue a duzentos anos de idade! Fumar maconha e ficar no mesmo lugar comprime o tempo. Viajar e cunhecer gente nova sempre expande. Eu não diria que isso é uma lei da física, mas mesmo assim é verdade. Tu quer ficar aqui a vida toda?

Jenni revira os olhos.

– Claro que não. Não tenho a menor intenção de fazer isso. Você tem?

– Não, mas provavelmente vou ficar.

Ela parece um pouco decepcionada com isso.

– Por quê?

Então eu tento explicar, sem aparentar muita pena de mim mesmo, que simplesmente num sou como ela, nem como Kravy.

– Porque não consegui acumular o tipo de habilidade que pudesse me ajudar a funcionar num lugar diferente. Não passo de um vagabundo baixinho que limpa estábulos em Fife.

– Bom, eu acho você atraente – diz ela, como se estivesse um pouco bêbada. Aposto que não tá acostumada a ouro negro ou fumo. Pelo menos não nas quantidades que a gente vem traçando nos últimos dias. Minhas quantidades.

– Posso até ser, mas do jeito de um vagabundu baixinho que limpa estábulos em Fife. – Eu rio, depois fico sério. – Mas vou até a Espanha, caralho! Isso eu garanto...

– Shh... você fala demais – diz ela. Quando já vou fazer uma cara feia, ela diz: – Me beija...

Seus lábios roçam nos meus e começamos a tirar um sarro. Putada, tenho a sensação que vou esporrar na calça, ali mesmo no canto do Goth! Quando nos afastamos, dou uma espiada no balcão e vejo certas pessoas tentando olhar pra qualquer lugar que não seja o nosso canto. E Jenni capta a vibração, porque diz:

– Será que a gente não pode voltar pra sua casa?

– Claro – grasno eu, temendo levantar com o negócio nas calças... Onze centímetros porra nenhuma... mas levantando assim mesmo. Não olho pro balcão quando saímos do bar (até deixo lá meia caneca de ouro negro!), mas espero que a rapaziada tenha visto tudo. Jason King, Departamento de F, putada: esse "F" é de fodas!

Quando chegamos em casa, enfio a cabeça na sala da frente, onde o Veio está assistindo aos pangarés da tarde no Canal 4, com as páginas das corridas no colo.

– Tu nunca recebe umas dicas daquele estábulo onde treinava? – pergunta ele, virando a fim de olhar pro seu único rebento (como já me descreveram).

– Não... pelo menos há algum tempo... hum... olha, pai, vou subir com a Jenni pra escutar uns discos.

– Cristo, tu já tem vinte e seis anos, Jason – debocha ele.

– Não precisa usar eufemismos de criança pra espanar uma xota!

Fico torçendo pra que Jenni não tenha ouvido ou entendido isso, mas nós logo subimos e entramos no meu quarto, onde as coisas começam a acontecer bem depressa. Vamos tirando a roupa e eu vejo que ela tem manchinhas no peito, mas não nos seios em si, se é que alguém me entende, além duma verruga grande numa das tetas. Jenni tira até a calcinha vermelha, mostrando que está muito a fim. Mas eu vejo uma moita de pentelhos bem maior do que esperava. Puta que pariu, é uma surpresa. Mas talvez tenha sido a xota raspada da mãe de Kravy que pôs esse pensamento na minha cabeça.

Putada, é uma carga sensorial um pouco demasiada...

24

SARRO

Eu simplesmente quero foder com ele. Gosto dele e tenho desejo por ele: aquele corpo magricela, aqueles olhos malucos e aquele ar de loucura mal reprimido. Além disso, a história com a piranha da Lara torna Jason ainda mais atraente. Ela confessou que, quando mais jovem, realmente queria dar para ele.

Mas Jason parece um pouco esquisito, como se não quisesse se despir. Eu estou sentada aqui, nua, e ele nem tenta tirar a roupa. Começo a imaginar que ele me acha gorda ou repulsiva demais, já que é tão magro.

– Você não gosta de mim? – pergunto.

– Não... tu é maravilhosa – arqueja ele, boquiaberto.

– Tire a roupa, então – insisto.

– Tem uma coisa que eu quero mostrar pra tu antes... uma coisa que eu fiz pra tu.

Jason abre um armário grande que abriga um tanque de água, mas enfia a mão numa prateleira baixa e apanha algo que parece um crânio humano!

É claro...

– Coitado do Kravy – diz ele, acendendo uma vela num prato e colocando o crânio cuidadosamente por cima. A chama arde através dos olhos, espalhando uma brilhante luz amarelada pelo quarto. A imagem é linda... aquele brilho incrível voltou aos olhos de Ally Kravitz.

– Isso é... tão... bonito – digo a ele. E é mesmo.

– Eu tinha que fazer isso, Jenni – diz Jason. Seus olhos escuros cintilam à luz da vela. – Aquela carne azulada não tava fazendo justiça a ele. O Kravy já tava fedendo. Aqueles vermes... não tinham a ver com ele. Eu fervi aqueles putos até morrerem. Já o crânio tem um tipo de... pureza.

– Tem sim, Jason. Ele ia querer isso mesmo. Eu sei. Mas o que você fez com a carne, o cérebro, os olhos... todos esses troços?

– Meti num saco e enterrei tudo embaixo do gramado atrás dos gols em Central Perk – diz Jason, dando um sorriso triste e tombando para trás na cama. Depois ele arranca os sapatos com os pés, abaixa a calça e fecha os olhos.

Eu me aproximo e tiro sua camiseta num só movimento. O corpo de Jason tem cor de leite. Ele está tremendo, mas continua deitado ali. Sob a luz bruxuleante, eu chupo seus mamilos, mordendo um até que ele dá um ganido de dor e um filete de sangue vermelho-escuro escorre pelo peito.

Então tiro sua calça e ponho a boca no seu pênis, que com o contato endurece e se expande dentro da minha cabeça. O gosto parece levemente salgado, mas isso vai desaparecendo enquanto eu passo a língua na ponta, alisando tudo com a boca e a mão. Depois de algum tempo começo a achar que ele vai gozar, então paro e sussurro:

– A jóquei aqui sou eu.

Não consigo entender a resposta estrangulada que ele dá, então subo e faço com que ele me penetre. Começo a cavalgar lentamente, fazendo com que ele meta mais fundo, subindo e baixando em cima dele sob a luz da vela que arde nos olhos mortos de Ally Kravitz.

Acho que Jason é o rapaz mais passivo com quem já fiquei, embora seja só o terceiro com quem já fiz sexo de verdade. Ele jaz ali, murmurando delirantemente, enquanto eu cavalgo até começar a gozar em pequenas explosões, terminando num crescendo demente. Quero simplesmente desabar de lado, mas Jason segura minhas axilas (ele disfarça bem a força que tem naquele corpo magro e musculoso) e começa a gozar com convulsões fortes, de esbugalhar os olhos, tão violentas que por um instante acho que ele está tendo uma espécie de ataque. E arqueja:

– Sua puta...

Sinto seu pau cansado desinchar dentro de mim e cair para fora feito a fruta madura de uma árvore. Rolo para o lado e me enrosco nele, aninhando seu corpo magro nos meus braços.

– Foi tão bom – digo a ele, enquanto nos ajeitamos na cama de solteiro.

– A garota de Ballingry... Ela falou a mesma coisa uma vez – murmura ele, já adormecendo.

25

TRINTA CENTÍMETROS A MAIS

Entro no Goth com uns bons trinta centímetros a mais de altura, e mais ou menos o mesmo dentro da calça, putada! Fico no balcão, mas não presto muita atenção ao Clube do Celibato formado por Vizim Watson, duque de Musselbury e Reggie Comorton, porque tô mais ligado no Velho Erchie, o bígamo, que normalmente bebe lá no Jimmie.

Erchie era um caminhoneiro de longa distância. Passou anos mantendo duas famílias: uma aqui em Fife e outra lá em Hull. Foi obrigado a confessar quando Kenny, seu filho aqui, conheceu uma gata em Tenerife. Os dois se deram tão bem que o romance de férias foi alongado e ela veio fazer uma visita a ele aqui. O queixo de Erchie quase caiu quando Kenny chegou em casa com a garota: era a filha que ele tinha lá em Hull! Pois é. O nome dela era Nadia. Foi uma brigalhada da porra, mas as esposas acabaram vendo que não adiantava criticar Erchie, já que ele sustentava as duas. Então, basicamente passaram a compartilhar o puto, mantendo o mesmo arranjo de antes: meia semana pra cada uma. Concordavam que Erchie servia pra metade do tempo, mas que além disso seria demais.

Erchie está falando de história, seu assunto predileto, ou de "História S da Escócia", como ele diz. O sujeito parece um catedrático em trepadas do pós-guerra na Caledônia.

— Quando houve aquela crise dos mísseis em Cuba, nove meses depois o número de nascimentos ilegítimos explodiu. Bastardinhos por toda parte!

— Por quê?

Ele tosse, engolindo de volta o que já estava subindo. O troço gruda na sua goela feito uma bola de pelo de gato. Depois que seus olhos param de lacrimejar, diz:

– Bom, o pessoal achou que era o fim de tudo. Com todas essas bases ianques na Escócia, nós viramos o alvo principal pruma surra dos mísseis soviéticos. Então a putada inteira pirou. Desconhecidos se juntaram, foram pra casa e foderam até não poder mais. As garotas comiam qualquer puto que conseguissem agarrar.

É mesmo: o troço me voltou à cabeça bem na porra daquele instante. Assim que a porra das Torres Gêmeas desabaram em Nova York, eu apareci na casa de Lara com meu novo álbum do Slipknot, seis latas de Rid Stripe e um *jalfrezi* de frango lá do Shimla. Além de Cat Stevens, como reforço. Mas ela tava de férias na porra do sul da França, sem dúvida nos braços de um puto francês fedendo a alho e cheio de temores insinceros sobre o apocalipse iminente!

– Aparentemente, a tal da Lara andava assediando o príncipe William lá em St Andrews – conto pra rapaziada, atraindo o Vizim Watson e o duque pro rebanho. Depois do que Jenni me contou, tá aberta a temporada de caça pra aquela puta. – Pois é, ela curte muito o príncipe. Isso seria um quarteto e tanto, mas tô falando longe das cobertas. Nada contra o herdeiro de Windsor, um rapaz sensível, disso não tenho dúvida... mas não gosto da ideia de qualquer outro caralho na minha cama!

Erchie solta uma risada diante disso e o Vizim dá um sorriso murcho, enquanto o duque faz sinal pra mais uma rodada de ouro negro. Putamerda... nada como um dia após o outro!

– Mas imagina se a tal Lara acabasse engravidando, e o príncipe assumisse a responsabilidade... o rebento masculino resultante viraria herdeiro do trono! – diz o Vizim. – O choque só seria maior se o putinho quisesse montar a cavalo, tivesse talento pro futebol de mesa e mostrasse gosto por fumo!

O duque solta uma gargalhada e preciso admitir que eu mesmo dou uma risadinha. Depois digo:

– Pois é, putada, o Reinu tá certo... é preciso acrescentar um pouco do DNA de Fife pra enriquecer o velho e estagnado reservatório genético da aristocracia. Isso já foi feito no passadu. As coitadas das parteiras desmaiavam, caralho, quando viam que o bastardo tinha um queixo feitu Dan Dare! É, talvez eu tenha me apressado demais quando recusei a suruba!

Todos riem disso, batendo as canecas de ouro negro juntos, como nos tempos de antanho. Mas a farra acaba logo depois dessa piada, porque Jenni passa pra me apanhar. Nós vamos a Kirkcaldy, pro tal desafio de poesia em que eu fui inscrito por ela. Mostrei uns troços que eu tinha escrito quando tava de vagabundagem; eram originalmente catárticos, pra ajudar a superar o choque com a história do Kravy. Ela deu uma olhadela e falou que eu tinha talento. E eu aceito isso, putada.

Até o Veio vai. Eu mostrei os poemas pra ele, que ficou bem impressionado com o conteúdo político de alguns deles.

– Puta que me pariu – disse ele, com os olhos esbugalhados. – Até que tu me escuta, afinal!

– Não tenho opção, tenho? – debocho eu. Mas ele ganhou o dia com isso. E eu também, preciso confessar.

26
DESAFIO DE POESIA EM FIFE

Embora esteja apenas parcialmente cheio, o auditório parece implausivelmente enfumaçado. Meus pés grudam no carpete gasto, enquanto vou passando por vários armários envidraçados cheios de troféus, até chegar ao meu assento no bar. Jason está muito nervoso.

– Você vai se sair bem – digo.

Sem tirar os olhos de um magricela anêmico de cabelo preto sentado no canto, ele diz:

– Tudo bem, mas o Ackey Shaw também vai ler hoje. É minha estreia, e eu tô em cartaz com o meu mentor... putamerda.

Quando é anunciado pelo mestre de cerimônias, Jason levanta e avança entre as mesas. Sob aplausos, ele sobe ao palco e ajusta a altura do microfone. Com a mão enluvada, tira de um estojo no bolso interno do sobretudo um par de óculos de leitura, que coloca no rosto. Depois pega, na pequena pasta de couro que carrega, um maço de folhas de papel.

– Esse daqui é pros futebolistas – anuncia ele. – Chama-se "John Motson sobre a Morte de Sylvia Plath".

Faz-se um silêncio respeitoso. Jason começa a ler o primeiro poema, recitando com um exagerado sotaque inglês:

> – *Sylvia Plath*
> *foi pro banho mais cedo.*
> *Que coisa notável!*

Eu não entendo o sentido, porque não faço ideia de quem seja John Motson. Mas várias pessoas na plateia riem. Fico olhando para o tal sujeito chamado Ackey Shaw, que assente aprovando. Converso no bar com um casal de ar universitário, e eles parecem pensar que Sylvia Plath veria aquilo como um tributo, então fico satisfeita. É evidente que Jason tem o dom de brincar com as palavras e obviamente adora os aplausos. Parecendo crescer de estatura, ele olha para mim e sorri.

– Agradeço a Jenni que me incentiva, tanto a escrever quanto a declamar – diz ele, dando uma piscadela que me faz corar.

Hoje percebo que estava muito enganada a seu respeito, achando que Jason não passava de um escrotinho tarado. Ele não é; é ótimo. Com mais força ainda no seu próximo poema, ele pigarreia, esperando a algazarra da plateia diminuir. Depois, com orgulho evidente, declara:

– Esse aqui se chama "Eulógia pra Robin Cook", que ano passado, ou em todo caso retrasado, faleceu tragicamente.

> – *Edinbury tá cheia de povão*
> *mas com muita discrição*
> *pois um estadista escocês tá morto*
> *e é hora de prestar tributo*
>
> *Ele lutou pela liberdade,*
> *Pela justiça e pela verdade*
> *Não como o punheteiro inglês*
> *Que tem uma boca de puta*
>
> *Lambendo o saco do puto ianque*
> *Em toda a questão do Iraque*
> *Mandou nossos garotos pra guerra*
> *E alguns não voltaram à terra*
>
> *Mas Cook era homem de princípio*
> *Com coragem, tutano e raça*
> *"Cadê as armas de destruição em massa?"*
> *"Não existem... vai pro caralho".*
>
> *Os camaradas nas bancadas*
> *Pareciam vacas sagradas*

Todos apertando o cu fedido
Ao seguir a linha do partido

Caminhá era seu único remédio
Pro debate sobre o Oriente Médio
Era um traidor pros conservadores
Cheios de ódio racial pelos árabes

Ele morreu nos seus morros formosos
Sem alertar qualquer doutor
Mas foram os ingleses mentirosos
Que partiram seu coração de valor.

O poema parece fazer muito sucesso com a plateia, principalmente com o pai de Jason, que está bebendo com alguns amigos a uma mesa perto do palco. Ele bate palmas feito um demente, urrando e incentivando o filho. Apontando para Jason, grita, "Tu é meu nego!"

Antes de iniciar sua participação, Ackey Shaw levanta e diz com elegância:

– Umas coisas ótimas por parte de Jason King, nativo de Cowdenbeath.

Depois do evento, Jason se junta a mim no bar, pedindo bebidas para nós dois. Ele escolhe uísque, que não é seu veneno habitual.

– Um dos seus melhores versos... uísque e liberdade são unha e carne – diz ele para Ackey Shaw, que parece estar se divertindo. – Depois brinda: – *Saúde!*

As pessoas vêm lhe dar os parabéns pelo desempenho. Seu pai parece estar afastado, mas depois avança e diz com os olhos marejados.

– Tu me encheu de orgulho ali em cima, filho.

Jason parece atordoado.

– Bom, nem sempre te dei motivo pra isso, pai.

O pai arregala os olhos e até fica muito parecido com o filho.

– Como assim?

– Meu fracasso como jóquei. Minha dependência do seguro-desemprego. Meu desinteresse pelo jogo político.

– Ah, filho, desculpa. Não dá ouvidos a gente como eu. São épocas diferentes. Tu sempre foi motivo de orgulho pra mim – diz o pai, balançando a cabeça e olhando para os amigos. – Pra mim e pra todos os meus cupinchas ali. Agora trata de ir pra Bathgate amanhã e entrar na final da Copa.

Jason faz uma careta de dor, como se houvesse comido uma coisa venenosa.

– Pai, tô pensando em pular fora disso.

– Como assim, filho?

– Com referência a um dos nossos grandes heróis literários, pai, Allan Sillitoe: *A solidão do corredor de longa distância*, putamerda.

– Um grande livro, filho – reconhece o pai, passando para mim uma caneca de chope que eu nem vi ser pedida. – Além de um filme excelente com Tom Courtney, se não me engano.

Jason meneia a cabeça para uma Guinness, que repousa enegrecendo no balcão.

– Pois é, mas lembra da tese central dessa obra, pai? Às vezes só se pode ganhar deixando de participar.

Eu tomo um gole do chope. É muito gasoso, mas meu estômago não aguenta aquela Guinness que Jason tanto adora. O pai dele sorri para mim e assente para Jason com entusiasmo.

– Quando todas as chances estão contra nós, o único jeito é sair fora do sistema. Feito aquele garoto do livro, que vence a corrida, mas se recusa a cruzar a linha. Essa é a rebelião final, filho, como entende muito bem o 50 Cent – diz ele. Depois faz um ar de preocupação e pergunta:

– O que tu tá planejando?

– Pai, a Jenni e eu tamos pensando em ir pra Espanha. Tipo de vez. O Kravy tem amigos lá – explica Jason. – E eu entrei em contato com eles... tipo pela Internet.

– Vai nessa, filho! Isso é ótimo! É o que eu faria se ainda fosse jovem – diz o pai, tomando um grande trago da caneca e engolindo tudo. Depois sorri para mim. – Se tivesse uma beldade feito essa, eu partiria pra Espanha amanhã!

– O seu pai é tão legal, Jason – digo, sentindo um sorriso iluminar meu rosto. O pai dele faz um ar meio faceiro.

– Tu vai ficar legal sozinho? – pergunta Jason, preocupado.

Um brilho matreiro surge no olho do pai.

– Quem disse que eu vô ficar só?

– Ah, é?

O pai dá uma piscadela e deixa o rosto formar um sorriso. Noto que há algo diferente nele. É a marca da queimadura, que parece desbotada, mas percebo que ele simplesmente aplicou uma camada de base ali.

– Talvez esse nego velho ainda tenha umas cartas na manga. Vai haver novidade, mas não vou falar nada além do seguinte: no meio da adversidade, podemos encontrar o triunfo.

– Um sentimento que eu endosso de coração, pai, um sentimento que eu endosso de coração – diz Jason, pondo o braço ao meu redor. Nós trocamos uns beijinhos.

– Chega disso! – interrompe o pai dele. – Lembra que aqui é Fife. Controla esse ardor e paga uma cerveja pro teu velho. Eu vi o rapaz te dar uma grana por esse trampo!

– Essa é por minha conta – digo eu, indo até o balcão e gritando para fazer os pedidos. Antes de deixar essa cidade, quero que todo mundo saiba que eu sou Jenni Cahill, e não a filha de Tom Cahill, o cara do transporte de cargas!

27

O FIM DE AMBROSE

Foi uma noite e tanto em Kirkcaldy, com a festa depois em Glenrothes. Jenni gostou bastante, fumando vários baseados e cheirando umas duas carreiras. Só que Glenrothes não é Fife. Trouxeram um monte de gente lá de Glasgow nos anos 1960. Mas, mesmo depois de três ou quatro gerações, eles ainda não se mesclaram com a população local. Algumas experiências sociais estão fadadas a fracassar aqui, como a preservação dos esquilos vermelhos nativos pros putos grisalhos americanos fazerem turismo.

Eu também passo a pensar que Tam já anda desconfiando que há algo no ar entre mim e sua primogênita, porque ele me dá um telefonema de manhã cedo, mandando que eu vá pra lá logo. Lembro que Jenni não tava feliz por precisar encurtar a noitada e falando que teria de levar a mãe pra cidade de carro.

Eu entro na casa com a chave extra que Tam me deu, na esperança de sarrar e beijar Jenni. Mas não tem um puto em casa: ela já foi fazer compras em Edimburgo com a mãe e a irmã mimada. Só tem um bilhete e um par de chaves.

J
Resolvi ir de trem. Pegue o carro, se quiser.
Jx

Então pego o carro dela emprestado, pensando em levar o cachorro até a praia em Abby-Dabby, porque tá muito quente, parecendo até um dia de verão!

A água não tava aquele mijo oleoso que tu vê normalmente no Quarto Estuário. Parecia St Andrews: azul-cobalto, e calma feito uma puta bem comida, com a bolsa forrada dentro da calcinha. Na minha cabeça, não tinha pobrema lançar lá dentro um pedaço de pau qualquer, pro cachorro ir pegar. Era só pra resfriar o bicho ofegante. Eu não queria que ele ficasse irritado no calor e arrancasse o equipamento conjugal de algum puto. Feito o meu. Pois é, dá pra tu fazer o diabo com quatro polegadas e meia, só lançando um pouco de birita na mistura, mas com oito eu taria acabado. Pelo menos na porra desse condado!

E o Ambrose tá ofegando nesse calor. Eu fico com pena do bicho.

Então apanho um galho velho, comprido e gosmento, lançando a merda o mais longe possível. Antes que alguém consiga falar "Jim Leishman", o cachorro sai voando pro mar atrás do troço e fica quicando entre as ondas. Putamerda, depois de três gerações o tal gene de *retriever* ainda tá ativo!

O pobrema é que o coitado do Ambrose não olhou pra trás uma só vez, embora eu ficasse berrando o nome do escroto. Só via aquela cabeça quicando lá, pra cima e pra baixo feito uma... e então sumiu tudo.

Eu fico parado ali na praia, enquanto aquele cachorro de briga, orgulho e alegria de Tam Cahill, o gângster do ramo de cargas, está sendo arrastado prum canal em Amsterdã!

Primeiro traçando a filha, e agora afogando a porra do cachorro do viado!

Minha cabeça tá rodando. Só consigo pensar que nenhum puto me viu entrar ou sair de lá; eu tava sozinho na casa. Todo mundo saiu cedo pra ir à cidade, e o Tam tava trabalhando, deixando Ambrose amarrado no jardim dos fundos.

Então volto pra Cowdenbeath, estaciono o carro de Jenni, preparo o espírito pra representar e ligo pro Tam lá no trabalho.

– Tudo bem, Tam? Cadê aquele teu cachorro? Não tem ninguém em casa e eu tô de bobeira aqui. Posso pegar o bicho aí?

Depois de um pequeno silêncio, ele diz:

– O quê... ele não tá aqui, ficou amarrado lá nos fundos hoje de manhã!

– Ele não tá lá agora. Será que a mulherada levou o Ambrose pra Edimburgo?

– Levou porra nenhuma! Putamerda, eu não acredito... a Jenni tá aí?

– Não, elas já tinhum saído quando eu cheguei... fui dormir um pouco tarde ontem à noite. Como não imaginei que elas não levariam o cachorro, achei que ele tava com tu.

Depois de outro silêncio, ele diz:

– Aquela putinha aprontou alguma com o Ambrose! Ela me acusou de foder com aquele pangaré imprestável dela e agora arrumou um jeito de se vingar!

– Eu não seria tão precipitado, vizim – digo. Depois pergunto com nervosismo: – Tu acha mesmo que ela desconfia de alguma coisa em relação ao cavalo?

– Eu não cunheço o estado de espírito daquela puta ingrata – diz ele, fazendo uma pausa. – Por que *tu* não conta pra *mim*, Jason?

E agora sim... O tom é de acusação.

– Calma aí! Do que tu tá falando, Tom?

– Bom, tu tá transando com ela, não tá?

– Pera lá, Tam, vamos devagar, cara...

– Não nega, garanhão. Eu sei... já espiei a porra do diário dela – diz ele. Depois acrescenta: – Foi por acidente... eu tava procurando informação sobre o que ela sabia do cavalo, entende?

– Tá certo, Tam – digo. Só que o puto passou dos limites. Não é de surpreender que a Jenni queira sair de casa.

– Portanto, tu não vai contar nada pra ela... ou eu te racho a cara!

– Não vou contar nada, Tam...

– É o Grande Comedor – diz ele, fazendo um barulho de peido ao telefone, antes de mudar de tom. – Tu me surpreendeu. Eu achava que sabia tudo que acontecia aqui na cidade.

Depois sua voz volta a ficar irritada.

– Eu te dou uma chave da minha casa e tu me paga comendo a porra da minha filhota!

– Não foi assim, Tam... o troço simplesmente aconteceu porque a gente começou a se ver.

– Tu pode transar com quem quiser, mas não pode foder com Tommy Cahill!

– Eu sei disso, Tam... puta que pariu, nunca faria isso! Tu tem sido bom pra mim, e eu recunheço isso.

– Inda bem que algum puto recunhece – diz ele, num tom que pra mim é de uma autopiedade pavorosa. Tam Cahill pode ser um escroto, mas dá a impressão de ser solitário e um pouco triste, no fundo. Só que gente como ele jamais admite isso. – Mais uma pergunta. Tu e ela encostaram a mão no meu cachorro?

– Não! Eu gosto pra caralho do Ambrose! Nunca faria algo contra ele – guincho eu, escandalizado. Uma coisa que o Veio sempre me ensinou: se tu vai mentir, tenta ficar o mais perto possível da verdade.

– Tá certo. Espero que tu não seja tão burro assim.

– Pode ter certeza que sim, Tam. Eu trabalho pra tu.

– Pois é, e não pode esquecer isso – ameaça o viado. – Agora eu quero que tu encontre a porra do cachorro. Algum puto pegou o bicho, e é bom tu descobrir quem foi!

– Não te preocupa, Tam... eu tô em cima do lance – digo. Depois tenho uma ideia. – Só pra saber, Tam... quem se beneficia com o sumiço do Ambrose?

– A Jenni!

– Tenho minhas dúvidas, Tam. Com certeza ela me falaria algo... ou eu perceberia que ela tava armando alguma coisa – tento explicar. – Quem mais? Lembra que o Ambrose é um cachorro de briga...

Há um longo silêncio.

– A porra daquele puto com fuça de culhão, o Montgomery... ele vai morrer, caralho! Começou a cumer a dondoquinha da Lara quando eu já tava quase dando o bote...

Eu penso em Calculon, aquele ator-robô de *Futurama*, e seu bordão: "Era isso que eu queria que você pensasse."

– Não seja precipitado, Tam... espera a minha investigação – digo, deixando o transportador ardendo de raiva do outro lado da linha.

Mas a semente foi plantada. Nem foi uma semente... foi um puta dum campo inteiro.

Só que eu volto à cidade de coração pesado. Nunca cheguei a contar pra Jenni o que aconteceu com Midnight. O cavalo podia não saltar muito, mas com certeza era bem-dotado. E acho que foi por isso que eu concordei com o plano de Tam: eu tava com ciúme. Ela vivia com aquele lombo enorme entre as pernas, falando "Midnight é foda" a porra do tempo todo. Então achei que sem o cavalo ela poderia prestar um pouco mais de atenção em mim. E funcionou pra caralho! Jenni esqueceu o coitado do Midnight assim que ganhou outro bicho pra brincar!

Ela anda tentando me fazer curtir esse troço pseudogótico: ler poemas de Sylvia Plath, Anne Sexton e outras coisas assim. Eu não consigo, mas aceito, só pra que ela também queira curtir as duas coisas que me interessam: trepadas e Cat Stevens (antes da incantação islâmica, saliento pra putada). Mas ela me deu algo que eu realmente adorei: aquele romance *Reluctant Survivor*, em que o rapaz revive a gata só dando lambidas nela. Tem um capítulo que é praticamente um manual de *cunnilingus*, e nesse as páginas já tão gastas pra caralho, putada!

Steven não contara a Josephine que, embora realmente achasse o corpo dela irresistível, tinha orgulho de seu talento como chupador. Ele era obcecado por lamber bocetas. No vestiário, após a ginástica ou uma partida de squash, gabava-se para Tom que não existia mulher em quem não conseguisse suscitar uma reação. Assim, até certo ponto Josephine era uma questão de vaidade para Steven. Ninguém ficou mais surpreso e encantado do que ele, quando sua técnica se provou eficaz.

Continuei lendo, pensando em todos os estágios. Abrir as dobras pra isolar os pelos pubianos e liberar o caminho. Juntar bastante cuspe e lançar pra frente, deixando o troço rolar da língua pra xota. Manter as primeiras lambidas suaves e lentas, sem medo de vocalizar alguma coisa pra mostrar prazer. Testar o clitóris suavemente, procurando reações sensíveis, pra ver se a gata pira da primeira vez que tu atinge o ponto, e o gol tá na rede, ou se o jogo vai ser um pouco mais longo. Sem se preocupar em fazer os dedos mexerem; tem muita coisa pra brincar lá embaixo!

Putada: nunca pensei que o troço fosse tão complexo!

Então tô sentado em casa, vendo TV à tarde, mas de pau duro. É aquele *Richard e Judy*, uma dupla marido-e-mulher; pois é, putada. Já tava até imaginando um futuro pra mim e Jenni num tipo de papel semelhante, embora talvez só na Escócia, e não em todo o Reino Unido.

Quando ouço uma batida na porta, sei que é Jenni. Ela me dá um beijo e o carinha lá embaixo já quer desfilar. Não sei se é a pressão na coxa ou o brilho no meu olho, mas os dela também cintilam de tesão. Tirando a roupa um do outro, vamos subindo pra minha cama de solteiro.

Pois é, putada, não é de surpreender que ela tenha me dado a porra daquele romance!

Pós-coito, começamos a traçar planos pruma rodada dupla esportiva. Pela manhã iremos a Hawick ver Lara no torneio e à tarde voltaremos a Bathgate pra minha semifinal contra o favorito e atual campeão, Murray Maxwell, lá de Corstorphine. Dizem que quem ganhar essa ganha a Copa. Mas Jenni tá um pouco contemplativa, falando de Tam, Ambrose e outras brigas de cachorro. Ela conta que foi ver isso com Monty e aquele puto dentuço lá de Dunfermline.

– Eu detesto aqueles valentões. Queria que alguém desse um corretivo neles. Todos eles – diz ela, olhando pra mim significativamente.

– Pois é, eu não gosto do Monty, nem do parceiro dele – digo em tom fraco, só de pensar em brigar com Big Monty.

Na época da escola eu teria, figurativamente, erguido a calcinha branca duma puta no mastro da bandeira, num gesto de rendição, antes que tu pudesse piscar. O grandalhão Monty contra o anão Jason. O jogador de futebol feio e rude contra o jóquei mirim. Seria o caso de cravar meus dentes nos culhões dele e apertar pra tentar sobreviver, feito aquele cachorrinho feroz que salvou o dono de ser massacrado por um urso lá na América. Nesse tipo de circunstância, puta que pariu, seria minha única chance.

Pois é, foram dias alucinados na escola de Cowdenbeath... mas as bestinhas da Lara e da Jenni não estudavam lá; iam à Escola pra Crianças Ricas e Cultas lá em St Andrews. Eu lembro das duas entrando no carro da mãe de Lara, com o uniforme da escola. Putamerda, eu costumava lembrar disso toda noite!

28

HAWICK E BATHGATE

Estamos indo de carro para Hawick, seguindo o caminhão que contém Scarlet Jester e é dirigido pelo dr. Grant com a mãe de Lara. Jason foi gentil ao se oferecer para sentar atrás, deixando Lara ir comigo na frente, embora eu não fizesse muita questão de ficar ao lado dela.

Quando chegamos às arenas, vamos até a tenda onde foi instalado um café, só para relaxar um pouco. Quer dizer, Jason e eu relaxamos. Toda nervosa, Lara vai em busca de café. Jason andou passeando, verificando as coisas, conversando com todo mundo. Cheguei a ver um momento em que ele se apresentou para um casal idoso, mostrando os dentes num sorriso e dizendo: "Olá, meu nome é Jason King."

Os dois se sentiram compelidos a apertar a mão estendida por ele. Eu não consigo parar de rir dessas palhaçadas, mas a perversidade é que Jason parece bastante sincero.

– É preciso fazer um esforço para ser simpático, principalmente com o pessoal mais velho. Eles não vão ficar no planeta muito tempo, e toda aquela sabedoria acumulada desce ralo abaixo – diz ele tristemente. Depois ergue o olhar para o céu, que está enegrecendo. – Tem umas nuvens *cumulus* bem grandes, prontas pra mijar nessa parada aí. Tomara que a Lara teja preparada para arrancar o couro daquele cavalo.

Ele pisca para mim e eu cutuco as costelas dele. Nós dois rimos e vamos dar uma volta. Encontro com Angela Fotheringham e Becky Wilson. Becky também não está competindo.

– Para falar com sinceridade, a coisa estava virando uma trabalheira para mim – diz ela em tom conspiratório.

– E eu não sei? – respondo com uma careta, olhando para Lara, que parece estranhamente nervosa e está fazendo *lobby* como se sua vida dependesse disso.

Becky e eu trocamos números de celular; o dela é novo. Jason fica vendo as duas se afastarem, e eu ralho:

– Pare de olhar para a bunda delas. Você já tem namorada... Quando bancar o tarado, precisa ao menos ser sutil.

Jason me lança um olhar triste.

– Desculpe, gata... é a força do hábito.

– Bom, pode parar com isso. Você nunca vai me pegar olhando para o equipamento dos rapazes – digo, sendo "nunca vai me pegar" o trecho fundamental da frase.

E o coitado do Jason diz apenas, "Tá certo".

Ele é tão inocente, lá no fundo.

Esbarramos com um touro grande e bonito numa das exposições. Seu olhar inteligente parece enervar Jason, e eu pergunto:

– O que há?

Ele balança a cabeça.

– Esse touro tá me avaliando com um olhar matreiro pra caralho. A última vez que vi isso foi no rosto do puto do amante da minha mãe lá naquele hotelzinho esnobe... já saquei a tua, Arnie – diz ele para o touro. Depois vira para mim e acrescenta em tom conspiratório. – É um olhar que diz "Talvez seja boa ideia desestimular o Jason a vir muito aqui". É, tô sacando.

– Deixe de paranoia, Jason – rio eu, beliscando a bunda ossuda dele. – Depois da vitória em Bathgate hoje, vou fazer você desmaiar de tanto foder.

Os olhos de Jason se esbugalham a tal ponto que a coisa parece um efeito cinematográfico gerado por computador.

– Mas e se eu for derrotado?

– Então você pode me fazer desmaiar de tanto foder.

Seu queixo cai, complementando o efeito dos olhos.

Rola o boato de que estão servindo champanhe de graça na tenda dos patrocinadores, então Jason e eu corremos para lá. Aproveitamos a boca-livre com moderação, porque eu ainda preciso levar Jason ao torneio em Bathgate, mas Lara aparece, ainda à beira de um ataque de nervos. Ouço um papo dela com uma bichona qualquer sobre Lady Di.

– A última teoria é que ela foi assassinada por causa das suas opiniões sobre a Palestina.

Jason escuta isso e parece chocado.

– Que opiniões sobre a Palestina, caralho? Puta que pariu! – rebate ele, irritado feito um terrier. Subitamente, surge um clima de briga entre os dois. A bichona se retira sem muita discrição, rebolando desdenhosamente feito um cisne.

– Obrigada, Jason! – cospe Lara. – Você sabe quem era esse aí?

– Um puto qualquer – diz Jason, imitando a arrogância da bichona e também indo embora, para circular como se fosse herdeiro do lugar.

Esse é o meu garoto!

Fica mais do que evidente que a srta. Grant não aprova o parceiro que escolhi.

– Estou tentando me enturmar com os patrocinadores e você traz o Jason! – guincha Lara, enquanto ele se aproxima desavergonhadamente dos pais dela e começa a conversar com os dois, que parecem constrangidos. O dr. Grant desvia o olhar e a mãe tenta disfarçar a expressão tensa. O mais delicioso de tudo é que eu sei que Jason está irritando o casal de propósito e adorando fazer isso! Assim como eu.

– Mas ele é divertido! – protesto, gozando o desconforto de Lara. O machucado já desbotou um pouco, mas ainda pode ser notado. É claro que antes eu falei para ela que estava completamente invisível.

Lara pergunta:

– Você não... sabe o quê?

Dou de ombros displicentemente.

– Nada a declarar, srta. Grant.

– Você transou! Com um cocheiro! Um jóquei fracassado! Um anão tarado, viciado em drogas... que horror! – Então ela percebe que não estou achando graça. – Jen, você podia escolher melhor. É tão bonita...

– Não se preocupe comigo – digo a ela. – Eu estou bem. Estou sendo comida. Era o meu grande problema, lembra? Bom, problema resolvido.

– Mas o *Jason*... já perseguiu nós duas pela porra do país inteiro! – arqueja Lara.

Eu focalizo o seu olho machucado.

– Pois é, eu sei que não tenho o seu gosto imaculado em relação ao sexo oposto.

– Caramba! – Instintivamente, ela leva a mão ao olho. – Está aparecendo?

Então uma voz troveja nos alto-falantes, mandando Lara aprontar Scarlet Jester.

– Talvez um pouco – reconheço. – Mas nada preocupante.

Ela olha desanimada para mim, tocando o rosto, e parte ansiosa.

– Boa sorte, srta. Grant – grito.

Preciso reconhecer que Lara é uma boa amazona, que compete com raça. Apesar de tudo, ela exige o máximo de Gillian Scott, até o final do campeonato. Fora da sela, porém, Gillian é magricela, desajeitada e cheia de espinhas na cara. Tem dentes mais proeminentes que qualquer cavalo no torneio. O pessoal da televisão até faz umas entrevistas com ela, mas na verdade quer conversar com a perdedora sensual e faceira, Lara Grant. Ninguém precisa se preocupar com a nossa srta. Grant. Ela é um monolito nazista e um dia governará o mundo. Mas preciso admitir que fico preocupada quando ela se aproxima totalmente agitada, com lágrimas nos olhos, ganindo, "Que desastre!"

– Perder a final para Gillian Scott não é desastre, Lara. Ela já venceu...

– Não! O entrevistador fez piada com meu olho roxo! Diante da câmera!

– Com certeza eles vão cortar isso na edição – diz Jason, chegando com uma taça de champanhe na mão.

O lábio inferior de Lara treme e ela respira pesadamente pelas narinas, feito um dragão bufando. Duvido que já tenha odiado tanto alguém na vida como odeia Jason nesse momento, embora o tal entrevistador da TV chegue logo em segundo lugar.

– Mas não liga, não... segundo lugar num é ruim. É sempre melhor ter lutado e perdido, na minha opinião – continua Jason, e sou obrigada a abafar uma risada. Ele vira para mim e faz um meneio de cabeça pensativo, com o lábio inferior torcido à frente.

– Em todo caso, é bom a gente ir picando a mula, com perdão do palavreado!

– Você vai a Bathgate conosco? – pergunto a Lara.

Ela balbucia para mim:

– Não posso ir a Bathgate... ver um jogo de futebol de mesa! Você não percebe? Está tudo acabado!

Então corre chorosa para os pais e cai nos braços do dr. Grant. A mãe alisa o cabelo dela, olhando acusadoramente para nós.

– Meu Deus, como a Lara é retardada emocionalmente... quantos anos ela tem? – Eu me pego guinchando desenfreadamente de encanto, em estado de choque total. – Que piti! Nunca achei que ela fosse tão filhinha de papai!

– Até mais! – grita Jason para eles, acenando enquanto nos preparamos para partir. Ao rumarmos para o carro, ele diz para mim:

– Nunca fui com os cornos daquele dr. Grant. Ele era um verdadeiro filho da puta quando eu trabalhava no depósito.

Entrando no carro, partimos para Bathgate. Foi um erro tomar a segunda taça de champanhe. Eu vou dirigindo devagar, com grande cuidado. Não paro de pensar numa coisa que vem me preocupando e decido tocar no assunto com Jason.

– A Lara só tinha quatorze anos na época em que vocês saíam. Isso não era meio esquisito?

Jason faz aquela coisa maluca com os olhos, depois joga os ombros para trás.

– Falando assim, talvez tenha sido, mas na época eu não via por esse ângulo. Quer dizer, num teve sacanagem, foi só uma amizade provocada pelo amor mútuo aos cavalos. Além disso, naquele tempo ela devia ser mais experiente do que eu!

Isso é incrível em Jason: ele realmente se *gaba* do seu celibato. Nisso, é diferente de todos os caras que eu já conheci.

– Não duvido. Isso nem é para denegrir você, Jason... mas a Lara sempre foi uma vagabunda muito ocupada.

– Pois é, mas com a gente não foi nada assim. Uns beijinhos de vez em quando, mas quase o tempo todo, como já falei, o que nos unia era o amor mútuo pelos cavalos. O resto era platônico.

Eu olho calmamente para ele.

– A Lara teria trepado com você na época, se achasse que você estava a fim – digo. Depois viro outra vez para a estrada e acelero, ultrapassando um furgão. – Ela me contou isso.

Ele continua sentado em silêncio, mas vejo seus olhos se esbugalharem ainda mais.

Já em Bathgate pegamos a Whitburn Road e vemos o Hotel Dreadnought. É um imponente prédio vitoriano, com cinco torres e cinco janelões curvos. Quando entramos, um recepcionista nos leva à boate, onde ocorrerá a semifinal.

Um sujeito chamado Maxwell é o favorito do torneio e trouxe alguns torcedores de Corstorphine. Eles usam camisas de futebol castanho-avermelhadas, com "Maxwell N° 1" em letras brancas nas costas. Mas pelo lado de Fife uns rapazes do tal Goth também vieram, e o pai de Jason comparece com alguns amigos. Um deles é aquele velho pastor decadente, que até aparenta ter melhorado um pouco. Eu pego o pai de Jason olhando para o gabola do Maxwell, que parece todo confiante, e dizendo para o filho, "Esse nego não engana ninguém. Tô vendo o cu piscar nos olhos dele".

Jason não responde, só firma o queixo.

A plateia está empolgada. Obviamente, todos andaram bebendo, principalmente o contingente de Fife. Eu mudo de ideia acerca do pastor desonrado quando ele me fala com voz pastosa algo que não consigo entender. Pelo menos ele não está fedendo muito. Vejo que Jason está nitidamente nervoso e pergunto:

– Tudo bem?

– Porra... num quero desapontar a putada toda – responde ele, estendendo as mãos trêmulas.

– Tudo bem, Jason. Faça o melhor que puder – peço eu.

Ele balança a cabeça, tenso, e ruma para a mesa.

É uma partida muito disputada, mas Maxwell parece estar mais presente à mesa e Jason encontra dificuldade para manter a posse de bola. Ele trinca os dentes para se concentrar, mas de vez em quando solta um "merda" ou "caralho". Na verdade é só um sibilo, e mais para si mesmo que para o adversário, mas o juiz lhe lança alguns olhares de reprovação. Então Maxwell abre o placar, provocando melancolia e depressão na torcida de Fife, enquanto vários gorduchos quatro-olhos com camisas castanho-avermelhadas saem pulando.

Subitamente, é marcado um pênalti a favor de Jason, que Maxwell contesta ardorosamente. Jason converte a penalidade e todos nós enlouquecemos entoando em coro "Blue Brazil, Blue Brazil, Blue Brazil", até sermos calados pelos fiscais presentes. Percebo que pela primeira vez estou me sentindo parte da cidade, como se meu lugar fosse mesmo ali. Mas isso não é algo a ser comemorado. Na realidade, é a coisa mais triste que consigo imaginar: ficar me divertindo com um bando de desajustados estranhos, permanentemente pré-adolescentes, num torneio de futebol de mesa. E o pior é que não me sinto nem um pouco *triste*.

– Ele tá levando um bombardeio – cochicha no meu ouvido Colin Watson, o amigo dele que todos chamam de "Vizim". Mas Jason protege seu gol de forma inspirada, fazendo várias defesas brilhantes sob a chuva de tiros de Maxwell. A partida vai para a prorrogação e continua empatada. A decisão será por disputa de pênaltis.

No início achei que era só imaginação minha, mas já começo a ter certeza de que Maxwell ficou olhando para os meus peitos antes do jogo, e durante a partida também. Só pode ser isso: eu sou a única mulher aqui. Então tiro o agasalho. Por baixo estou com uma camiseta sem mangas e o Wonderbra, que só realçam o material.

Fico parada atrás de Jason, que está posicionando o goleiro para o pênalti a ser cobrado pelo adversário. Vejo Maxwell olhando para mim, para o gol, depois para mim novamente. Olho bem para ele e passo a língua pelos lábios devagar. Ele atira e Jason defende! Então tomo cuidado para ficar bem atrás de Jason, enquanto ele converte seu pênalti, sob os vivas da torcida de Fife lá na outra ponta. O coitado do rapaz de Corstorphine já está quase aos prantos diante do que percebe como uma injustiça total.

– Isso não é maneira de decidir uma vaga na final de um torneio importante – gane Maxwell. – É uma piada!

Ele marca o seguinte, mas continua desconsolado, enquanto Jason converte outro, perfazendo dois a um. Maxwell parece afundar numa depressão pavorosa quando o juiz insiste na terceira tentativa, e arremessa mal. A bola ricocheteia no goleiro de Jason e sai quicando pela mesa. Depois de vivas, há um silêncio fantasmagórico, seguido por um rugido quando Jason converte friamente seu chute, socando o ar. Três a um. A torcida de Cowdenbeath cantarola "fácil pra caralho", mas é silenciada pelos fiscais, que ameaçam desclassificar Jason. Todos nós calamos a boca.

O juiz manda o alquebrado Maxwell fazer sua quarta tentativa. Ele precisa marcar os dois últimos e rezar para que Jason erre os seus dois, só para haver outra série de pênaltis. Então ele marca, e parece ganhar energia com isso, fazendo uma careta desafiadora. A coisa está nas mãos de Jason e vale a partida. Nossos corações afundam no peito quando ele isola a bola longe.

Maxwell avança para a mesa. Eu me posiciono bem atrás de Jason na defesa, olhando para Maxwell, que se recusa a olhar para mim. Aguardo até que ele esteja prestes a disparar, e rapidamente ponho o peito para fora, na esperança de que o juiz não veja. Enquanto recomponho o decote, a bola voa longe. A torcida de Fife comemora com gritos de "Blue Brazil" e Jason está na final da Copa Escocesa!

Ele levanta e aperta a mão do juiz. Depois cumprimenta o desconsolado Maxwell, que relutantemente oferece a mão, mas não consegue olhar para ele. Então ergue a voz e diz:

– Um pequeno aviso...

Os torcedores de Cowdenbeath fazem todo mundo silenciar.

– Eu não vou participar da final da Copa – diz Jason. Diante dos arquejos de incredulidade, ele balança a cabeça e vira para os fiscais. – Agora é com a associação, que pode fazer o que quiser. Eu abro mão desta partida em favor do meu talentoso adversário, Murray Maxwell. E aproveito a oportunidade pra desejar a ele toda a sorte na final.

Maxwell já está indo embora, balançando a cabeça. Um gorducho tenta erguer-lhe o braço, mas ele afasta o sujeito.

Claramente em pânico, um fiscal se aproxima de Jason.

– Mas isso é altamente irregular! Nós, da Associação de Futebol de Mesa do Leste da Escócia...

Jason interrompe.

– O pessoal da Associação de Futebol de Mesa do Leste da Escócia anda precisando trepar. Isso é um jogo de criança pra retardados. Putamerda... cresçam, debiloides!

O fiscal ainda tenta rebater:

– Senhor Jason King...

Depois balança a cabeça revoltado e vai embora. O pai de Jason sorri e lança um olhar de admiração para o filho. Depois grita:

– E não vai ter acordo com fiodaputa nenhum!

O Vizim e o duque se entreolham, concordando com a cabeça. Todos no pelotão de Fife riem, enquanto a rapaziada de Corstorphine baixa a cabeça e começa a se esgueirar para fora. Eu vejo Maxwell sair, rejeitando os apelos de outro fiscal.

– Não vou participar desta bosta desorganizada – cospe ele. – Vocês admitiram aqui gente que só desonra o torneio todo! Eu perdi sob as regras da associação! Agora acabou, estão ouvindo? Acabou!

Já no pub do outro lado da rua, o pai de Jason se aproxima com umas bebidas que pediu.

– Muito bem, filho.

– Pois é, eu segurei a onda na disputa de pênaltis, pai.

– Não, filho... foi aquele discurso – retruca ele com os olhos marejados, enquanto o pastor desonrado assente sua aprovação. – Puro James Connolly ou John McLean. Um discurso do tipo "estou aqui como acusador, não acusado" forte pra caralho... colocando as estruturas autoritárias em julgamento na porra do seu próprio tribunal...

Ele vira para mim, erguendo as sobrancelhas.

– Desculpe o palavreado – diz. Depois vira pra Jason novamente. – Pois é, eu vi o espírito do Velhu Bob Selkirk e Willie Gallagher ali, filho. É desse espírito que precisamos pra transformar o chamado Reino na verdadeira República Popular Socialista Soviética, que é o seu destino!

– Foi o Jack aqui que me inspirou – diz Jason, olhando para o reverendo sujo e fazendo o ex-religioso abrir um largo sorriso.

Nós batemos as canecas e brindamos à iminente revolução comunista. Se meu pai me visse agora!

29
O VELHO QUATRO-PERNAS DE VOLTA

Então tô de volta pela manhã, com a cabeça pesada devido à champanhe e ao chope da noite anterior. São os venenos do trabalhador e da trabalhadora. E num há como escapar das forças do mercado: mesmo que eu esteja comendo sua filha, Tam Cahill ainda exige um turno completo no estábulo. Fico me esfalfando feito uma puta servindo um trem cheio de viciados, só com umas visitas curtas de Jenni pra alegrar meu dia.

Mas ninguém acreditou quando o pessoal da Sociedade Protetora dos Animais apareceu e abriu a traseira do furgão. Lá estava o velho Ambrose, dentro de uma jaula, ainda com um galho velho na boca! Ele não quis soltar o troço!

Evidentemente o maluco simplesmente continuou nadando, com o galho enfiado nas mandíbulas feito a mão duma puta no teu bolso, e foi levado pela correnteza até Leith, onde parou. A polícia e as autoridades foram alertadas por um pescador solitário que viu aquele bicho chegar exausto ao porto de Newhaven.

– É ele! O meu garoto! – diz Tam Cahill, enquanto o pessoal abre a jaula. Mas o cachorro pula pra fora, ignora Tam, e vem correndo pra mim, largando o galho velho aos meus pés.

– Muito bem, garoto – digo eu, abaixando e alisando a cabeça dele. Depois olho pro resto do corpo.

– Ele não se afastou desse galho um só momento, nem quando tava comendo – diz um sujeito da Sociedade Protetora dos Animais com bigode militar. – Ai de quem tentasse tirar o troço dele!

– Pois é – digo eu, olhando em torno, nervoso. – Eu costumava jogar coisas pra ele pegar.

Mas Tom nem nota isso, só abaixa e prende a coleira no cachorro.

O outro sujeito da Sociedade Protetora dos Animais, um puto bem barbeado, diz pra ele:

– Essas cicatrizes no rosto e no corpo do cão... como aconteceu isso?

– Foi mordido por uns Rottweillers – diz Tom pra eles com tristeza.

Eu preciso reconhecer que o viado mente feito uma puta.

– Dois deles atacarum o meu garoto lá em Dunfermline Glen... que estrago fizeram nele! – Ele vira pro cachorro, como que procurando apoio. – Achei que a gente ia te perder... de novo, safado! Pois é, eles fizerum um estrago em tu, né, garoto?

Depois vira pros sujeitos e diz tristemente:

– Foram sacrificados, é claro. Mas não foi culpa dos cachorros... eu acuso os donos.

Só que o sujeito bem barbeado não parece muito impressionado. Aparentemente Tom percebe isso e, mudando de tática, mete a mão na carteira.

– Vamos lá, pessoal... quanto eu tô devendo?

Bem Barbeado balança a cabeça.

– Faz parte do serviço.

– Então é um serviço excelente, vizim – diz Tom. – Que tal um trago por minha conta? Não sei como agradecer aos dois por acharem e trazerem de volta pra mim esse cachorro.

Bem Barbeado dá uma olhada no parceiro, Bigodudo. O puto parece ter um espeto incandescente enfiado no rabo.

– Obrigado, mas não há necessidade. Entretanto, qualquer doação sua à Sociedade Protetora dos Animais seria muito bem recebida.

– Pode contar cumigo. – Tom dá um largo sorriso de contentamento.

– Infelizmente, não podemos aceitar dinheiro vivo aqui – diz Bem Barbeado. – Mas temos formulários a serem preenchidos.

– Tá certo – diz o viado do Tom, desanimado porque sabe que vai ficar no preju.

Bigodudo vai até o furgão e volta com um conjunto de formulários que Tom preenche com cara de irritado. Depois os sujeitos pulam no furgão e partem.

Assim que ele some de vista, Tom dá um pontapé no flanco do cachorro. O pobre Ambrose solta um ganido e se encolhe.

– Tá vendo o que tu me custou, viado? Uma porra duma dívida de doze paus por mês em débito automático!

Ele chuta o pobre cachorro outra vez, e eu fico com o coração na boca. Então Jenni avança e diz:

– Deixe o Ambrose em paz, caralho! Foi *você* quem fez isso com ele, naquela briga de cachorros! Eu sei porque estava lá!

Ela apanha a coleira de Ambrose, enquanto Tom lança um olhar assassino pra mim.

– O que foi? – digo. – Ela não foi cumigo. Nunca fui a uma briga de cachorro na minha vida!

– Vamos deixar esse psicopata aí – uiva Jenni, já puxando Ambrose pela trilha. Eu lanço um olhar para Tom, dou de ombros e sigo atrás dela.

– Onde tu vai, garanhão? Tem serviço pra fazer aqui!

– Desculpa, Tom, mas eu tô com a Jenni – digo, e até me sinto mal, porque é preciso reconhecer que o Tom me tratou bem.

– Então vão se foder! Os dois juntos! Vamos ver quanto tempo isso dura sem o meu dinheiro pra pagar tudo! Aqui nessa porra só tem parasita! – Ele se vira e parte pra dentro de casa.

Jenni leva Ambrose pro carro, e eu vou junto. Preciso confessar que entro ali feliz, porque não tava a fim de ficar no estábulu com Tom de mau humor. Putamerda, não. Jenni liga o motor e vai saindo da alameda. Quando chega à estrada, diz:

– Ele é um animal. Preciso ir embora daqui já. E temos de levar o Ambrose conosco, senão ele vai acabar feito o Midnight!

– Pois é... vamos lá pra casa. Vou me despedir do meu pai. Contar que nós vamos viajar. Pra Espanha!

– Mal posso esperar, caralho – sibila Jenni. Depois abre um grande sorriso. – Ah, Jason... vai ser bom pra caralho!

Vamos até a cidade, parando pra comprar uma garrafinha de champanhe a fim de comemorar. Quando voltamos pra rua, vemos Jack Anstruther ali, parecendo um pouco bêbado, mas decididamente mais elegante. Ao que consta, ele anda frequentando muito o Goth.

– Tudo bem, Jack? Lembra da Jenni?

– Claro que sim – sorri ele, beijando as costas da mão dela. Mostrando espírito esportivo, Jenni consegue manter o sorriso no rosto, mas logo vai papear com uma garota que passa empurrando um carrinho de bebê. Nesse momento aparece o Vizim Watson, carregando o que parece ser uma caixa de ferramentas.

– Tudo bem, Vizim... de bobeira hoje?

– Jack... Jason – diz ele. Depois se aproxima. – Quem não faz perguntas num ouve mentiras, putada.

Em voz baixa, eu pergunto a Jack:

– Nunca soube direito como a Igreja te dispensou. Foi por putaria, né?

Ele balança a cabeça com desdém.

– Minhas detalhadas citações de trechos das Escrituras que permitiam transar com putas caíram em ouvidos moucos na George Street.

O Vizim parece escandalizado com isso.

– Mas não dentro da igreja, durante o Sabbath, diante da congregação!

Eu solto uma gargalhada, meneando a cabeça pra Jenni e a gata, que parecem espantadas. Jakey balança a cabeça resolutamente pro Vizim.

– Eu tinha pago por vinte e quatro horas, e queria ter vinte e quatro horas. Não foi culpa minha que aqueles paroquianos bestas tenham chegado antes pra arrumar as flores com a porra das esposas e me visto fodendo a gata em cima do altar – diz ele, assumindo a expressão de um duende malicioso. – Mas vou dizer uma coisa, Vizim e Jason... valeu a pena. Foi a melhor trepada que eu já dei, e a garota falou a mesma coisa. Uma bela garota... lá de Ballingry, se num me falha a memória.

Achei que a garrafa de champanhe ia escorregar dos meus dedos. Pedi licença, chamei Jenni e entramos outra vez no carro.

Quando chegamos em casa, num há sinal do meu pai, mas na mesa da cozinha vejo um bilhete escrito num volante de aposta da Ladbroke's.

Instituto dos Mineiros às oito da noite. Festa-surpresa. Tenho novidades.

— Que porra é essa?

— Não sei, mas a gente precisa ir à festa – diz Jenni. – Podemos levar a champanhe. Depois vamos embora daqui, rodando a noite inteira... de motocicleta.

Num gostei nada de ouvir isso. Era provocar demais o destino, principalmente depois de Kravy. Só que não queria ser visto como um viado cagão, sem romantismo.

— Mas... e o Ambrose?

— Conheço alguém que pode tomar conta dele. E podemos mandar buscar o Ambrose depois. Eu quero ir embora daqui na moto do Kravy. – Os olhos dela se alegram feito uma puta de Kelty ao receber um bônus natalino. – Isso seria tão simbólico, você não acha? É o que ele desejaria, tenho certeza!

Como Jenni pode saber o que Kravy desejaria, caralho? Nunca nem conversou com ele. Mas eu não vou discutir; é ela que tem a xota e os peitos. E eu vou demorar muito pra me saciar a ponto de torcer o nariz pra essas mercadorias! Decididamente, eu preferia ir na porra do carro, mas não é hora de discutir a questão. Eu tinha esperança de que a moto tivesse sido destruída, como deveria ter acontecido, mas a porra escapou de forma ainda mais milagrosa do que eu. Nós enfiamos a champanhe na geladeira e deixamos Ambrose lá embaixo, rumando pro meu quarto em busca de recreação. Preciso pedir um pouco, mas depois da quarta Jenni acaba deixando que eu fique por cima.

Já calculei que eu terei uma vida sexual média, se conseguir chegar a cinco orgasmos por dia até fazer trinta anos. Mas não cunsigo chegar no número cinco, porque isso exigiria auxílio químico: ajudado pela gravidade, quase lanço toda minha carga de porra dentro dela. É nisso que dá querer ficar por cima!

O sono bate em mim feito uma marreta. Meu último pensamento antes de submergir: Ballingry... onde fica essa porra?

Quando volto a mim, ainda não há sinal do meu pai, e lá fora escureceu. Meus olhos estão nublados por demasiadu sono sexual, aquele estado comatoso em que tu tá mergulhado num sono profundo e emerge rapidamente, feito um mergulhador com câimbras. Consigo enxergar o mostrador de cristal digital do relógio:

8:57

– Acorda, Jenni – grito em pânico. – A gente precisa ir pro Instituto!

Ela rola de lado.

– Caralho, Jason... me dá cinco minutos para reviver!

Mas eu levanto e visto logo a cueca. Depois ponho o resto das roupas. Justiça seja feita: Jenni segue meu exemplo. Fico olhando enquanto ela se veste, tão concentrado que já sinto o carinha lá embaixo se levantar outra vez, mas decido ir ao banheiro dar uma escovada nos dentes pra tirar a escumalha do sono. Quando chegamos ao Instituto com Ambrose na coleira, não consigo acreditar no que vejo. O lugar tá lotado, e foi pendurado um estandarte grande, com letras em tinta preta dizendo:

PARABÉNS FRANCES E ALAN

Só consigo pensar que um é o nome do Veio e o outro é o nome da mãe da Kravy! Minha especulação maluca é confirmada quando ela se aproxima bêbada, exibindo uma aliança de noivado no dedo. Putamerda... O viado velho tem ido de ônibus a Dunfermline pra visitar o joalheiro!

– Foi um impulso, pessoal – diz o Veio em tom faceiro, enlaçando a mãe de Kravy. – Teve uma fagulha antes, mas nós dois távamos casados. Então eu parei de sair de casa...

Involuntariamente, o Veio toca o rosto coberto de base.

– Achei que esse garanhão tinha fugido do estábulo e tomado rumo de vez – diz a mãe de Kravy, ou Frances, como serei forçado a chamar a puta agora. Ela sorri em meio às lágrimas. – Mas quando voltou o Ally me contou que teu pai inda tava na cidade!

Os velhos mineiros amigos dele fizeram uma vaquinha e ofereceram uma festa maneira: vários sandubas diferentes, doguinhos e um karaokê com toneladas de birita. Eu abro uma lata de chope e Jenni faz o mesmo, dizendo:

– Isso é ótimo... minha família nunca faria uma coisa dessas!

Acho que ela não conhece seu velho muito bem. O Tom nunca foi mão de vaca e reconheço que o puto não é má companhia pruma noitada. Aquela lá na Starkers foi boa.

Mas o bufê tá bom, putada. Como um fã de doces, sou atraído pro bolo Floresta Negra e corto pra mim uma fatia. Pego o garfo e ergu um grosso naco de nirvana até a goela. Jenni sorri pra mim.

– Preciso fazer xixi.

Então ela levanta e ruma pro banheiro. Eu fico olhando pra aquele rabo como se estivesse no Éden, mas nesse momento uma víbora penetra no paraíso. O viadão do Monty entra e olha em torno. Os fregueses que notam a presença dele ficam meio cautelosos, mas a maioria tá absorta na versão de "The Green Green Grass of Home" cantada por Alec, um velho amigo do meu pai. Big Monty se aproxima de mim, abaixa e encosta a cara na minha orelha.

– Ouvi falar que tu anda insinuando uns troços sobre cachorros – diz o puto, com o bafo fedendo a algo. Depois acrescenta em tom suavemente ameaçador. – Vamos lá pra fora. Senão eu trago um pessoal aqui pra dentro. Seria uma pena ver essa ocasião feliz ser estragada.

Ele sorri e olha com asco pro pobre Ambrose, que está mastigando uma quiche embaixo da mesa. Eu também não posso falar, porque ainda tenho um pouco de bolo na boca. Engulo tudo à força e viro pro duque, que não ouviu o que foi dito, mas parece muito infeliz.

– Vou só esclarecer um troço – explico com uma piscadela. – Tá tudo bem... volto num instante.

Então levanto e vou com o viadão caminhando pra porta, mais como se fôssemos amigos do que duelistas.

O engraçado é que eu percebo que não tô nem um pouco assustado. Tô pronto a levar um sopapo, porque com toda a putada aqui não vai passar disso: talvez uns dois socos. Eu vou cair e escutar umas ameaças ocas. A honra deles ficará restaurada, e a festa nem será perturbada.

Quandu saio, vejo que o puto do Klepto também tá lá fora. Meu coração já começa a acelerar. Um viadão feito Monty só dá num viadinho feito eu um par de socos. Afinal de contas, sua honra só ficaria comprometida com o massacre prolongado de um anão abusado. Já um escrotinho violento feito Klepto... um puto desses pode te sacanear. Na realidade, eu começo a me afastar dele e a me *aproximar* do Big Monty, como se ele fosse meu protetor. Minha esperança é que ele descarregue primeiro e alivie o meu sofrimento. Mas ele percebe a jogada e recua, deixando o viado do Klepto assumir o comando.

– Obviamente tu não entendeu o recado, jóquei. Tu e aquele teu parceiro chinês – debocha o puto, dando um empurrão no meu peito e tomando coragem pra fazer mais alguma coisa. Eu dou um passo pra trás. Nesse instante Richey, o Agredido, sai do Instituto e se posta ao meu lado.

– Quem é tu, caralho? – pergunta Monty, incrédulo.

– Olhem, este aqui é um grande amigo meu – diz Richey.

Eu ouço Monty dar uma risada atrás de mim. Quando resolvo dizer pro viado idiota que está tudo sob controle, que ele está estragando as coisas e devia voltar lá pra dentro, Klepto se antecipa e diz:

– Que porra é essa que tu tá falando? Hein? Hein?

Mas o viado idiota não arreda pé.

– Só estou dizendo que este é um grande amigo meu. Acho que todo mundo aqui precisa se acalmar – diz ele, recitando um trecho do tal manual de treinamento de pessoal da linha férrea, tirado do capítulo sobre a difusão da violência, escrito por supostos peritos behavioristas que jamais encararam uma pancadaria na vida.

É claro que isso não impressiona o tal de Klepto. Parecendo enfurecido, como que acusado por Richey de ter traçado seu irmão caçula, ele arqueja.

– O quê?

O puto idiota do Richey continua enraizado ali.

– Escuta, parceiro...

– Parceiro é a puta que te pariu! – ruge Klepto, dando uma cabeçada naquela cabeleira ruiva. Richey cai ao chão e tenho certeza de ver um grande sorriso nos seus lábios.

– Quem é o próximo? – diz Klepto todo empolgado, olhando direto pra mim. – Tu também quer levar uma, viado? Hein?

Dou uma olhadela pra Big Monty, quase apelando, depois pro pobre Richey, estatelado no chão. Então digo:

– Não.

Isso meio que detém Klepto. Por alguns instantes, ele realmente fica sem saber o que falar, então opta por dizer:

– Viado cagão!

– Desculpa, parceiro, mas eu não sou muito bom de briga – explico, enfiando as mãos no bolso do casaco, pra que ele veja que não pretendo atacar. Então sinto algo rombudo e metálico lá dentro. É o tal garfo. Nem lembrava de meter aquilo ali. Mas provavelmente não é muito afiado.

– Cadê a tua princesinha? Não tá aqui pra cuidar de tu? – diz ele, dando outro empurrão no meu peito. – Aquela putinha foi...

Rombudo ou não, ele não devia sacanear um homem armado, de modo que eu saco o garfo e cravo a ponta na fuça dele. Posso me fuder, mas o troço não é tão rombudo *assim*, feito uma bala de prata num vampiro, putada! Fica espetado no lado do rosto dele, encravado naquela bochecha de Fife de araque que o viado tem. Eu recuo, mas Klepto está paralisado de choque. Quando o puto recupera a língua, parece um bebê, dizendo:

– Ele me esfaqueou! Ele me esfaqueou, caralho!

– É só um garfo – protesto eu, recuando. Olho pro Monty, que continua parado ali, e apelo outra vez. – Eu avisei pra ele que não sabia brigar. O que mais podia fazer?

Monty faz menção de me derrubar com um chute, mas então soa um grito do outro lado da estrada. Uma turma de garotões sarados, liderada pelo grandalhão do Craig, com algumas garotas a reboque, avança depressa pra nós.

– É esse viadão aí – diz Encharcada de Suor, apontando para Monty antes de começar a uivar. – Fez um bebê em mim e picou a mula! A Associação de Apoio às Crianças vai ficar sabendo que tu tá em Dunfermline, meu filho!

Monty rosna algo e estapeia Encharcada, que cai teatralmente no chão e abre um berreiro.

– Ela tá com a porra do meu filho na barriga – grita Craig pros garotões, antes de atacar Monty, que revida. Todos os garotões avançam e os rapazes de Dunfermline começam a se afogar num mar de pancada. Ambrose aparece na entrada do Instituto ao lado de Jenni, com ar de quem diz: "Num olha pra mim: a maior parte do meu sangue pode ser de pitbull, mas minha alma é puro retriever." Fico pensando se há uma espécie de comando que podemos usar pra ativar o cachorro, mas a garotada tá com tudo dominado e senta o pau no pessoal de Dunfermline, ou pelo menos nos que se atrasam, porque o resto dos viados dá logo no pé, correndo de volta pra sua cidade nojenta. Os garotões ainda vão atrás, mas logo desistem, preferindo bater nos retardatários e nos feridos. Derrotaram uma turma madura: um belo resultado pra eles, e pra mim também! Monty conseguiu fugir, mas Klepto tomou uma porrada e fica gemendo ao pé dos degraus do Instituto.

Já flanqueada pelo Vizim e pelo duque, que aparecem correndo na entrada do Instituto, Jenni pergunta:

– O que está havendo?

Então vê Klepto tomar uma surra de dois garotões ao pé dos degraus. Eu vejo algo voando no ar e percebo que o garfo foi *arrancado* da fuça dele por um soco! Jenni desce, afasta os garotões e dá um belo chute na fuça do dentuço! Puta que pariu: se o meu cu aperta, que dirá o dele. Mentalmente, tomu nota pra nunca pisar no calo de Jenni. Parada junto ao corpo de Klepto, ela grita:

– O meu pai é o Tom Cahill. A gente sabe onde fica a porra da sua casa e vai matar você!

A bota dá novo golpe. Eu vou até lá e puxo Jenni pra trás.

– Calma – digo, apanhando no chão o garfo ensanguentado. Klepto ergue o olhar pra nós, como que implorando clemência. Os garotões ficam parados ali, de boca aberta, aguardando a deixa pra representarem outro ato operístico no asfalto. Como considero a clemência uma qualidade subestimada neste mundo, digo a Klepto:

— É melhor tu pegar a porra da estrada, parceiro.

O viado levanta e sai cambaleando pela rua feito um bezerro recém-nascido, sob o riso entusiasmado da putada toda. As câmeras dos celulares tão apontadas pra ele já há algum tempo, documentando os acontecimentos com frios olhos de inseto: é a democracia da mídia global, onde nenhum puto tem vida particular e nenhum puto foge da humilhação. O único ponto a discutir é o tamanho da plateia que testemunha a coisa.

— Hoje a turma de Cowdenbeath virou maior de idade! Escrotos de Dunfermline! Vamos postar tudo isso logo, pra aqueles punheteiros lá de Methil terem o que pensar sábado que vem! – grita o grandalhão do Craig triunfalmente. Enquanto todos se congratulam, ele me dá um grande abraço e diz: – Eu sabia que tu era o cara, Jason! Espetou o viado com o garfo! Bem naquela fuça de Dunfermline que ele tem!

— Eu vi o sangue jorrando da cara dele feito um chafariz – diz Jenni com admiração, e eu me sinto a porra do Rei de Fife. Quem falou que violência é uma merda nunca teve a satisfação de eliminar um adversário.

— Esse é a porra do cara! – grita Craig outra vez, e umas frangotas me dão tapinhas nas costas.

— Obrigado, pessoal – digo. Depois viro pra Craig. – Pois é, acho que tu já cantou a pedra, grandalhão... hoje a gente testemunhou o nascimento de uma turma da pesada.

— Onde tá a velha guarda? Lá dentro, com as cervejas e os sandubas! – ri Craig, olhando pro Vizim e pro duque, que têm o bom-senso de levar a coisa na esportiva e sorrir também. E diante da gargalhada geral eu resolvo arriscar.

— Uma pergunta – sussurro pro viadão. – Foi a tua turma que entortou aquela placa na estrada de Perth? Aquela porra que diz: "REDUZA A VELOCIDADE?"

Craig olha pra mim boquiaberto, pensando por alguns instantes, depois seus olhos voltam lentamente a entrar em foco.

– Foi. Aquilo foi a gente. Por quê?

– Só queria saber, mano – digo, batendo nas costas do viadão.

– E mais uma vez obrigado pelo reforço.

– Sem problema. O povo da nossa cidade tem de se unir – diz Craig, num apelo passional pra turma de garotões sarados. Depois acrescenta: – Cowdenbeath!

Eu assinto:

– Centro de Fife, putada.

– É isso aí...

Eu ouço um gemido quase sem fôlego e viro, vendo o coitado do Richey se pôr de pé. Um punho no lado do rosto e um chute nos rins logo calam a boca dele.

– Vai te foder, viado – diz um garotão sarado de expressão dura.

Richey sai cambaleando pela estrada, gemendo numa agonia extática e arquejando.

– Te vejo mais tarde... Jason...

– Esse é o teu parceiro? – diz Craig. – O viado vive provocando a gente na porra do trem... em todo caso, até mais, Jason...

Ele faz um gesto pro bando, e todos partem. Nós vemos Klepto, atordoado e inda segurando o rosto, cambaleando pela estrada. Ele se mostra indefeso quando um putinho abusado, com cerca de doze anos, corre e lhe dá um pontapé na bunda, sob as risadas da turma, que continua filmando os acontecimentos com os celulares.

– Pra onde tu tá indo? – grita Encharcada de Chuva, enquanto Craig se afasta.

– Eu ligo pra tu! – diz ele, rindo e erguendo o celular. Depois vai embora, trocando chutes de kung fu e gargalhadas com um parceiro que faz um comentário qualquer. Encharcada de Chuva vira para duas outras garotas, insistindo com elas pra seguir os garotões. Mas as duas demoram bastante pra responder a ela.

Bom, a putada jovem é sempre assim. Eles vivem fazendo isso, mas oitenta por cento vão crescer e amadurecer. Já os outros vinte... bom, é por isso que existem prisões, cemitérios e overdoses de drogas. Em todo caso, eu acho que Kravy teria mordido o pó mesmo que tivesse batido numa placa direita. Só que talvez não fosse um troço tão espetacular.

A noite foi exaustiva, e é bom ir dormir depois de me despedir dos meus cupinchas de Fife. Achei que o Vizim e o duque forum bastante elegantes a respeito de tudo, mais do que Reggie Comorton, que saiu emburrado rua abaixo. O Veio num pareceu se importar muito, mas dava pra ver que ele só tava pensando em levar Frances de volta pra casa e testar a tal placa nova no quadril dela. Naquela situação, com certeza tudo era lucro: se a placa não aguentasse, seguramente haveria base prum grande pedido de indenização ao Serviço Nacional de Saúde. Mas assim ele larga a casa na nossa mão: nós entramos, cansados demais pra qualquer trepada, e desmaiamos na cama.

A manhã tá nublada quando nós partimos na moto, deixando a cidade, pegando a estrada e passando pelo ponto onde Kravy saiu voando. Eu me sinto livre, porque a velocidade não me preocupa, tô saindo daqui e sinto Jenni segurando na minha cintura, mas assim que tenho essa sensação já não tamos mais ligados, e nem em cima da moto, porque tamos caindo na escuridão, cruzando o espaço...

30
VIAGEM

Dou uma cotovelada nas costelas de Jason. Ele acorda assustado, solta um arquejo feliz e diz aliviado.
– Estamos no carro.

Não entendo como ele consegue dormir ao som tonitroante de "This is the New Shit", de Marilyn Manson, no estéreo do carro. Aliso o cabelo dele e digo:

– Nao diga. Onde você achou que nós estávamos?

– Tive um sonho horrível... era longe daqui...

– Eu ouvi você murmurando enquanto dormia. Venha cá, Jason... se você dorme a toda hora, como pode esperar que eu fique acordada e dirija? – resmungo eu, dando uma olhadela para Ambrose, que baba lá atrás. – Ainda bem que eu tenho você aqui, não é, garoto?

Coitado, ele não sabe que vai passar quatro meses em quarentena ao chegar e começa a farejar uma mochila no banco traseiro. Jason estende o braço e põe a mochila no colo.

– Ambrose, vai te foder, viado ... isso não é pro teu bico, puto – diz ele, balançando a cabeça. Depois abre o zíper da mochila e olha mais uma vez para o crânio branco-amarelado de Kravy.

– Feche esse zíper – insisto. – É um mau hábito olhar para isso a toda hora.

Jason obedece rapidamente, assentindo e me fitando com aqueles olhos grandes.

– Falou – diz ele. Depois se espreguiça, boceja e diz: – Vou dizer uma coisa pra tu... fiquei feliz quando o Vizim Watson quis comprar a moto.

– É, foi legal poder oferecer o dinheiro para o seu pai e a mãe do Kravy.

– Pois é. E eles foram mais legais ainda aceitando só metade!

– Talvez nós possamos nos dar ao luxo de pegar uma cabine noturna na barca – digo, apertando a perna dele. – Acho que estamos nos devendo um pouco de decadência.

Vejo os olhos dele se arregalarem, quase dando a impressão de que vão cair da cabeça, feito aquele robô em *Futurama*.

– Puta que o pariu, tá certo, é preciso ter aventuras em alto-mar. A gente pode se revezar no papel de grumete e capitão! – Ele vira para o cachorro. – O velho Ambrose aqui pode entrar no espírito de troca de gênero ou troca de espécie fazendo o papel de gato do navio, não é, meu velho?

Ele esfrega a fuça babada de Ambrose, que ofega excitadamente.

Esse maluquinho me mata de rir.

31
PÓS-ESCRITO ESPANHOL

Putamerda, Kravy não tava enganado sobre a Espanha. Eu adoro essa porra aqui. Ele também tava certo sobre a predileção da tal gata de Setúbal por suruba a três; a primeira coisa que eu fiz foi insistir com a Jenni pra irmos atrás dela. Infelizmente, Jenni num compartilhou do meu entusiasmo, de modo que o troço não rolou. Mas não posso me queixar, porque a vida não tá ruim.

A gente arrumou emprego num estábulo. Jenni adora, e acho que talvez eu esteja finalmente me acostumando a cavalos. Só não curto motos, que cumigo não têm a menor chance. Os médicos espanhóis já querem amputar a tua perna, se tu sente uma coceira ali. Eu guardei o crânio de Kravy. Durante um tempo, fiquei sem saber o que fazer com aquilo. Tentei enterrar o troço no jardim do nosso pátio, mas Ambrose sempre desenterrava. Agora tá no banheiro. Eu vejo aquilo toda manhã: quando dou uma cagada, tomo banho ou escovo os dentes. É só um pedaço de osso velho, mas às vezes acho que tá com um sorriso um pouco mais largo do que antes. Deve ser só impressão minha...

Inda penso em mim mesmo como o Rei de Fife, mas sou um rei no exílio, exílio voluntário, e não tô com pressa de voltar. Quem quiser pode chamar aquilo de Reino de Fife; eu prefiro chamar de Reino de Jason, putada!

NOTA DO AUTOR

Quem escreve sobre lugares como Cowdenbeath, e vem de um país pequeno (mas espiritualmente vasto) como a Escócia, tem a responsabilidade de enfatizar que não pretende pintar o lugar "real", e sim a Cowdenbeath da sua imaginação no momento específico em que escreve. Qualquer semelhança com pessoas "reais" é coincidência e puramente involuntária. Obviamente, o mesmo vale para Arizona, Fuertaventura, Nevada, Montana, Montrose, Marte ou onde quer que a história seja ambientada.

Um grande agradecimento a Beth por seu auxílio, orientação e amor constantes. Agradeço pela constante indulgência de Robin, Katherine, Sue e Lara, da Random House, para comigo. Mark Cousins e Don De Grazia tiveram a bondade de ler algumas destas histórias para me dar um retorno valioso. Meu corroteirista cinematográfico Dean Cavanagh foi muito generoso ao me proporcionar o espaço para terminar estas histórias, numa fase em que estávamos quase sem tempo. Sou um homem afortunado, pois, se fosse arrolar aqui todos os amigos, parentes e colegas que já me deram os mais diversos tipos de apoio, aumentaria consideravelmente o tamanho deste livro. Espero que vocês saibam quem são e que desejo coisas boas a todos.

Este livro foi impresso na Editora JPA Ltda.,
Av. Brasil, 10.600 – Rio de Janeiro – RJ,
para a Editora Rocco Ltda.